Die Kinderdiebin

Das Buch

Berlin, Ende des 19. Jahrhunderts: Cecilie ist ihrem Traum, Medizin zu studieren, einen Schritt näher gekommen. Als Assistentin des Gerichtsarztes Hektor von Thorwald untersucht sie in dessen Leichenkeller die Toten.
Als nach einer solchen Untersuchung überraschend ihr hochschwangeres Hausmädchen Elsa in den Saal taumelt, bringt Cecilie dieses sofort auf die nächstgelegene Entbindungsstation der Berliner Charité. Unter großen Schmerzen gebärt Elsa, unterstützt von Cecilie, einen Sohn. Noch während Elsa nach der Geburt wegen des hohen Blutverlustes um das eigene Überleben kämpft, wird ihr Kind aus dem Krankenhaus entführt. Als ein weiteres Baby aus der Charité verschwindet und die Mutter ermordet aufgefunden wird, begeben sich Cecilie und Doktor von Thorwald auf die Suche nach dem Entführer und Mörder und kommen dabei einem dunklen Geheimnis auf die Spur.

Die Autorin

Mila Lippke, Jahrgang 1972, studierte Theater-, Film- und Fernsehwissenschaften. Heute arbeitet sie als Fernsehautorin und lebt mit ihrer Familie in Köln.
Die Kinderdiebin ist nach *Der Puppensammler* der zweite Band einer Serie historischer Kriminalromane, die im Berlin der Jahrhundertwende angesiedelt sind.

Von Mila Lippke ist in unserem Hause bereits erschienen:

Der Puppensammler

Mila Lippke

Die Kinderdiebin

Historischer Kriminalroman

List Taschenbuch

Besuchen Sie uns im Internet:
www.list-taschenbuch.de

Umwelthinweis:
Dieses Buch wurde auf chlor- und säurefreiem Papier gedruckt.

Originalausgabe im List Taschenbuch
List ist ein Verlag der Ullstein Buchverlage GmbH, Berlin.
1. Auflage März 2009

Umschlaggestaltung: Zero, München
Titelabbildung: Bridgeman Art Library, Ölgemälde von W. Percy Day
The Eleventh Hour, the Eleventh Day of the Eleventh Month (1918/19)
Satz: LVD GmbH, Berlin
Gesetzt aus der Bembo BQ
Druck und Bindearbeiten: CPI – Clausen & Bosse, Leck
Printed in Germany
ISBN 978-3-548-60865-5

Für meine Eltern.
In Liebe.

Ich bin der Herr, dein Arzt.

2. Mose 15, 26

Wo ungeschickte Hände kehren, wirbelt der Staub,
und wo träge Hände kehren, »freuen sich die Winkel«,
wie ein altes Sprüchlein sagt.
Das sollen sich alle Mädchen wohl merken!
Daher – jeden Winkel recht eigen!

Aus: Haushalt-Katechismus.
Ein Rathgeber und Hülfsbuch für Dienstmädchen
und Töchter, die sich dazu ausbilden wollen.
Tony Pauly, Berlin 1879

Unmenschliches Jaulen und Schreie von im Höllenfeuer gemarterten Sündern lassen Samuel Zimetbaum hochschrecken. An der Wange des angehenden Arztes klebt noch der Zettel, auf dem er die Fieberläufe der Patienten in Reinschrift notiert hat, bevor er einschlief. Die zu einem Stummel heruntergebrannte Kerze neben ihm rußt. Er reißt das Papier vom Gesicht und starrt auf die Schatten, die das flackernde Licht an die Wände wirft. Hände mit langen Krallen greifen nach davonhuschenden Gestalten. Raubtiermäuler verschlingen ihre wehrlosen Opfer.

Angst kriecht in seinem Körper empor.

Das ist bloß der Wind, redet er sich gut zu. Der gegen den Fensterladen peitscht und durch die Türritze in die Baracke dringt. Doch das Klappern und Heulen kann nur zum Teil von dem Orkan stammen, der die Stadt in seinen Fängen hält. Die Schreie sind keine Täuschung, sie sind wirklich da.

Aber für alles gibt es eine vernünftige Erklärung. Wahrscheinlich schreit ein Patient, der zu Beginn der zweiten Krankheitswoche ins Delirium gefallen ist.

Zimetbaum weiß, dass der an Flecktyphus Erkrankte nicht von selbst wieder zur Ruhe kommen wird, daher entzündet er mit zitternden Fingern ein Streichholz und setzt die Petroleumlampe in Brand. An die klammert er sich, als er die Tür der Baracke mit der Schulter aufstemmt. Vom Wind erfasst, fliegen ihm seine Rockschöße um die Ohren. Das Atmen fällt schwer. Er senkt den Kopf und kämpft sich vorwärts.

Unter den Schlägen des gewaltsamen Sturms liegt das Lager niedergedrückt da. Der junge Arzt würde, wenn er es nicht besser wüsste, denken, an diesem Ort die einzige lebende Menschenseele zu sein. Tatsächlich umgeben ihn mehr als hundert an Flecktyphus Erkrankte. Von den Krankenwärtern ist nichts zu sehen. Vermutlich wärmen sie sich in der Wirtschaft um die Ecke an einem Schnaps. Zimetbaum kann es ihnen nicht verdenken.

Der junge Arzt lässt die Aufnahme- und Beobachtungsstation hinter sich. Bei den gerade erst eingelieferten Patienten sind die fiebrigen Wahnvorstellungen noch nicht ausgebrochen. Wer auch immer derart schreit, muss in der kritischen Phase angelangt sein, in der die wüsten Delirien in einen Stupor münden. Ein bewegungsloser, katatonischer Zustand, der entweder die Heilung bringt oder den Tod.

In vier Holzbaracken liegen Männer, in einer die Frauen. Tag und Nacht stehen alle Türen und Fenster offen. Ungehindert brüllt der Wind durch die Räume und übertönt das Schnarchen und Wimmern der Kranken.

Nachdem Zimetbaum den Ursprung der Schreie hier nicht ausmachen kann, wendet er sich der Aufnahmestation zu. Kaum ist er eingetreten, erlischt die Flamme der Petroleumlampe. Er flucht. Im Stockdunkeln klingt das Schreien noch grauenhafter. Die Furcht in ihm lässt kaum zu, dass sich seine Augen an die Finsternis gewöhnen. Einen schwachen Moment lang denkt er darüber nach, zur Ärztebaracke zurückzukehren und darauf zu warten, dass endlich der Morgen naht.

Gerade als er sich um die eigene Achse dreht, sieht er die Umrisse einer Gestalt und weicht aus. Dabei stößt er mit der Hüfte an ein eisernes Bettgestell. Schmerz durchfährt ihn. Just in diesem Augenblick krallen sich ausgezehrte Finger in die Aufschläge seines Rocks. Mit einer ungeheuren Kraft zieht ihn die Gestalt heran. Angst hält Zimetbaum gefangen. Er leistet keinen Widerstand.

»Gott nährt eine Natter an seinem Busen«, zischt die Hexe aus den Alpträumen seiner Kindheit. »Die Kinder sind in großer Gefahr.

Nein, halt ein! Tu's nicht! O Herr. Versündige dich nicht. Er allein hat das Recht, über Leben und Tod zu richten. Er allein! Herr, o Herr!«

Endlich reißt Zimetbaum sich los und taumelt davon.

Am nächsten Morgen findet man die Nonne, die den Kranken in der Charité Trost gespendet hat und zum Dank mit Flecktyphus angesteckt worden ist, tot in ihrem Bett.

1

Lange Finger schlossen sich um den Hals mit dem ausgeprägten Kehlkopf, bis die Daumen einander berührten. Nach und nach gruben sich die Fingerkuppen in die Haut, drückten mit aller Kraft zu. Auf den Handrücken traten die Knöchel hervor, und die Sehnen begannen sich weiß abzuzeichnen. Das Gesicht des gemarterten Mannes blieb regungslos. Still lag er da, die Augen geschlossen, den Leib entblößt. Nur anderthalb Meter neben ihm befand sich ein weiterer Mann, auch er nackt und tot, mit einem Strick um den Hals.

Der Würger trat zurück und betrachtete die Male, die er hinterlassen hatte, mit einem Ausdruck, der jeder Emotion entbehrte.

»Jetzt sind Sie dran, Fräulein Cecilie.«

Die Angesprochene näherte sich einer dritten Leiche. Wehrlos wie ein Hund, der sich im Kampf unterwirft, bot der Mann ihr seine Kehle dar. Weil das Licht der Petroleumlampe, die über dem Tisch mit der Leiche hing, schwächer geworden war, tränten Cecilies Augen. Sie drehte die Handinnenflächen nach außen.

»Was ist?«, drängte Dr. Hektor von Thorwald.

Sie sagte ihm nichts von ihrer Angst davor, die Hände um den Hals des Mannes zu legen und zuzudrücken. Thorwald würde dafür kein Verständnis aufbringen. Aufgrund seiner Studien an den Toten plante er die Veröffentlichung eines Buches, das den noch unerfahrenen Gerichtsärzten bei der

Sektion den Befund erleichtern sollte. Dafür musste er Beobachtungen anstellen, wie sich die Kehle eines Menschen unter variablem Druck veränderte. Daher war es notwendig, dass sie ebenfalls einen Toten würgte.

Er spürt nichts davon. Er hat alles schon hinter sich, sagte sie sich. Dennoch …

Cecilie sah den Leichenarzt an. Seine Koteletten wuchsen sich allmählich zu einem Backenbart aus, und sein dunkles Haar war grauer geworden. Wie gewöhnlich trug er ein Hemd mit Stehkragen, dessen Reinheit den stärksten Kontrast zu der Düsternis und dem Schmutz des Kellers bot, und darüber eine einreihige graue Seidenweste mit Schalkragen. Ein anderer hätte vielleicht seine abgetragenen Hemden als Arbeitskleidung gewählt, nicht so Dr. von Thorwald. Was sich hinter seinem exzentrischen Verhalten verbarg, wusste sie nicht. Eitelkeit ist es sicher nicht, mutmaßte sie, als sich ihre Hände langsam dem Toten näherten.

Er war jung. Viel zu jung. Männer, die der unteren Schicht angehörten, wurden kaum dreißig, Frauen keine fünfunddreißig Jahre alt. Seinen Namen würde sie nie erfahren. Die anonymen Leichen für Studienzwecke bekamen sie gegen Bezahlung aus den Berliner Krankenhäusern und Irrenanstalten geliefert. Man sah ihnen an, dass die Arbeit aus den Körpern jedes Leben herausgesaugt hatte.

Die Berührung ihrer Finger mit der kalten Haut ließ Cecilie erschauern. Sie brachte es nicht über sich, dem Toten ins Gesicht zu blicken, das Schatten scharf zeichneten. Mit geschlossenen Augen drückte sie zu.

»Das ist zu zaghaft. Fester«, feuerte Dr. von Thorwald sie an.

Es waren Momente wie dieser, in denen seine Besessenheit zum Vorschein kam. Sie verstärkte den Griff ihrer Hände und spürte, wie der Tod ihre Arme emporkroch.

»In Ordnung«, sagte der Gerichtsarzt. »Es ist gut. Sie können jetzt loslassen, hören Sie mich?«

Hastig atmend trat sie zurück. Noch immer hatte sie das Gefühl, die Kehle des Toten zu umklammern. Sie versuchte das Gefühl mit Karbol abzuwaschen und wusste, dass sie dem Gesicht des Mannes im Schlaf wieder begegnen würde.

»Sind wir dann fertig?«, fragte sie.

Dr. von Thorwald, der die drei Leichen mit Leintüchern abdeckte, nickte stumm, und sie nahm die befleckte Schürze ab.

Ihre Arbeit als Assistentin des Gerichtsarztes war dreckig, körperlich anstrengend und oft genug ekelerregend, aber sie verdiente gut. Außerdem erwartete Dr. von Thorwald nur selten, dass sie auch am Sonntag in den Leichenkeller kam. So blieben ihr viele Stunden, um die Fachbücher zu lesen, die er ihr lieh. Sie wollte ihr Medizinstudium so gut vorbereitet wie nur möglich antreten. Das Studium, für das sie ins Ausland gehen musste, denn in Deutschland war Frauen der Zugang zur Universität verwehrt. Es würde vier bis sechs Jahre dauern. Die Gebühren beliefen sich auf rund zweitausend Mark, dazu kamen Hunderte von Mark für Bücher, vierhundert Mark für die Promotion, die Druckkosten nicht eingerechnet, sowie der Aufwand an Kleidung, Unterkunft und Verpflegung. Eine Summe, die auf ihr lastete und sie in schweren Stunden glauben machte, ihren Traum nie erleben zu können. Sie war dreiundzwanzig. Bis sie das Geld zusammengespart hatte, war sie vielleicht zu alt für ein Studium.

Cecilie löste den hochgesteckten Saum ihres Rockes, der die abgetragenen Knopfstiefel verdeckte. Dabei fühlte sie sich beobachtet. »Ist noch was?«

»Was soll schon sein.« Dr. von Thorwald drehte ihr den Rücken zu und machte sich an seinen Werkzeugen zu schaffen.

Trotz der unzähligen Stunden, die sie gemeinsam in dem

Keller verbracht hatten, wusste sie kaum etwas von dem großgewachsenen Mann, dessen attraktive Gesichtszüge viel zu oft von Schwermut überschattet waren.

Als sie ihn vor vier Monaten kennengelernt hatte, fasziniert von der Bedeutung seiner Arbeit, war sie ihm sehr nahegekommen. So nahe, wie sie sich bisher nur ihrer Schwester Marianne gefühlt hatte, aber nie einem Mann. Ihr Entschluss, der arrangierten Ehe mit Baron zu Staufenfels zu entfliehen, war ihrem Traum geschuldet – und ein kleines bisschen auch der Nähe zwischen ihr und dem zwölf Jahre älteren Gerichtsarzt.

Cecilie setzte einen Hut mit Stoffblumen und kurzem Schleier auf ihr Haar, das sie noch immer jeden Morgen ordentlich mit dem Chignon, dem künstlichen Haarknoten, frisierte. Langsam streifte sie ihre Handschuhe über, um die feine Spitze nicht zu zerreißen. Ein neues Paar war in ihrem knapp bemessenen Budget nicht drin.

»Dann gute Nacht.« Sie legte ihren Umhang um.

Dr. von Thorwald spannte ein neues Blatt in die Knochensäge ein. »Gute Nacht.« Er sah sie nicht an.

Inzwischen empfand sie Erleichterung darüber, dass sich die Nähe zwischen ihnen in professionelle Distanz gewandelt hatte. Die Bereitschaft des Gerichtsmediziners zur vollständigen Selbstaufgabe ängstigte sie. Was auch immer ihn umtreiben mochte, es hatte nichts mit ihr und ihrer Zukunft zu tun.

Vom Treppenaufgang her schwankte ihnen eine junge Frau entgegen.

»Elsa!« Cecilie streckte die Arme aus. Sie kannte das ehemalige Dienstmädchen ihrer Eltern seit einigen Jahren, daher wusste sie, wie sich Elsas Schritte auf den Dielen in der Villa der Blums anhörten, wie ihre plumpe Gestalt zu huschen verstand und dass sie nach Seife und Schweiß roch.

Der Bauch des Mädchens war in den letzten Wochen angeschwollen. Nun wirkte er nahezu monströs.

»Ich kann nicht mehr!« Elsa presste die Fäuste in den Unterleib. »Helfen Sie mir!«

Ein langgezogenes Stöhnen kam aus ihrem Mund, dann stürzte sie. Während Cecilie das Dienstmädchen auffing und unter dem Gewicht beinahe selbst zu Boden ging, fühlte sie, wie das sackartige, aus abgetragenen Kleidern zusammengenähte Gewand, das Elsa trug, nass durchtränkt war. Blut, schoss es ihr durch den Kopf.

»Helfen Sie ihr!«, bat Cecilie den herbeieilenden Dr. von Thorwald.

»Stützen Sie ihren Oberkörper.« Behutsam ließ er Elsa zu Boden gleiten.

»Jetzt tun Sie doch was!« Cecilie hörte, wie hysterisch sie klang, als Elsas Geheul lauter wurde. »Sonst stirbt sie.«

»Unfug! Die Wehen haben eingesetzt. Sie bekommt ihr Kind.«

Natürlich, das musste es sein. Das Kind wollte auf die Welt. Das Nasse war kein Blut, sondern Fruchtwasser.

Für einen kurzen Augenblick lächelte Cecilie über ihre Erregung. Sie hockte sich hinter das Mädchen und bettete dessen Kopf in ihren Schoß. Das aufgedunsene Gesicht war verschwitzt. Dr. von Thorwald lief in den Sektionsraum zurück und kam mit Rock und Zylinder wieder. »Ich hol die Hebamme. Decken Sie den Boden mit sauberen Tüchern ab, und passen Sie auf, dass Elsa regelmäßig atmet. Tief durchatmen!«

»Und wenn die Wehen stärker werden?«

»Ich bin kein Gynäkologe.« Damit war er weg.

Erneut stieß Elsa einen markerschütternden Schrei aus. »Ich platze!«

Die Panik kehrte zurück. Cecilie nahm ihren Hut vom

Kopf und zog sich die Handschuhe aus, mit denen sie den Schweiß von Elsas Stirn tupfte.

»Aua, aua, aua!«, jammerte das Mädchen.

»Reiß dich zusammen«, entfuhr es Cecilie. Sie streichelte Elsas Hand. »Du bekommst dein Kind. Es wird alles gut.«

Das war eine Lüge. Elsa war unverheiratet, und als die anderen Umstände, in denen sie sich befand, deutlich zu sehen waren, hatten Cecilies Eltern das Mädchen vor die Tür gesetzt. Elsa hatte von Glück sagen können, dass Dr. von Thorwald sie in seinem Haushalt als Dienstmädchen beschäftigte, sonst wäre sie auf der Straße gelandet.

Das Mädchen krümmte sich und schrie wieder. Die Schmerzen schienen entsetzlich zu sein. Cecilie verfluchte ihre Hilflosigkeit. Es würde viel zu lange dauern, bis der Gerichtsarzt mit der Hebamme zurückkam. Unter gar keinen Umständen durfte Elsa ihr Kind im Leichenkeller gebären. Sie musste in die Charité. Sofort.

Cecilie stand auf.

»Lassen Sie mich nicht allein!«

»Ich bleib bei dir. Schaffst du es die Treppe hinauf, wenn ich dich stütze?« Langsam drückte Cecilie die Schwangere vom Boden hoch.

»Es tut so weh.« Das Mädchen drohte erneut zu stürzen. Es hielt die Luft an.

»Atmen«, befahl Cecilie. Als der schlimmste Schmerz verebbt war, richtete sich Elsa wenige Zentimeter auf, und das Fräulein schob sie die Treppenstufen hoch. »Los. Weiter, weiter.«

Vor nicht allzu langer Zeit hätte sie das Dienstmädchen niemals in diesem Zustand bewegen können, doch die vergangenen Monate, in denen sie im Keller täglich Leichen von einer Bahre zur anderen hievte, hatten sie stark gemacht. Stufe für

Stufe keuchten sie und Elsa gemeinsam hinauf, unterbrochen von Pausen, sobald eine neue Wehe den Körper des Mädchens packte.

Vor dem Eingang zum Leichenkeller toste der Wind. Innerhalb von Sekunden war Cecilies aufgesteckte Frisur durcheinandergewirbelt, und die Spitzen ihrer Haarsträhnen peitschten ihr ins Gesicht. Trotz der Gasbeleuchtung war es so dunkel, als zersetze der Sturm das Licht in seine Bestandteile.

Die Entbindungsanstalt der Charité befand sich ganz in der Nähe des Kellers, aber nach ein paar Metern sank Elsa auf dem Pflaster nieder und stand nicht mehr auf. Alleine würde Cecilie es niemals schaffen. Wo steckte Dr. von Thorwald? Warum um Himmels willen war Elsa nicht in dessen Haus geblieben? Die Haushälterin hätte nach der Hebamme schicken können, und das Kind würde in aller Ruhe zur Welt kommen.

In ihrer Not stellte sich Cecilie auf die Fahrbahn, um eine Droschke anzuhalten. Entweder sah der Kutscher sie nicht rechtzeitig, oder er befürchtete, ausgeraubt zu werden. Auf jeden Fall trieb er seine Pferde an, so dass die junge Frau zur Seite springen musste, um nicht überfahren zu werden. Es dauerte ewig, bis das nächste Fuhrwerk auftauchte. Beinahe hätte sie es verpasst, denn das Jaulen des Windes schluckte das Klappern der Hufe auf dem Asphalt. Mit weit ausgebreiteten Armen lief Cecilie neben dem Gespann her, doch der Fahrer schlug mit der Peitsche nach ihr.

Sie beugte sich gegen den Sturm. Wie ein Tierchen kauerte Elsa zusammengerollt im Rinnstein, unfähig, sich zu rühren. Cecilie befürchtete schon, dass das Kind sich in dieser Umgebung seinen Weg nach draußen bahnen würde, da hielt neben ihr der Laufbursche eines Bestatters mit seinem Handkarren.

»Lieferung für den Leichenarzt«, brüllte er und wies auf die

Holzsärge, die er gebracht hatte. Falls er über die Lage, in der sich die beiden Frauen befanden, überrascht war, so zeigte er dies mit keiner Regung seines pickligen Gesichts.

»Nimm die Beine«, herrschte Cecilie ihn an.

»Was?«

»Du sollst die Beine nehmen!« Sie riss den Deckel von einem der Särge und ließ ihn auf das Pflaster krachen. Mit Hilfe des Laufburschen gelang es ihr, das Mädchen in den Sarg zu hieven.

»Du ziehst, ich schiebe«, kommandierte sie.

Meterweise kamen sie voran, und für den kurzen Fußweg brauchten sie eine halbe Ewigkeit. Schemenhaft erkannte Cecilie endlich das spitze Dach der Entbindungsanstalt. Da bäumte Elsa sich auf.

»Was ist?« Sie beugte sich über den aufgedunsenen Bauch, um zu verstehen, was das Mädchen sagte.

»Wenn ich sterbe, kümmern Sie sich dann um mein Kind?«

»Du stirbst nicht!«, versicherte Cecilie ihr, doch gegen den Sturm kam ihre Stimme nicht mehr an.

Zwei Krankenwärter schoben die Bahre durch die lange Halle zum Gebärpavillon. Cecilie lief neben ihnen her, und ihre Absätze klapperten auf den hellbraunen Mettlacher Fliesen. Im Pavillon kam ihnen eine kleine Frau in einem schwarzen Kleid mit gestärkter weißer Schürze und einer Haube auf dem Kopf entgegen.

»Stellt sie hier ab.« Sie wies auf einen Platz im Flur.

»Das Kind muss jeden Moment kommen«, sagte Cecilie.

»Die wievielte Geburt?«

»Ich weiß nicht. Die erste, denke ich.«

»Dann haben wir Zeit.« Als sich die Wärterin anschickte, Elsa liegenzulassen, hielt Cecilie sie am Arm fest. Sie war mindestens zwei Köpfe größer als die Frau, die zu ihr aufblickte, dennoch spürte sie deren Autorität und lockerte ihren Griff.

»Es ist nicht das einzige Kind, das auf die Welt will«, erklärte die Wärterin. Während ihr Tonfall missbilligend klang, erschien ihr rundes Gesicht mit den großen Augen puppenhaft kindlich. Nur die zerknitterte Haut verriet ihr Alter. Sie mochte Mitte dreißig sein.

»Aber ihr geht es schlecht. Sie hat fürchterliche Schmerzen.«

»Unverheiratet?«

»Wer? Elsa? Ja.« Die Ruhe, mit der die Krankenwärterin das Wimmern überging, wurde Cecilie unerträglich. »Hören Sie denn nicht? Das kann nicht normal sein.«

Sie erinnerte sich, gelesen zu haben, dass die englische Königin Victoria ihre zwei jüngsten Kinder chloroformiert geboren hatte. »Warum geben Sie ihr kein Chloroform?«

»Unter Schmerzen sollst du Kinder gebären.« Mit einer Hand strich die Krankenwärterin über die faltenlose Schürze, mit der anderen schob sie eine Haarsträhne zurück unter die Haube. Cecilie konnte nicht sagen, ob das Haar hell oder bereits ergraut war. Um den Hals hing ein schlichtes Kreuz. »Wer sündigt, muss die Folgen tragen.«

Die Wärterin schien ihr Gegenüber abzuschätzen. Cecilie, die wusste, dass ihre bürgerliche Kleidung abgenutzt und verschmutzt war, mühte sich ab, ihre Haare wieder hochzustecken. Hastig riss sie das herabhängende falsche Haarteil heraus und ließ es in ihrer Rocktasche verschwinden. Doch das Urteil der Krankenwärterin fiel nicht zu ihren Gunsten aus, denn sie drehte sich auf dem flachen Absatz um und ging davon.

In der Ferne schrie eine Frau, ähnlich wie Elsa bei ihrer Ankunft im Leichenkeller geschrien hatte. Jetzt war die Schwangere nicht mehr dazu in der Lage. Sie keuchte erschöpft. Cecilie hielt ihre nasse Hand. Obgleich die junge Frau mit Geburten keinerlei praktische Erfahrungen hatte, spürte sie, dass Elsas Zustand bedrohlich war. Zudem fürchtete sie, dass die Krankenwärterin sie extra lange warten ließe, nur um ihre herausragende Stellung zu untermauern. Sie musste auf der Stelle handeln.

Ohne zu wissen wohin, lief sie den Gang ein paar Meter hinunter und öffnete die nächste Tür, die sich ihr bot. Ein dunkler Saal. Als sie die leisen Geräusche von Schlafenden hörte, machte sie die Tür rasch wieder zu. Bei der nächsten hatte sie mehr Glück. In einer kleinen Kammer, ausgestattet mit Schreibtisch, Regalen und medizinischen Abbildungen an den Wänden, standen ein Mann im Anzug und eine seiner Patientinnen. Ihr Kleid war trotz des ausladenden Schwangerschaftsbauches von hervorragendem Schnitt. Die graublaue Farbe des Seidentafts schmeichelte dem teigigen Gesicht der Frau und minderte ihr Doppelkinn.

Der Arzt und die Patientin verstummten, als Cecilie eintrat.

»Was wollen Sie?« Der Mann, vermutlich der diensthabende Gynäkologe, war von mittelgroßer Statur und trug einen länger nicht gestutzten Vollbart.

»Elsa, sie … Das Mädchen, es bekommt ein Kind.«

»Bekommen sie das nicht alle?« Genervt blickte der Arzt sie an. »Wenn Sie bitte draußen warten wollen.«

Er griff nach einem Stethoskop auf dem Schreibtisch und hängte es sich um. Cecilie sah zur Patientin, deren Augen gerötet wirkten. Auch die Flecken im Gesicht, die durch den Puder schimmerten, deuteten darauf hin, dass die Frau geweint hatte.

»Entschuldigung«, murmelte Cecilie in ihre Richtung und ging durch die offene Tür nach draußen. Noch bevor sie diese ins Schloss fallen ließ, erinnerte sie sich an Elsas bleiche Gesichtsfarbe. Derart anämisch sahen Leichen aus und keine Schwangeren. Sie kehrte um. »Etwas stimmt nicht mit ihr. Sie wird sterben, wenn Sie ihr nicht helfen!«

Der Arzt gähnte. »Ihr Dienstmädchen?«

Cecilie nickte, da sie das Gefühl hatte, es mache einen Unterschied für ihn.

»Na gut, dann werde ich sie mir mal ansehen.« Der Gynäkologe lächelte der Schwangeren zu.

Dass die Frau sich exquisit geschneiderte Kleider leisten konnte, deutete zusammen mit dem Pelzüberwurf und dem üppigen Perlenschmuck auf den Wohlstand hin, in dem sie leben musste.

Es kam Cecilie vor, als lägen Welten zwischen ihnen, dabei war es noch gar nicht so lange her, dass ihr ein ebensolches Leben offengestanden hatte. Als Baronin zu Staufenfels hätte gewiss niemand in der Charité gezögert, ihren Wünschen nachzukommen. Doch sie hatte sich anders entschieden.

»Wo steckt die Patientin denn?«

Cecilie deutete in den Flur.

Mit einem Händedruck verabschiedete der Arzt daraufhin die Schwangere. »Beruhigen Sie sich. Das waren Vorwehen, Frau von Böhme. Kommen Sie im Laufe des Tages noch einmal zur Untersuchung vorbei. Auf Wiedersehen.«

Die Angesprochene senkte das Kinn nur wenige Zentimeter.

Auch wenn der Gynäkologe nun mit ihr auf den Flur trat, erschien Cecilie alles viel zu langsam. Während sie das Tempo ihrer Schritte neben ihm drosselte, stellte er sich als Dr. Eisenmann vor.

Kaum hatte er jedoch einen Blick auf Elsa geworfen, rief er laut: »Schwester Johanna!«

Die energische Krankenwärterin erschien und mit ihr eine Frau, die sich als Hebammenschülerin entpuppte. Auf Geheiß des Arztes hin rollten sie Elsa in den Entbindungssaal. Da niemand Cecilie beachtete, folgte sie ihnen.

Der Raum war groß, hell und warm. In der Mitte des Saales standen ein Geburtsstuhl, ein Operationstisch sowie mehrere Beistelltische, auf denen sich Instrumente, Verbandsgaze und Glasgefäße drängten. Ohne Mitwirkung des Arztes hoben die Frauen Elsa auf den Tisch. Das Mädchen schrie markerschütternd.

Mit Hilfe der Krankenwärterin zog Dr. Eisenmann seinen Rock aus, krempelte sich die Ärmel auf und wusch Unterarme und Hände mit Karbol ab. Schwester Johanna band ihm eine Schürze um. Die Hebammenschülerin hatte unterdessen Elsas Kleid hochgeschoben, ihr die Schuhe ausgezogen und die Beine gespreizt.

»Geben Sie ihr ein paar Tropfen Chloroform«, wies Schwester Johanna die Schülerin an.

Das Mädchen tränkte einen Lappen mit Flüssigkeit aus einer der Glasflaschen und legte diesen auf Elsas Mund. Kurz kam Cecilie die Vision in den Sinn, wie der Frauenmörder, den sie im November letzten Jahres zusammen mit Dr. von Thorwald ausfindig gemacht hatte, seinen Opfern mit Chloroform den Willen nahm, bevor er sie tötete und wie Puppen ausstopfte. Sie zwang sich in die Gegenwart zurück.

Elsas Stöhnen ließ nach. Die Hebammenschülerin zog die Gaslampe herunter, deren grelles Licht von mehreren Emailleglocken gedämpft wurde.

Schwester Johanna, die Elsas Gebärmutter abgetastet hatte, runzelte die Stirn. »Beckenendlage günstig, aber der Kopf der Frucht steckt noch nicht richtig im Becken.«

Mit eingefetteten Händen griff der Gynäkologe selbst zwischen die Beine des Dienstmädchens. Cecilie registrierte, dass das rechte Ohrläppchen des Arztes angewachsen war. Dann betrachtete sie die beiden Kachelöfen, die für die angenehme Raumtemperatur sorgten. Sie hörte, wie Dr. Eisenmann vage seine Zustimmung äußerte.

Auf dem Boden dämmte lackierter Eichenstab die Kälte, und die Wände waren bis in drei Meter Höhe mit gelblich grauen Platten verkleidet. Besonders der Waschtisch mit zwei Schüsseln, die durch darüber angebrachte Hähne mit kaltem oder warmem Wasser gefüllt werden konnten, beeindruckte Cecilie. Aus den Augenwinkeln sah sie, wie Schwester Johanna dem Gynäkologen eine vorgewärmte Geburtszange reichte. Ein mächtiges Instrument, das in den winzigen Händen der Frau noch gewaltiger erschien.

Elsa stöhnte nicht einmal mehr. Dr. Eisenmanns Bewegungen wirkten hektisch.

»Nicht zu sehr reißen!« Die Krankenwärterin hielt den Arm des Arztes fest. »Der Kopf ist wahrscheinlich zu groß«, sagte sie auf seinen fragenden Blick hin und gab ihm ein Maßband, mit dem er Elsas Becken ausmaß.

»Zu schmal«, lautete sein Urteil.

Schwester Johanna und die Hebammenschülerin unterbrachen ihre Arbeit.

»Tun Sie was!«, entfuhr es Cecilie.

»Fruchtverkleinerung.« Dr. Eisenmann griff nach einem metallisch glänzenden Bohrer.

Es dauerte ein paar Sekunden, bis Cecilie die Tragweite begriff. »Nein«, schrie sie. »Das Kind lebt doch! Man muss doch noch was anderes tun können.«

»Beten!«, entgegnete Schwester Johanna. »Beten Sie! Es ist Gottes Wille, ob er die Sünden vergibt oder bestraft. Das Leben der Mutter und das der Frucht liegen ganz in seiner Hand.«

Dr. Eisenmann kratzte sich die grobporige Nase. Sein Blick ging zur Krankenwärterin. »Was denken Sie, Schwester Johanna. Ob ich es mit einem Kaiserschnitt versuche?«

»Wie Sie meinen.« Die Angesprochene zog eine Spritze auf, gleichzeitig wies sie die Hebammenschülerin an, einen Arzt zu holen, der dem Gynäkologen assistieren sollte. Dann begann sie Elsas Bauch mit Karbol abzuwaschen.

Cecilie hatte über Kaiserschnitte gelesen. Ein solcher Eingriff konnte vielleicht das Leben des Ungeborenen retten, für die Mutter bedeutete er dagegen viel zu oft den Tod. Es würde beinahe an ein Wunder grenzen, wenn Elsa die Operation und die mit der Wundheilung verbundenen Komplikationen überlebte.

Schwester Johanna, die die nötigen chirurgischen Instrumente und Verbandmaterial bereitlegte, sah auf. »Sie müssen den Saal zur Operation verlassen.«

»Ich möchte bleiben«, bat Cecilie.

»Das geht nicht«, wiegelte die Krankenwärterin ab.

Cecilie wandte sich an Dr. Eisenmann. »Bitte. Ich kann Elsa jetzt nicht allein lassen.«

»Das ist kein Anblick für eine Frau.« Der Gynäkologe rieb sich die gelblich getrübten Augen. Die Iris war von einem hellen Blau, hatten ihre Leuchtkraft aber wohl schon vor einigen Jahren eingebüßt. Beinahe hätte Cecilie erwidert, dass Schwester Johanna und die Hebammenschülerin schließlich auch Frauen seien, doch sie entschied sich für eine andere Antwort.

»Als Assistentin Doktor Hektor von Thorwalds bin ich an den Anblick von aufgeschnittenen Menschen gewöhnt.«

»Na gut«, sagte der Arzt nach kurzem Zögern. Sie sah, wie er zu Schwester Johanna blickte, die ein verkniffenes Gesicht machte. »Warum nicht. Von Doktor von Thorwald habe ich schon gehört. Hervorragender Wissenschaftler.«

Damit war es entschieden. Cecilie konnte sich abseits hinstellen. Als der herbeigerufene Assistenzarzt erschien, testete die Krankenwärterin mit der Spitze eines Skalpells, ob das Morphium bereits wirkte. Das Dienstmädchen gab keinen Mucks von sich, und Cecilie spürte ein Kribbeln in Händen und Füßen.

»Haben Sie das schon oft gemacht?«, erkundigte sie sich bei Dr. Eisenmann, dem Schwester Johanna erneut die Hände mit Karbol abrieb.

»Oft genug.«

Cecilie blickte auf sein graubraunmeliertes Haar, das schütter zu werden begann. »Wie viele Male davon hat die Mutter den Eingriff überlebt?«

»Seit über einem Jahr ist keine Frau mehr unmittelbar am Kaiserschnitt gestorben. Ich halte mich dabei ganz an Porros Schrift über den *taglio cesarea*. Schon gelesen?« Er drehte ihr den Rücken zu.

Sie musste einen Schritt zur Seite gehen, um an ihm vorbeisehen zu können. Elsa wirkte auf dem Operationstisch, als würde sie jeden Moment platzen. Die Haut über dem Bauch war mit roten Striemen überzogen und spannte. Stumm beobachtete Cecilie, wie Dr. Eisenmann mit dem Messer in den geschwollenen Leib schnitt. Schwester Johanna murmelte hinter zusammengepressten Lippen ein Gebet, und obwohl Cecilie nicht sonderlich gläubig war, betete sie in Gedanken mit.

2

Die Flammen verrenkten ihre Glieder, von Zaubertränken berauschten Tänzerinnen gleich. Erhitzt vom Kaminfeuer in seiner Bibliothek trank Hektor von Thorwald einen Sherry.

Sein Begehren war eine Kopfgeburt. Er kämpfte nicht mehr dagegen an, doch er hatte dem überwältigenden Gefühl einen Platz zugewiesen, der einer Verbannung gleichkam. Nur in den schlaflosen Stunden zwischen Mitternacht und Morgengrauen ließ er es zu, dass seine Gedanken zu Fräulein Cecilie wanderten. Mit geschlossenen Augen, das Glas in der Hand, sah er sie vor sich, sah ihre rötlich blonden Locken, die an Stirn und Wangen klebten, wenn sie die Toten auf den Sektionstisch hob. Für eine Frau war sie sehr groß und ohnehin zu dünn. Zudem schien sie ihm in den letzten Wochen noch abgenommen zu haben. Ihre Unterarme wirkten nahezu zerbrechlich, sobald sie die Handschuhe ablegte und die Ärmel ihrer Kleider hochkrempelte. Aber der Eindruck täuschte. Sie war zäh.

Er sah ihre Zungenspitze vor sich, die sich zwischen die Lippen ihres wohlgeformten Mundes schob, wie immer, wenn die junge Frau sich konzentrierte. Er sah die Ringe unter ihren mandelförmigen braunen Augen und auch den Leberfleck in der Größe seines Daumennagels an der linken Seite ihres Schwanenhalses.

Hektor trank den Sherry in einem Zug aus und lachte. Das Lachen klang in seinen Ohren verunglückt und einsam. Es hatte eine Zeit gegeben, da hatte er das Begehren mit fleischlicher Befriedigung zu bekämpfen versucht. Egal zwischen wie vielen gespreizten Beinen er gelegen hatte, es war ihm trotzdem nicht gelungen, die Begierde zu besiegen.

Er griff zur Flasche, die neben dem Ohrensessel stand, und schenkte nach. Ihm war bewusst, dass er zu viel trank, dennoch ließ er es dabei. Bei den Dämonen, die ihn umtrieben, konnte er Beistand gebrauchen. Das Schicksal spielte mit ihm wie ein verwöhntes Kind mit einer ungeliebten Puppe, der es die Haare herausriss, das Gesicht zerkratzte und an deren Gliedern es zog, bis die Schnüre im Inneren des Körpers zu zerreißen drohten.

Der Alkohol verursachte ihm Schweißausbrüche, vielleicht lag es auch am Feuer oder an der Glut seiner Leidenschaft, wer konnte das schon mit Bestimmtheit sagen. Er am allerwenigsten.

Der Gerichtsmediziner stand auf, um das Fenster zu öffnen, dabei spürte er, dass seine Beine Schwierigkeiten hatten, ihn zu tragen. Er ging in die Knie und hockte sich auf den turkmenischen Gebetsteppich. Verdammt, ja, er sehnte sich nach Liebe. Nach einem Menschen, der die Einsamkeit von ihm nahm, die auf ihm lastete, seit er acht Jahre alt war. Senfgelb und blau leuchtete die Bordüre des Teppichs. Das Dreifachmedaillon schimmerte rosarot.

Warum hatte er überlebt?

Warum hatte der Mörder seine Mutter, seinen Vater und seine Geschwister getötet, aber nicht in dem Schrank nachgesehen, in dem Hektor sich verkrochen hatte? Die Farben des Teppichmusters begannen vor seinen Augen zu flirren. Und wenn er noch so viele Leichen aufschnitt, er würde doch niemals eine Antwort darauf erhalten. Die Morde an seiner Familie waren nicht aufgeklärt worden. Für immer würde in seiner Erinnerung das Blut aus ihren Kehlen fließen.

Auf einmal überkam ihn das Bedürfnis zu schlafen, und er streckte sich einfach auf dem Wollflor aus. Schlaf war ein seltener Gast, aber diesmal kam er.

Das Erste, was Hektor vernahm, als er wieder erwachte, war eine penetrant laute Stimme.

»Hallo, Herr Doktor, hallo.«

Er versuchte sich die Decke über den Kopf zu ziehen. Da war jedoch keine, deshalb legte er die Arme auf das Gesicht.

»Haben Sie etwa die ganze Flasche leer getrunken?« Er hörte ein gläsernes Klirren. »Das gibt's doch nicht.«

Hektor erkannte die Stimme seiner Haushälterin, Frau Lindemann, und stöhnte. Warum konnte sie ihn nicht einfach in Ruhe lassen? Er rollte sich zusammen. Schlafen, das süße Vergessen, er lechzte danach.

»Wecken Sie ihn!« Die Stimme eines Mannes. Sie kam Hektor bekannt vor, aber er weigerte sich, sein Hirn in Gang zu setzen. Er wollte liegen bleiben, die Lider geschlossen, nichts denken, nichts fühlen.

Ein eisiger Strahl traf ihn, durchtränkte sein Haar und sein Hemd. Der Stoff klebte kalt an seinem Körper, und Hektor rappelte sich auf. Im Morgenmantel stand seine Haushälterin vor ihm, die Schlafhaube leicht verrutscht.

»Sind Sie wahnsinnig?«, herrschte er sie an.

»Verzeihung, Herr, ich hab Sie nicht anders wach gekriegt.« Sie hielt ihm eine Tasse Kaffee hin.

»Was nehmen Sie sich heraus?« Er zog das nasse Hemd aus und schleuderte es zu Boden. »Das ist immer noch mein Haus. Sie können Ihre Sachen packen. Verschwinden Sie!«

»Ich hab gleich gesagt, Kommissar Tiegler, dass das keine gute Idee ist.«

Hektor fuhr herum. Vor ihm stand der Kriminalbeamte und grinste ihn mit seinem ausladenden Clownmund an. Ihm fiel auf, dass Tiegler an Bauchumfang zugelegt hatte. »Was machen Sie hier?«

»Ich bin von den Guttemplern und will Sie zur Abstinenz bekehren.« Der Kommissar warf ihm die Wolldecke zu, die über der Lehne des Ohrensessels hing. »Ziehen Sie sich etwas an, und kommen Sie mit.«

»Wohin?« In Hektors Kopf begann es zu pochen.

»Nach Moabit. Dort wartet eine Nonne auf Sie.«

»Wenn das ein Scherz sein soll.« Mit dem Zeigefinger massierte er die Haut unter seiner linken Kotelette.

»Wollen Sie die heilige Dame jetzt aufschneiden, oder muss ich mir jemand anders dafür suchen?«

Blutig klaffte Elsas Unterleib auseinander. Ein Gummischlauch war an den Gebärmutterabschnitt unterhalb des Kinderleibs und oberhalb der Harnblase gelegt. Dr. Eisenmann drückte die Spitze des Messers in die Uteruswand. Eine falsche Bewegung und er würde die Plazenta treffen. Dann müsste Elsa sterben – und mit ihr das Kind. Schweißtropfen drangen durch die Hautporen auf seinem Nasenrücken, und Cecilie hielt den Atem an.

»Vorsicht!« Schwester Johanna, die die ganze Zeit über dicht neben dem Gynäkologen stand, legte ihre Hand auf die des Arztes. Es schien, als führe sie die Bewegung mit dem Messer aus. Endlich war der Schnitt weit genug, und Dr. Eisenmanns Hände fuhren in den offenen Leib. Elsas Körper ruckelte hin und her, während der Arzt sich an ihr zu schaffen machte. Plötzlich erinnerte sich Cecilie.

Mit nacktem Hintern, die Hose bis zu den Knien hinabgerutscht, steht ihr Vater zwischen Elsas Schenkeln und stößt sein Glied wieder und wieder in ihr Geschlecht, bis sich sein Samen in sie ergießt.

Langsam drehte Dr. Eisenmann ein Köpfchen aus der

Wunde, die daraufhin stärker zu bluten begann. Mit karbolgetränkten Tüchern fing die Hebammenschülerin das Blut auf, während der Assistenzarzt den Gummischlauch fester anzog. Der Gynäkologe hob den beschmierten Säugling heraus.

Über dem Körper seiner Mutter schwebte das Neugeborene, noch immer mit ihr wie durch eine lange Wurzel verbunden. Nachdem der Assistenzarzt die Nabelschnur mit einem Skalpell durchtrennt hatte, überreichte Dr. Eisenmann Schwester Johanna das stumme Kind. Cecilie erschrak angesichts der leichenblassen Hautfarbe.

Die Krankenwärterin gab das Neugeborene an die Hebammenschülerin weiter, die es an einem Tisch in eine Decke wickelte.

»Die Patientin verliert noch mehr Blut«, bemerkte der Assistenzarzt, der inzwischen auch die Plazenta entfernt hatte.

Dr. Eisenmann beugte sich über Elsa. Seine Schürze war von ihrem Lebenssaft durchtränkt, die Arme waren bis zu den Ellbogen leuchtend rot gefärbt. Von ihrer Position aus sah Cecilie, wie Schwester Johanna ihm eine Schere hinhielt. Mit Leintüchern saugte sie das Blut auf, das sich in der Bauchhöhle sammelte.

Cecilie wusste, was jetzt kam. Der Gynäkologe würde Elsa die Gebärmutter herausschneiden und sie damit für alle Zukunft unfruchtbar machen. Sie setzte zum Protest an, aber mit einigen schnell ausgeführten Schnitten trennte Dr. Eisenmann bereits den Uterus heraus und Eierstöcke, Eileiter und Uterusbänder ab.

In diesem Moment erschütterten schwere Donnerschläge den Saal. Die Fensterscheiben und die Medizinflaschen auf dem Beistelltisch klirrten, und die Anwesenden sahen sich überrascht an. Eine Ewigkeit lang hörten sie dicht aufeinanderfolgende dumpfe Kanonenschüsse.

Als der letzte Hall verklungen war, rief Schwester Johanna aus: »Der Geburtstag des Kaisers!«

Mit einem Mal ertönte ein schriller Schrei. Das Neugeborene. Elsas Bastard lebte.

»Es ist ein Junge.« Im angrenzenden Badezimmer übergab Schwester Johanna Cecilie das Kind, nachdem sie es mit warmem Wasser gewaschen hatte, das im Ofen ständig bereitgehalten wurde.

»Der Herr ist gnädig.« Die Krankenwärterin zog die blutig durchtränkte Schürze über ihrer Brust stramm und verschwand im Entbindungssaal.

Niemals hätte Cecilie gedacht, dass eine Geburt ein ebensolches Schlachtfest war wie eine Sektion. Ihr Arm verkrampfte, während sie das Köpfchen des Neugeborenen abstützte. Sein Haar schimmerte rötlich, das Gesicht wirkte zerknautscht, die Augen waren geschwollen. So klein die Nase auch war, erinnerte sie deutlich an das spitzmausige Gesicht ihres Vaters, Malte Blum.

Mit einem Ruck fuhren die Arme des Kindes aus der Decke und ruderten in der Luft umher. Die winzigen Fingerchen an jeder Hand faszinierten Cecilie. Nach und nach tippten ihre Fingerspitzen auf die des Neugeborenen. Er war noch so klein und doch schon ein perfekter Mensch. Ein merkwürdiges Gefühl breitete sich in ihr aus. Der zahnlose Mund des Jungen öffnete und schloss sich, als suche er etwas. In der Ferne schrie ein Kind.

»Hallo, Kleiner!« Cecilie fragte sich, wie Elsa ihren Sohn wohl nennen würde, der dank des Kaiserschnitts überlebt hatte und von nun an wie Kaiser Wilhelm am zweiundzwanzigsten März Geburtstag feierte.

Auf einmal wurde der Säugling krebsrot, stieß ein Heulen

aus und gebärdete sich wild auf ihrem Arm. Sie hatte Mühe, ihn zu halten und davor zu bewahren, auf die Fliesen zu stürzen. Schon jetzt schien er einen ausgeprägten Willen zu haben, in dem sie ihr eigenes Naturell zu erkennen glaubte. Aber die Tränen der Rührung, die sich in ihren Augen sammelten, versiegten auf der Stelle, als das Heulen anschwoll. Sie wiegte die Arme nach rechts und nach links, um ihn zu beruhigen. Vergebens. Hoffentlich kam Schwester Johanna bald zurück. Schlafende Kinder strahlten etwas so Friedliches aus, schreiende dagegen machten Cecilie nervös. Mit dem brüllenden Neugeborenen ließ sie sich auf einen Stuhl sinken.

Endlich erschien eine Krankenwärterin in einer frisch gewaschenen reinweißen Schürze und einer tief auf das Haupt gedrückten Haube im Badezimmer. Trotz der Wärme hatte sie einen Schal um den Hals geschlungen. Erleichterung erfasste Cecilie, als ihr die Frau mit beringten Händen das sich wie wahnsinnig gebärdende Kind aus dem Arm nahm. Ohne ein weiteres Wort verschwand die Krankenwärterin mitsamt dem Säugling. Das Gebrüll wurde leiser. Die einsetzende Stille ließ Cecilie wieder zu Atem kommen.

Jetzt erst merkte sie, wie müde sie eigentlich war, und beschloss, nur schnell nach Elsa zu sehen und sich dann umgehend ins Bett in ihrer Dachkammer zu legen. Bei dem Sturm würde es doppelt so stark durch die unzähligen Ritzen ziehen, aber mit einer Wärmflasche ließ sich die schlimmste Kälte vertreiben, bis sich unter den Wolldecken eine angenehme Wärme aufgestaut hatte. Sie trat aus dem Badezimmer in den Flur.

Dort kam ihr Schwester Johanna entgegen. »Wo ist der Junge?«

»Den hat die Krankenwärterin abgeholt«, erklärte Cecilie.

»Welche Krankenwärterin?« In Schwester Johannas Stimme schwang Tadel mit.

Cecilie fielen erst jetzt die schiefen Zähne der Frau auf. »Keine Ahnung. Eine Ihrer Kolleginnen halt.«

»Die Hebammenschülerin?«

»Nein, eine andere.« Sie wusste nicht, wie sie die Krankenwärterin beschreiben sollte, schließlich hatte sie mehr auf den brüllenden Säugling als auf die Frau geachtet.

»Es ist aber niemand anders hier.« Auf Schwester Johannas Stirn bildeten sich Furchen.

Nun wurde Cecilie unruhig. »Was soll das heißen?«

»Das frage ich Sie. Wo ist das Kind?«

Cecilie blickte entsetzt auf ihre leeren Hände.

Der anbrechende Tag war um diese Zeit von der Nacht nicht zu unterscheiden. Als wollte er dem Fluss ein für alle Mal den Garaus machen, schlug der Sturm auf das dunkle Wasser ein. Nur unter Aufbringung all seiner Kraft gelang es dem Fischer, den Kahn auf Kurs zu halten. Die Spree war in ihrer aufbäumenden Wildheit nicht wiederzuerkennen. Zu allem Überfluss fegte der Sand, den die orkanartigen Böen mit sich trugen, dem Mann ins Gesicht. Schwarze Wolken trieben am Himmel.

Auch wenn die Erinnerung immer mehr verblasste, wusste der Fischer noch aus seiner Zeit als Seemann, dass es Geister und Dämonen gab, die nur darauf lauerten, ihre Opfer mit scharfen Zähnen in Stücke zu reißen, um ihre Seelen zu verschlingen. Er fühlte sich von ihnen umzingelt, konnte ihren hechelnden Atem hören und ihre unstillbare Gier riechen.

Was hatte ihn nur dazu gebracht, den Bretterverhau zu verlassen, in dem er seinen billigen Rausch für gewöhnlich ausschlief, und den Kahn zu besteigen? Erst seine zitternden Finger riefen ihm ins Bewusstsein, wie dringend er die Groschen brauchte, die die Fische ihm einbrachten, wenn er sie mit seinem löchrigen Netz aus dem Fluss holte. Er gierte nach dem ersten Schluck des Tages, der seinen Leib mit einem Brennen erfüllen würde. Doch sooft er sein Netz auch einholte, es blieb leer. Bei diesem Wetter verkrochen sich die Fische auf den Boden des Kanals.

Vielleicht war seine Zeit auch einfach vorbei. Der Fischer zog das Wolltuch, das er sich mit einem Gürtel um den Leib geschlungen hatte, am Hals enger zusammen. Ein einziges Mal noch würde er mit den Händen, deren Haut längst zu Leder geworden war, das Netz auswerfen.

Er ruderte zur Alsenbrücke. Im schwächlichen Schein der Gaslaternen sah er, wie die Ruderblätter in die aufgewühlte Wasseroberfläche stießen. An anderen Tagen hörte er vom Ufer her das an- und abschwellende Klappern von Pferdehufen, das Rasseln der Geschirre, das Rollen von Fuhrwerken und die Grüße und Scherze, die sich die Kutscher zuriefen. Heute dagegen schien es, als gäbe es nur ihn und den Fluss.

Weil er sich nicht am Gehör orientieren konnte, drehte er den steifen Hals so weit wie möglich. Die Brücke lag wenige Ruderschläge entfernt. Jemand stand darauf, hob etwas über das Geländer und hielt es einen Augenblick lang in der Luft, um es dann loszulassen.

Müll, dachte der Fischer, verunreinigt das Spreewasser noch mehr, als es ohnehin schon ist. Aber manchmal war das, was die Leute wegwarfen, wertvoll für ihn. Er malte sich eine halbvolle Flasche Alkohol aus. Mit der Zunge fuhr er sich über die aufgesprungenen Lippen. In seiner Vorstellung zog er den Korken heraus und setzte den Mund an den Hals der Flasche.

Allein der Gedanke verlieh ihm neuen Mut. Er warf das Netz dort aus, wo er den Müll vermutete. Und wirklich, als er es einholte, hatte sich etwas darin verfangen. Ein Bündel lag auf dem Boden seines Kahns. Er befühlte es. Triefnasser Stoff.

Vielleicht eine Jacke. Wenn sie getrocknet war, konnte er sie eintauschen.

Mit seinen geschundenen Händen wickelte er den Stoff auseinander. Für einen Moment hörte sein Herz auf zu schlagen, denn in dem Bündel lag ein splitterfasernackter Säugling.

»Keine Polizei!« Dr. Eisenmann straffte die nach vorne hängenden Schultern. »Es kann sich nur um eine Verwechslung handeln, um einen Irrtum. Genau.« Seine Mundwinkel verzogen sich, als gewinne er der Situation etwas Komisches ab.

»Das ist unmöglich. Es muss eine Ihrer Wärterinnen sein, die den Jungen mit sich genommen hat. Die Frau war ungefähr einen Kopf kleiner als ich, schätze ich mal, ich hab ja gesessen, und wohlgenährt, soweit ich das unter der Schürze erkennen konnte.« Cecilie begriff nicht, mit welcher Gelassenheit der Gynäkologe das Verschwinden des Neugeborenen hinnahm. Im Entbindungspavillon war das Kind nicht mehr aufzufinden, sogar im Abstellraum, in dem die Putzeimer, Besen und Schrubber standen, hatten sie nachgesehen.

»Von meiner Abteilung ist sie nicht, nein«, beschied Dr. Eisenmann.

Cecilie protestierte. »Als ob eine Wärterin von einer anderen Station ein neugeborenes Kind holt.«

Es ergab keinen Sinn. Angestrengt versuchte sie sich das Gesicht der Frau in Erinnerung zu rufen, aber der Schal hatte zu viel davon verborgen und sie war von dem Gebrüll des Säuglings abgelenkt gewesen.

»Von Entführung kann gar keine Rede sein!«, behauptete der Gynäkologe.

Ein Gefühl von Gefahr.

Cecilie kam erst jetzt auf die Idee, Elsas Sohn könne tatsächlich entführt worden sein. Ein alarmierender, erschreckender Gedanke. Doch wer um alles in der Welt würde das Kind eines Dienstmädchens entführen?

Sie ging zu Elsa, die in einem separaten Zimmer untergebracht war, die Decke bis über die Brust hochgezogen. In dem Raum roch es säuerlich. Neben dem eisernen Bettgestell, auf dem eine einfache Matratze lag, stand ein Eimer, in dem eine bräunlich-schaumige Masse schwamm.

Gerade als Cecilie die Hand der Patientin ergreifen wollte, beugte diese den Oberkörper vor, öffnete den Mund mit einem Röcheln und würgte. Es gelang Cecilie nicht, ihr rechtzeitig den Eimer hinzuhalten, und der Schwall ergoss sich über die Decke. Elsa zitterte am ganzen Körper, ihre Lider flatterten unruhig, und das Haar klebte ihr an Stirn und Hinterkopf. Ihre Arme und Beine fingen derart stark an zu zucken, dass die Decke verrutschte und zu Boden glitt. Das Nachthemd, das man dem Mädchen angezogen hatte, war von Schweiß durchnässt, und die Brustwarzen schimmerten durch den Stoff. Im Bereich des Unterleibs war das Hemd rot getränkt. Der riesige Bauch war verschwunden, aber ihr Körper wirkte noch immer aufgedunsen.

»Elsa, hörst du mich?« Cecilie hob die Decke auf und breitete sie über das Mädchen. Beinahe war sie froh darüber, dass keine Reaktion erfolgte. Sie wusste nicht, wie sie Elsa das Verschwinden des Kindes hätte erklären sollen.

Jemand betrat das Zimmer: Schwester Johanna. Sie hatte Wassertropfen im Gesicht, ihre Haube war verrutscht, und das Haar lugte darunter hervor.

»Waren Sie draußen? Haben Sie irgendwas gesehen?«, fragte Cecilie.

»Bei dem Sturm kann man nicht weit gucken.« Schwester Johanna ging ums Bett herum und ergriff Elsas linkes Handgelenk.

»Sie glauben auch nicht daran, dass eine stationsfremde Wärterin den Jungen mitgenommen hat, nicht wahr?«, fragte Cecilie.

Die Krankenwärterin wich ihrem Blick aus und zog es offenbar vor, nicht zu antworten.

»Wie steht es um sie?« Cecilie nickte in Elsas Richtung.

Schwester Johanna schwieg, bis sie den Puls zu Ende gefühlt hatte. »Die Erregung ist eine Folge der Narkose, genau wie das Erbrechen und die Schweißausbrüche.«

»Muss sie sterben?«, fragte Cecilie so leise wie möglich und sah dabei zu Elsa.

Schwester Johanna blickte sie forschend an. »Ihr Zustand ist lebensbedrohlich«, sagte sie dann. »Ob sie die Nacht übersteht, ist fraglich. Es tut mir leid, aber wir können nichts weiter tun, als abzuwarten.«

Cecilie hatte keine andere Auskunft erwartet, trotzdem fühlte sie sich niedergeschlagen. »Können Sie mich benachrichtigen, sobald sich ihr Zustand … ich meine, wenn es Neuigkeiten gibt?«, bat sie und hinterließ die Adresse des Leichenkellers.

Als sie aus der Entbindungsanstalt trat, fegte ihr der Sturm entgegen. Mit der Hand schirmte sie die Augen gegen die Sandkörner ab. Sie war unfassbar müde, doch sie konnte unmöglich schlafen, solange Elsas Kind verschwunden blieb. Obwohl es bei dem Sturm ein Wahnsinn war, den nahe liegenden Leichenkeller, dessen dicke Mauern sie vor den orkanartigen Böen schützen würden, nicht aufzusuchen, ging sie die Straße in die entgegengesetzte Richtung hoch. Auf dem Luisenplatz wurde sie beinahe umgeweht, und ihr Rock wickelte sich ihr um die Beine. Die hölzernen Kräne der großen Baustelle auf dem Gelände der ehemaligen Eisengießerei schwankten. Jeden Moment drohten sie umzustürzen.

Auf der Invalidenstraße fuhr eine einzige Kutsche. Der Fahrer hatte seinen Bowlerhut so tief ins Gesicht gezogen, dass er von der Fahrbahn nicht mehr viel sehen konnte. Blind vertraute er auf den Ortssinn seiner beiden Gäule. Im Park hob sich das vierzig Meter hohe Kriegerdenkmal mit dem Adler dunkel vom Himmel ab. Cecilie hielt sich links.

Im Hafenbecken am Alexanderufer tanzten die Kähne auf den Wellen, irgendwo jaulte ein Hund. Eine Zeitungsseite wirbelte vorbei, bis sie an einem Laternenmast hängenblieb.

Der Weg am Friedrich-Karl-Ufer würde sie zurück in Richtung Charité und Luisenstraße führen, doch Cecilie trieb es auf die Alsenbrücke. Mitten auf der Brücke stoppte sie ab. Eigentlich konnte man von hier aus die Siegessäule sehen. An diesem frühen Morgen war die gewohnte Weite der Straßen jedoch auf ein paar Meter geschrumpft, die der Sturm an Sicht gerade noch zuließ. Cecilie beugte sich über das Brückengeländer und spähte in den Kanal.

Gänzlich entblößte Leichen gehörten zu Hektors Tagesgeschäft. Wenn er hätte sagen sollen, wie viele Tote im Lauf seiner Karriere schon nackt vor ihm gelegen hatten, hätte er nicht einmal eine ungefähre Schätzung abgeben können. Dass er ausgerechnet bei dieser Leiche zögerte, mit der Sektion zu beginnen, irritierte ihn. Womöglich lag es daran, dass sie zu Lebzeiten eine Nonne gewesen war, oder aber an dem Kopfschmerz, der sich von innen in seine Schädeldecke bohrte.

Innerlich verfluchte er Kommissar Tiegler, der ihn ins Barackenlazarett kutschiert hatte, damit er im Sektionsraum des Moabiter Leichenhauses eine sechzigjährige Frau mit ergrautem Schamhaar und faltigen Brüsten aufschnitt. Eine Nonne, die nie ein männliches Glied zu sehen bekommen hatte. Er verspürte wenig Drang, ihr die Jungfräulichkeit zu nehmen.

Die Frau war an Flecktyphus verstorben, zumindest hatte man sie wegen dieser Krankheit ins Lazarett gebracht. Doch der angehende Arzt neben ihm beharrte darauf, dass der Krankheitsverlauf bei Flecktyphuspatienten ein völlig anderer sei und dass bei der Nonne eine unbekannte Todesursache vorliegen müsse.

Hektor betrachtete die Totenflecken auf der Rückseite der Leiche, dann zog er ihr die Lider hoch. Beide Pupillen waren geweitet. Von der Nase verlief ein gelbbrauner Streifen angetrockneter Flüssigkeit zum linken Ohr.

Als er die äußere Leichenschau abgeschlossen hatte, schnitt er in die verfärbte Bauchhaut. Der Geruch des aufsteigenden Gases ließ die Anwesenden die Luft anhalten, und der junge Arzt wurde blass um die Nase. Als Samuel Zimetbaum hatte er sich vorgestellt.

»Von außen erscheint der Magen normal, nicht fäulnisverändert und auch nicht übermäßig ausgedehnt.« Während Hektor das Organ herausnahm und in eine Metallschüssel legte, dachte er an Fräulein Cecilie und Elsa. Mittlerweile müsste das Mädchen das Kind zur Welt gebracht haben.

»Ich kotze gleich.« Das Würgen kam von Kommissar Tiegler.

Im geöffneten Magen der Leiche war eine ziemlich große Menge blutig gefärbter Flüssigkeit zu sehen. Hektor bemerkte, dass der Polizist in den letzten Monaten dünnhäutiger geworden war. Der Druck, den Polizeipräsident Guido von Madai auf ihn ausübte, seit sie sich in die Jagd nach dem Frauenmörder eingemischt hatten, war sicher nicht gering.

Die Färbung der Magenschleimhaut ging ins Gelbliche, und auf ihr hafteten kleine graue Partikel. Eins davon nahm Hektor nun zwischen Zeigefinger und Daumen und drückte zu. Es war von harter Konsistenz.

Dergleichen entdeckte er im Mageninhalt. Die Spitze von Tieglers Bleistift kratzte über das Papier, während er aufschrieb, was Hektor ihm diktierte.

»Was meinen Sie? Was ist die Todesursache?« Zimetbaum sprach durch die Zähne. Sein apartes Gesicht zeigte seine Anspannung.

»Ich halte nichts von vorschnellen Urteilen. Lassen Sie mich die Sektion zu Ende führen«, gab Hektor zurück.

Als er ähnliche Partikel von weitaus größerem Umfang auch im Dünndarm vorfand, betrat Fräulein Cecilie den Raum. Er hatte ihr eine Nachricht im Leichenkeller hinterlassen, wo sie ihn finden konnte.

Hektor beobachtete, wie sie die Handschuhe und den Umhang ablegte und eine Schürze umband. Sie sah zerzaust und erschöpft aus.

»Alles in Ordnung mit Elsa und dem Kind?«, fragte er leise, während sie sich neben ihn stellte und die Ärmel hochkrempelte.

Sie schüttelte den Kopf. Er ließ es dabei. Dies war nicht der Ort, um mehr zu erfahren.

»Legen Sie das hier bitte unters Mikroskop.« Er reichte ihr ein haselnussgroßes Partikel.

Weiter brauchte er ihr nichts zu erklären, und genau das machte die gemeinsame Arbeit so angenehm. Fräulein Cecilie ging zu seiner großen Tasche aus braunem Elchleder, nahm das Mikroskop heraus, entzündete eine Flamme, deren Licht umgeleitet wurde, und legte das Partikel auf eine Glasscheibe.

»Kristallbildung, oktaedrischer Typus«, stellte sie fest.

Hektor bemerkte den Ausdruck, mit dem Zimetbaum das Fräulein betrachtete. Zufrieden registrierte er, dass Fräulein Cecilie dem jungen Arzt nur einen flüchtigen Blick zuwarf, als sie die Niederschrift des Protokolls übernahm.

»Im Dickdarm kein Kot.« Der Gerichtsmediziner konzentrierte sich auf seine Arbeit, und der Rest der Sektion verlief ohne Störungen.

»Nach diesen Befunden lautet mein summarisches Gutachten dahin gehend Komma dass die Denata Komma die vierundsechzigjährige Nonne Hildegard Jetschow Komma einer Vergiftung erlegen ist Punkt«, befand er schlussendlich.

Mit einem Messgefäß schöpfte Fräulein Cecilie die faulige Flüssigkeit heraus, die sich durch die Sektion der Brusthöhle in die Bauchhöhle ergossen hatte.

»Dann hatte ich also recht«, sagte Zimetbaum.

»Ja, das hatten Sie«, fuhr Hektor ihn an. »Offenbar war Ihre erste Diagnose falsch, und die Nonne war gar nicht an Flecktyphus erkrankt, sondern litt unter Vergiftungserscheinungen.«

»Mord?«, fragte Tiegler.

»Genaueres kann ich erst sagen, wenn der Mageninhalt analysiert ist.«

3

Von der neben dem Lazarett gelegenen Actien-Brauerei wehte ein malziger Geruch herüber. Nach der Desinfektion mit dem Karbolspray kam er Cecilie wie eine Wohltat vor.

Der junge Arzt, der sich als Samuel Zimetbaum vorgestellt hatte, war ihr beim Einsteigen in die bereitstehende Polizeikutsche behilflich. Mit einem Diener verabschiedete er sich. Das Lachen auf seinem ausgesprochen hübschen Gesicht, dessen Züge noch recht adoleszent wirkten, verlieh ihm zusammen mit seiner aufragenden Gestalt eine attraktive Leichtigkeit. Sie blickte ihn durch das Fenster an, und es schien ihr, als hielte er die Augen so lange auf sie gerichtet, bis die Kutsche vom Sandsturm verschluckt wurde.

Die Baustelle des Untersuchungsgefängnisses, an der sie vorbeikamen, wirkte bei diesen Witterungsverhältnissen wie eine verlassene Wüstenstadt. Kein Arbeiter war zu sehen.

»Was für ein beschissener Ostwind. Mir friert gleich das Gehänge ab. Oh, Verzeihung, Fräulein Cecilie. In Ihrer Gegenwart vergesse ich schnell, dass ich es mit einer Dame zu tun hab. Nicht, dass Sie keine Dame sind, na, Sie wissen schon, wie ich das meine.« Kommissar Tiegler saß ihr gegenüber und stellte mit Dr. von Thorwald Überlegungen an, wo sich Elsas Kind befinden mochte.

»Es könnte ja auch eine Krankenwärterin sein, die sich unter falschem Namen hat einstellen lassen. Mit der Absicht, ein

Kind zu stehlen«, fiel es Cecilie ein. Sie dachte an das vor zwei Tagen vor der Dritten Criminal-Deputation eröffnete Verfahren gegen eine Kindesräuberin, die ein zweijähriges Mädchen entführt hatte, um Geld zu erpressen.

»Eine zweite Martha Frank?«, fragte Tiegler. Es war offensichtlich, dass er nicht an ein Verbrechen glaubte. Immerhin hatte er sich trotzdem gemeinsam mit dem Gerichtsarzt bereit erklärt, Cecilie in die Entbindungsanstalt zu begleiten.

Sie lehnte den Kopf an das Fenster. Das russische Klima, das die Stadt im Winter einnahm, erklärte die Verstimmtheit der Berliner. Die machten sich auf den Straßen, durch die sie fuhren, äußerst rar. Nur dann und wann erhaschte Cecilie einen Blick auf einen Laufburschen, den seine Herrschaft nach draußen geschickt hatte, oder auf einen Offizier in Galauniform, der zu des Kaisers Geburtstagsfeierlichkeiten eilte. Der festliche Flaggenschmuck an den Häusern flatterte einsam im Wind.

»Aber der Doktor hat gesagt, dass es keinen Grund gibt, die Polizei einzuschalten«, war das Erste, was Schwester Johanna von sich gab, nachdem sie die blaue Uniform des Kommissars gesehen hatte. Mit einer Aufregung, die gar nicht zu der autoritären Art passen wollte, die Cecilie kennengelernt hatte, lief die Krankenwärterin vor ihnen durch den Pavillon. »Doktor Eisenmann ist nach Hause gegangen. Er hat einen langen Dienst hinter sich und braucht Ruhe für seine weiteren Verpflichtungen.«

Ruhe – die brauchte Cecilie auch. Aber erst musste sie wissen, was mit Elsas Kind geschehen war.

»Was haben Sie denn bisher für Suchmaßnahmen veranlasst?« Kommissar Tiegler zückte sein Notizbuch.

»Wir haben alles abgesucht, die Wöchnerinnensäle, den

Entbindungssaal, den Mittelgang, alles. Und wir haben auf den anderen Stationen in den umliegenden Gebäuden der Charité nachfragen lassen.« Schwester Johanna hielt sich an den Trägern ihrer Schürze fest. Sie sah erschöpft aus.

»Mit welchem Erfolg?« Der Kriminalbeamte wirkte ungehalten.

»Mit keinem.« Die Wärterin presste die schmalen Lippen aufeinander.

Cecilie wechselte einen Blick mit Dr. von Thorwald.

»Und da halten Sie es nicht für nötig, die Polizei zu informieren, obwohl das Neugeborene noch immer verschwunden ist? Wird denn in diesem Sauladen jeden Tag ein Kind entführt, oder was?« Unter der Pickelhaube liefen Tieglers Blumenkohlohren rot an.

Sie standen in der achteckigen, durch Oberlicht erhellten Zentralhalle des Pavillons. Durch die Glasscheiben sah Cecilie den grauen Himmel, über den dichte Wolken jagten. Ein braunes Platanenblatt klebte genau über ihr. In der Ferne schrie ein Säugling, ansonsten war es so ruhig, dass sie den Kriminalkommissar schwer atmen hörte. Schwester Johanna wirkte derart betroffen, als hätte sie sich zur Strafe am liebsten in eine Ecke gestellt. Dr. von Thorwald öffnete eine Tür, hinter der ein Abort zum Vorschein kam, und schloss sie wieder. Die hilflose Geste rührte Cecilie an.

»Es wird gleich noch eine Suchmeldung an alle Polizeibeamten rausgehen«, erklärte der Kommissar. »Wir werden das hier ordentlich zu Protokoll bringen. Personenbeschreibung!«

Er blickte Cecilie auffordernd an.

»Schätzungsweise war die Entführerin einen Kopf …«

»Später. Erst will ich wissen, wie das vermisste Kind aussieht.«

Sie dachte an die winzigen Finger, an den zahnlosen rosa

Gaumen, an die suchenden Lippen, an die Haut, die wie ein viel zu großer Anzug Falten geworfen hatte. Doch davon brauchte sie Tiegler nichts zu sagen. »Dünnes Haar mit einem rötlichen Schimmer, ein spitzes Näschen und dicke Backen, blaue Augen.«

»Alle Neugeborenen sind blauäugig«, brummte der Kommissar. »Fällt Ihnen sonst nichts ein?«

»Ich hab den Jungen nur ganz kurz auf dem Arm gehabt.«

»In welchem Verhältnis stehen Sie zu dem vermissten Kind?«

»Ich bin seine Halbschwester.«

Dr. von Thorwald und der Kriminalbeamte starrten sie an.

Mit einem nasskalten Lappen kühlte Cecilie Elsas Stirn. Das Mädchen öffnete den Mund, schob die Zunge heraus und lutschte an dem Tuch. Sofort griff Cecilie nach dem Wasserglas auf dem Nachttisch und hielt es an Elsas Lippen. Gierig trank sie, dabei verschluckte sie sich, hustete und riss die Augen auf.

»Ich bin's, Cecilie. Verstehst du mich?«

»Ja«, flüsterte das Dienstmädchen.

»Wie geht es dir, Elsa?«

Die Angesprochene verzog das Gesicht. »Es brennt. Das Feuer brennt.«

»Das ist eine Wunde. Sie muss verheilen. Weißt du, wo du bist?«

»Im Fegefeuer?«

Cecilie lächelte. »Du bist im Krankenhaus. Im Gebärpavillon der Charité.«

Elsa hob den Kopf und blickte auf ihren bedeckten Körper. »Der Bauch.«

»Du hattest einen Kaiserschnitt«, erklärte Cecilie. Es war

nicht leicht für sie, dem Mädchen alles zu erzählen. »Dein Kind …«

»Ist es tot?« Elsa starrte sie an.

»Nein, nein. Es ist ein Junge. Du hast einen Sohn bekommen. Hast du schon einen Namen für ihn?«

»Ich weiß nicht …« Das Mädchen schloss die Augen. Cecilie hoffte, sie würde einschlafen und ihr damit einen Aufschub gönnen, aber Elsa blickte wieder auf. »Ich will meinen Sohn.«

»Du bist noch sehr schwach. Du musst erst zu Kräften kommen.«

»Wo ist er? Ich will ihn sehen.«

Cecilie atmete tief durch. Sie würde Elsa die Wahrheit sagen müssen, damit sie es nicht von einem Fremden erfuhr. Doch es gab keine Schonung. Es war die schlimmste Nachricht, die sie jemals hatte überbringen müssen. »Dein Junge ist verschwunden. Er ist entführt.« Als sie einen verständnislosen Blick erntete, fügte sie hinzu: »Er ist weg.«

»Weg? Warum weg?« Elsa schüttelte den Kopf und versuchte sich aufzusetzen. Durch die Bewegung musste die Wunde des Kaiserschnitts schmerzen, denn sie stieß einen Schrei aus und wollte gar nicht mehr aufhören.

Beruhigend redete Cecilie dagegen an und streichelte die zur Faust geballte Hand. Es dauerte eine ganze Weile, bis das Mädchen in einen unruhigen Schlaf fiel. Cecilie blieb bei ihr, bis sie sicher sein konnte, dass Elsa wirklich schlief.

Dann erhob sie sich von dem harten Stuhl. Es tat gut, die Beine durchzustrecken. Ein Gähnen riss ihre Kiefer knackend auseinander.

Sie nahm die Emailleschüssel in die Hand. In dem Wasser schwammen Spuren von Erbrochenem. Um Elsas fiebrige Stirn zu kühlen, brauchte sie frisches. Vielleicht konnte sie für sich einen kräftigen Tee auftreiben.

Sie trat in den verglasten Verbindungsgang. Mittlerweile war es Nachmittag, doch das Licht draußen war unverändert düster. Durch die Ritzen der Verglasung zog der Wind. Seitdem Dr. von Thorwald und der Kommissar den Gebärpavillon verlassen hatten, mussten etwa drei Stunden vergangen sein. Cecilie war dem Gerichtsarzt dankbar, dass er ihr freigegeben hatte, um bei Elsa zu bleiben.

Auf der Suche nach der Teeküche kam sie an dem Entbindungssaal vorbei. Mehr als zehn Ärzte, Assistenzärzte und Medizinstudenten umringten eine kreißende Frau. Cecilie stellte es sich schrecklich vor, in einem derart intimen Moment einer solchen Öffentlichkeit ausgesetzt zu sein.

Sie ging weiter bis zu einem der Wöchnerinnensäle, dessen Flügeltüren offen standen. In der Mitte des Saales, in dem die Betten voll belegt waren, dozierte Dr. Eisenmann vor einer Gruppe wohlhabend gekleideter Damen. Ihre mit bunten Stoffblumen, Federn und Tüllschleiern besetzten Hüte wirkten in der Schlichtheit und Farblosigkeit des Raumes deplatziert. Nur zwei von ihnen waren schwanger, wie Cecilie an den gewölbten Leibern erkannte, die anderen schienen zum überwiegenden Teil nicht mehr in einem fruchtbaren Alter zu sein. Ihre Augen hatten sie auf den Gynäkologen gerichtet, der zu Cecilies Erstaunen seine kraftlose Art ganz abgelegt hatte.

»Immerhin neunzigtausend Mark hat dieser Neubau gekostet. Dank der Großzügigkeit Ihrer Familien ist es uns gelungen, in diesen Wänden den größtmöglichen Hygienestandard und den besten Komfort zu installieren.« Mit beiden Händen gestikulierend, unterstrich er seine Worte. Fasziniert lauschten die Damen der besseren Gesellschaft seiner den Saal füllenden Stimme, während die Wöchnerinnen stumm in ihren Betten lagen. »Die Kosten für die einzelne Lagerstelle belaufen sich auf dreitausendzweihundert Mark. Meine Damen, ich will Sie nicht mit technischen Details langweilen, aber die Kosten sind durch das hervorragende Heizungs- und Lüftungssystem entstanden, das wir haben einbauen lassen. Sehen Sie hier, die Heizvorrichtung.« Er wies auf die zwei gekuppelten Kachelöfen, deren Rauchröhren zur Decke führten. »Die gleiche Vorrichtung findet sich im zweiten Wöchnerinnensaal. Der Entbindungssaal wird durch zwei, jedes Warte- und Badezimmer durch einen Kachelofen erwärmt.«

Cecilie fiel die hübsche Krankenwärterin auf, die von Bett zu Bett ging und die Kissen aufschüttelte, wobei sie den mit einer Haube bedeckten Kopf immer wieder in Dr. Eisenmanns Richtung neigte. Unter dem Rand der Haube lugten honigfarbene Löckchen hervor, und ihre Lippen hatte sie zu einem Kussmund geschürzt. Sie war von einer aufreizenden Niedlichkeit. Cecilie schätzte die Wärterin jünger als sie selbst ein, vermutlich hatte sie das zwanzigste Lebensjahr noch nicht erreicht. Ihre pralle Frische hob sich auffällig von der fortgeschrittenen Faltigkeit der Damen ab.

Dr. Eisenmann winkte sie heran, und mit einem Lächeln stellte sie sich neben den Arzt.

»Sehen Sie die Waschtische?« Er deutete auf die Längsachse des Saales, an der zwei Schüsseln in eine Platte eingelassen waren. »Sie lassen sich mit kaltem und warmem Wasser befüllen. Für die Wärterinnen bedeuten die nahe gelegenen Wasseranschlüsse und Badezimmer eine Erleichterung der täglichen Arbeit, so dass mehr Zeit für jede einzelne Patientin übrig bleibt. Nicht wahr, Sybille?«

»Dadurch können wir dem Wohl der Frauen und Kinder besser dienen«, sagte die Krankenwärterin mit einer Fröhlichkeit, die auf Cecilie einen einstudierten Eindruck machte.

Doch den Damen gefiel die Darbietung anscheinend, denn

sie nickten wohlwollend. Nur eine der beiden Schwangeren blickte feindlich.

Ihre zu dünnen Bögen gezupften Augenbrauen waren hochgezogen, und die markant hervorstehende Nase war gerümpft. Das aprikosenfarbene Kleid war über ihrem Bauch gefaltet und zu allem Überfluss mit Rüschen verziert. Hätte man ihr Gesicht nicht gesehen, wäre es unmöglich gewesen, zu sagen, wo sich die Vorder- und wo sich die Hinterseite befand, denn der aufgebauschte Cul de Paris an ihrem unteren Rücken nahm sich ebenso ausladend aus wie der Bauch.

»Unser Ziel ist es, den Gebärenden und den Wöchnerinnen klarzumachen, dass sie nur hier in der Entbindungsanstalt die nötige Hygiene und medizinische Betreuung erhalten, die die Sterblichkeit von Mutter und Kind auf ein Minimum reduzieren. Frau von Böhme …« Der Gynäkologe winkte die zweite Schwangere zu sich. Ihr Lächeln wirkte verkrampft, als sie sich an seine freie Seite stellte. Cecilie erkannte in ihr die Frau, die in der Nacht mit Vorwehen zu Dr. Eisenmann in die Charité gekommen war. »Diese Frau ist bereit, im Dienst der Wissenschaft einen Vorstoß zu wagen und ihr Kind in unserem Pavillon zu gebären.«

Die Damen stießen reihum ihre »Ohs« und »Ahs« aus.

»Als leuchtendes Beispiel für alle anderen Frauen, die dem Aberglauben über die Gebäranstalten Glauben schenken und häusliche Geburten bevorzugen.« Dr. Eisenmann breitete beide Hände aus, die Innenflächen nach oben gerichtet. »Ich habe eine Vision. In einem Jahrzehnt schon wird die überwiegende Mehrheit aller Frauen ihre Kinder in unserer oder einer ähnlich geführten Anstalt zur Welt bringen.«

Behandschuhte Hände applaudierten, doch Frau von Böhme schien die Aufmerksamkeit nicht recht zu sein. Cecilie bemerkte, wie sie den Kopf drehte und dem Gynäkologen etwas zuflüsterte. Er runzelte daraufhin die Stirn, behielt sein aufgesetztes Lächeln aber bei.

Die zweite Schwangere in Aprikose drängte sich auf der anderen Seite zwischen die hübsche Krankenwärterin und den Gynäkologen und hakte sich bei ihm unter. Vermutlich handelte es sich um seine Ehefrau.

Wie Dr. Eisenmann so dastand, eingepfercht zwischen zwei Frauen mit enormen Bäuchen, wirkte er viel kleiner, als er war.

Ein Quietschen ertönte, und alle drehten sich um. Schwester Johanna schob einen Wagen herein, auf dem blecherne Teekessel und Becher standen, und Cecilie trat einen Schritt zur Seite, um sie vorbeizulassen. In diesem Augenblick bemerkte Dr. Eisenmann ihre Anwesenheit. Seine Augen weiteten sich. Er klappte den Mund auf und wieder zu.

»Fräulein, äh, kommen Sie doch mal her.« Er winkte Cecilie mit einer ähnlich herrischen Geste zu sich, mit der er auch schon Frau von Böhme herbeizitiert hatte. Dabei schüttelte er die Hand seiner Frau ab. »Fräulein ...« Erwartungsvoll sah er sie an.

»Blum«, vervollständigte sie. Angesichts ihres ungewaschenen und unfrisierten Äußeren fühlte sie sich sehr unwohl.

»Das Fräulein Blum, meine Damen, war in den frühen Morgenstunden Zeugin dessen, was die moderne Medizin derzeit zu leisten imstande ist. Dank eines Kaiserschnitts konnte ich das Leben einer Mutter und ihres Sohnes retten.«

Wieder applaudierten die Frauen. Cecilie war sprachlos. Mit keinem Wort erwähnte der Arzt, dass Elsa dem Tod näher stand als dem Leben und dass ihr Sohn verschwunden war.

»Wenn die Damen nun ihre Mildtätigkeit zeigen wollen ...« Dr. Eisenmann deutete auf den Teewagen.

Im nächsten Moment drängten sich die Frauen vor Schwester Johanna, um sich von ihr Kannen und Becher überreichen zu lassen.

Einzig Frau von Böhme, die ein zartgelbes Kleid von hervorragendem Schnitt trug, machte keine Anstalten, sich anzustellen. Stattdessen trat sie zu Cecilie. »Geht es der Mutter wirklich gut?«

Unter dem Hut mit den gelben Kanarienvögeln aus Perlen und Federn blickte Cecilie in ein aufgedunsenes Gesicht, auf dem reichlich Puder haftete. »Es ist noch nicht ganz klar, ob sie durchkommt«, erwiderte sie wahrheitsgemäß. Sie sah nicht ein, warum sie der Frau gegenüber das Märchen des Gynäkologen aufrechterhalten sollte, mochte ihr Gatte noch so spendabel sein.

Neben ihnen reichte eine Dame einen dampfenden Becher Tee einer Patientin, die ihn mit rauen, aufgeplatzten Fingern entgegennahm.

»Gott schütze Sie«, murmelte die Wöchnerin.

Eine Wäscherin, vermutete Cecilie.

»Wenn ich irgendetwas für die junge Mutter tun kann«, sagte Frau von Böhme, »Geld, eine Stellung oder Empfehlung, gleich was, dann zögern Sie nicht.«

»Danke, das ist sehr freundlich.« Cecilie überlegte, ob sie der Schwangeren von Elsas verschwundenem Kind erzählen sollte, doch Dr. Eisenmann kam ihr zuvor.

»Meine Werteste. Sie müssen sich schonen.« Er legte Frau von Böhme den Arm auf die Schulter. »Wie wäre es, wenn Sie in meinem Büro auf mich warten.«

Die Schwangere hielt sich den Bauch. »Das Kind. Es kommt bald.«

Der Gynäkologe sah für einen Moment verwirrt aus, dann nickte er. »Zeit dafür ist es ja. Ich werde Sie gleich untersuchen. Haben Sie noch ein bisschen Geduld.«

»Geduld, mein Bester, ist nicht meine Stärke.« Frau von Böhme zeigte eine Haltung, die Cecilie angesichts ihres Zustandes bewunderte, als Dr. Eisenmann sie am Arm in Richtung Ausgang geleitete.

Sie waren schon an ihr vorbei, da drehte sich die Schwangere noch einmal um. »Vergessen Sie nicht, sollte die Mutter etwas brauchen …«

Das erneute Hilfsangebot verblüffte Cecilie. Einmal ausgesprochen war es eine Floskel, durch das zweite Mal schien sie es tatsächlich ernst zu meinen.

Aus den Augenwinkeln beobachtete Cecilie, wie Dr. Eisenmanns Gattin hinter die hübsche Krankenwärterin trat und unterhalb von deren Ellbogen mit voller Absicht eine Kanne Tee umstieß. Die Kanne riss mehrere leere Becher mit sich. Es schepperte laut, und eine der Gönnerinnen schrie gellend auf. Die heiße Flüssigkeit war durch ihren karierten Rock bis auf ihre Beine gedrungen.

»Pass doch auf, du ungeschicktes Ding«, fuhr Frau Eisenmann Fräulein Sybille an.

»Aber ich hab doch gar nicht … Das war ich nicht«, stammelte die Gescholtene.

»Sofort bittest du Frau zum Felde um Verzeihung.« Das Gesicht der Arztgattin war vor Erregung rot angelaufen und wollte farblich gar nicht zu dem Spitzenkragen passen, der eng am Hals anlag.

»Was ist denn hier los?«, mischte sich Dr. Eisenmann ein, der sich ob der Geräuschkulisse auf der Türschwelle umgedreht hatte. Mit einem Augenzwinkern signalisierte er den anderen Damen, es könne sich nur um eine Bagatelle handeln.

Seine Frau und die Krankenwärterin fingen beide gleichzeitig an zu sprechen.

»Ruhe jetzt!« Schwester Johannas Stimme schallte durch den Saal. »Sybille, räum die Sachen weg.«

Die Gescholtene vergaß den aparten Schmollmund, als sie

langsam in die Hocke ging und mit ihrer Schürze den verschütteten Tee vom Boden wischte. Der Blick, mit dem sie dabei Frau Eisenmann streifte, war eindeutig feindselig. Cecilie überlegte noch, ob sie sich einmischen sollte, als die Arztgattin sich an ihren Bauch griff.

»O mein Gott!« Die Aufmerksamkeit richtete sich auf sie.

»Was ist?« Ihr Mann wirkte nicht gerade mitfühlend.

»Es geht schon.« Ihren Worten zum Trotz setzte Frau Eisenmann eine Leidensmiene auf.

»Hast du Schmerzen?«, fragte der Gynäkologe.

»Nein, nein, das halte ich schon aus. Mach dir bloß keine Sorgen um mich.« Die Schwangere verzog den verknitterten Mund. »Die Damen warten darauf, dass du sie herumführst. Ich komme allein zurecht.« Sie setzte sich auf einen Stuhl, der neben einem der Eisenbetten stand, und tätschelte ihre füllige Leibesmitte.

»Schwester Johanna wird bei dir bleiben«, entschied der Gynäkologe.

»Danke, mein Lieber, du bist so gut zu mir«, zwitscherte seine Frau.

Das zur Schau gestellte Einverständnis der Eheleute erinnerte Cecilie an ein Theaterstück, in dem einander fremde Darsteller sich darum bemühten, eine gemeinsame Biographie glaubwürdig erscheinen zu lassen. Vor allem erinnerte es sie jedoch an das Verhältnis ihrer Mutter zu ihrem Vater. Elisabeth Blum hatte nie aufgehört, sich und ihrer Umwelt eine häusliche Idylle vorzuspielen.

Cecilie fragte sich, ob die Mutter noch immer vor den Eskapaden ihres Mannes die Augen verschloss. Vier Monate war es nun schon her, dass sie ihre Eltern zuletzt gesehen hatte.

»Wenn Sie mir dann bitte folgen würden …« Dr. Eisenmann ging aus dem Saal.

Die Damen der besseren Berliner Gesellschaft hatten genug Gutes getan. Sie stellten ihre Kannen und Becher auf dem Wagen ab und trippelten ihm nach.

Cecilie blieb mit Frau Eisenmann, Schwester Johanna und der hübschen Krankenwärterin in dem Wöchnerinnensaal zurück. Sie spürte die Anspannung förmlich, die im Raum lag. Um welche Eifersüchteleien es sich dabei auch immer handeln mochte, das war nicht ihr Problem. Sie musste sich um Elsa kümmern und darum, was mit ihrem Kind geschehen sein mochte.

4

Cecilies Füße pochten, als sie die Schnürstiefel abstreifte. Etliche Male war sie die Straßen rund um die Charité abgelaufen. Natürlich hatte sie nichts entdeckt, was auf den Verbleib von Elsas Jungen hindeutete, aber solange sie in Bewegung blieb, hatte sie die Angst im Zaum halten können. Doch jetzt war es zu dunkel und zu kalt, um länger ziellos umherzuirren.

Sie wusch sich Gesicht und Hände in der Waschschüssel, fischte das falsche Haarteil aus ihrer Rocktasche und versuchte es zu kämmen. Dann zog sie das Kleid aus und legte die Tournüre, den Reifrock aus Draht, vorsichtig ab. Als sie in Strümpfen, Unterwäsche und Korsett in der Dachkammer stand, überkam sie ein Frösteln. Im Ofen lag nur noch kalte Asche.

Cecilie entknotete die Schnüre ihres Korsetts, die sie über dem Bauch zusammengebunden hatte.

Seit ihr kein Dienstmädchen mehr beim An- und Auskleiden behilflich war, hatte sie sich ein paar Tricks einfallen lassen. Die langen Schnüre band sie beim Anziehen an zwei dafür in die Wand gehauene Nägel und ging so weit nach vorne, wie es die kleine Kammer zuließ. Enger bekam sie das Korsett nicht zugezogen. Sich dessen zu entledigen war weitaus schwieriger. Dafür musste sie den Oberkörper möglichst tief beugen, so dass sich das Korsett allmählich von selbst lockerte, bis sie die Ösen nach vorne drehen und es mit den Fingern aufschnüren konnte. Es war jeden Abend eine langwierige Prozedur.

Endlich hängte sie das Korsett an einen der Nägel, löste die schwarzen Strümpfe von den Bändern und begutachtete die Fersen. Das Garn eines der gestopften Löcher war durchgescheuert. Der Strumpf war nicht mehr zu retten, aber wenn sie den zerlöcherten Teil abschnitt, konnte sie den Rest zu Hause immerhin als Pulswärmer anziehen.

Zu Hause. Es war das erste Mal, dass sie so über ihre winzige Kammer dachte. Verglichen mit ihrem Mädchenzimmer war sie ein düsteres, kaltes Loch. Dreiundzwanzig Jahre lang hatten die Räume, die sie bewohnt hatte, eine überbordende Gemütlichkeit ausgestrahlt, mit auf Tapeten gedruckten Vögeln und Blumen, Zierkissen, Figurinen aus Porzellan, Vorhangtroddeln und Spitzendeckchen. Hier dagegen gab es nichts Dekoratives, und das einzige Laken und die Decke, die sie besaß, fühlten sich klamm an. Dennoch kam sie gerne am Abend hierher. Vielleicht weil sie in dieser Leere das Gefühl hatte, sich selbst zu begegnen.

Cecilie schlüpfte unter die Decke. Mit klappernden Zähnen dachte sie an ihre Eltern. Sie wollten nichts mehr von ihr wissen. Der Brief, den sie ihnen nach ihrer Flucht geschrieben und in dem sie versucht hatte zu erklären, warum sie den Baron nicht heiraten konnte, war ungeöffnet zurückgekommen. Am Weihnachtstag war Cecilie zu ihrem früheren Zuhause gelaufen, weil sie hatte wissen wollen, wie es um ihre Schwester Marianne stand. Aber sie hatte es nicht über sich gebracht, zu klingeln.

Das einzige bisschen Familie, das ihr noch blieb, war ihr Halbbruder. Sein kurzes Auftauchen in ihrem Leben kam ihr seltsam vor. Für einen winzigen Moment hatte sie eine Liebe zu ihm gefühlt wie zu Marianne.

Schuld überwältigte Cecilie. Wenn sie den Säugling der seltsamen Frau nicht mitgegeben hätte, wäre er nicht verschwunden.

Warum hatte ihn die Fremde, die sich als Krankenwärterin ausgegeben hatte, überhaupt gestohlen? Was bezweckte sie damit?

»Ich finde deinen Jungen wieder, Elsa, das verspreche ich dir«, sagte Cecilie laut.

Als Hektor am Vormittag des nächsten Tages die Tür zu Tieglers Büro im Polizeipräsidium am Molkenmarkt hinter sich schloss, rieselte von der Decke Putz auf den Schreibtisch und den Kommissar.

»Großartig! Einfach großartig!« Mit der flachen Hand fegte Tiegler den Staub von seiner polierten Glatze. »Da sollen wir Berlins Mörder und Ganoven festnehmen, während uns das Haus auf den Kopf fällt.« Er pustete auf das mit Schinken belegte Brot, bevor er abbiss.

»Soweit ich weiß, wurde bisher noch hinter keinem Schreibtisch irgendein Mörder oder Ganove dingfest gemacht. Zumindest keiner, den man in aller Öffentlichkeit so nennen darf.« Hektor nickte der Frau zu, die in einem weiten Umhang vor Tieglers Schreibtisch saß und ein Bündel auf ihrem Schoß hielt.

»Spotten Sie nur, Doktor von Thorwald, Sie müssen ja keine Angst haben, dass Ihnen die Decke den Schädel einschlägt.«

»Bei Ihrem Dickkopf besteht keine Gefahr.« Hektor nahm seinen Zylinder ab und zog die neuen Lederhandschuhe aus. »Warum haben Sie mich rufen lassen?« Er vermutete, dass der Kommissar mit ihm über das Gift sprechen wollte, an dem die Nonne verstorben war.

»Darf ich Ihnen Frau Rachel Prins vorstellen, die Oberaufseherin des Reichenheim'schen Waisenhauses.« Tiegler deutete auf die Besucherin.

Bei der Erwähnung des Waisenhauses zuckte Hektor zusammen. Es war eine andere Anstalt gewesen, und sein Aufenthalt dort lag weit zurück, aber Scham und Angst hatten sich tief in seine Seele gebrannt. Zwei Jahre lang hatte sein Martyrium gedauert, das er nur überlebt hatte, weil er im Grunde tot gewesen war. Dann war Herr von Thorwald gekommen, hatte ihm seinen Namen und sein Geld gegeben und für eine hervorragende Ausbildung in einem Internat in England gesorgt.

»Geht es Ihnen nicht gut?«, fragte Kommissar Tiegler.

Hektor blickte erst ihn an, dann Frau Prins. In dem Bündel, das sie auf dem Schoß hielt, regte sich etwas. Überrascht trat er zwei Schritte vor. »Ist das …?«

»Frau Prins, wenn Sie Doktor von Thorwald bitte die Umstände beschreiben könnten, unter denen das Wurm zu Ihnen gekommen ist.«

Die runden, von Adern durchzogenen Backen der Frau wurden noch röter. Sie senkte den Blick. »Den Jungen hat gestern Morgen ein Fuhrmann gebracht. Der hat das Kind von einem alten Fischer. Der hat ihn angefleht, sich um den Knaben zu kümmern, bevor er in einer Wirtschaft verschwunden ist. Er will ihn aus dem Kanal gezogen haben.«

»Das Kind sollte ertränkt werden?« Hektor blickte auf das winzige Ohr, das aus der Decke hervorlugte, und auf einen Teil des Schädels, der mit dünnen Härchen bedeckt war.

»Mit der größten Wahrscheinlichkeit«, seufzte der Kommissar.

»Wie alt schätzen Sie den Jungen?« Hektor rieb seine schwitzenden Handinnenflächen an seinen Hosenbeinen ab.

Frau Prins richtete einen verrutschten Deckenzipfel um den Säugling. »Als er zu uns kam, war er wenige Stunden alt. Die Nabelwunde war noch frisch.«

»Das muss er sein.« Tiegler hielt sich den voluminösen

Bauch. »Dieses verdammte Sodbrennen. Ich hätte nicht so viel Bier auf des Kaisers Geburtstag trinken sollen.«

Hektor hörte ihm nicht zu. Seine Sorge galt dem Neugeborenen, Fräulein Cecilies Halbbruder. »Wie geht es ihm?«

Wieder sah Frau Prins ihn nicht an, als sie antwortete. »Er ist im Mutterleib schlecht ernährt worden. Das ist nicht gerade selten, wissen Sie. Die Mütter haben zu wenig für sich selbst, da kommen oft schwächliche Kinder zur Welt.«

»Und das Spreebad, wie hat er das überlebt?«

»Er hat sich erkältet. Durch den Schnupfen trinkt er schlecht. Außerdem bekommt ihm die künstliche Nahrung nicht. Er leidet an Durchfall.«

»Was meinen Sie, wird er es schaffen?«

Jetzt hob Frau Prins den Blick, und dem Gerichtsmediziner fiel auf, dass ihre Augen fast violett waren. »Die Chancen stehen schlecht.«

Er hatte diese Antwort erwartet, trotzdem ertrug er sie nicht. »Können wir irgendetwas tun, damit sie sich verbessern?«

»Wenn man eine Amme für ihn finden würde, käme er vielleicht wieder zu Kräften.«

»Haben Sie sich um eine Amme gekümmert?«

Frau Prins schüttelte den Kopf. Hektor sah auf ihre Kopfhaut hinunter, wo zwischen den dunkelbraunen Haaren Schuppen steckten. Sie räusperte sich. »Die Kosten. Wir haben so viele Kinder zu versorgen. Das kann unser Haus nicht tragen.«

Er klatschte mit den Handschuhen in seiner Faust auf die Schreibtischplatte, und die Oberaufseherin fuhr zusammen.

»Machen Sie sich keine Gedanken um die Kosten. Die übernehme ich.«

»Danke, der Herr. Ich werde zusehen, dass ich den Kleinen so schnell wie möglich in eine Pflegefamilie geben kann.«

»Ich verlasse mich auf Sie.«

Sie nickte und erhob sich mit dem Kind im Arm. »Sie hören von mir.« Dann ging sie.

Von Unruhe getrieben streifte Hektor seine Handschuhe über und setzte den Zylinder wieder auf. »Tiegler, ich gebe Ihnen Bescheid, sobald ich die Untersuchungen des Mageninhalts der Nonne abgeschlossen habe.«

Er verabschiedete sich und verließ das Büro voller Ungeduld. Auf dem Gang hielt er einen einfachen Polizisten an. »Rufen Sie mir eine Droschke.«

Der Polizist stand stramm, bevor er durch die Tür lief. Hektor zögerte noch, das Polizeipräsidium zu verlassen.

Nachdenklich betrachtete er die Zeichnungen von Verbrechern, die mitsamt der jeweils dürftigen Beschreibung an der Wand aushingen. Auch wenn das Verschwinden von Elsas Kind zumindest für den Augenblick einen halbwegs guten Ausgang genommen hatte, begriff er noch immer nicht, was genau geschehen war. Wieso hatte die Fremde Fräulein Cecilie das Kind aus den Armen gerissen und es anschließend im Kanal ertränken wollen? Trieb sie etwa ein krankhafter Hass auf alle Säuglinge an?

»Was machen Sie hier?«

Die gebrüllte Frage ließ Hektor herumfahren. Polizeipräsident Guido von Madai kam mit schweren Schritten auf ihn zu. Sein in die Breite gegangener Körper, der in Uniform steckte, und der massige Kopf verliehen ihm ein machtvolles Auftreten. Die Stiefel knallten auf dem Fußboden, und unzählige Orden an seiner Brust klirrten leise dazu.

»Herr Polizeipräsident!« Hektor machte sich nicht die Mühe, eine Verbeugung anzudeuten oder die Verachtung zu verbergen, die er für den Mann empfand. Dass von Madai seiner politischen Ziele wegen bereit war, Unrecht zu Recht zu erheben, würde er ihm nie verzeihen. Diese Abneigung war beidseitig bedingt, wie Hektor wusste.

Zwei wässrige Augen musterten ihn. »Waren Sie bei Kommissar Tiegler?« Der bellende Ton, in dem der Polizeipräsident die Frage hervorstieß, verlieh ihm noch stärker das Aussehen einer Bulldogge.

»Ich empfehle mich!« Hocherhobenen Hauptes ging Hektor nach draußen.

Der Wind, der ihm fast den Zylinder herunterriss, war ihm allemal lieber als die eisige Atmosphäre im Inneren des Präsidiums.

Mit angehaltenem Atem tröpfelte Cecilie rauchende Salzsäure auf silbern schimmernde Zinkstückchen. Der stechende Geruch breitete sich blitzschnell im Keller aus, so dass sie für einen Moment nicht einmal die Verwesung riechen konnte. Eilig verschloss sie das Glasgefäß, da die Dämpfe der Säure die Lunge reizten. Vorsichtig stellte sie das Glas neben das mit dem Mageninhalt der Nonne sowie neben einen Behälter, in dem ein Teil des Magens aufbewahrt wurde. Auf den Etiketten hatte sie noch im Barackenlazarett in fein säuberlicher Schrift den Inhalt notiert. Sorgfalt war das oberste Gebot unter Dr. von Thorwald, denn eine winzige Nachlässigkeit genügte, damit ein Mörder straffrei davonkam.

Sie legte einen Stopfen, ein dünnes gebogenes Glasrohr und eine Porzellanschale zurecht. Sobald der Leichenarzt im Keller auftauchte, konnten sie mit der Marsh'schen Probe beginnen. Sollten sie keine Arsenspuren finden, würden sie das Verfahren des belgischen Chemikers Stas anwenden und weitere toxikologische Untersuchungen durchführen, bis sie die

Substanz entdeckten, die den Tod der Nonne verursacht hatte.

Erst nachdem Cecilie mit den Vorbereitungen fertig war und eine angelieferte Leiche zu entkleiden begann, erlaubte sie sich, wieder an Elsa und ihren Sohn zu denken. Es war ihre Pflicht, alles in ihrer Macht Stehende zu tun, um sicherzustellen, dass für die beiden gesorgt war. Auch wenn das bedeutete, einen Gang auf sich zu nehmen, der schon jetzt auf ihr lastete.

Sie wusste nicht, wie ihre Eltern reagieren würden, wenn sie ihnen nach so langer Zeit wieder gegenüberstand. Cecilie seufzte.

Der Tote, dem sie sich nun zuwandte, schien zu Lebzeiten obdachlos gewesen zu sein, denn seine Kleider starrten vor Dreck. Bevor eine äußere Leichenschau möglich war, musste sie die Schmutzschichten von seinem Körper waschen. Während Cecilie einen vollen Wassereimer aus dem Vorraum holte, überlegte sie, was ihr Vater sagen würde, wenn er erfuhr, dass er einen Sohn hatte. Einen Bastard zwar, aber immerhin einen männlichen Nachkommen. Seine Ehefrau hatte ihm nur zwei Töchter geboren, ein Umstand, den Malte Blum ihrer Mutter angelastet hatte, seit Cecilie denken konnte.

Mit Seifenlauge und Schwamm war sie gerade dabei, den Oberkörper des Leichnams zu reinigen, als die Tür aufging. Ein junger, gutaussehender Mann trat ein und nahm den Bowlerhut vom Kopf. »Guten Tag, Fräulein Cecilie.«

»Wir kennen uns?«

Sie musterte sein weichgeschnittenes Gesicht, auf dem sich erste männlich markante Züge zaghaft abzeichneten. Sein Anzug war von guter Qualität, der hochgeschlossene Wollfrack modisch, mittlerweile allerdings an Ellbogen und Taschen ausgebeult. Die abgelaufenen Schuhe waren blank poliert.

Der Ankömmling blickte auf den entblößten Toten, bevor er ihr mit einem hinreißenden Lächeln antwortete. »Zimetbaum. Samuel Zimetbaum. Ich hatte gestern die Ehre, Ihre Bekanntschaft zu machen.«

Der angehende Arzt im Barackenlazarett. Plötzlich begann Cecilie sich für ihre Aufmachung zu schämen. Sie beugte sich nach vorne, um den hochgesteckten Saum ihres Rocks herunterzulassen. Dann war sie versucht, mit den Händen ihr Haar zu richten, bis ihr einfiel, dass sie soeben eine Leiche angefasst hatte. »Wenn Sie zu Doktor von Thorwald wollen, der ist gerade …«

»Ich wollte zu Ihnen.« Seine Antwort und die Art, wie er sie dabei ansah, machten sie verlegen.

»Zu mir?« Sie breitete ein Leichentuch über den Toten, dabei spürte sie, dass Zimetbaum näher an sie herantrat.

»Wie hält es eine Frau wie Sie hier nur aus?«

Erst ärgerte sie sich über die Frage, doch als sie sich zu ihm umdrehte und in seine wachen Augen blickte, verflog ihr Ärger. Er wirkte ehrlich interessiert.

»Es ist nur am Anfang gruselig hier unten. Mit der Zeit sieht man das Ganze rein medizinisch.« Die Lüge trieb Cecilie das Blut in den Kopf.

»Ich hätte nicht gedacht, dass das schwache Geschlecht zu so was fähig ist.« Zimetbaums Augen wanderten über die spärliche Einrichtung des Kellers.

Zwar konnte Cecilie der erste Anblick der Toten noch immer einen Schrecken einjagen, je nachdem, wie schlimm zugerichtet sie waren, aber das Wissen um die Wichtigkeit ihrer Arbeit im Leichenkeller ließ das Grauen in den Hintergrund treten.

»Na ja, eine Krankenwärterin sieht sicher auch viel Blut und wird oft genug mit dem Tod zu tun haben.«

»Das sind einfache Frauen ohne jede Erziehung oder Bildung«, widersprach er. In seinen Augen spiegelten sich die Gasflammen der Lampe.

»Ich würde Ihnen ja einen Tee anbieten«, sagte sie. »Aber wir haben hier keinen Ofen. Die Leichen, Sie wissen schon.«

»Danke, nein, das heißt, einen Tee würde ich schon gerne mit Ihnen trinken. Wie wär's mit einem Kaffeehaus?«

Vor Überraschung stieß Cecilie mit dem Knie gegen das Eisengestell der Leichenbahre und schrie auf.

Zimetbaum griff nach ihrer Hand. »Alles in Ordnung?«

In diesem Augenblick riss Dr. von Thorwald die Tür auf. »Fräulein Cecilie! Ich habe sensationelle Neuig…«

Sie entzog Zimetbaum ihre Hand. Der junge Arzt deutete eine Verbeugung in Richtung des Eintretenden an, der den Gruß jedoch nicht erwiderte.

»Geht es um Ihre Patientin, die tote Nonne?«, fragte Dr. von Thorwald.

»Ich hatte etwas mit Fräulein Cecilie zu besprechen.«

»Aha.« Der Gerichtsmediziner machte keine Anstalten, Zylinder und Rock auszuziehen. »Sonst noch was?«

»Eigentlich …« Zimetbaum knetete den Hut in seinen Händen.

»Das müssen Sie auf später verschieben«, unterbrach ihn Dr. von Thorwald und wandte sich Cecilie zu. »Sie haben Elsas Sohn gefunden!«

»Was? Wo? Wann?« Sie konnte es kaum glauben. Im allerersten Moment war sie versucht, ihm um den Hals zu fallen. »Kann ich ihn sehen?«

»Die Kutsche wartet. Holen Sie Hut und Umhang.«

Sie beeilte sich, ihre Hände mit Karbol abzuwaschen, und zog sich an. Gerade hatte sie den Hut aufgesetzt und den

Schleier gerichtet, da fiel ihr Zimetbaum wieder ein, der verloren neben der Bahre mit der Leiche stand.

»Bis bald!«, sagte sie.

Er verneigte sich. Seine Antwort wartete sie nicht mehr ab, sondern lief hinter dem Gerichtsmediziner her.

Der Blick des Jungen war leer. Er wiegte den schmalen Oberkörper vor und zurück, und als Cecilie ihn anlächelte, reagierte er nicht. Auch die anderen Kinder, an denen sie vorbeikamen, waren auffällig ruhig. Keines von ihnen lachte oder schwatzte. Das wenige Spielzeug, das sie hatten, bestand aus Stoffpuppen und Holztieren, die sie über den Boden schoben. Es schien ihnen an nichts Notwendigem zu fehlen. Sie sahen ausreichend ernährt und sauber aus, allerdings hatten sie nicht das Geringste von der ungestümen Lebendigkeit an sich, die die lärmenden Kinder auf den Straßen Berlins versprühten.

Cecilie empfand die Atmosphäre im Jüdischen Waisenhaus im Weinbergsweg als beklemmend. Am liebsten hätte sie die Kinder alle mit auf einen Rummel genommen und ihnen Unmengen an Zuckerstangen und Spielzeug gekauft. Sie hoffte, dass die Oberaufseherin eine Amme für Elsas Kind gefunden hatte, damit es hier bald herauskäme.

Sie und der Gerichtsarzt warteten in einem schlichten Büro voller Papierstapel, bis eine Frau mit einem Säugling im Arm erschien. Der Junge schien zu schlummern, doch als Cecilie ihn auf Veranlassung Dr. von Thorwalds in die Hand gedrückt bekam, schlug er die Augen auf und schrie.

»Sie müssen ihn wiegen. Fassen Sie ruhig richtig zu, er ist nicht aus Zucker.« Die Aufseherin, die sich als Frau Prins vorstellte, half ihr dabei, das Kind zu beruhigen, und das Schreien ließ nach. Mit zusammengekniffenen Augen lag der Säugling in Cecilies Armen, die Unterlippe seines Mündchens bewegte sich im Schlaf. Mit dem Zeigefinger stupste sie sanft darauf.

»Hallo, mein kleiner Moses.« Der Name war ihr soeben eingefallen. Ihre Augen wanderten zu Dr. von Thorwald, der ihren Blick erwiderte. Seinen Gesichtsausdruck vermochte sie nicht zu deuten. Sie spürte, wie ihr heiß wurde, und schnell sah sie wieder auf den Säugling, ihren Bruder. Die Flut an Gefühlen, die auf sie einströmte, verunsicherte sie.

»Ist inzwischen eine Amme gefunden worden?«, hörte sie den Leichenarzt fragen. Sie vermied es, ihn noch einmal anzusehen.

»Eine anständige Frau, verheiratet, drei Kinder. Wenn Sie eine Vorauszahlung leisten, wird sie den Knaben heute noch in ihre Obhut nehmen. Sie stillt ein zwei Wochen altes Mädchen, es dürfte daher keine Probleme mit der Milch geben.«

»Ich habe Ihnen einen Wechsel ausgestellt.«

Cecilie vernahm das Rascheln von Papier.

»Sie sind sehr großzügig, Doktor von Thorwald.«

»Sorgen Sie bitte dafür, dass der Junge die beste Fürsorge erhält, die möglich ist.«

Bis es Elsa wieder besserging, war ihr Sohn also gut aufgehoben.

»Deine Mama wird sich freuen, dich zu sehen«, wisperte Cecilie dem Kleinen ins Ohr. Sie bildete sich ein, sein Mund hätte sich zu einem Lächeln verzogen.

Die Decke verrutschte, als sie den Jungen Frau Prins übergab. Dabei fiel ihr seine Hand auf. Nur drei Finger waren daran. Dort, wo Mittel- und Ringfinger zu sein hatten, fehlten die Glieder.

»Das ist nicht Elsas Kind!«, entfuhr es ihr.

5

Das Feuer im Kamin strahlte eine wohlige Wärme aus. Hektor hatte den Sessel so weit wie möglich in die Nähe geschoben. Sein Angebot, Fräulein Cecilie eine Decke über die Beine zu breiten, lehnte sie mit einem Kopfschütteln ab. Ihre Gesichtsfarbe war immer noch blässlich.

Es gelang ihm kaum, seine Gefühle unter Kontrolle zu halten. Auch wenn das Reichenheim'sche Waisenhaus nicht mit der Enge und Verwahrlosung zu vergleichen war, die zu seiner Zeit geherrscht hatte, war die eigentümliche Stimmung aus Furcht und Einsamkeit doch dieselbe gewesen.

»Sie wünschen?« Frau Lindemann streckte den Rücken durch, als sie vor ihm stand. Trotz ihrer Körperfülle hielt sie sich stets ausgesprochen gerade. Eine klobige Kette aus Bernstein lag auf ihrem Busen.

»Zwei Grogs. Sagen Sie der Köchin, sie soll ein paar Sandwiches zubereiten.«

»Grog? Es ist gerade einmal kurz nach Mittag.« Die Haushälterin legte den Kopf schief, was ihr ein schulmeisterliches Äußeres gab.

»Ist das Ihr Problem?«

»Nein, der Herr.«

Ihr eingeschnappter Ton brachte ihn gegen sie auf. »Und zwar schnell, wenn ich bitten darf.«

Laut fiel die Tür der Bibliothek hinter der Haushälterin ins Schloss. Hektor konnte es nicht mit Bestimmtheit sagen, aber er verdächtigte sie, die Tür absichtlich zugeknallt zu haben. Er hatte nicht vor, sich Gedanken über ihre Empfindlichkeit zu machen. Zu verwirrend war das, was in seinem Kopf vor sich ging. Die Schatten der Vergangenheit, die sich im Waisenhaus über ihn gelegt hatten, mussten ihn besonders anfällig für die Gefühle gemacht haben, die in ihm beim Anblick Fräulein Cecilies mit dem Säugling aufgestiegen waren.

Er betrachtete die junge Frau, die zusammengesunken in dem Ohrensessel saß und ins Feuer starrte. Ihre körperliche Anwesenheit in seinem Refugium brachte ihn zusätzlich durcheinander. Es lag noch nicht lange zurück, dass er an sie mit fleischlicher Begierde gedacht hatte.

»Wir finden ihn.« Seine Stimme krächzte, und er kam sich elendig schwach vor. »Irgendwo muss er doch sein, in einem anderen Waisenhaus oder Spital. Früher oder später taucht er sicher wieder auf.«

Ich lüge, dachte er, ein so kleiner Körper kann überall verscharrt werden. Er hatte einmal den Leichnam eines Kindes untersucht, das unmittelbar nach der Geburt in die Sickergrube eines Aborts geworfen worden war.

»Sie glauben, dass er tot ist, nicht wahr?«

Fräulein Cecilies Frage ließ ihn aus dem Sessel hochfahren. »Nicht doch.« Hektor ging im Raum auf und ab. An der einzigen Wand, die nicht mit Regalen zugestellt war, befand sich ein ziseliertes Schränkchen, ein Kuriositätenkabinett, das er aus dem Nachlass eines Arztes erstanden hatte. Es war angefüllt mit Glasbehältern, in denen seltsam gewachsene Tiere in Alkohol schwammen. Auch ein menschliches Organ war darunter gewesen, das mittlerweile in der Asservatenkammer am Molkenmarkt lagerte.

Auf dem Tisch lag das Büchlein mit dem Titel *Der Sieg des Judenthums über das Germanenthum,* das er für eine Mark gekauft hatte. Er war über die ersten Seiten nicht hinausgekommen. Seine Augen streiften die Rücken der Folianten ringsum. Ein Anblick, der ihn sonst in eine angenehm konzentrierte Ruhe versetzte. Aber jetzt half nichts mehr. Er fühlte sich zunehmend gereizt.

Zu seiner Erleichterung schob Frau Lindemann einen Servierwagen mit einer silbernen Platte Sandwiches und zwei dampfenden Gläsern herein.

»Hier, trinken Sie. Das wird Ihnen guttun.« Hektor reichte Fräulein Cecilie eines der Gläser.

Sie nahm es nicht. »Wieso lügen Sie mich an?« Die Frage brachte sie ungewohnt aggressiv hervor.

»Bitte?«

»Sie tun, als wüsste ich nicht, was vor sich geht, als hätte ich keinen Schimmer von der Gewalt. Aber ich habe zu viele Leichen bei Ihnen im Keller gesehen, um so dämlich zu sein. Elsas Kind ist tot, das denken Sie doch.«

»Was erwarten Sie denn?«, brauste er auf. »Soll ich Ihnen in allen Einzelheiten ausmalen, was man dem kleinen Körper alles antun kann? Wie zerbrechlich die Knochen sind? Wie leicht das Kind verdursten und verhungern kann?«

»Ähäm!« Das laute Räuspern kam von Frau Lindemann, und der Leichenarzt fuhr zu ihr herum. »Wenn ich mich jetzt zurückziehen dürfte«, bat sie.

»Verschwinden Sie.« Erregt ging er zum Sprossenfenster. An der Stelle, durch die er blickte, war das Glas dicker und gab das Bild der Straße verzerrt wieder. Der Kopf eines Droschkengauls zog sich monströs in die Länge. »Die Möglichkeit, dass Elsas Kind unversehrt wieder auftaucht, ist erschreckend gering. Das stimmt«, sagte er leise. »Aber wir dürfen den Gedanken an das, was ihm zugestoßen sein könnte, nicht die Hoffnung verdrängen lassen.«

Sein erklärter Wille, Fräulein Cecilie und sich selbst etwas vorzumachen, verwunderte ihn. Wo blieb sein Sinn für die Realität?

Durch das gewellte Glas sah er einen beleibten Polizisten in blauer Uniform und mit Pickelhaube auf dem Kopf, der sich dem Eingang näherte. Kommissar Tiegler. Auch das noch.

Hektor registrierte, dass Fräulein Cecilie aufstand und zu ihm kam.

»Sie haben recht.« Einen halben Meter vor ihm blieb das Fräulein stehen. »Es ist nur so, dass der Junge die einzige Familie ist, die ich noch habe.« Ihre Augen schimmerten feucht.

Gegen das Mitleid, das ihn durchflutete, konnte er keinen Wall errichten. Sein Bedürfnis, Fräulein Cecilie zu trösten, dehnte sich unendlich aus. Er stöhnte innerlich auf und verschränkte die Arme vor der Brust. Falls sie wirklich in seiner Gegenwart zu weinen anfangen sollte, konnte er für nichts garantieren.

»Der Herr Kommissar«, meldete Frau Lindemann, die den Kopf nur kurz durch die Tür steckte und sofort wieder verschwand.

»Tiegler, kommen Sie herein. Mögen Sie ein Sandwich?« Hektor entfernte sich vom Fenster und damit auch von Fräulein Cecilie.

Der Sessel ächzte unter dem Gewicht des Kriminalbeamten, als er der Aufforderung nachkam und sich setzte. »Gurke, lecker.« Tiegler blickte von Hektor zu dem Fräulein. »Ich störe doch nicht?«

»Selbstverständlich nicht.« Der Gerichtsmediziner lehnte sich mit der Schulter an den Kaminsims. Er spürte, wie die Hitze sein Bein hinaufstieg. »Allerdings bin ich mit der toxikologischen Untersuchung im Verzug.«

»Ich komme sowieso aus einem anderen Grund. Es gibt eine Lösegeldforderung an die Charité.« Tiegler griff in seine Tasche. Es raschelte. »Der Leiter der Charité hat uns den Brief überbringen lassen. Er ist heute Morgen bei Doktor Eisenmann abgegeben worden.«

Er reichte Hektor einen handgeschriebenen Zettel, dessen Text der Arzt laut vorlas.

»An des Kaisers Geburtstag wurde ein frisch geborener Knabe aus der königlichen Charité entführt.« Die Wörter waren orthographisch fehlerlos mit Tinte geschrieben. Am linken unteren Rand gab es einen blauen Fleck, ansonsten waren die Buchstaben sauber zu Papier gebracht. Er merkte, wie Fräulein Cecilie neben ihn trat. Ihr Atem streifte die Hand, mit der er den Zettel hielt. »Zahlen Sie fünfhundert Mark, sonst ist es aus mit ihm, und jeder erfährt davon. Zahlbar am 25. März anno 1879. Ein Umschlag ist gegen vier Uhr am Nachmittag unterhalb des Friedrich-Wilhelm-Denkmals im Tiergarten zu deponieren. Keine Polizei!«

»Fünfhundert Mark!«, rief Fräulein Cecilie aus.

»Klingt komisch«, befand Hektor. »Wieso hat die Charité den Brief bekommen? Warum nicht Elsa?«

Kommissar Tiegler kaute hastig zu Ende. »Wie's aussieht, weiß die Entführerin, dass der Gebärpavillon das Aushängeschild einer neuen Ära von Geburten im Krankenhaus sein soll. So hab ich's auf jeden Fall verstanden.«

»Dann ist die Entführung eigentlich gegen die Charité gerichtet und hat gar nichts mit Elsa zu tun«, folgerte Hektor.

»Wer auch immer das Wurm entführt hat, wird wohl kaum glauben, einem Dienstmädchen Geld aus der Tasche ziehen zu können«, erwiderte Tiegler.

»Aber die Charité, die wird doch zahlen?«, fragte Fräulein Cecilie.

Der Kommissar blickte zu Hektor. Dieser ahnte bereits, was der Polizist darauf antworten würde.

»Wenn die Charité zahlt, heißt das leider nicht, dass der Junge zwangsläufig wieder auftaucht«, erklärte Tiegler.

»Und wenn sie nicht zahlt, heißt das, dass er ganz sicher getötet wird«, fuhr Fräulein Cecilie ihn an. Tränen standen ihr in den Augen.

Hektor konnte ihre Angst fühlen.

»Nach reiflicher Beratung mit Herrn von Madai hat der Leiter der Charité beschlossen, nicht zu zahlen. Ein Präzedenzfall. Sonst spaziert bald jeder in die Anstalt, um irgendein Kind mitzunehmen.« Tiegler straffte sich. »Ich werde ein paar meiner Männer abstellen, die die Gegend beobachten. Wenn die Entführerin kommt, um das Geld zu holen, schnappen wir sie.«

»Aber in dem Brief steht: keine Polizei.« Fräulein Cecilie sprach schnell.

»Wir können die Frau schlecht davonkommen lassen.« Tiegler griff nach einem weiteren Sandwich.

Hektor beobachtete das Fräulein. Zu seiner Verwunderung schwieg sie. Er bekämpfte den Drang, ihr eine Hand auf die Schulter zu legen.

Sie drehte sich zur Tür. »Ich muss gehen.«

»Wo wollen Sie denn hin?«

»Zu meinen Eltern«, sagte sie.

Unaufhörlich trieb der Wind den Regen vor sich her. Eine Böe erwischte den Schirm und stülpte sein Inneres nach außen. Cecilie warf ihn in den Rinnstein, wo ihn das entlangschießende Wasser mitriss. Langsam, aber unaufhaltbar sickerte die Nässe durch ihren Umhang und ihr Kleid. Fußgänger waren kaum unterwegs. Die Vorhänge der wenigen Kutschen, denen sie auswich, damit die spritzenden Räder sie nicht noch mehr durchnässten, waren zugezogen. Unter dem Regenschleier verloren die Fassaden der Häuser an Stattlichkeit. Die Bäume des angrenzenden Tiergartens waren kahl. Suchend schienen sie ihre schwarzen Äste emporzustrecken, als wären sie verlassene Kinder, die um Hilfe flehten.

Cecilie berührte mit den Fingerspitzen den Klingelstrang. Das Hanfseil fühlte sich rau an. Seit dem vergangenen Jahr war sie nicht mehr hier gewesen. Sie hatte die Sehnsucht zu unterdrücken versucht, ihre Eltern und ihre Schwester Marianne wiederzusehen. Glücklicherweise ließ die Arbeit im Leichenkeller keinen Raum für Tagträumereien, und am Abend war sie meistens so erschöpft, dass sie innerhalb weniger Minuten einschlief, ohne einen Gedanken zu Ende führen zu können. Wenn ihr Zweifel kamen, ob ihr Entschluss zu gehen richtig gewesen war, dann konzentrierte sie sich einfach auf die Frage, wie viel Geld ihr nach Abzug der Miete für die zugige Dachkammer und die Kosten für Essen und die Wäscherin noch bliebe, um es für Zürich anzusparen.

Jetzt aber drängte sich all das in ihren Sinn, was sie die ganzen Wochen nicht zu fühlen gewagt hatte. Wenn sie ihren Traum vom Studium aufgegeben hätte, dem Wunsch ihrer Eltern gefolgt wäre und Baron zu Staufenfels geheiratet hätte, wäre ihr Leben ein einziger Luxus.

Die heiße Schokolade und die feinsten Backwaren, die Berlins Bäcker zu bieten hatten, könnte sie morgens im Bett genießen. Danach stünde sie in einem geheizten Zimmer auf und ließe sich vom Dienstmädchen bei der Morgentoilette helfen.

Mit geschlossenen Augen fühlte Cecilie, wie das Mädchen ihr die Haare einseifte und die Kopfhaut massierte. Den Tag verbrächte sie mit Visiten und mehrmaligem Umkleiden, und ihre bloßen Hände kämen mit nichts anderem als Puder und parfümierten Cremes in Berührung.

Würde. Hätte. Könnte.

Über ihr hob sich eine Krähe dunkel vom Himmel ab, stieß einen ungehaltenen Laut aus und verschwand hinter dem Dach. Cecilie zog die Klingel.

Es dauerte einen Moment, bis sie von innen Schritte hörte, die auf sie zukamen. Als die Eingangstür aufschwang, erwartete sie einen Augenblick lang, Elsa mit weiß gestärkter Schürze zu sehen, doch das Dienstmädchen, das vor ihr stand, kannte sie nicht.

»Hinten ist der Lieferanteneingang. Wir kaufen nichts.« Das Mädchen mit den viel zu schmalen Augen bemühte sich darum, wichtig auszusehen.

Cecilie verkniff sich ein Lachen, schließlich war nichts besonders komisch an ihrer Situation. »Führ mich zu deinem Herrn!«

»Was willst du?« Der Regen hatte sicher sein Übriges getan, um Cecilies nicht mehr ganz standesgemäße Aufmachung vollends zu ruinieren. Anstatt sich mit langwierigen Erklärungen abzugeben, von denen sie ahnte, dass sie bei dem Mädchen ohnehin verschwendet waren, drängte Cecilie sich an ihr vorbei.

»He! Komm zurück. Spinnst du!«

Die Proteste des Dienstmädchens hallten ihr nach, als sie über den Flur auf das Arbeitszimmer ihres Vaters zulief, neben dessen Tür die Standuhr platziert war. Kurz dachte sie daran, wie empört ihre Mutter über die Dreckspuren sein würde, die ihre Stiefel auf dem Aubusson, dem französischen Teppich, hinterließen.

Ihr Vater saß an seinem ausladenden Schreibtisch und notierte etwas in seinen Büchern. Auf genau dieser Tischplatte war er mit Elsa intim gewesen. Womöglich hatte er hier Cecilies Halbbruder gezeugt.

Die junge Frau musterte Malte Blum. Seine Nase wirkte nicht mehr so lang und spitz wie früher, was daran liegen konnte, dass er dicker geworden war. Die schwarzen Knopfaugen schienen fast ganz in den Fettmassen zu verschwinden, und in der Weste aus Brokat sah er aus wie ein Rauschgoldengel. Ein ziemlich starker Kontrast zu der goldenen Statue auf seinem Schreibtisch, dem nackten Mars mit Speer und Schwert. Das Leben schien es mit Malte Blum trotz der geplatzten Hochzeit seiner Tochter gut zu meinen.

»Tag, Vater.«

Die Überraschung machte ihn im ersten Moment sprachlos und bewegungsunfähig zugleich. »Du? Was willst du hier?« Er redete langsam, als könnte er nicht glauben, was seine Augen sahen, und rutschte im Sessel nach hinten.

»Ich brauche Geld«, brachte Cecilie ihr Anliegen schnellstmöglich hervor. »Das heißt, das Geld ist nicht für mich, sondern für Elsa. Sie hat doch ein Kind …« Gegen ihren Willen geriet sie ins Stottern.

Ihr Vater schob den Sessel zurück und erhob sich, indem er sich an der glänzend polierten Tischplatte aus Mahagoni abstützte. Er streckte den Bauch vor, bis der auf dem Holz auflag. »Verlass sofort mein Haus!« Sein Finger zeigte zur Tür.

»Es ist ein Junge«, fiel es ihr ein.

»Du tauchst hier auf und schnorrst mich an? Wie eine billige Dirne?« Auch wenn die Fettmassen in seinem Gesicht nicht mehr viele Regungen zuließen, konnte Cecilie darin dennoch Abscheu lesen.

»Nein, Papa. Elsa hat ihr Kind bekommen. Und es ist entführt worden. Die Entführerin verlangt Geld, damit ihm nichts geschieht. Fünfhundert Mark.«

Er schob eine Hand unter die Weste, eine vertraute Geste, die ihr Tränen in die Augen trieb. »Was habe ich damit zu schaffen?« Malte Blums Stimme hallte in dem Arbeitszimmer von den Wänden mit den großgemusterten Tapeten und den gerahmten Ölbildern wider.

Sie begann zu frösteln. »Er ist doch dein Sohn.« Nur mit Mühe gelang es Cecilie, laut genug zu sprechen, damit ihr Vater sie verstand. »Du hast ihn gezeugt.«

Malte Blum schien überrascht darüber, dass sie davon wusste, was er damals mit dem Dienstmädchen angestellt hatte. Aber er sammelte sich rasch. »Ich habe ihn gezeugt? Ja, oder der Fuhrmann oder der Laufbursche oder Schlachter oder sonst wer.«

Cecilie ging um den Tisch herum, der wie eine Trutzburg zwischen ihnen stand, und wollte die Hand des Vaters nehmen. »Der Kleine sieht aus wie du. Es ist dein Sohn, ganz sicher. So sicher, wie ich deine Tochter bin.«

Er zog seine Hand weg, als ob sie eine Aussätzige wäre. »Du bist nicht meine Tochter. Scher dich weg.«

»Aber Papa, so, wie es aussieht, stirbt Elsa. Dann ist das Kind ganz allein auf der Welt. Es hat doch niemanden außer uns.«

»Ilse! Ilse!« Ihr Vater brüllte das Dienstmädchen herbei, das mit hochroten Wangen in der Tür erschien, knickste und zwischen Cecilie und Malte Blum hin und her sah. »Ruf die Polizei!«

Die Verachtung für ihren Vater verdrängte Cecilies Sorge um ihren Halbbruder. Wieso brachte er kein Mitgefühl für das Kind auf?

»Willst du mich wirklich abführen lassen?«, schrie sie ihn an. »Willst du wirklich, dass alle Nachbarn mitbekommen, wie deine Tochter von der Polizei geholt wird?«

Sie drehte sich um und verließ das Zimmer. Als sie merkte,

dass das Mädchen hinter ihr herkam, fragte sie sich, ob es sich ebenfalls von seinem Dienstherrn besteigen lassen musste.

Im ersten Stock bewegte sich hinter dem Treppengeländer ein Schatten. »Mama?«

Der Schatten huschte davon. Nach einem kurzen Moment des Zögerns setzte Cecilie einen Fuß auf die Treppe.

»Das dürfen Sie nicht. Ich kann keinen Ärger nicht gebrauchen.« Das Mädchen hielt sie am Ärmel fest. Ihr Blick war flehend.

Cecilie fiel auf, dass das herablassende Du dem höflichen Sie gewichen war. Sie schüttelte das Mädchen ab und stieg die Treppe hinauf. Oben sah sie, wie ihre Mutter hinter einer Ecke hervorlugte.

»Mama.«

Endlich trat Elisabeth Blum zu ihr. Das Kleid der Hausherrin war kornblumenblau, und um den faltigen Hals trug sie eine Perlenkette.

War sie immer schon so groß und mager gewesen? Cecilie kam sie fremd und vertraut zugleich vor. Sie wusste nicht, was sie sagen sollte.

»Kind, mein Kind«, flüsterte die Mutter. Sanft strich sie ihrer Tochter über die Wange. Cecilie schwindelte, als sie den Duft von Rosenseife einatmete. »Wie dünn du aussiehst. Und ganz nass bist du auch.«

Auf einmal fühlte sie sich klein und schutzbedürftig. Die ganze Energie, die aus Sorge um Elsa und den Jungen in ihr gebrannt hatte, war mit einem Mal aufgebraucht.

»Sehnst du dich nicht nach schönen Kleidern? Nach einem Bad? Komm, ich lass dir eine Schokolade bringen.«

Bei dem Gedanken an den Geschmack von Kakao wurde Cecilie der Mund wässrig. Sie ließ sich von ihrer Mutter in ihr altes Zimmer führen, das zu ihrer Überraschung geheizt war. Verwundert betrachtete sie den Raum. Seit sie ihn verlassen hatte, schien nichts mehr verändert worden zu sein. Ihre Puppen saßen noch auf dem Regalbrett, und ihre Parfümflakons, ihr Puder und ihre Kämme waren sorgfältig auf dem abgestaubten Schminktisch arrangiert.

Elisabeth Blum bemerkte ihren Blick. »Ich hab gewusst, dass du zurückkommst.« Sie drückte Cecilie in den Sessel, nahm ihr den Hut ab, ging zum Bett und holte eine Decke, die sie über die Beine ihrer Tochter legte und an den Seiten feststeckte. »Bin gleich wieder da.«

Cecilie hörte Elisabeth Blum im Flur nach dem Mädchen rufen. Durch den weißen Vorhang vor dem Fenster sah sie den Regen nicht, der mit Vehemenz an die Scheiben prasselte. Sie hatte das Gefühl, in einer Zwischenwelt gelandet zu sein.

Das hier ist nicht mehr mein Zuhause, aber es ist ein Ort, der mir so vertraut ist wie kein zweiter.

Als die Mutter zurückkam, setzte sie sich zu Cecilie. Es war, als wäre sie selbst nie weg gewesen. »Stell dir vor, die Geschwandters lassen sich in unserer Straße ein Haus bauen. Es soll dreistöckig werden und an das Palais des Kronprinzenpaares erinnern. Ich hätte ja einen Pariser und nicht den griechischen Stil gewählt. Feindschaft hin oder her. Die Franzosen sind uns an Eleganz einfach überlegen. Das darf ich natürlich nicht deinem Vater erzählen, sonst … Ah, da ist ja die Schokolade. Pass doch auf, Ilse.«

Das Dienstmädchen reichte Cecilie die Tasse aus feinem Porzellan, aus der Dampf aufstieg. Vorsichtig näherte sie ihre Lippen dem Goldrand und blies in die dunkelbraune Flüssigkeit, bevor sie einen Schluck nahm. Der überzuckerte Kakao verbrannte ihr die Zunge.

»Hab ich dir schon von Frau Goldsteins Abendkleid erzählt, das sie auf der Einladung der Lemkes getragen hat? Nachtblaue

Seide, auf die mit Goldfäden Sterne gestickt sind. Traumhaft, sag ich dir. Nur macht es Frau Goldsteins Haut noch blasser, wenn du mich fragst. Sie sollte lieber warme Rot- und Brauntöne tragen, die schmeicheln ihrem Teint …«

Während die Mutter redete und redete, trank Cecilie langsam den Kakao aus. Je mehr von der Wärme ihrer Umgebung in sie drang, desto schläfriger wurde sie.

6

Wie man einen Fisch essen konnte, der das verschmutzte Wasser der Spree geatmet hatte, war Hektor ein Rätsel. Bräunlich trüb war die Brühe im Hafenbecken, auf der mehrere Kähne vor sich hin dümpelten. Über den Steg huschte eine vollgefressene Ratte. Er zögerte, bevor er mit seinen Ledersohlen die wackelige Holzkonstruktion betrat. Jede dritte der Planken war gebrochen oder fehlte ganz. Durch die Löcher sah er im Wasser schwimmende Kartoffelschalen, Flaschenkorken und zerrissenes Zeitungspapier. Wenn er dort hineinfiel, segnete sein Maßanzug aus London das Zeitliche.

»He da!«, rief er dem Fischer zu, der in einem Kahn hockte und ein paar kümmerliche Fische aus dem Netz pflückte.

Der Mann blickte auf. Seine verblichene Arbeitsjacke war vom Regen durchnässt, sein Gesicht von Wind und Wetter gezeichnet. Vermutlich war er deutlich jünger, als er aussah. Wie so viele Menschen, die auf Hektors Seziertisch landeten.

»Ich suche jemanden. Einen älteren Fischer, der gestern Morgen einen Säugling aus dem Kanal gezogen hat.«

»Journaille?«, knurrte der Mann, so dass es sich wie Kanaille anhörte.

Hektor hielt einen Pfahl umklammert, während er sich zu dem Fischer hinunterbeugte, um ihm eine Visitenkarte zu überreichen.

Der Mann warf einen Blick darauf und kratzte sich den Bart. »Was steht da?«

»Doktor von Thorwald. Gerichtsarzt.«

»Was für 'n Arzt?«

»Ich untersuche Leichen.«

Der Kerl nahm ein Messer zur Hand und schlitzte einem Fisch den Bauch auf. Mit dem Finger pulte er die Innereien heraus, die er einfach ins Wasser fallen ließ. Aus den Augenwinkeln meinte Hektor die Ratte zu sehen, die ihren feisten, graubraun behaarten Körper in Bewegung setzte, um sich die langsam versinkenden Organe als Festmahl zu sichern.

»Weißt du, wo er ist?«

»Wer?«

»Der das Kind gefunden hat.«

Mit der beschmierten Hand deutete der Fischer das Hafenbecken entlang. »Der Kahn liegt da, aber er ist weg.«

»Wohin?«

»Zum Fischmarkt.«

»Danke!« Hektor tippte sich an seinen Zylinder mit dem Seidenripsband.

Er konnte die Blicke des Fischers in seinem Rücken spüren, als er auf dem Steg zurückbalancierte. Indem er sich an der flechtenübersäten Hafenmauer abstützte, stieg er die Stufen bis zur Straße hoch.

Heilfroh war er, als er endlich wieder auf festem, halbwegs trockenem Boden stand. Von einer Mietdroschke erster Klasse ließ er sich zur Gertraudenstraße fahren.

Die Straße verband seit dem Mittelalter den Berliner Spittelmarkt mit dem Cöllnischen Fischmarkt. Welche Ware auf dem Platz an der Breiten Straße noch immer verkauft wurde, konnte man unschwer am Geruch erkennen. Hektor rümpfte die Nase, als er ausstieg, und bereute es nicht, sich am Morgen ausreichend parfümiert zu haben.

In einem Geschäft mit blauweiß gestreifter Markise erstand er eine Flasche Arrak.

»Dorsch, frischer Dorsch! Vierzig Pfennig das Pfund!«

»Original Kieler Bückling. Vier Stück zwanzig Pfennige. Nur hier!«

Auf dem Platz herrschte reges Treiben. Lautstark priesen die Marktfrauen in Schürzen und mit Hauben auf den Köpfen ihre Fische an, während Burschen Fässer mit gepökeltem Hering aus Niedersachsen heranrollten, und Kisten mit gezüchteten Karpfen schleppten. Seit die Spree immer mehr zur Kloake geriet, mussten die Wassertiere auswärts besorgt werden. Der Zander, den eine Frau gerade schuppte, schien allerdings echt berlinerisch zu sein. Mickrig und ungenießbar sah er aus.

»Ich suche den Fischer, der gestern das Kind aus dem Kanal …« Weiter kam Hektor nicht.

»Noch einer für die Märchenstunde«, schnauzte das Marktweib und bleckte die faulen Zähne.

»Wo findet die denn statt?«

»Da lang.« Sie zeigte unbestimmt in eine Richtung.

Hektor hielt die Luft an, als er sich an den Ständen vorbeizwängte. Da beschwerten sich manche Menschen, wenn sie in seinen Keller hinabstiegen.

Nachdem er noch zweimal nachgefragt hatte, entdeckte er schließlich ein krummes Männchen, das umgeben von ein paar Kindern und Arbeitern auf einer Holzkiste hockte und erzählte. »Wie beim Weltuntergang. Wenn ich's nich besser wüsst, hätt ich nich gedacht, dass es die Spree war, auf der mein Boot gewirbelt ist.«

Hektor drängte sich zwischen den teils ungläubigen, teils kichernden Zuhörern hindurch.

»Ich schwör euch, der Teufel saß mittenmang und hat mir seinen stinkenden Atem in den Nacken geblasen.«

»Das war der faule Fisch aus deinem Fang«, rief ein vorwitziger Knabe.

»Es war der Teufel«, beharrte der Alte, »der wollte meinen Geist verwirren.«

»Am Arsch war's der Teufel. Das war der Alkohol«, spottete einer der Zuhörer, schnippte seinen Zigarettenstummel zu Boden und ging unter dem beifälligen Gelächter der anderen davon.

»Glaubt doch, was ihr wollt, dämliches Pack«, echauffierte sich der Fischer.

Vielleicht hatten sie seine Geschichte einmal zu oft gehört. Die Menge löste sich auf, der Alte blieb mit zwei Jungen zurück. Hektor hielt ihm die Flasche hin.

Mit schwieligen, gichtigen Händen umkrallte das Männlein sie. »Wollt Ihr meine Geschichte hören, Herr? Sie ist so wahr, wie ich hier sitze. Als ich noch jung und schön war und zur See fuhr, da bin ich dem Teufel ...«

»Der Part interessiert mich nicht. Erzähl mir, wie du das Kind aus dem Wasser gezogen hast. Hast du die Person erkannt, die es hineingeworfen hat?«

»Ich hab jemand gesehen.«

»Mann oder Frau?«

»Bei dem Sturm? Mannomann, der hat mir fast die Rübe weggepustet. Ich hab nur gesehen, dass da wer war und was ins Wasser geschmissen hat. Immer werfen die Leute ihren Müll ins Wasser. Die Fische mögen keinen Dreck.«

»Wo war das?«

Der Fischer hatte es nicht eilig mit der Antwort. Erst ließ er gut ein Drittel des Arraks die Kehle hinunterlaufen, dann stieß er auf. »Alsenbrücke.« Die Alsenbrücke war nicht weit von der Charité. Hektor wollte gehen, doch der Alte hielt ihn am Rocksaum fest. »Für noch eine Flasche erzähl ich dem

Herrn, wie es war, als ich einen Drachen gesehen hab. In China.«

Der Gerichtsmediziner ekelte sich vor den dreckigen Fingernägeln, die sich in seinen neuen einreihigen Tuchfrack bohrten, und riss sich los. Dabei rutschte er mit seinen glatten Sohlen auf einem angefaulten Fisch aus und fiel der Länge nach in eine stinkende Brühe. Angewidert rappelte Hektor sich auf. Der graue Frack mit dem schwarzen Samtkragen und den angesetzten Ärmelaufschlägen triefte vor Schmutz. Sein Bedürfnis nach Fisch war für die nächsten Jahre gedeckt.

Als sie wieder zu sich kam, schlug die Uhr unten im Eingang siebenmal. Cecilie sah sich um. Da es draußen dunkel geworden war, brannten die Lampen. Ihre Mutter saß noch immer auf dem Stuhl neben ihr, in der Hand einen Stickrahmen. Emsig fuhr die Nadel durch den festen Stoff. Cecilie erkannte einen halben Korb und einen halben Strauß Frühlingsblumen.

»Bist du wach?« Elisabeth Blum blickte von ihrem Stickzeug auf. »Du siehst viel besser aus. Richtig Farbe hast du bekommen. Möchtest du was essen? Eine Hühnersuppe vielleicht? Ilse hat dir Wasser eingelassen, ich hoffe, es ist inzwischen nicht wieder kalt geworden. Wenn du gebadet hast, kannst du das geblümte Kleid anziehen, das auf dem Bett liegt. Ilse hat es geplättet.«

Cecilie unterdrückte ein Gähnen. »Ich muss gehen.«

»Oh!« Die Mutter stach die Nadel von unten in den Stoff und zog sie mit den Fingern an der Spitze hervor. Cecilie fielen die altersbedingten Flecken auf ihrem Handrücken auf. »Bis zum Abendessen bleibst du doch noch. Frau von Stein und ihre beiden Töchter haben sich angekündigt. Ach, die kennst du ja gar nicht. Isabella und Rosina heißen sie, ganz reizende Geschöpfe. Ich bin sicher, ihr werdet euch bestens verstehen. Sie waren sogar schon in Italien. Die Hitze da ist ihnen gar nicht bekommen.«

Es irritierte Cecilie, dass ihr Vater in ihr wie selbstverständlich eine Straßendirne gesehen hatte, während ihre Mutter jede Frage nach ihren Lebensumständen vermied und sich lieber in Details verstieg, wer von ihren Bekannten was getan, gekauft und getragen hatte.

Warum sprechen wir nicht über das, was vor vier Monaten geschehen ist? Warum interessiert es sie nicht, wo ich jetzt lebe?

Cecilie wollte, dass wenigstens ihre Mutter verstand, weshalb sie gegangen war. »Hör mir bitte zu, Mama.«

Immerhin ließ Elisabeth Blum das Stickzeug ruhen und blickte sie an.

»Ich arbeite als Doktor von Thorwalds Assistentin. Die Tätigkeit im Leichenkeller ist, nun ja, dreckig, aber ich lerne unglaublich viel. Über Anatomie, über Organe und Krankheiten und … Irgendwann werde ich genug Geld gespart haben, um nach Zürich zu gehen. Zum Studieren.«

»Hat das mit dem Leichenarzt zu tun? Du … du hast dich doch nicht der Unzucht hingegeben?«

Hatte die Mutter überhaupt ein Wort von dem verstanden, was sie ihr zu vermitteln versuchte?

»Nein, es hat nichts mit ihm zu tun oder mit sonst einem Mann. Es hat allein mit mir zu tun. Mit dem, was ich aus meinem Leben machen will und kann.« Sie schlug die Decke zur Seite und erhob sich aus dem tiefen Sessel, bevor sie der Wärme ein weiteres Mal erlag. »Keine Angst, Mama. Ich habe meine Unschuld nicht verloren.«

Zumindest nicht die Art von Unschuld, die du meinst.

»Der Regen hat deine Frisur völlig ruiniert. Du musst gekämmt werden. Ilse!«

Es war hoffnungslos. »Ich setz den Hut auf.«

Elisabeth Blum griff nach ihrer Perlenkette und streifte sie sich über den Kopf. »Geld habe ich nicht, aber die hier kannst du haben.«

Cecilie wollte erst ablehnen, dann dachte sie daran, dass sie jeden Pfennig gebrauchen konnte. Fünfhundert Mark. Das war furchtbar viel Geld. Sie steckte die Kette ein und bot ihrer Mutter die Hand an. »Auf Wiedersehen.«

»Bleib hier!« Elisabeth Blum umklammerte ihre Finger.

»Das geht nicht.«

»Ich werde mit Vater reden. Mit der Zeit kann er ganz bestimmt vergessen. Lass mich nur mit ihm reden, ja?«

»Es … Es ist zu viel passiert.«

»Er findet sicher ganz schnell einen netten jungen Mann aus gutem Haus, der um deine Hand anhält.«

»Um diese Hand?« Cecilie hielt Elisabeth Blum ihre Linke vors Gesicht. »Weißt du, was ich damit heute gemacht habe? Ich hab den Magen einer Nonne untersucht und Leichen zugenäht.«

Ihre Mutter sah angeekelt aus, dann aber wurde der Ekel von Verzweiflung verdrängt. »Bitte verlass mich nicht!«

Cecilie überkam Mitleid. »Gut, ich esse noch die Suppe mit dir. Lass uns Marianne dazuholen.«

Die Mutter sagte nichts.

»Was ist?«

»Ich glaub, Papa hat nach mir gerufen.« Elisabeth Blum ging in Richtung Tür. »Du weißt, dass er es gar nicht leiden kann, wenn er warten muss.«

»Ist was mit Marianne?« Cecilie kam ein schrecklicher Verdacht. »Ist ihr Zustand … Geht es ihr etwa schlechter?«

»Jetzt ruft er schon wieder nach mir. Adieu.« Damit ließ die Mutter Cecilie allein zurück.

Die junge Frau war sicher, niemanden rufen gehört zu haben.

Die Tür zur Kammer, in der Marianne eingesperrt worden war, seitdem sie ihre Anfälle bekommen hatte und sich selbst Verletzungen zufügte, fand sie unverschlossen vor. Der Raum war leer, nicht einmal das Bettgestell mit der Matratze stand noch dort. Cecilie wusste nicht, was sie tun sollte. Den Vater wollte sie nicht fragen, und die Mutter war verschwunden. Also stieg sie die Treppe hinab und suchte Ilse.

Das Mädchen sah sie mit ihren zu Schlitzen verengten Augen an.

»Kannst du mir sagen, was mit meiner Schwester ist? Marianne. Wo steckt sie? Marianne Blum. Die Tochter deines Herrn.«

»Sie sind doch die Tochter, oder nicht?«

»Ich meine die Verrückte, die oben in der Kammer eingesperrt war.«

»Da ist keiner.« Es war nur zu offensichtlich, dass Ilse Cecilie für verrückt hielt.

Schwarzes Pech brodelte im Bottich auf dem transportablen Ofen. Drei Arbeiter standen bereit, die Schaufeln wie Gewehre geschultert.

»Achtung!« Als sich die kochend heiße Masse auf dem Pflaster verteilte, stieg ein Nebel auf, dessen Hitze Cecilie sogar auf dem Trottoir spürte. Hier, unweit der Prachtstraße Unter den Linden und des Palastes des Kaisers, wurden die Straßen instand gehalten. In ihrer Gegend sah das anders aus. Die leichte Bitterkeit, die sie darüber empfand, verwunderte sie. Vor nicht allzu langer Zeit hätte sie dergleichen nicht einmal bemerkt.

Fünfhundert Mark. Für Elsas Jungen bedeutete es das Leben. Was bedeutete die Summe für die Menschen, die in der Shadowstraße lebten?

Sie ging auf die Nummer einundfünfzig zu. Allein die blankgewienerten Fensterscheiben zeugten vom Wohlstand der Bewohner. Sie waren reich genug, gleich mehrere Dienstboten mit der Pflege ihres Hauses beschäftigen zu können. Fünfhundert Mark konnten keine unvorstellbar hohe Summe für Frau von Böhme sein.

Cecilie hatte die ganze Nacht nicht richtig schlafen können, hatte immer wieder die Frage in ihrem Kopf gewälzt, was sie nur tun sollte, um an das Lösegeld zu kommen. Ihr Vater würde keinen Pfennig bezahlen, das hatte er am Tag zuvor mehr als deutlich gemacht.

Angestrengt lutschte sie an der Brandblase an ihrem Finger, die sie sich am Morgen beim Plätten ihres Kleides zugezogen hatte, weil sie nicht völlig abgerissen bei Frau von Böhme vorsprechen wollte. Aber sie war zu müde gewesen, um auf den heißen Bolzen zu achten.

Sie erreichte die Haustür zur gleichen Zeit wie ein Laufbursche, der einen großen Strauß Rosen und Orchideen trug. Sie ließ den Boten klingeln. Es war ihr zuwider, zur Bittstellerin zu werden, doch sie musste es tun. Elsa zuliebe, ihrem Halbbruder zuliebe.

Die einzige andere Option, die ihr noch einfiel, war Dr. von Thorwald. Ihn zu bitten würde allerdings bedeuten, wieder Nähe zu ihm zuzulassen, und dazu war sie nicht bereit. Einer Fremden gegenüber würde es ihr leichter fallen.

Ein Dienstmädchen, dessen klassisch geschnittene Nase an griechische Marmorstatuen erinnerte, öffnete die Tür. Sie nahm den Blumenstrauß nebst einem kleinen Kuvert an sich.

Cecilie trat vor. »Blum mein Name. Ich bin eine Bekannte Frau von Böhmes.«

Die Anschrift der Familie hatte sie aus dem Adressbuch herausgesucht.

»Wollen Sie der gnädigen Frau gratulieren?«

»Nein, ich … Es ist vertraulich.« Sie würde Frau von Böhme an ihre großzügige Geste erinnern, in der Hoffnung darauf, nicht gleich aus dem Haus geworfen zu werden.

»Die gnädige Frau empfängt heute niemanden, der nicht zur Familie gehört«, erklärte das Mädchen.

Cecilie war bestürzt. Sie hatte die Möglichkeit einer Ablehnung zwar in Betracht gezogen, aber nicht damit gerechnet, bereits an der Tür zu scheitern. »Kann ich ihr eine Nachricht hinterlassen?«

Das Mädchen zögerte, dann ließ es Cecilie in die Eingangshalle treten, die mit weißem und schwarzem Marmor gefliest war und an deren Wänden in Goldrahmen gefasste Porträts und Jagdszenen hingen. Etliche Sträuße waren kunstvoll in chinesisch anmutenden Vasen arrangiert, die auf zierlichen Säulen standen. Auf einem Tischchen mit geschwungenen Beinen lagen Federhalter, Tintenfass und Papier von schwerer Qualität bereit. Cecilie klappte das Fässchen auf, tauchte die Feder hinein und dachte nach, bevor sie den ersten Satz zu Papier brachte.

Sie musste erklären, dass Elsas Kind entführt worden war, dass sich die Entführerin gemeldet hatte und Geld verlangte. Geld, das die Charité nicht aufzubringen bereit war. Vielleicht würde sich die gnädige Frau ja an ihr großzügiges Angebot erinnern, der jungen Mutter zu helfen, und wäre in ihrer unermesslichen Güte bereit, die Summe von fünfhundert Mark zu erübrigen.

Cecilie verzog das Gesicht. Ihre Zeilen klangen schwülstig und unterwürfig, andererseits durfte sie nicht riskieren, dass Frau von Böhme die Wichtigkeit des Anliegens unterschätzte.

»Es geht um das Leben eines kleinen, unschuldigen Jungen«, fügte sie deshalb abschließend hinzu und nannte als Kontaktadresse den Leichenkeller .

Helles Geschrei ließ sie aufblicken. »Hat Frau von Böhme ihr Kind bekommen?«, fragte sie.

Das Dienstmädchen, das ihr nicht von der Seite gewichen war und den Strauß einem weiteren Mädchen übergeben hatte, stöhnte auf. »Gestern. Er plärrt die ganze Zeit.«

Noch zwei Tage zuvor war Frau von Böhme im Wöchnerinnensaal gewesen. Dr. Eisenmann hatte sie als bürgerliches Versuchsobjekt vorgestellt.

»Einen Sohn? Wie schön. Hat sie ihn in der Charité geboren?«, wollte Cecilie wissen.

»Nein, zu Hause.«

Dann war aus Dr. Eisenmanns Hoffnung, die Patientinnen der besseren Gesellschaft für die Gebäranstalt zu gewinnen, also noch immer nichts geworden. Cecilie wunderte sich, dass sich Frau von Böhme kurz vor der Geburt noch anders entschieden hatte, aber sie bedauerte den Gynäkologen nicht.

Hastig kritzelte sie noch ihre Glückwünsche zur Geburt des Sohnes unter ihre Unterschrift. Als sie das Briefchen gefaltet hatte und es dem Mädchen übergab, kam Dr. Eisenmann zusammen mit einem Mann in einer moosgrünen Samtjacke die Treppe herunter.

»Ihre Frau hat sich von den Strapazen der Geburt hervorragend erholt, in wenigen Tagen wird sie ganz genesen sein. Und der Knabe macht einen gesunden, kräftigen Eindruck.« Der Gynäkologe hatte seinen Vollbart eckig gestutzt und ein Monokel ins Auge gekniffen.

Es war nicht verwunderlich, ihn bei seiner Patientin anzutreffen. Für eine Dame von Stand wie Frau von Böhme machte er sicherlich Hausbesuche, dennoch brachte sein Anblick Cecilie durcheinander. Sie verspürte Wut auf den Arzt, stellvertretend für die ganze Charité, weil er so sehr darauf bedacht gewesen war, die Entführung ihres Halbbruders zu vertuschen. Liebend gerne hätte sie ihm an den Kopf geworfen, dass er daran schuld wäre, wenn dem Jungen irgendetwas zustoßen sollte, doch sie zügelte sich. Das Allerwichtigste war, dass Frau von Böhme ihre Bittzeilen erhielt.

Das Mädchen blieb mit dem Brief in der Hand am Fuß der Treppe stehen.

Geh zu deiner Herrin. Steig die Stufen hoch. Los, beschwor Cecilie sie gedanklich.

Stattdessen reichte das Dienstmädchen dem Gynäkologen Gehstock, Zylinder und Frack, als er unten angelangt war.

Mit einem Blick streifte er Cecilie, und sie bemerkte, dass er sie erkannte. Sein Misstrauen war ihm am Gesicht abzulesen, er sagte jedoch nichts. Sie betrachtete den Mann, der mit ihm heruntergekommen war. Seiner häuslichen Aufmachung und des zufriedenen Lächelns wegen hielt sie ihn für den Hausherrn. Obwohl sein Bart- und Haupthaar von einem kräftigen, beinahe unnatürlichen Braun war, wirkte er durch die leicht krumme Statur wie ein alter Mann. Auf einmal hatte sie Angst, er könne den Brief an seine Frau lesen und ihn ihr vorenthalten. Wenn schon ihr eigener Vater nicht für Elsas Kind, immerhin von seinem Fleisch und Blut, zu zahlen bereit war, würde ein Fremder bestimmt nicht großzügiger sein.

Er sah sie fragend an, daher knickste sie. »Meine herzlichsten Glückwünsche. Ich hoffe, Mutter und Kind sind wohlauf?«

»Danke, ja. Und Sie sind?«

»Cecilie Blum.« Sie suchte nach einem Grund für ihre Anwesenheit, der von dem eigentlichen Anliegen ablenken würde. »Ich bin eine Assistentin Doktor Eisenmanns«, sagte sie schnell, weil ihr nichts Besseres einfiel.

Der Gynäkologe starrte sie an. Wenn er sie verriet, würde sie die unglaublichen Zustände im Gebärpavillon publik machen. Sie sah ihn warnend an, und tatsächlich: Dr. Eisenmann wagte keinen Widerspruch. Auch das Dienstmädchen sagte nichts, sondern stieg endlich die Treppe hinauf, dorthin, wo Cecilie das Schlafzimmer der Wöchnerin vermutete.

»Ich danke Ihnen für Ihre Mühen, Doktor Eisenmann.« Herr von Böhme schien keinen Verdacht zu schöpfen. »Es ist eine wahre Freude, wenn endlich der Erbe geboren wird.«

Der Arzt nickte nur. Er packte Cecilie derart grob am Handgelenk, dass sie einen Schrei unterdrücken musste, und zog sie nach draußen.

Erst Unter den Linden ließ er sie los.

»Was soll das? Was schnüffeln Sie bei den von Böhmes rum?«

»Sie haben mir doch die gnädige Frau selbst vorgestellt. Schon vergessen?«, gab Cecilie zurück. »Geprahlt haben Sie mit Ihrem Kaiserschnitt. Frau von Böhme interessiert sich übrigens sehr für das Schicksal einer Ihrer anderen Patientinnen: Elsa. Deren Sohn während Ihrer Dienstzeit entführt worden ist, falls Ihnen das entfallen sein sollte.«

»Lassen Sie Frau von Böhme in Ruhe«, drohte Dr. Eisenmann.

»Wieso? Weil sie sonst erfährt, dass Ihnen das Leben eines Kindes einen Dreck wert ist?« Sie biss sich auf die Unterlippe. Eigentlich hatte sie ihn darum bitten wollen, dafür zu sorgen, dass die Charité das Lösegeld bezahlte. Das konnte sie sich jetzt sparen.

»Ich warne Sie«, drohte der Gynäkologe. Sein Monokel war heruntergefallen und baumelte an einer Kette. »Halten Sie sich da raus.« Mit schnellen Schritten entfernte er sich.

Cecilie blieb im Rinnstein der fünfzig Meter breiten Straße zurück, in der die Linden und Kastanien in vierfacher, allerdings gelichteter Reihe standen. Endlich fiel ihr ein, was sie noch sagen wollte. »Wenn die Presse von der Entführung erfährt, dann ist es aus mit ihrer ach so modernen Entbindungsstation«, brüllte sie ihm nach. Dr. Eisenmann drehte sich nicht nach ihr um. Dafür erntete sie scheele Blicke von den Passanten, die sich trotz des schlechten Wetters nicht davon abhalten ließen, die luxuriösen Gaststätten und Kaufläden wenigstens von außen zu betrachten.

Ein lautes Klingeln und Rasseln brachte Cecilie dazu, einen Schritt auf das Trottoir zu machen.

Schnaubende Schimmel zogen eine vierspännige Kutsche, deren Geschirr über und über mit Glöckchen behängt war. Im Inneren hatten zwei dunkelhäutige Männer die Vorhänge beiseitegezogen und betrachteten das Treiben auf der Straße. Einer von ihnen ließ weiße Zähne blitzen.

»Hast du das gesehen?« Eine Touristin im Dirndl zeigte mit ausgestrecktem Finger auf die Kutsche. »Die haben sich doch mit Farbe angemalt.«

Ihr männlicher Begleiter in Kniebundhosen schüttelte den Kopf. »Sachen gibt's.«

»Warum malen die sich denn schwarz an? Ist denn noch Fasching?«

Das Pärchen blickte dem Gespann nach. Die beiden mussten aus der Provinz stammen, denn rund um den Kaiserpalast bekam man jeden Tag alles Mögliche zu sehen: dunkelhäutige Männer mit Turban oder roten Filzhüten, bezopfte Chinesen in seidenen Gewändern, Frauen, die bis auf die Augen in weite Umhänge gehüllt waren.

Der durchbohrte Stopfen mit dem schwer schmelzbaren Rohr saß fest auf dem Glasgefäß. Darin schwammen kleingeschnittene Magenhaut, eine Probe des Mageninhalts, Zinkstückchen und Salzsäure.

Hektor hielt die Öffnung des Rohres nach unten in die bläuliche Flamme des Bunsenbrenners. Das Gas verbrannte ohne ein pfeifendes Geräusch, demnach hatte der Wasserstoff die Luft im Gefäß vollständig verdrängt. Nun konnte er die Marsh'sche Probe durchführen.

Unter dem Luftschacht, der dem Leichenkeller Sauerstoff zuführte, erhitzte Hektor den Inhalt des Glases. Das entweichende Gas brannte an der Spitze des Rohres. Er rückte seine Schutzbrille zurecht und hielt den Porzellanteller über die Flamme. Ein deutlicher Metallspiegel schlug sich nieder. Um ganz sicherzugehen, gab er mit der Pipette eine Wasserstoffperoxidlösung auf den Spiegel, der augenblicklich verschwand.

»Es tut mir leid, dass ich so spät dran bin, aber …«

Er blickte auf, als Fräulein Cecilie ihn ansprach. »Arsenik«, sagte er nur und war froh, ihr auf einer rein professionellen Ebene begegnen zu können.

Sie schien einen winzigen Augenblick verwirrt zu sein, dann legte sie ihre Sachen ab und trat neben ihn. »Die Nonne hätte das Arsen doch schmecken müssen, oder?«

»Nicht unbedingt. In kleinen Dosen ist das Gift geschmacklos. Es kann ihr in Milch, Bier, Kaffee, Tee oder einer Mehlspeise gereicht worden sein.«

»Aber das Erbrechen hätte ihr zu denken geben müssen.«

»Nicht, wenn die Vergiftung subakut verlaufen ist. Dann lässt das zu Anfang heftige Erbrechen nach ein bis zwei Tagen nach, und der Zustand scheint sich zu bessern. Erst zwischen dem sechsten und zehnten Tag tritt der Tod ein. Vielleicht hat sie einfach nur einen verdorbenen Magen vermutet.«

»Wieso ist sie dann mit Verdacht auf Flecktyphus ins Lazarett gebracht worden?« Fräulein Cecilie hatte die Zungenspitze zwischen die Lippen geschoben.

»Der fieberhafte Zustand, die Schlaflosigkeit, das Schwächegefühl, der Hautausschlag … Sie hat in der Charité mit Flecktyphuskranken zu tun gehabt. Da lag der Verdacht nahe.«

»Das heißt, wir sprechen von Mord.« Mit dem Fingernagel kratzte sie sich an der Stelle über ihrem Muttermal am Hals.

Hektor legte die Schutzbrille ab. Er hatte seine Arbeit getan, jetzt musste Tiegler ran. Er würde dem Kommissar umgehend einen Bericht mit dem Ergebnis seiner Experimente zukommen lassen. »Wie geht es Elsa?« Er rieb sich die Augen.

Fräulein Cecilie deckte eine weibliche Leiche ab, an der er seine Studien zu Strangulierungsmerkmalen vertiefen wollte.

»Ich gehe später noch zu ihr.«

»Dann begleite ich Sie.«

»Meinen Sie, es bringt was, die ganze Sache mit der Entführung an die Presse zu geben?«, fragte sie, als er die chemischen Lösungen und Gerätschaften in das dazugehörige Schränkchen über seinem Arbeitstisch räumte.

»Wie kommen Sie denn darauf?«

»Doktor Eisenmann hat mir gedroht.«

Hektor hielt inne. »Womit? Was hat er gesagt?« War es möglich, dass der Gynäkologe hinter der Entführung steckte? Es erschien ihm abstrus, aber manchmal war das Leben eben so. Er fragte sich, ob Fräulein Cecilie in Gefahr war.

»Nichts Konkretes. Er hat nur gesagt, ich solle mich aus der Angelegenheit raushalten. Das ist doch verdächtig.«

»Na ja. Er wird krampfhaft um seine Reputation bemüht sein. Das ist vermutlich alles.« Hektor fühlte sich erleichtert. Da war wohl keinerlei Gefahr zu vermuten. »Und das mit der Presse, das würde ich erst ausspielen, wenn nichts anderes mehr geht. Um das Kind nicht zu gefährden.«

Sie nickte.

Die Traurigkeit auf ihrem Gesicht versetzte ihm einen Stich. »Ich habe mir überlegt«, sagte er so beiläufig wie möglich, während er sich die Schürze abband, die er über dem frischen Anzug trug, »die geforderte Lösegeldsumme aufzubringen und sie für alle Fälle im Tiergarten zu hinterlegen.«

Es schepperte. Fräulein Cecilie hatte eine Knochensäge fallen lassen und musste sich bücken. Als sie aufstand, hielt sie die Säge an den Bauch gepresst.

»Das würden Sie tun?«, fragte sie heiser.

»Sagte ich doch.« Er drehte ihr den Rücken zu und tat, als habe er noch etwas wegzuräumen.

»Ich werde es Ihnen zurückzahlen, ganz bestimmt. Hundertzwanzig Mark habe ich schon beisammen, die gebe ich Ihnen und …«

»Woher haben Sie so viel Geld?« Neugierig geworden sah er sie an.

»Ich habe einen Teil meines Lohns gespart.«

»Gespart? Wofür?« Ein Knoten bildete sich in seinem Magen.

»Für mein Medizinstudium in Zürich.«

Der Knoten zog sich fester zusammen. Er hätte wissen müssen, dass sie ihren Traum vom Medizinstudium in Zürich nicht einfach aufgeben würde, nur weil Frauen das Studium in Deutschland verwehrt war. Sie würde von hier fortgehen. Von ihm. Es war bloß eine Frage der Zeit. Das war längst entschieden.

Genau diese Entschiedenheit hatte ihn von Anfang an fasziniert. Warum nur verspürte er diese Einsamkeit in sich? Er konnte Fräulein Cecilie nicht ansehen, als sie weitersprach.

»Na ja, ich wollte es eigentlich, aber jetzt werd ich wohl hierbleiben müssen …« Sie brach ab.

Seine Füße fühlten sich taub an. Seine Kopfhaut schien zu schrumpeln. Sein Herzschlag dröhnte ihm in den Ohren. »Sie brauchen Ihr Erspartes nicht anzurühren. Ich gebe das Geld ja

Elsa und nicht Ihnen.« Er verbarg seine zitternden Hände hinter dem Rücken.

Was hatte er nur getan? Warum um alles in der Welt ließ er Fräulein Cecilie das Lösegeld nicht von ihren Ersparnissen zahlen? Dann würde sie für immer bleiben. Bei ihm.

7

Die Wärme, die sich in Cecilies Unterleib nach dem großzügigen Angebot Dr. von Thorwalds ausgebreitet hatte, wich selbst dann nicht, als sie gemeinsam zur Charité fuhren. Glücklicherweise begegneten sie Dr. Eisenmann auf dem Weg zu Elsas Krankenbett nicht.

Im Isolierzimmer erhielten sie schlechte Neuigkeiten. Die Wunde des Kaiserschnitts hatte zu eitern begonnen. Elsa war nicht bei Bewusstsein, und ein baldiges Genesen des Dienstmädchens erschien immer ausgeschlossener.

»Irgendetwas müssen wir doch tun können«, entfuhr es Cecilie, nachdem Schwester Johanna sie und Dr. von Thorwald im Krankenzimmer allein gelassen hatte. »Elsa stirbt, und ihr Sohn taucht nie wieder auf.«

»Ich weiß nicht, wo man ansetzen könnte. Es kommt mir nur komisch vor, dass zur gleichen Zeit ein Säugling entführt und ein anderer in den Kanal geworfen wird«, erklärte der Gerichtsarzt. »Da muss ein Zusammenhang bestehen.«

»Sie meinen, der Junge mit der missgebildeten Hand könnte hier geboren worden sein?«

Dr. von Thorwald warf einen prüfenden Blick zu der im Morphiumschlaf dämmernden Elsa. »Was ist, wenn die Mutter ihn gegen ein gesundes Kind ausgetauscht hat?«

Der Gedanke erschreckte Cecilie. »Aber er hat ja keine zwei Köpfe oder fünf Beine. Die fehlenden Finger fallen kaum auf. Der Junge wird später mit Daumen und Zeigefinger schreiben und mit etwas Geschick sogar Dinge herstellen können.«

»Es ist nur eine Theorie«, erwiderte der Leichenarzt, dennoch hörte Cecilie nicht auf, über seine Worte nachzudenken.

Die Frauen, die zur Geburt in die Charité kamen, waren zum überwiegenden Teil mittellos und oft nicht einmal verheiratet. Zu Hause wartete meist eine große Kinderschar auf sie. Eine Mutter, die vielleicht selbst nicht wusste, wie sie den Tag überleben sollte, glaubte womöglich, ihr Kind vor einem ähnlich schlimmen Schicksal bewahren zu können. Vermutlich war sie nicht einmal besonders herzlos, wenn sie es ertränkte. Es konnte gut sein, dass für sie das Überleben des Kindes das grausamere Schicksal darstellte.

Was Cecilie nur nicht verstand, war die Tatsache, dass Elsas Sohn entführt worden war.

»Wollte die Frau mit Elsas Kind vertuschen, dass ihr eigenes fehlt? Was meinen Sie?«, wandte sie sich an Dr. von Thorwald.

»Wir sollten erst einmal in Erfahrung bringen, ob der Kleine, wie haben Sie ihn noch genannt, Moses?« Sie nickte. »Ob unser Moses überhaupt in der Charité geboren wurde. An ihn müsste sich ja noch irgendwer erinnern können.«

Zum Abschied streichelte Cecilie Elsas Handrücken. Sie vergewisserte sich, dass Dr. von Thorwald nach draußen gegangen war. »Werd du nur wieder gesund«, flüsterte sie dann.

»Hein…, Hein… ich …« Elsas Lippen bewegten sich.

»Elsa, hörst du mich? Was willst du? Nach Hause? Bald. Bald geht's dir wieder besser.« Sie konnte dem Mädchen nicht die Wahrheit sagen.

Elsa schlug die Augen auf. »Heinrich. Wo ist er?«

Im ersten Moment dachte Cecilie, Elsa meine ihr Kind. »Ich weiß nicht, ich …«

»Hat er den Jungen gesehen?«

Heinrich. Cecilie fiel ein, dass er Elsas Liebhaber gewesen war. Offenbar hielt das Dienstmädchen ihn für den Erzeuger ihres Kindes. Möglich war seine Vaterschaft durchaus, aber Cecilie glaubte nicht daran. Nicht, nachdem sie die Ähnlichkeit zwischen dem Säugling und ihrem Vater bemerkt hatte.

»Fräulein Cecilie, Sie … Holen Sie Heinrich, bitte. Wenn er seinen Sohn sieht, dann heiratet er mich.« Elsa sprach mit schwerer Zunge. Sie schien die Entführung längst wieder vergessen zu haben.

Cecilie brachte es nicht fertig, sie über den wahren Stand der Dinge aufzuklären. »Ich kümmere mich darum«, versprach sie.

Das Mädchen schloss die Augen, und ein Lächeln umspielte seine Lippen.

Als Cecilie auf den Gang trat, wischte die hübsche Krankenwärterin gerade die Fliesen. Dr. von Thorwald stand bei ihr. Sie ging auf die beiden zu und bemerkte den Blick, mit dem Fräulein Sybille den Seidenzylinder ihres Gegenübers bedachte, seinen wohlfrisierten Backenbart, die Schultern in dem braunen Wollanzug mit dem abgerundeten Kragen, seine Seidenkrawatte, die schmale Hose und die dunkelbraunen Stiefel mit den Gamaschen.

Lächelnd zeigte die Krankenwärterin eine Reihe gleichmäßig gewachsener Zähne. Die Art, wie Fräulein Sybille den Schrubber handhabte und mit jeder Bewegung die Rundungen ihres Hinterteils betonte, missfiel Cecilie außerordentlich. Das stete Auf und Ab der Wimpern irritierte sie zudem. Mit einem Seitenblick beobachtete sie die Reaktion des Arztes, und zu ihrer Verblüffung lächelte auch er.

»Fräulein Sybille ist mir mit einer Auskunft behilflich«, erklärte Dr. von Thorwald, als er Cecilie entdeckte.

Die Krankenwärterin wiegte sich in den Hüften, dabei

drehte sie Cecilie den Rücken zu, so dass sie diese von der Unterredung mit dem Gerichtsmediziner ausschloss.

»Und die Frau soll ihr verkrüppeltes Kind hier bekommen haben?« Fräulein Sybille legte den Kopf schief.

Die Haltung war wohl dazu gedacht, ihr einen nachdenklichen Ausdruck zu verleihen. Cecilie, die um sie herum zu Dr. von Thorwald trat, fand dagegen, dass die Krankenwärterin reichlich dämlich aussah.

»Das kann nicht während meiner Dienstzeit gewesen sein. Haben Sie schon Schwester Johanna gefragt?«

»Nein«, entgegnete der Leichenarzt.

Cecilie hüstelte, doch er beachtete sie nicht, sondern richtete seine Konzentration ganz auf Fräulein Sybille.

»Kann ich verstehen«, lachte diese. »Aber fragen Sie mal den Bolle. Der ist schon seit Jahren Wärter hier und weiß einfach alles.«

»Bolle? Wo finde ich den?«

»In der Glocke. Um die Ecke.«

»Sybille? Was stehst du da rum und tratschst? Hast du nichts zu tun?« Schwester Johanna rief vom anderen Ende des Ganges, und Cecilie war erleichtert über die Unterbrechung. »Du musst noch Verbandsmaterial aufrollen!«

»Ich komm ja schon!«, schrie Fräulein Sybille zurück. Ihre Stimme klang schrill und scheppernd. »Unverheiratete Schabracke«, zischte sie Dr. von Thorwald zu und verdrehte die Augen. »Weil sie mal eine Nonne war, hält die sich für was Besseres. Tut so, als wäre die Arbeit alles für sie. Pah, dabei weiß ich genau, dass die auf den Doktor scharf ist. Als ob der sich so was Altes nimmt.« Die Hüften wiegend, schlenderte sie davon.

Cecilie war versucht, sie in ihr wackelndes Hinterteil zu treten. Zumal Dr. von Thorwald der Wärterin nachsah, bis sie verschwunden war. Mit einem Gefühl von Wut, das sie verwunderte, ging Cecilie nach draußen.

Vor dem Pavillon hüpfte eine Amsel auf der Suche nach Würmern über den Rasen.

»Wie die Sie angeschmachtet hat. Schamlos.«

»Mist! Warum immer ich?« Dr. von Thorwald war mit dem rechten Fuß in eine Pfütze getreten. Sein Stiefel und der Hosensaum trieften vor Schmutzwasser.

»Sie sind zu streng«, sagte er, während er das Bein schüttelte. »Das arme Mädchen kann seine Situation nur verbessern, wenn es eine gute Partie macht.«

»Schön, dass Sie so viel Verständnis aufbringen«, stichelte Cecilie. »Das gibt ihr noch lange nicht das Recht, so boshaft über Schwester Johanna zu reden, nur weil die nicht verheiratet ist.«

»Abgesehen davon, dass die gute Schwester nicht sonderlich sympathisch ist. Wenn Sie mich fragen, ist deren Schicksal genau das, was Fräulein Sybille verhindern will, nämlich unverheiratet und mittellos zu sein.«

Unverheiratet und mittellos.

Das traf auch auf Cecilie zu.

Wer das ist, hat kein Recht auf Liebe. Eine unverheiratete Frau bekommt einen Bastard, kein Kind der Liebe.

Während sie zur Straße gingen, vermied sie es, Dr. von Thorwald anzublicken. Von den Gefühlsregungen, die in ihr aufgewallt waren, fühlte sie sich überfordert.

Vor der Entbindungsanstalt hielt eine Mietdroschke. Der Kutscher sprang ab, öffnete die Tür, und eine Schwangere streckte den Kopf heraus. Angesichts des tiefen Tritts zögerte sie. Sofort eilte der Leichenarzt herbei, um ihr seine Hand anzubieten. Dann griff er mit der anderen um ihre Taille und hob sie aus der Kutsche heraus. Als sie auf dem Pflaster stand und pfeifend atmete, neigte sie zum Dank den Kopf, auf dem ein mit Pfauenfedern besetzter Hut thronte.

Mit dem für Schwangere eigentümlich schwankenden Gang kam die Frau an Cecilie vorbei. Sie erkannte die trüben Augen und den verbitterten Zug um den Mund. »Guten Tag, Frau Eisenmann.«

Die Angesprochene lächelte fahrig. Das Lächeln des Nichterkennens, dann war sie vorbeigegangen. Mit ihrem braunen Samtumhang wirkte sie auf Cecilie wie ein dicker Kuckuck, der sich in ein fremdes Nest gesetzt hatte.

Schon die unverputzte Fassade des verrotteten Hauses machte deutlich, wer im Inneren verkehrte. »Trotz § 9«, stand in roten Lettern an der Wand geschrieben. Die Zahl schien nach unten zu fließen.

»Was heißt das?«, fragte Cecilie.

»Dass Polizeipräsident von Madai seine Spitzelarmada noch so ausbauen kann, Sozialistengesetz hin oder her, dass er damit aber nicht die Wut der Leute über ihr schlechtes Leben bekämpft«, erwiderte Dr. von Thorwald. »Sie bleiben besser draußen.«

»Ich komme mit.« Bevor der Gerichtsarzt protestieren konnte, hatte Cecilie die Tür zur »Glocke« aufgedrückt. Nach der feuchtkalten Luft auf der Straße war der Mief, der sie in der Wirtschaft einhüllte, schwer zu ertragen. Der verbeulte Ofen zog offenbar nicht richtig. Obwohl es erst kurz nach fünf am Nachmittag war, schienen die Gäste schon seit Stunden ihre Körperausdünstungen mit Zigarettenqualm zu mischen. An grob zusammengenagelten Tischen hockten Männer in Jacken, die den grünen Glanz abgetragener schwarzer Kleider hatten. Vor ihnen standen tönerne Bierkrüge. Der Sand auf dem Boden war fleckig von Asche, Bier und Nasenblut.

Eine Frau mit auffallend gewölbter Stirn und vorstehendem Unterkiefer kitzelte Dr. von Thorwald mit ihrer Federboa unter dem Hals. »Na, mein Süßer!«

Er schob sie weg, woraufhin sie ihm ein »Arschloch« nachrief.

»Kusch dia, Lutschliese«, brüllte ein Gast, dessen Arme und Hals mit blauschwarz verlaufenen Tätowierungen verziert waren. Sein Blick, der den Gerichtsarzt durchbohrte, war nicht viel freundlicher. »Zu schnieke für Polente.«

Als Cecilie an einem Mann mit schorfiger Glatze vorbeigehen wollte, rotzte er ihr einen Klumpen Kautabak genau vor die Füße. Sie war versucht, ihn gehörig anzufahren, doch Dr. von Thorwald stand schon an der Theke. Er redete mit der Wirtin, deren Gesicht vom Alkohol aufgedunsen war, während das, was der Holztresen von ihrem Oberkörper freigab, eher eingefallen wirkte.

»Wer will dit wissen?«, fragte sie, nachdem sich der Gerichtsarzt nach einem gewissen Bolle erkundigt hatte.

»Doktor von Thorwald.« Er neigte den Kopf.

»Janz scheen proppa. Und wat will een Doktor von Bolle?«

»Ihm einen Klaren spendieren.« Dr. von Thorwald steckte ihr einen Geldschein zu. »Für Sie auch einen.«

Das ließ sich die Frau nicht zweimal sagen. Eine Hand umklammerte das Papier, während sie mit der anderen ein Schnapsglas vollgoss. Sie selbst nahm einen Schluck direkt aus der Flasche.

»Kennen Sie jetzt einen Bolle oder nicht?« Der Gerichtsarzt trommelte mit den Fingern auf den Tresen. Die Handschuhe hatte er nicht ausgezogen.

»Dit kann sin, dit ick den kenne.«

Er schob ihr einen weiteren Geldschein hin.

Endlich deutete sie auf einen Mann, dessen Alter zwischen dreißig und fünfzig liegen mochte. »Imma de Neese lang!«

Der Mann saß am einzigen Fenster und starrte hinaus. Als sie sich ihm näherten, bemerkte Cecilie jedoch, dass die in Blei eingefassten Glasscheiben zu verschmiert waren, um mehr als Tageslicht oder Dunkelheit zu erkennen.

»Sie sind Bolle?«

»Wenn ich mir was dafür kaufen kann.« Das, was er bereits an alkoholischen Getränken zu sich genommen hatte, ließ seine Zunge schwer werden.

Cecilie mühte sich ab, ihn zu verstehen. Der Leichenarzt setzte sich zu Bolle auf die Bank und stellte ihm das Glas hin. Mit zitternden Fingern griff dieser nach dem Schnaps und schüttete ihn die Kehle hinunter. In seinem Schnurrbart blieben ein paar glitzernde Tropfen hängen.

»Ich suche eine Patientin, die in der Charité entbunden hat. Fräulein Sybille meinte, Sie wüssten alles.«

Der Mann richtete seine von Adern geröteten Augen auf Dr. von Thorwald und zuckte mit den Schultern.

»Ich sage Ihnen jetzt einfach, was ich weiß. Und Sie sagen mir, ob es richtig ist, in Ordnung?«

Bolle reagierte nicht.

»In der Nacht auf des Kaisers Geburtstag, oder vielleicht auch eine Nacht davor, bekommt eine Frau in der Entbindungsanstalt ihr Kind. Der Junge hat an einer Hand nur drei Finger. Sagt Ihnen das was?«

Keine Regung.

»Das missgebildete Kind wird von der Alsenbrücke geworfen. Weil ein Fischer es zufällig rauszieht, überlebt es.«

Nichts. Dr. von Thorwald wechselte einen Blick mit Cecilie. Sie überwand ihren Ekel und setzte sich ebenfalls an den Tisch. Die Platte war völlig verklebt.

»Haben Sie von dem Dienstmädchen gehört, dessen Sohn entführt wurde?«, erkundigte sie sich. »Ja?«

Bolle sah sie zwar an, schwieg aber.

»Der Junge ist mein Bruder, mein Halbbruder. Ich mache mir Sorgen um ihn.«

»Und der Junge mit den wenigen Fingern?« Zum ersten Mal schien Bolle tatsächlich Interesse für das Gesagte aufzubringen.

»Keine Ahnung«, gab Cecilie zu, »es kommt mir nur komisch vor, dass die Entführung meines Bruders zeitlich damit zusammenfällt, dass der andere Säugling in die Spree geworfen wurde.«

»Das ist komisch.« Bolle nickte. »Ich hab einen Riecher dafür. Aber wegen Entführer weiß ich nichts. Den Krüppel tu ich nich kennen.«

»Können Sie sich denn an irgendetwas erinnern, was Ihnen in der Nacht auf des Kaisers Geburtstag aufgefallen ist?« Cecilie wollte nicht aufgeben. »Etwas, von dem jemand erzählt hat? Ein Wärter oder eine Wärterin vielleicht oder ein Arzt?«

»In der Charité? Da ist mir nichts aufgefallen, aber …« Er stierte in Richtung des Fensters ohne Aussicht.

Cecilie nahm wieder die Geräusche der Wirtschaft wahr, hörte das Schnaufen, Reden und Lachen. »Aber?«, hakte sie nach.

»Hier im Krug. Die Nacht auf des Kaisers Geburtstag?« Sie nickte. Dr. von Thorwald, der schon aufgestanden war, setzte sich erneut. »Eine Frau hat gesagt, sie hätt grad ein Kind gekriegt.«

»Das haben Sie ihr geglaubt?« Cecilie war enttäuscht. Die Geschichte schien ihr zu phantastisch, um wahr zu sein.

»Meine Alte ist nach einem halben Tag wieder rumgekrabbelt. Ich kann mich noch besinnen. Die Frau, die war gut dabei. Schmiss eine Runde und noch eine. Weiß Gott, wo die Kohle her war.«

»Das Kind hatte sie nicht dabei?«

Er schüttelte den Kopf.

»Können Sie die Frau beschreiben?«

»War kein Vergnügen. Hatte Lumpen an und tat wie Madame Protz.«

»An den Namen erinnern Sie sich nicht?«, mischte sich Dr. von Thorwald ein.

»Nee. Hat sie nich genannt, und ich hab nich gefragt. Mich geht's ja auch nichts an.«

Der Gerichtsarzt erhob sich. »Danke auch, Herr Bolle. Auf Wiedersehen.«

Der Mann brach in Lachen aus.

Cecilie ging hinter Dr. von Thorwald her zur Theke. Als sie sich umdrehte, sah der Mann wieder zum Fenster hinaus.

Hektor hatte die Wirtin nach der spendablen Frau gefragt.

»Bin ick dit Adressbuch?«, schnauzte die Wirtin.

Erst als ein weiterer Geldschein in ihre Hand wanderte, bestätigte sie Bolles Geschichte und behauptete, die Frau habe Liesel geheißen.

»Und jetzt?«, erkundigte sich Cecilie, als sie die Tür der Wirtschaft hinter sich ins Schloss fallen ließ.

»Ich werde Kommissar Tiegler informieren. Vielleicht bekommen seine Männer etwas heraus.«

Sie nickte, obgleich sie die Wahrscheinlichkeit für sehr gering hielt.

»Ist noch was?« Dr. von Thorwald sah ihr ins Gesicht.

Sie überlegte, ob sie ihm von ihrer Schwester erzählen und ihn darum bitten sollte, beim Hausarzt der Familie nach Marianne zu fragen. Stattdessen senkte sie den Blick.

»Ich muss kurz was vom Schuster abholen«, log sie.

Dr. von Thorwald hatte mehr als genug für sie getan. Sie brauchte dringend Hilfe, doch die würde sie von jemand anderem erbitten. Sie hatte lange darüber nachgedacht und war immer wieder zu dem Schluss gekommen, Zimetbaum sei dafür der Richtige. Das hoffte sie zumindest.

Ein offener Kremser rumpelte an Cecilie vorbei, als sie das Gelände des Moabiter Lazaretts betrat. Der mit fünf zerlumpten Gestalten beladene Pferdeomnibus hielt vor einer der frei stehenden Baracken.

Sie blieb in einigem Abstand zur Kutsche stehen, aus Angst, sich mit Flecktyphus anzustecken. Eine Krankheit, zumal eine solch gefährliche, durfte sie sich nicht einfangen. Nicht nur, weil sie Elsa helfen wollte, sondern auch, weil sie sicher war, dass Dr. von Thorwald ihre Dienste im Leichenkeller nicht entbehren konnte.

Für einen Moment fühlte sie sich bedeutsam, dann fiel ihr Schwester Johanna ein und dass ihre Hand Dr. Eisenmanns Hand bei Elsas Operation geführt hatte.

Steht mir ein ähnliches Schicksal bevor? Werde ich einem Arzt dienen, seine Arbeit eines Tages beinahe besser beherrschen als er, ohne Aussicht darauf, beruflich weiterzukommen? Sind in zehn, fünfzehn Jahren vielleicht Gerüchte in Umlauf, ich würde mit dem Gerichtsarzt unzüchtig verkehren? Oder schaffe ich es? Schaffe ich es, meinen Traum Wirklichkeit werden zu lassen?

»In die Aufnahmestation«, dirigierte ein Arzt im Kittel, der aus einer Ziegelbaracke getreten war. Sie erkannte Zimetbaum.

»Fräulein Cecilie.« Er strahlte sie an.

Sie bewunderte sein vollständiges und regelmäßiges Gebiss. War sein Gesicht im normalen Zustand hübsch, wenn auch ein wenig nichtssagend, verlieh ihm sein Lachen, das unter dem Schnurrbart hervorblitzte, einen unvergleichlichen Charme. Sie spürte, wie sich ihre Stimmung hob.

»Besuchen Sie mich?«, erkundigte er sich.

Cecilie wollte nicht gleich mit ihrem Anliegen herausrücken, das etwas delikat war, daher gab sie vor, sich für die Umstände der Epidemie zu interessieren.

Er wirkte geschmeichelt. »Ich führe Sie herum, wenn Sie möchten.«

»Sehr gern. Und im Anschluss trinke ich mit Ihnen den Tee, wie versprochen.«

Sie gingen zu einer der Baracken, die Zimetbaum als Pavillons bezeichnete. »Sechsundzwanzig sind es insgesamt, nach Geschlechtern aufgeteilt. Jeder Pavillon hat eine Teeküche, ein Wärterzimmer, ein Bad, einen Abort und eine Veranda. Aber wie Sie sehen, sind sie mit Holz gebaut. Das verseucht schnell, wissen Sie.«

Cecilie nickte. Es war ausgesprochen nett von ihm, dass er ihr seine Zeit widmete, doch der eigentliche Grund ihres Besuchs brannte ihr auf der Seele.

»Anfang März war die Epidemie auf ihrem Höhepunkt. Noch immer bekommen wir am Tag vier bis fünf neue Fälle rein. Flecktyphus tritt vorwiegend im Frühling auf. Das haben wir schon bei den letzten Epidemien festgestellt.«

»Wieso die hohe Ansteckung?« Cecilie spürte, wie in ihr ernsthaftes Interesse aufstieg. Wenn man so viel über eine Krankheit wusste, musste man doch etwas dagegen unternehmen können.

»Gucken Sie sich an, wer eingeliefert wird. Das sind keine von den reichen Berlinern. Unsere Patienten kommen vor allem aus den Pennen, Entschuldigung, ich meine …«

»Asyle und Herbergen.«

»Genau. Außerdem aus den Kranken- und Irrenhäusern,

und besonders viele Inhaftierte kommen übrigens aus der Perleberger zu uns.«

Bei dem Gefängnis in der Perleberger Straße handelte es sich um ein reines Männergefängnis, wie Cecilie wusste. Zimetbaums Augen waren auf sie gerichtet. Ihr fiel auf, dass die Iris dunkelblau war und schwarze Einsprengsel aufwies. Er erschien ihr gar nicht mehr so jungenhaft wie bei ihrer ersten Begegnung. Vielleicht lag es auch an der geraden, ein wenig stolzen Haltung, die er einnahm, und an der agilen Art und Weise, wie er die Augenbrauen hob, wenn er über seine Studien sprach.

»Die Mortalität ist erschreckend groß«, erklärte er. »Besonders bei den Kranken über dreißig, was auf den Abusus spirituosorum zurückzuführen ist.«

»Alkoholmissbrauch«, sagte Cecilie. In seinem Blick meinte sie Anerkennung lesen zu können. Es gefiel ihr, dass Zimetbaum sie von Anfang an mit einem gewissen Respekt behandelt hatte und ihr Interesse nicht in Frage stellte, nur weil sie eine Frau war.

»Im Moment besteht meine Arbeit darin, diese Faktoren zu beobachten und ihre Anhäufung zu dokumentieren. Will man etwas gegen die Krankheit ausrichten, muss man erkennen, auf welchem Nährboden sie gedeiht.«

»Und dann? Wenn Sie fertig sind, geben Sie dann den Leitungen der Haftanstalten und Krankenhäuser Empfehlungen?«, erkundigte sie sich.

»Später ja, aber erst einmal muss ich meine Aufzeichnungen fertigstellen, um meine Doktorwürde zu erhalten. Ohne Reputation hört man nicht auf mich. Wenn Sie möchten, leihe ich Ihnen eine Durchschrift meiner bisherigen Ergebnisse aus.«

»Ja, bitte.« Was würde sie darum geben, in seiner Situation

zu sein. Wenn sie durch ihrer Hände Arbeit doch auch anderen helfen könnte. Die Arbeit im Leichenkeller war nützlich, aber sie half keinem Lebenden mehr. Cecilie unterdrückte ein neidvolles Seufzen.

»Nach Ihnen!« Er ließ sie in eine der Baracken eintreten, in der ein mit Papier bedeckter Schreibtisch, ein Arbeitstisch mit Reagenzgläsern und Mikroskop und eine Klappliege standen. Trotz der nüchternen Sachlichkeit des Raums erschien es Cecilie der erstrebenswerteste Ort der Welt zu sein. »Setzen Sie sich.« Er wies auf den einzigen Stuhl. »Ich mache uns einen Tee.«

Ihr fiel wieder ein, was sie ihn fragen wollte. Doch wie sollte sie ihr Anliegen vorbringen, ohne dass es aufdringlich, ja nahezu absonderlich wirkte und zu viel von ihr selbst verriet?

Der junge Arzt nahm eine verbeulte Kanne vom Ofen, griff nach einem Becher, der an einem Nagel hing, füllte getrocknete Blätter hinein und goss sie mit dem heißen Wasser auf. Den Becher stellte er vor Cecilie auf den Tisch, nachdem er die Papiere zur Seite geschoben hatte. »Entschuldigen Sie das Chaos. Mir fehlt eine ordnende Hand.«

Lächelnd streifte sie die Handschuhe ab, wobei sie sich die Brandblase aufriss, die sie sich an dem rotglühenden Bolzen zugezogen hatte. Sie steckte den Finger in den Mund.

»Haben Sie sich verletzt?« Zimetbaum wirkte besorgt.

»Nur eine kleine Verbrennung.«

»Zeigen Sie her.« Er nahm ihre Hand in die seine und betrachtete die Wunde. Die Berührung durchfuhr sie. »Nicht so schlimm. Aber damit es sich nicht entzündet, sollten Sie Zinksalbe draufschmieren.«

Aus einem Schränkchen über dem Mikroskoptisch holte er eine Tube. Cecilie konnte sich nicht daran erinnern, wann ein Mann zuletzt ihre bloße Hand berührt hatte. Bei den Visiten, die sie unternommen hatte, als sie noch bei ihren Eltern lebte, hatte sie wie alle Frauen immer Handschuhe getragen.

Der Einzige, der ihre bloßen Hände regelmäßig zu sehen bekam, war Dr. von Thorwald. Auch streiften sich ihre Finger ab und an bei der Arbeit, doch das waren Berührungen, die sie in ihrer Beiläufigkeit kaum registrierte.

Umso deutlicher spürte sie jetzt, wie Zimetbaum wieder nach ihrer Hand griff. Ihr wurde bewusst, dass Schweiß auf ihre Stirn trat. Sie zuckte zurück.

»Habe ich Ihnen weh getan?«

»Gar nicht.« Sie hielt ihm die Hand wieder hin.

Er streichelte mit dem Daumen leicht über ihre Knöchel. Auf seinem Handrücken und den unteren Gliedern seiner Finger wuchsen kleine, dunkle Härchen. Seine Fingernägel waren sauber und kurz geschnitten, allerdings nicht manikürt. Vorsichtig rieb er die Wunde mit Salbe ein. Als er fertig war, ließ er noch nicht los. »Eigentlich gilt dieser Tee nicht.«

Verständnislos sah sie ihn an.

»Ich hatte um eine richtige Verabredung gebeten«, erklärte er lächelnd. »Darf ich Sie stattdessen zum Essen einladen?«

Wenn sie einwilligte, würde er ihr Anliegen vielleicht nicht so unverschämt finden. »Gut«, sagte sie.

»Wann?«

»Heute Abend um neun. Oder passt Ihnen das nicht?«, fragte sie, als er auf seine Taschenuhr blickte.

»Absolut. Ich wollte nur nachsehen, in wie vielen Stunden ich Sie wiedersehen darf.«

Mit gesenktem Kopf nannte sie ihm die Adresse einer Gaststätte, anschließend atmete sie tief durch. »Ich hätte da eine Bitte.«

»Ja?«

»Ich brauche eine Auskunft über eine Patientin. Aber aus

Gründen, die ich jetzt nicht näher erklären kann, ist es mir nicht möglich, den behandelnden Arzt selbst zu fragen. Würden Sie ihn als Kollege für mich um eine Information angehen?«

»Was möchten Sie denn wissen?«

Sie war Zimetbaum dankbar, dass er nicht nachhakte. »Der Arzt heißt Doktor Schmuhel und empfängt Patienten in der Hindersinstraße unweit des Tiergartens. Ich muss in Erfahrung bringen, was aus Marianne Blum geworden ist. Aber bitte erwähnen Sie mich nicht.«

Bei der Nennung des Namens zuckte seine rechte Augenbraue. Welche Verbindung er sich auch immer zwischen ihr und Marianne zusammenreimte, er war diskret. »Wie Sie wünschen.« Zimetbaum verneigte sich und überreichte ihr eine Kladde. »Meine Aufzeichnungen.«

»Ich werde gut drauf achtgeben.«

»Das hoffe ich.«

Sie konnte den Blick aus seinen Augen nur als besonders freundschaftlich deuten.

8

»Sie haben über eine Stunde beim Schuster gewartet?«
Cecilie erwiderte nichts auf den Tadel Dr. von Thorwalds. Die Kladde, die sie von Zimetbaum erhalten hatte, lag zusammen mit ihrem Hut in die Pelerine gewickelt im Vorraum.

Nachdem sie sich mit hochgekrempelten Ärmeln, aufgestecktem Saum und Schürze für die Sektion gewappnet hatte, arbeiteten sie schweigend nebeneinander. Wie gewöhnlich, wenn er sezierte, tauschte der Leichenarzt mit ihr nur die nötigsten Worte aus.

Die Tote vor ihnen stammte aus der städtischen Irrenanstalt. Derart mager war sie, dass die Haut an den Knochen zu kleben schien. Ihr Gesicht wirkte fratzenhaft entstellt, die Wangenknochen hoben sich deutlich hervor. Cecilie konnte nicht umhin, an Marianne zu denken. Das letzte Mal, als sie ihre Schwester gesehen hatte, war sie kaum mehr ansprechbar gewesen. Was war nur aus ihr geworden? Wo hatten ihre Eltern sie hingebracht?

Cecilie hielt sich an der Bahre fest.

Nachdem Dr. von Thorwald im Kiefer mehrere lockere Zähne und in der Mundhöhle schwarze Schleimhaut entdeckt hatte, öffnete er den Brustkorb und die Bauchhöhle. Eigentlich hatten sie weitere Experimente mit Strangulations- und Würgemalen vornehmen wollen.

Der Körper der Donata war anämisch. Das Blut im Herzen war von angedickter Substanz, die Leber blass und ihr Gewebe härter als gewöhnlich, die Gallenblase voll dunkler Galle, die Milz klein und welk. Der zusammengeschrumpfte Magen wies bis auf einen Esslöffel gelblich trüber Flüssigkeit ohne besonderen Geruch keinen weiteren Inhalt auf. Die anderen Unterleibsorgane schienen normal.

Wie gewohnt untersuchten sie den Darm zuletzt, denn selbst bei der größten Vorsicht war eine Verunreinigung der Umgebung nicht zu verhindern und zudem der Geruch widerlich. Doch bei dieser Leiche war der auffällig verengte Darmtrakt bis auf einzelne verhärtete Kotreste leer, und die Häute des Darmkanals erschienen bis zur Durchsichtigkeit verdünnt.

Eine Ahnung fraß sich in Cecilie. »Ist die Frau verhungert?«, fragte sie atemlos, nachdem Dr. von Thorwald die Instrumente zur Seite gelegt hatte.

»Der Befund lässt keine andere Vermutung zu.« Er wusch sich die Hände mit Karbol ab.

»Wie kann das sein? Sie müsste doch in der Irrenanstalt ausreichend versorgt werden.«

»Vergessen Sie nicht, dass es sich um eine Wahnsinnige handelt«, sagte Dr. von Thorwald. »Möglicherweise hat die Frau die Aufnahme von Nahrung verweigert. Wer weiß schon, was in den Köpfen der Irren vor sich geht.«

»Dann hätte man sie eben zum Essen zwingen müssen«, beharrte Cecilie. Es durfte einfach nicht sein, dass so etwas passierte. Ihre Finger zitterten.

Ich werde herausfinden, was mit dir geschehen ist, Marianne.

»Machen Sie die Leiche für den Bestatter fertig, und schreiben Sie meine Aufzeichnungen ab«, bestimmte der Gerichtsarzt.

Sie nickte beiläufig, noch immer mit den Gedanken an ihre Schwester beschäftigt. Erst allmählich dämmerte es ihr, wie merkwürdig es war, dass Dr. von Thorwald zu dieser Zeit den Leichenkeller verließ. »Sie gehen?«

»Ich habe einen Termin. Mit Kommissar Tiegler«, antwortete er.

»Wegen Elsa oder ihrem Jungen? Dann will ich mit.«

»Das hat Tiegler nicht ausdrücklich in seiner Nachricht geschrieben. Es kann auch um die tote Nonne gehen. Einer von uns muss hier weitermachen. Kommen Sie doch um neun zum Essen.«

»Ich habe bereits eine Verabredung.« Cecilie wurde plötzlich ganz warm. Sie fing an, den Sektionstisch rund um die Leiche abzuwischen.

»Eine Verabredung.« Der Gerichtsarzt klang neutral. Mit einem knappen Gruß ging er.

Ihr war nicht klar, warum sie ihm nicht sagte, dass sie Zimetbaum zum Essen treffen würde. Schließlich war sie Dr. von Thorwald in keiner Weise verpflichtet.

Allein gelassen mit ihrer unguten Ahnung machte Cecilie sich daran, die Organe wieder in die Leiche zu füllen. Als sie die von der Form her an eine Birne erinnernde Gebärmutter aus der Emailleschüssel holte, in der das Organ seit seiner Entnahme gelegen hatte, hielt sie inne. Warum war es eigentlich nicht möglich, den Uterus so zuzunähen, dass ein inneres Verbluten der operierten Frauen verhindert wurde?

Mit einem Skalpell schnitt sie in die äußere Gebärmutterwand, durchteilte auch die tiefer liegenden Schichten. Dann griff sie zu Nadel und Faden und nähte die Wunde so zusammen, wie sie es normalerweise bei der menschlichen Haut tat. Aber darauf waren die Gynäkologen natürlich auch schon gekommen. Diese Form der Naht konnte nicht halten.

Ihr kam keine Idee, wie es sonst vonstattengehen könnte. Frustriert legte sie die Gebärmutter in die Bauchhöhle zu den

Darmresten und dem Magen. Was maßte sie sich eigentlich an, etwas herausfinden zu wollen, was studierte Ärzte bislang nicht hatten lösen können. Das Wort »Hybris« fiel ihr ein.

Die billige Mahlzeit lockte Waschweiber, Proletarierinnen, Handwerker, Fuhrleute und Arbeiter. Die Schlange vor der Volksküche in der Invalidenstraße 105 war lang. Zimetbaum wartete bereits, als Cecilie eintraf. Sie grüßte und stellte sich zu ihm.

»Noch nie sind mir zwei Stunden derart lang vorgekommen wie die letzten.« Er lächelte.

Verlegen sah sie nach vorn. Neun Leute standen vor ihnen. Sie hatte die Gaststube wegen ihrer Nähe zur Charité ausgesucht. Vielleicht ging ja auch der ein oder andere Krankenwärter hier essen, und sie konnte etwas über diese Liesel in Erfahrung bringen. Wenn nicht, so sparte sie dem jungen Arzt immerhin übertriebene Ausgaben.

Ihre Gedanken drehten sich um Marianne, während sie warteten. Cecilie hörte Zimetbaums Worte kaum, mit denen er seine Zukunft als Arzt ausschmückte.

Endlich konnten sie im hinteren Teil der Volksküche zwei Stühle besetzen. Zimetbaum und eine herausgeputzte Frau saßen so eng neben Cecilie, dass sie die Ellbogen nicht richtig abzuspreizen vermochte, um das Besteck zu handhaben. Da bekamen sie auch schon die Teller vorgeknallt, und die Suppe schwappte über den Rand. Um sie herum klirrten Löffel auf dem Tongeschirr, die Leute husteten und schmatzten.

»Ich hoffe, Sie nehmen keinen Anstoß an der Umgebung?«, fragte Cecilie.

»Es könnte ein bisschen luftiger sein, aber ich weiß Bescheidenheit zu schätzen«, erwiderte Zimetbaum.

Ihr Gegenüber, ein etwa vierzigjähriger Mann in einem

Arbeitskittel, schnäuzte sich in seinen Ärmel. Es roch nach Kohl, Schweiß, Veilchen, Darmwinden, Pferden, Ruß und Seife. Wenigstens störte sich so niemand daran, dass Cecilie den Gestank des Leichenkellers und den des Karbols in ihren Kleidern mit sich trug.

Noch vor einem halben Jahr hätte sie den Ort als Belästigung für Ohren, Nase und Augen empfunden.

Doch was ist schon der Anblick eines mit offenem Mund kauenden Menschen gegen eine aufgestemmte Schädeldecke?

»Wie finden Sie die Suppe?«, erkundigte sich Cecilie höflich.

»Nicht übel, sämig.«

Kaum legte Zimetbaum den Löffel ab, wurde ihm der Teller weggerissen und der nächste hingestellt. Drei Kartoffeln von mittlerer Größe, eine Portion Kohl und ein dünnes Stück Braten befanden sich darauf. Cecilie war noch mit ihrer Suppe beschäftigt. Mit der Erinnerung an die verhungerte Tote im Leichenkeller brachte sie keinen Bissen hinunter.

»Es erstaunt mich, dass ein Fräulein wie Sie mit Ihrer Herkunft derart …« Der Rest des Satzes ging im lauten Gelächter zweier Straßenkehrer unter.

»Was sagten Sie?«

»Sie sind sehr sparsam und fleißig.« Zimetbaum blickte ihr in die Augen. Sie kam nicht dazu, etwas zu erwidern, denn ihr Suppenteller wurde gegen den mit der Hauptmahlzeit ausgetauscht. Sie aß nur selten warm, meistens begnügte sie sich mit Brot und heißem Tee. Hin und wieder kochte sie sich Gemüse auf ihrem Ofen. Obwohl ihr Magen rumorte, mochte sie die Kartoffeln und das Fleisch nicht anrühren.

»Ich war bei Doktor Schmuhel«, erzählte Zimetbaum plötzlich.

»Schon?« Cecilie spürte die Angst wieder.

»Er hat mich darüber informiert, dass die Patientin Marianne Blum …« Weiter kam er nicht. Der Nachtisch, der aus einem Schlag wässrigem Pudding bestand, wurde ihm vorgesetzt, doch Zimetbaum beachtete ihn nicht. »Er sagte mir, dass der Geisteszustand der jungen Frau unheilbar sei.«

»Willst du den nicht?« Als der Arzt den Kopf schüttelte, langte der Arbeiter ihnen gegenüber nach dem Pudding. »Bevor er Schimmel kriegt.«

Panisch wartete Cecilie darauf, dass Zimetbaum weitersprach. »Es tut mir leid, aber er hat sie in die städtische Irrenanstalt überwiesen.«

Das war es, was sie die ganze Zeit über befürchtet hatte, trotzdem versetzte ihr die Bestätigung ihrer Ahnung einen Schock. Sie ließ Gabel und Messer sinken.

»Sind Sie satt?«, erkundigte sich der Arzt.

Cecilie nickte. Bilder schossen ihr durch den Kopf. Bilder von einer verhungerten Marianne.

»Wollen wir dann gehen?«

Wieder nickte sie, unfähig, etwas zu sagen.

Als sie aufstanden, warteten schon die nächsten Hungrigen darauf, ihren Platz einzunehmen. Zimetbaum zahlte bei der Kellnerin für sie beide und gab ein auffallend spendables Trinkgeld, das die Frau mit stoischem Gesichtsausdruck in ihrer Schürzentasche verschwinden ließ.

Kurz fiel Cecilie ein, dass sie Erkundigungen über Liesel hatte einziehen wollen, doch ihre Gedanken waren zu sehr mit ihrer jüngeren Schwester beschäftigt. In welcher Verfassung befand Marianne sich? Lebte sie überhaupt noch?

O bitte, bitte, flehte Cecilie in Gedanken, *lass Marianne nicht tot sein.*

»Wie wäre es mit einem Kaffee?« Zimetbaum war ihr dabei behilflich, die Pelerine umzulegen. Er sah sie mit seinen lebhaften Augen an und lächelte.

Doch ihr war nicht nach einer Plauderei. Nicht jetzt, nicht unter diesen Umständen.

»Ein anderes Mal«, versprach sie ihm.

»Es ist Ihre Schwester, nicht wahr?« Er hatte es die ganze Zeit über gewusst. »Wenn Sie sich Sorgen machen, dann …«

»Ich will nicht darüber reden.« Solange sie ihre Gefühle für sich behielt, hatte sie sie unter Kontrolle.

»Gut, aber ich wollte Ihnen noch erzählen, was die vergiftete Nonne im Delirium gefaselt hat …«

»Ich habe zu tun.« Sie bedankte sich und ging schnellen Schrittes davon.

Frau Lindemanns beringte Finger blätterten eine Seite um, und ihre Augen fügten die Buchstaben des Romans aneinander, den sie aus der Leihbibliothek geholt hatte. Eugenie Marlitt war ihre erklärte Lieblingsautorin, und *Das Heideprinzesschen* gefiel ihr ausnehmend gut. Leider hatte sie am Abend zuvor ihre Pralinen aufgegessen, doch die englischen Biscuits der Firma Huntley and Palmers, die sich der gnädige Herr von August Martinys Delikatessengeschäft in der Jerusalemer Straße liefern ließ, waren auch nicht zu verachten.

»Mich hatte nie eine Mutter an ihr Herz gedrückt; ich hatte nie erfahren, wie das glückliche Bübchen dort, dass ein einziger Laut von zärtlichen Mutterlippen alles vermeintliche Leid sofort zu stillen vermag.« Frau Lindemann fühlte Rührung in sich aufsteigen, als sie die Sätze las. »Aber ich hatte auch mit heimlicher Lust gesehen, wie die junge Frau ihre Kinder herzte – die Beneidenswerte! Wie süß musste es sein, wenn solch ein Kinderärmchen sich verlangend ausstreckte und alles Heil, alle Beruhigung ausschließlich von der Mutter erwartete.«

Ohne dass angeklopft wurde, öffnete sich die Tür zum Salon. Verärgert blickte Frau Lindemann auf. Rasch ließ sie die

Kekspackung unter einem Kissen verschwinden und wischte sich die Krümel vom Busen. Sie hasste Störungen in ihrem persönlichen Heiligtum.

Die Köchin trat ein.

»Was ist?«

»Die Wäscherin sagt, der Anzug ist hin. Den kriegt sie nicht sauber geschrubbt.« Die groben Hände der Köchin hielten den grauen Tuchfrack mit dem Samtkragen, der vor wenigen Tagen erst aus London geliefert worden war. Das edle Kleidungsstück sonderte einen abscheulichen Gestank ab.

»Ins Feuer damit«, entschied Frau Lindemann, um sich endlich wieder ihrem Roman zuwenden zu können.

»So ein feines Tuch. Ein Jammer ist das«, meinte die Köchin. »Möcht mal wissen, was der gnädige Herr damit gemacht hat.«

»Das geht uns nichts an«, erwiderte die Haushälterin abschätzig. Sie pflegte nicht mit dem Dienstpersonal zu tratschen, schon gar nicht über den Herrn Doktor. So gemein wollte sie sich nicht mit der Köchin machen.

»Ich sag ja nur. Wer hat, der hat. Unsereins könnt von dem Geld ein paar Monate leben.«

Mit einer Handbewegung scheuchte Frau Lindemann die Köchin hinaus. Auf dieses Niveau ließ sie sich nicht herab. Sie wusste natürlich, was alles über den gnädigen Herrn geredet wurde, nur weil er nicht verheiratet war. Dass er Männer den Frauen bevorzuge, hatte eines der Waschweiber mal behauptet, das die Anzüge des Doktors reinigte. Aber diese Verleumdung war ihr nicht bekommen, dafür hatte Frau Lindemann höchstpersönlich gesorgt. Die Frau würde bei ihnen ihr Lebtag nichts mehr waschen dürfen.

Die Ehe war schließlich nicht das Maß aller Dinge. Wer es sich leisten konnte, sollte lieber Abstand davon nehmen, das wusste sie am besten.

Sie nahm den Roman wieder zur Hand und biss in einen Keks.

»›Das Kind‹, sagte ich und musste bei dem Gedanken an das liebliche kleine Geschöpf lächeln, ›ich wollte durchaus das Kind nahe sehen und die Leute, die so glücklich beisammen sind. Ich habe nie gewusst, wie es ist, wenn die Eltern ihre kleinen Kinder so sehr liebhaben.‹«

Diesmal wollte es Frau Lindemann einfach nicht gelingen, sich auf die Lektüre einzulassen. Für manch einen lasterhaften, schwachen Geist konnten Ehe, Mutterfreuden und Familienleben vielleicht Vergnügen bringen, doch nicht für sie. Sie war zu tugendhaft, um das Recht des Angetrauten zu ertragen, sich mit seinem Gewicht auf sie zu legen, ihr die Beine auseinanderzudrücken und sein widerliches …

Diesmal war sie beinahe froh über die erneute Störung der Köchin. »Am Dienstboteneingang wartet ein Kerl auf Sie.«

Frau Lindemann sah auf die Uhr. Es war kurz nach neun. »So spät noch? Schick ihn weg! Wir brauchen nichts.«

»Kein Hausierer. Ihr Mann.«

Ihr Herz setzte augenblicklich aus. Nachdem sie sich vom ersten Schreck erholt hatte, drückte sie sich schwerfällig aus dem Sessel hoch, ordnete die Röcke und atmete tief durch. Dann erst verließ sie den Salon in Richtung Hintertür.

Ekel überkam sie, als sie dem bibbernden, nach Alkohol stinkenden Mann gegenüberstand. Seine Sachen waren abgewetzt und verdreckt, das Haar verfilzt. Sein Gesicht war mit Schorf und Kratzern übersät.

Kaum sah er sie, streckte er die Finger mit langen Nägeln nach ihr aus. »Mein Sonnenschein! Mein Augenstern! Liebste!«

»Herrmann.«

Das letzte Mal hatte er vor einem halben Jahr an die Tür geklopft und ihr von einer lohnenden Unternehmung erzählt, einem Geschäft, in das er einfach Geld stecken musste, nur nicht seines, denn das hatte er ja nicht. Mit einem welken Rosenstrauß hatte er versucht, ihr Herz zu erweichen und ihre Geldbörse zu öffnen. Er werde es ihr doppelt zurückzahlen, hatte er ihr geschworen.

»Scher dich zum Teufel!« Mit Schwung wollte Frau Lindemann die Tür zufallen lassen.

Der Lump kam ihr zuvor, blockierte mit dem Fuß die Tür, und so jämmerlich er auch aussah, brachte er doch genug Kraft auf, um die Tür wieder aufzudrücken, hereinzukommen und seine Frau an die Wand zu drängen. »Was bist du bloß für eine geizige, alte Kratzbürste.« Er atmete ihr seinen Gestank entgegen. »Fett bist du geworden. In feinen Kleidern, ohne Haube, wie es sich für ein verheiratetes Weib gehört. Hockst hier im Warmen und weist deinen Gatten ab. Schäm dich! Glaubst wohl, weil du einem feinen Herrn den Arsch abwischst, bist du selber fein geworden?« Spucke traf sie im Gesicht, als er ihr seinen Hass entgegenzischte. »Aber sprüh dich nur mit Rosenduft voll, mir machst du nichts vor. Du bist nichts Besseres als eine Hure. Die lässt einen wenigstens für Geld noch ran, du vertrocknete Hexe.«

Frau Lindemann röchelte. Ein vertrautes Gefühl hatte sie gepackt, das sie aus der Zeit ihres Zusammenlebens mit ihrem Mann allzu gut kannte: Angst. Sie blieb an die Wand gepresst stehen und wagte es nicht, ihm in die Augen zu blicken. »Ich hab dir mein ganzes Erspartes gegeben.«

Er stieß ein heiseres Lachen aus. »Wer's glaubt. Du hast immer Geld. Und wenn nicht, dann besorg dir was.«

»Komm nächste Woche wieder, zum Monatsanfang«, beeilte sie sich zu sagen. »Dann kann ich dir meinen Lohn geben.«

»Ich brauch das Geld aber jetzt.«

Sie kramte in ihrer Rocktasche, zog ein paar Mark hervor und hielt sie ihm hin. »Hier, nimm. Das ist das Milchgeld. Ich werd versuchen, beim Milchmann anschreiben zu lassen. Mehr hab ich nicht. Ehrlich!«

Er fasste ihr zwischen die Beine. »Pass mal auf, du Schlampe. Morgen komm ich wieder. Gibst du mir kein Geld, sag ich deinem Herrn, dass du bei ihm stiehlst. Deinem Mann wird er glauben. Stößt du mich in den Abgrund, zieh ich dich mit, kapiert?«

Eine Antwort wartete er nicht ab. Als er ging, nahm er einen Mantel des Doktors mit, den die Wäscherin gebracht hatte. Frau Lindemann zitterte am ganzen Leib. Das Verschwinden des Mantels war ihr geringstes Problem. Sie wusste, dass ihr Mann seine Drohungen immer in die Tat umsetzte.

Die tiefrote Flüssigkeit schwappte in dem Glaskelch, den Kommissar Tiegler in der Hand drehte, bevor er einen Schluck nahm. »Köstlich!«

»Schwarzer Wein aus Cahors«, sagte Hektor.

»Das nenn ich mal ein Stöffchen. Kräftiges Aroma, nicht so eine Plörre. Wussten Sie, dass jedes Jahr hier in Berlin elf Millionen Liter Wein getrunken werden?« Der Kriminalbeamte legte sich ein weiteres Stück Rehrücken auf den Teller. »Dabei werden nur achteinhalb Millionen eingeführt. Ist doch klar, dass da Panscher am Werk sind.«

»Fuchsin«, entgegnete Hektor, das Funkeln der Kronleuchterflammen in seinem Weinkelch betrachtend. »Ein chemischer Farbstoff, der sich in Wasser und Alkohol mit roter Farbe auflöst.«

»Eine Schweinerei ist das! Ich frag mich, was wir in unserer Stadt alles für Dreck fressen müssen. Schales Bier wird mit Kohlensäure frisch gemacht, Milch mit Wasser verdünnt, im

Mehl steckt Kreide, und das Gammelfleisch kommt noch in die Würste rein.«

Während Tiegler sich aufregte, drifteten Hektors Gedanken zu Fräulein Cecilie ab. Mit wem sie sich wohl treffen mochte? Ob ihre Verabredung romantischer Natur war? Er dachte lieber darüber nach, was der Kommissar ihm vor dem Essen erzählt hatte.

Die Anzeige einer Hebamme war im Präsidium eingegangen. Eine Wöchnerin und ihr Neugeborenes wurden vermisst. Ihr Kind, ein gesunder Knabe, war am Geburtstag des Kaisers geboren worden. Hektor spürte ein Ziehen in den Gliedmaßen, ein unbestimmtes Gefühl, das ihm sagte, dass hier irgendwo etwas war, was er zu packen bekommen musste.

Ein entführter Säugling. Einer, der in die Spree geworfen wurde, eine Wöchnerin, die ein paar Stunden nach der Geburt einen seltsamen Geldsegen ohne Kind versoff, und jetzt eine verschwundene junge Mutter und ihr ebenfalls abhandengekommenes Neugeborenes. Das waren zu viele Zufälle auf einmal. Da musste ein Zusammenhang bestehen. Nur wo?

»Wussten Sie, dass die auch mit Butter, Schmalz, Zucker, Tee und Schokolade Schindluder treiben?«, meinte Tiegler kauend. »In Paris haben sie in der Polizeipräfektur ein Laboratorium errichtet, in dem Wein ...«

»Sind Sie bei von Madai vorstellig geworden? Dass eine Wöchnerin ihr Kind verkauft hat, muss doch von Bedeutung sein. Erhalten wir Einsicht in die Krankenakten?«, fiel Hektor ihm ins Wort.

»Der Polizeipräsident hat mir was gehustet. Die Aussage eines versoffenen Krankenwärters reicht nicht aus.«

»Und sonst? Ist irgendwas von einer Liesel in Erfahrung zu bringen?«

»Liesel, Liesel. Was meinen Sie, wie viele Weiber in Berlin

so genannt werden? Muss ja nicht mal ihr richtiger Name sein. Ohne Nachname geht da nichts.«

»Eine Liesel, die gerade erst ein Kind geboren hat und plötzlich über Geld verfügt, die wird's ja wohl nicht so oft geben.«

»Selbst wenn's irgendwem aufgefallen ist«, stöhnte der Kommissar. Er streckte die Hand in Richtung der silbernen Platte aus, auf der Holsteiner Austern auf zerstoßenem Eis angerichtet waren. »Glauben Sie denn, der würde zur Polizei gelaufen kommen und es melden? Hier schert sich der eine nicht um den anderen. Da kann einer tot in seinem Zimmer liegen, und es fällt erst auf, wenn der Vermieter die Miete kassieren will.«

»Warten Sie!« Hektor hielt ihn zurück. »Zu Austern passt nur Weißwein.« Er klingelte nach Frau Lindemann. »Werfen Sie Ihr Netz aus. Eine Razzia«, schlug er vor. »Damit könnte diese Liesel ausfindig gemacht werden. Die großangelegten Filzereien finden doch regelmäßig statt.«

»Allerdings bestimme nicht ich, wann. Doktor von Thorwald, bei allem Respekt für Ihr Engagement, ich tu schon, was ich kann. Nur hab ich auch noch was anderes zu erledigen.« Der Polizist öffnete die Knöpfe an seiner Weste, so dass sich sein voller Bauch ausdehnen konnte. »Im Fall der vergifteten Nonne sind wir keinen Schritt weitergekommen.«

»Lassen wir die Nonne noch für einen Moment beiseite«, bat Hektor. »Beschränken wir uns auf das, was wir wissen. Ein Kind wird in die Spree geworfen. In derselben Nacht wird ein Kind aus der Charité entführt. Bei beiden handelt es sich um Neugeborene. Das steht fest.« Er drückte seine langen Finger nach hinten. »Die Mutter des einen ist Elsa, von der Mutter des anderen vermuten wir, dass es sich um diese Liesel handelt. Dann kommt die Anzeige einer Hebamme rein, ein weiteres Neugeborenes sei verschwunden. Diesmal mitsamt der Mutter.«

»Fräulein Cecilie«, kündigte die Haushälterin an. Ihr Gesicht wirkte deutlich blasser als sonst.

»Sind Sie krank, Frau Lindemann?«, fragte Hektor.

»Überhaupt nicht.«

»Bringen Sie uns den Muscadet und drei Gläser.«

Sie knickste und ging, um Fräulein Cecilie hereinzulassen. Hektor und der Kommissar erhoben sich zur Begrüßung von ihren Plätzen, und Tiegler knöpfte eilig seine Weste wieder zu.

Die Augen der Ankommenden glänzten, sie nagte an ihrer Unterlippe und atmete hastig. Hektor spürte Freude darüber, sie zu sehen.

»Ich dachte, Sie hätten eine Verabredung.« Er wies ihr einen Platz am Tisch zu. »Soll ich noch ein Gedeck auflegen lassen?«

Das Kopfschütteln ließ ihre Locken wippen. »Danke, ich habe schon gegessen.«

Frau Lindemann brachte die gewünschte Flasche Weißwein und die Gläser aus dem Kirschbaumschrank. Die drei setzten sich. Fräulein Cecilie lockerte den Kragen ihrer Bluse und fächerte sich mit der Hand Luft zu. Hektor schenkte den Wein eigenhändig ein und fragte sich, wie ihr Treffen gelaufen sein mochte. Ihrer Miene konnte er nicht ansehen, ob es eine besonders angenehme oder schreckliche Zusammenkunft gewesen war. Allerdings sprach die Kürze des Ganzen für Letzteres.

Fräulein Cecilie fuhr mit dem Zeigefinger über die gewebten Blumenmuster, die sich von der seidig schimmernden Fläche der Damasttischdecke abhoben. Schließlich sah sie auf. »Gibt es Neuigkeiten von Elsas Sohn?«

Tiegler, der einen Schluck Muscadet nahm und dann eine

Muschel laut ausschlürfte, wiederholte die Anzeige der Hebamme. Hektor griff nach einer der rauen silbrig grauen Austernschalen.

»Hat der zusammen mit seiner Mutter verschwundene Junge eine missgestaltete Hand?«

Fräulein Cecilies Frage versetzte Hektor einen Stich. Das war es! Darauf hätte er längst selbst kommen müssen, anstatt sich in Spekulationen über ihre Verabredung zu ergehen.

»Ich werde mich erkundigen.« Der Kommissar erhob sich. »Die Pflicht ruft leider so laut nach mir, dass ich mich nicht taub stellen kann. Ich empfehle mich.«

»Sie müssen noch arbeiten?«, fragte Hektor.

»Mit Pflicht meinte ich meine Frau«, lachte der Kriminalbeamte.

»Herr Tiegler?« Das Fräulein hielt ihn zurück. »Was planen Sie morgen zu tun?«

»Morgen? Das Übliche, denke ich.«

»Wegen der Lösegeldübergabe.«

»Ich habe ein paar Männer eingeteilt, die Patrouille laufen werden. Gute Nacht!«

Als er gegangen war, herrschte Stille im Zimmer. Von draußen hörte Hektor den nächtlichen Straßenlärm. Kutschenräder und Pferdehufe auf dem Pflaster, Peitschenknallen und die Rufe Betrunkener. Sein Blick wanderte zu Fräulein Cecilie. Von ihrem Wein hatte sie nicht getrunken. Steif aufgerichtet saß sie da, den Kopf mit der zerzausten Frisur erhoben, die Augen geöffnet und dennoch in sich gekehrt.

»Ich hole das Lösegeld morgen früh von der Bank und deponiere es in meiner Bibliothek für Sie«, erklärte er mit brüchiger Stimme.

»Danke.«

Er wollte keine Dankbarkeit. Hektor sah zu, wie Fräulein

Cecilie an ihrer Nagelhaut zupfte. Sie war nicht liebreizend, kirschmundig, bezaubernd, weiblich gerundet oder betörend. Trotzdem spürte er ihre Sinnlichkeit und fragte sich, ob ein anderer Mann ebenso empfand, ob ein anderer schon davon hatte kosten dürfen. Unfug.

Unfug, Unfug, Unfug.

So durfte er einfach nicht denken. Diese Gefühle veränderten ihn, lenkten ihn ab. Es ging ihn nichts an, was sie mit anderen trieb. Es hatte ihn nicht zu interessieren. Er musste es schaffen, ihre Körperlichkeit zu ignorieren. Er musste Fräulein Cecilie aus seinen Gedanken verbannen, um sich auf das zu besinnen, was wirklich wichtig war.

Hektor schenkte sich den Rest Wein ein. Allmählich beruhigte er sich etwas. »Sie wirken nervös. Warum trinken Sie nicht?«

Cecilie atmete tief durch. »Eine familiäre Angelegenheit. Meine Schwester ist …«

Mit einer Handbewegung brachte er sie zum Schweigen. Das wollte er nicht hören. Sie hatte ihm einmal von ihrer kranken Schwester erzählt, deren Verrücktheit der eigentliche Grund dafür zu sein schien, warum sie Medizin studieren wollte. Er durfte Fräulein Cecilie nicht wieder so nah an sich heranlassen. Je weniger er von dem wusste, was sie im Inneren bewegte, desto eher würde er die nötige Distanz beibehalten können. »Ich habe nicht vor, der Polizei die Suche nach Elsas Sohn und der Entführerin zu überlassen«, sagte er.

Fräulein Cecilies offensichtliche Enttäuschung versetzte ihm einen Stich, aber er konnte sich unmöglich ihre privaten Probleme anhören. Es ging einfach nicht.

»Morgen ist vielleicht alles vorbei. Wenn die Frau das Geld holen will, werden Tieglers Männer sie schnappen.« Er bemerkte, dass sich Fräulein Cecilie bemüht hoffnungsvoll gab.

»Und wenn nicht, wird sie das Kind doch sicher freilassen, sobald sie das Geld hat.«

»Ich weiß nicht.« Hektor trank den letzten Tropfen aus seinem Glas. Er musste sich eine neue Flasche bringen lassen. »Sicher steckt mehr dahinter. Ich werde auf jeden Fall zu Doktor Eisenmann gehen und versuchen, das Krankenblatt des einundzwanzigsten und des zweiundzwanzigsten März einzusehen.«

»Ich begleite Sie.«

»Auf keinen Fall!« Damit war es entschieden.

9

Gigantische Penisse, die in Frauen mit weit gespreizten Schenkeln drangen, waren an feuchte Wände gekritzelt. Die stümperhaften Zeichnungen trieben Cecilie das Blut in die Wangen. Natürlich wusste sie, was beim geschlechtlichen Verkehr aus medizinischer Sicht vor sich ging. Sie hatte derart viele Leichen unbekleidet gesehen, dass sie der Anblick eines Penis nicht mehr schockierte. Doch diese primitive Zurschaustellung der Genitalien rief Scham in ihr hervor, als sie die wurmstichige Treppe zu dem Zimmer hochstieg, in dem Heinrich hauste.

Sie kannte ihn nur aus Elsas Erzählungen und wusste nicht, worauf sie sich einließ. Ihr Gefühl sagte ihr, dass dem Kerl nicht ganz zu trauen war. Schließlich hätte er das Mädchen heiraten können, wenn ihm an Elsa gelegen wäre. Ihr zuliebe wollte Cecilie nun jedoch alles unternehmen, um ihren letzten Wunsch zu erfüllen. Einer Sterbenden konnte sie nichts abschlagen.

Cecilie erschrak. Hatte sie wirklich gedacht, es könnte der letzte Wille des Dienstmädchens gewesen sein? Das durfte sie nicht. Sie durfte die Hoffnung nicht aufgeben.

Vielleicht würde Elsas Zustand sich bessern, wenn eine Heirat mit Heinrich in Aussicht stand. Zwar erwartete Cecilie angesichts der maroden Unterkunft nicht gerade das Beste, aber das Mädchen schien ihn wirklich zu lieben.

Der Gestank nach Urin und Moder stieg ihr in die Nase.

Die faulenden Pfähle sonderten ihn ab, auf denen das Haus in direkter Nähe des Kanals erbaut worden war.

Am Vorabend hatte Cecilie Frau Lindemann nach der Adresse gefragt. Einmal wenigstens konnte sie von Glück reden, dass die Haushälterin so neugierig war.

»Krautstraße«, hatte sie sofort gesagt. »In Friedrichshain. Da blüht das Laster. Ist ja kein Wunder, was Elsa passiert ist, wenn sie sich mit einem von da einlässt.«

Mit einem knappen »Gute Nacht« hatte Cecilie weitere Ausführungen über die möglichen Sünden des Dienstmädchens unterbunden und war gegangen.

Etwas streifte ihr Bein, und sie sah nach unten. Eine abgemagerte Katze rieb sich an ihr. Sie hockte sich hin und streckte ihre Hand aus. »Miez, miez, miez!«

Ein Fauchen, dann hieb ihr das Tier die Zähne ins Fleisch. Cecilie stieß einen Schmerzensschrei aus und richtete sich auf. Der Hunger hatte die Katze wohl wild gemacht. Sie kramte in ihrem Beutel, fand eine Wurststulle, die sie erst zur Hälfte gegessen hatte, und warf sie dem Tier hin. Es verschwand damit in dem düsteren Flur.

Sie wünschte, den Besuch schon hinter sich zu haben. Eigentlich müsste sie sich darum kümmern, wie es Marianne in der Irrenanstalt erging. Das zumindest war sie ihrer Schwester schuldig, aber sie wusste nicht, wie sie alles zugleich regeln sollte. Sie war auch Elsa etwas schuldig. Hätte sie der falschen Krankenwärterin nicht das Kind überlassen, wäre es jetzt nicht in Lebensgefahr.

Sie fühlte, dass sie an zu vielen Fronten zugleich kämpfte, doch es gab keine, von der sie sich zurückziehen konnte.

Cecilie suchte die Tür, auf der mit Kreide der Name Reich geschrieben stand. Auf ihr Klopfen hin rührte sich nichts. Da sie von Frau Lindemann außerdem in Erfahrung gebracht hatte, dass Heinrich keiner geregelten Arbeit nachging, vermutete sie, er schlafe um kurz nach sieben in der Frühe noch. Sie drückte die Klinke. Die Tür ging auf.

Als sie den winzigen Raum mit den schiefen Wänden betrat, begriff sie, dass die obszönen Kritzeleien nur einen Vorgeschmack geboten hatten. Auf dem einzigen Bett lagen ein Mann und zwei Frauen. Alle drei unbekleidet, die nackten Leiber halb von einer Decke bedeckt. Ob ihr dieser Anblick oder der Geruch ungewaschener Körper den Atem raubte, vermochte Cecilie nicht zu sagen. Nur der Gedanke an die arme Elsa hielt sie davor zurück, sofort das Weite zu suchen.

»Guten Tag! Ich bin auf der Suche nach Heinrich.«

Eine der beiden Frauen wurde wach, rieb sich die Augen, von denen eines blau gehauen war, setzte sich auf und schien nichts daran zu finden, dass ihre hängenden Brüste zum Vorschein kamen.

»Kenn ick dir?« Sie fing an, sich die schorfige Haut unter den Brüsten zu kratzen.

Cecilie blickte zur Seite. Auf dem Tisch lagen Essensreste, abgewetzte Kleidungsstücke und verschmutztes Geschirr durcheinander. »Cecilie Blum mein Name. Ich möchte zu Heinrich.«

»Warum?«

»Eine private Angelegenheit.«

»Etepetete ist sie. Von meinetwegen! Heinrich, wach auf!« Sie hieb dem Mann neben ihr mit der Faust in die Seite.

Er grunzte und schlief weiter. Die andere Frau rührte sich gar nicht erst.

»Wo ist die Flasche? Hier ist sie. Nüscht mehr drin. Ick könnt den Ollen backpfeifen. Nüscht wie Ärger mit dem Affen.« Wieder schlug sie nach dem jungen Mann.

»Was?« Er fuhr hoch.

Die Frau mit dem geschwollenen Auge, dessen Farbe zwischen grün und lila changierte, nickte in Richtung Cecilie.

Heinrich starrte die junge Frau an. Sie hatte ihn noch nie zuvor gesehen, bemerkte jedoch, dass er trotz des Alkoholdunstes, der ihn umgab, ein leidlich hübscher Bursche mit einem blonden Schnurrbart war. Wahrscheinlich bot er nüchtern, gewaschen und bekleidet einen ganz passablen Anblick und hatte Elsa deshalb den Kopf verdrehen können.

»Was wollen Sie?« Er sprach mit schwerer Zunge. Immerhin griff er nach dem Hemd, das am Bettpfosten hing, streifte es über und schloss die wenigen Knöpfe, die sich noch daran befanden.

»Ich muss mit Ihnen reden«, sagte Cecilie. »Allein.«

»Die kümmert nichts.« Sein Grinsen entblößte ein lückenhaftes Gebiss mit einem verfärbten Schneidezahn.

»Es geht um Elsa.«

Das Grinsen erstarb. Er griff nach seiner Hose.

»Elsa? Was für eine Elsa?«, fragte die Frau mit dem blauen Auge.

»Weiß nicht.« Heinrich begann, sich die Hose anzuziehen.

Cecilie drehte ihm den Rücken zu. Als er fertig war, ging er an ihr vorbei in Richtung Tür. Sie folgte ihm mit dem Gefühl, umsonst gekommen zu sein. Schweigend stiegen sie die Treppenstufen hinab. Im Innenhof angelangt, in dem es nicht viel besser roch als im Haus, zündete er sich eine Zigarette an.

»Elsas Sohn ist gestern geboren worden.« Sie verschwieg, dass der Junge unmittelbar nach der Geburt verschwunden war.

»Ja, und?« Hörbar zog er den Rotz hoch. Dem Schniefen folgte ein Gurgeln tief unten in der Kehle, und Cecilie schluckte angeekelt. »Die war keine Jungfrau mehr. Wer weiß, wer noch alles über sie rüber ist.«

Cecilie musste sich zwingen, nicht davonzulaufen. Keine

Frage, Elsa wäre ohne ihn wesentlich besser dran. Aber nicht das Kind, fiel es ihr ein. Kinder unverheirateter Mütter waren zwar keine Seltenheit in Berlin, dennoch blieb ihnen jeder gesellschaftliche Aufstieg verwehrt. Ein Bastard hatte keine Chance im Leben.

»Elsa möchte, dass Sie sie heiraten. Das Mädchen liebt Sie.« Beim Gedanken an die Zustände in dem Zimmer hoffte Cecilie, dass Heinrich sich als Ehemann vielleicht ändern und mehr Verantwortung übernehmen würde.

»Liebe? Was soll das sein?« Er verschränkte die Arme vor seinem schmalen Oberkörper und gähnte ungeniert.

»Elsa stirbt.« Angesichts seiner zur Schau gestellten Gleichgültigkeit sprach Cecilie schriller als beabsichtigt. »Ihr größter Wunsch ist es, dass ihr Sohn kein Bastard bleibt. Sie haben mit ihr unzüchtig verkehrt. Es ist möglich, dass Sie der Vater sind.«

Mit verschlagenem Blick musterte Heinrich sie. »Wer noch?«

»Wie bitte?«

»Wer hat Elsa noch bestiegen?«

»Keiner.«

»Wie blöd glauben Sie eigentlich, dass ich bin?« Er spuckte ihr vor die Füße. »Wer kommt noch in Frage?«

»Sie kennen ihn nicht«, wiegelte sie ab und ärgerte sich über sich selbst. Sie hatte alles falsch angefangen. Es war besser, zu gehen.

»Sie.« Er hielt Cecilie zurück. »Was haben Sie mit dem Kerl zu schaffen?« Seine Augen weiteten sich. »Es ist Ihr Ehemann, nicht? Er hat Ihrem Dienstmädchen eins reingeschoben und will, dass ein anderer den Kopf dafür hinhält.«

»So ist es nicht.« Sie schüttelte seinen Arm ab.

»Wie viel springt für mich dabei raus?«

»Ich weiß nicht, wovon Sie reden.« Cecilie empfand Heinrich zunehmend als bedrohlich.

»Zweihundert Mark. Dann heirate ich Elsa. Verstehen Sie jetzt?« Sein Lächeln war widerwärtig.

Ohne ein weiteres Wort drehte sie sich um und ging. Sie zitterte vor Wut.

Erotisch aufgeladene Träume hatten ihn geplagt, in denen er kurz davor stand, den nur mit einem Seidenschal bedeckten Körper Fräulein Cecilies an den seinen zu pressen und sich mit ihr zu vereinigen. Doch jedes Mal war er schweißnass aufgewacht, bevor es auch nur zu einem Kuss kam.

Vielleicht waren die zweite und dritte Flasche Wein, die er über den Abend verteilt getrunken hatte, schuld daran. Oder er hatte noch zu wenig getrunken.

Gereizt zog Hektor den Umschlag mit dem Geld, das er vor einer Stunde von der Bank geholt hatte, aus seiner Fracktasche und deponierte ihn auf dem Tisch in der Bibliothek. Im Laufe des Vormittags würde Fräulein Cecilie vorbeikommen und das Geld holen.

Schwindel ergriff ihn. Als er sich an der Tischkante abstützte, flog *Der Sieg des Judenthums über das Germanenthum* hinunter. Er hob das dünne Buch von dem thrakischen Kelim auf, in dem Dunkelblau und Ocker dominierten.

Auf Seite sechzehn war es aufgeklappt. Hektor glättete das verknickte Papier.

»Ein Volk, dessen Typus das Gelächter des Cäsarischen Rom's erregte, das Schmutz starrend – schlimmer als man es heute in Russland und Polen antrifft, – sich über Europa verbreiten konnte«, las er. Er blätterte weiter auf Seite zweiunddreißig. »Fluthet das Judenthum nicht in alle Poren unseres Lebens hinein? Ihr knirscht auf der germanischen Bärenhaut …«

Mit einem Knall klappte er das Buch zu. Schlampige

Schreibe eines Journalisten, der seinen mangelnden Erfolg den Juden in die Schuhe schob. Verwunderlich nur, dass diese mickrige Schrift für einen solchen Aufruhr sorgte. Die ganze Berliner Intelligenz sprach davon, seit es einen Monat zuvor erschienen war. Daher hatte Hektor sich durchgerungen, es auch zu lesen.

Wilhelm Marr behauptete, es gebe einen Kulturkampf der Juden gegen die Deutschen. Vor allem gegen die Tagespresse ereiferte er sich, die durch Judenhand zu einem Spekulationsartikel gemacht worden sei. Abgesehen davon, dass der Autor eine Diffamierung an die andere reihte, lieferte er nicht einen einzigen Beweis.

Hektor beschloss, dem Buch keinen Platz in seiner Bibliothek einzuräumen. Marrs Antisemitismus würde in einem kurzen Strohfeuer abbrennen, ohne weitergehende Bedeutung zu erlangen, da war er sicher. Die Weltgeschichte würde einen Mann wie Wilhelm Marr nicht einmal in einer Randnotiz zur Kenntnis nehmen.

Die Standuhr im Flur schlug neunmal. Er setzte seinen Zylinder auf und ging aus dem Haus, wo eine Mietdroschke auf ihn wartete. Das Gepolter der Kutsche verursachte ihm Kopfschmerzen. Die Stadt würde es wohl nie hinbekommen, das Pflaster instand zu halten. Kaum war es an der einen Stelle mit Asphalt überzogen, bildeten sich an einer anderen tiefe Krater. Wenigstens war es von der Carlstraße nicht weit bis zur Entbindungsanstalt. Sein Haus lag wie die Charité im Quartier Latin Berlins.

Als er über den Gang in den Gebärpavillon lief, wünschte er, er hätte ein weniger englisches Outfit für seinen Besuch gewählt. Die Krankenwärterinnen und Studentengruppen, die ihm entgegenkamen, starrten ihn in seinem braun-schwarz karierten knielangen Wollmantel mit dazugehöriger Hose, den

Lederstiefeln und der steifen Filzmelone derart durchdringend an, dass er schon meinte, seine Ankunft würde in den Charité-Annalen verzeichnet werden. Die Aufregung steigerte sich noch, als er verlangte, zu Elsa geführt zu werden. Er konnte sich des Eindrucks nicht erwehren, man verdächtigte ihn der Vaterschaft des Kindes. Besonders Schwester Johanna behandelte ihn abschätzig wie einen Verbrecher. Inzwischen verstand er die Abneigung Fräulein Sybilles ihr gegenüber.

Seine Anspannung verflog bei Elsas Anblick jedoch auf der Stelle. Der Zustand des Dienstmädchens war erbarmungswürdig. Ein Gestank nach Eiter hing in der Luft, und zu allem Überfluss war ihr Milch in die Brüste geschossen, die sich unter dem Hemd kürbisgleich abzeichneten. Sie mussten schmerzen, denn Elsa fing an zu wimmern, als Schwester Johanna ihr die Decke bis zum Hals ziehen wollte.

Das Dienstmädchen reagierte nicht auf den Besuch, daher beschloss Hektor, Dr. Eisenmann aufzusuchen. Er musste herausfinden, was es mit dieser diffusen Drohung gegen Fräulein Cecilie auf sich hatte.

An der Tür begegnete er einem herausgeputzten jungen Mann, der in der einen Hand einen Veilchenstrauß und in der anderen einen abgenutzten Wollzylinder hielt. Der Rock, den er trug, war eindeutig für einen beleibteren Herrn geschneidert worden, der Saum der Hose war gerissen.

»Habe die Ehre!«

Der Mann näselte, wobei Hektor nicht ausmachen konnte, ob er einen vornehmen Tonfall imitierte oder ob es an einer Erkältung lag. Als der Fremde grinste, präsentierte er unterhalb seines blonden Schnurrbarts einen schwärzlich angelaufenen Schneidezahn. Hektor ignorierte den Gruß, was den Neuankömmling jedoch nicht davon abhielt, nach seinem Arm zu greifen.

»Wie schön, dass Sie Elsa besuchen. Das Mädchen kann Ihren Trost gut gebrauchen, schließlich ist es unverheiratet.«

Der forschende Blick aus den Augen des jungen Mannes irritierte Hektor. Was wollte der Kerl von ihm?

»Wenn Sie mich jetzt zu Doktor Eisenmann führen, Schwester Johanna«, sagte er und schüttelte den Arm ab.

»Ich will Sie nicht vertreiben.«

Hektor sah den Mann verständnislos an.

Die Krankenwärterin ignorierte den Stutzer. »Kommen Sie, Doktor von Thorwald.«

Als der Gerichtsmediziner an dem Jüngling vorbeiging, fragte er sich, was dieser hier zu suchen hatte.

Vor der Tür zum Büro des Gynäkologen machten sie halt. Schwester Johanna klopfte und wartete, doch es kam keine Antwort.

»Der Doktor wird im Wöchnerinnensaal sein und die Studenten herumführen«, meinte sie.

»Dann warte ich auf ihn, bis er seine Lektion beendet hat«, schlug Hektor eilig vor.

Entweder war die Krankenwärterin misstrauisch oder allzu dienstbeflissen, auf jeden Fall beharrte sie darauf, dass er sie begleiten sollte.

Dr. Eisenmann stand an einem Bett im Wöchnerinnensaal, als sie eintraten. Die Patientin hatte ihre Brust entblößt, und um sie drängten sich mehrere junge Männer, die den Ausführungen über Milchdrüsen lauschten und auf Aufforderung des Gynäkologen hin die Brüste abtasteten.

»Frau Eisenmann, Doktor von Thorwald.« Schwester Johanna stellte Hektor eine schwangere Frau vor, die auf einem Stuhl neben der Tür saß.

»Sie wollen zu meinem Mann? Danke, Schwester Johanna, ich kümmere mich um den Herrn.« Die Schwangere versuchte aufzustehen, wobei sie ein Hohlkreuz machte und sich mit den Händen abstützte. Hektor bot ihr seine Hand an, die sie mit festem Griff umklammerte. Halb zog er sie, halb drückte sie sich hoch. Als sie stand, atmete sie schwer. »Warum möchten Sie meinen Gatten sprechen?«

»Ich beabsichtige, eine nicht unbeträchtliche Summe zu spenden.«

»Wie reizend von Ihnen. Christian, komm mal her.«

Der Gerufene unterbrach seine Ausführungen nicht, daher rief die Ehefrau noch einmal. Die wiederholte Missachtung durch ihren Gatten versuchte sie mit Geschnatter über seine wertvolle Arbeit zu vertuschen.

»Es ist doch verantwortungslos von einer Gesellschaft, einen Arzt nicht ausreichend zu bezahlen, dass er seinen vier Söhnen, und wer weiß, ob es nicht bald fünf sind«, bei dieser Bemerkung strich sie über ihren Bauch, »eine gesicherte Zukunft bieten kann. Christian!«

»Bin ja schon da.« Dr. Eisenmann begrüßte Hektor mit einem schlaffen Händedruck.

Am liebsten hätte dieser sich die Hand an der Hose abgewischt, so feucht war die Berührung. Der Gynäkologe wirkte chronisch übermüdet.

»Doktor von Thorwald will etwas spenden.« Die Stimme der Ehefrau überschlug sich fast. Sie hatte die Lippen so zusammengepresst, dass sie wohl ein Lächeln imitieren sollten. Ihr Mund sah aus wie ein in Falten gelegter Plisseerock.

»Ich will der Entbindungsanstalt eine gewisse Summe zur Verfügung stellen, damit mein Dienstmädchen Elsa die bestmögliche Versorgung erhält.« Hektor überreichte Dr. Eisenmann einen Umschlag. Das Geld darin hatte er zusammen mit dem Lösegeld von der Bank geholt.

Kaum hatte der Gynäkologe einen Blick hineingeworfen,

stieß er einen kleinen Pfiff aus und grinste anzüglich. »Das Mädchen ist bei mir in den allerbesten Händen, Doktor von Thorwald. Das versichere ich Ihnen. Ich werde mich um sie wie um eine Tochter kümmern.« Der Arzt buckelte vor Hektor, was sein Unwohlsein in Gegenwart des Ehepaares noch verstärkte. »Ich werde Ihnen jeden Tag persönlich Bericht erstatten, wie es der Patientin geht.«

Der Gerichtsmediziner rang sich zu einer knappen Verbeugung durch.

»Warum beehren Sie uns nicht mit Ihrer Anwesenheit bei unserem Dinner heute Abend?« Frau Eisenmann überschlug sich fast vor Freundlichkeit. »Ist das keine gute Idee, Christian?«

»Doch, ja.« Die Antwort zeigte Hektor, dass Dr. Eisenmann nicht wusste, wie er ihn einzuschätzen hatte.

»Und bringen Sie Ihre reizende Gattin mit. Ich bin mir sicher, wir haben viel zu bereden. So von Arztfrau zu Arztfrau.« Frau Eisenmann stieß ein affektiertes Lachen aus und zwang ihren grauen Augen einen heiteren Ausdruck auf. »Unsere Köchin wird ein ganz vortreffliches Essen zaubern.«

Über die wahre Natur der Einladung gab sich Hektor keinen Illusionen hin. Seine zugegebenermaßen nicht gerade bescheidene Spende machte ihn zu einer Kuh, die es zu melken galt. Gewöhnlich ging er Einladungen aus dem Weg, deren zwanglosen Charakter er verabscheute. Er sah sich schon eingepfercht zwischen Frau Eisenmann und einer ihrer Freundinnen aus Langeweile einen qualvollen Tod sterben, doch sein Instinkt brachte ihn dazu, anzunehmen.

»Wundervoll!« Die Arztgattin klatschte in die Hände, allerdings wirkte die Geste einstudiert.

Er hielt es nicht länger in ihrer Gegenwart aus. »Doktor Eisenmann, wenn ich Sie unter vier Augen sprechen könnte?«

»Gewiss.« Sie traten auf den Flur hinaus. Der Gynäkologe drückte sich das Monokel ins Auge, bevor er sein Gesicht Hektor näherte. »Keine Sorge. Ich werde Ihr Interesse an dem Mädchen ganz diskret behandeln.«

Hinter ihm nahm Hektor jemanden wahr. Er glaubte, den Stutzer zu erkennen, der Elsa besucht hatte, doch ihm blieb keine Zeit, sich über dessen seltsames Verhalten zu wundern.

»Ich benötige Einsicht in die Patientenblätter vom einundzwanzigsten und zweiundzwanzigsten März«, erklärte er.

Dr. Eisenmann blickte düster drein. »Wieso?«

»Ich möchte sichergehen, dass nichts übersehen wird, das einen Aufschluss über die Entführung des Knaben geben kann.«

»Das verstehe ich. Aber Sie müssen auch verstehen, verehrter Doktor, dass ich der ärztlichen Schweigepflicht unterliege. *Sub rosa dictum*, wie Sie wissen.«

Hektor verkniff sich die Bemerkung, dass die Einzigen, die wirklich schwiegen, die Toten waren.

»Ich muss jetzt meine Visite fortsetzen. Bis heute Abend, Doktor von Thorwald.«

Kaum war der Gynäkologe in dem gegenüberliegenden Wöchnerinnensaal verschwunden, kam seine Gattin angewatschelt und fing eine Plauderei an.

»Ich empfehle mich.« Hektor verbeugte sich.

»He, du da!«

Der rüde Ruf Frau Eisenmanns ließ ihn innehalten. Als er Fräulein Sybille sah, die ein Tablett mit Medizinfläschchen trug, realisierte er, dass nicht er gemeint war.

»Hier ist überall Dreck!«, tadelte die Gattin des Gynäkologen. Fräulein Sybille sagte nichts. »Mach das weg!«

»Ich bin keine Putzfrau.« Demonstrativ ging die attraktive Krankenwärterin an Frau Eisenmann vorbei. Als sie in Hektors Nähe war, lächelte sie ihn an. Er erwiderte das Lächeln nicht nur, um die Arztgattin zu ärgern.

In dem Augenblick, als Cecilie die Klinke der Hintertür zum Gebärpavillon hinunterdrückte, hielt sie die Luft an. Das Schloss klickte. Es war offen, und sie konnte eintreten.

Durch die Glasfront hatte sie eine Gruppe von Studenten in einem der Wöchnerinnensäle gesehen, und sie meinte auch, Dr. von Thorwald darunter entdeckt zu haben. Die Konzentration der Anwesenden auf einen Raum musste sie ausnutzen.

Cecilie huschte in den Verbindungsgang. Weil sie nicht anders konnte, steuerte sie als Erstes das Zimmer an, in dem Elsa lag. Da die Patientin schlief, konnte Cecilie ihr die Heirat mit Heinrich nicht ausreden. Nach dem Besuch bei ihm stand für sie fest, dass dieser Mann nicht gut für Elsa war. Sanft strich sie dem Mädchen über die Stirn, bevor sie ging.

Es war besser, ihre Anwesenheit wurde gar nicht erst bemerkt. Ihr Vorhaben war im Grunde genommen Diebstahl, doch es gab Situationen, in denen niemand sonst handeln würde und in denen bestimmte Verhaltensweisen demnach zu rechtfertigen waren. Trotzdem hatte Cecilie ein schlechtes Gewissen, als sie um die Ecke in die Halle blickte.

Eine ihr unbekannte Krankenwärterin schob einen Wagen, auf dem ein Topf stand, und Cecilie schnupperte. Hühnersuppe. Ihr Magen knurrte. Nach dem Besuch bei Heinrich hatte sie im Leichenkeller einen Haferbrei gegessen, bevor sie an einer Gebärmutter, die sehr blutreich war, eine neue Art von Naht ausprobiert hatte. Überall war Blut hingespritzt, und sie hatte sich zu Hause umziehen müssen. Der Briefumschlag mit dem Lösegeld lag deshalb noch im Haus des Arztes.

Sie wusste, dass Dr. von Thorwald ihre Einmischung niemals gutheißen würde, aber sie hatte die Entscheidung, sich von dem, was sie für richtig hielt, nicht abbringen zu lassen, bereits vor vier Monaten mit allen Konsequenzen getroffen.

Da ihre Sohlen auf den Fliesen quietschten, ging sie auf Zehenspitzen weiter. Vom Büro Dr. Eisenmanns trennten sie nur mehr zehn Meter, als sich eine Tür zu ihrer Linken öffnete und eine weitere Krankenwärterin herauskam. Cecilie fing lautstark an zu husten, was dazu führte, dass sich die Wärterin angeekelt abwandte und davoneilte, als fürchtete sie, sich anzustecken.

Jetzt stand Cecilie vor dem Büro des Gynäkologen. Sie zögerte. Dr. von Thorwald würde sicher sein Bestes geben, doch sie hatte das Gefühl, dass es nicht ausreichte. Wenn in dem Krankenblatt wirklich etwas Verdächtiges stand, rückte es Dr. Eisenmann ganz bestimmt nicht freiwillig heraus.

Kurzerhand öffnete sie die Tür und trat ein. Der funktionell eingerichtete Raum, der einen Schreibtisch, zwei Stühle sowie ein Regal mit Büchern und anatomischen Modellen beherbergte, war leer.

Vorsichtshalber ließ Cecilie die Tür angelehnt, damit sie hörte, falls sich jemand näherte. Ein kurzer Blick ins Regal genügte, dann wandte sie sich dem Schreibtisch zu. Auf der Tischplatte lagen mehrere handgeschriebene Papiere, doch aus dem Geschreibsel wurde sie nicht schlau. Der Gynäkologe hatte eine äußerst schlampige Schrift.

Sie zog die Schublade auf. Ein Parfümflakon mit Veilchenduft fand sich dort, außerdem ein Päckchen Streichhölzer und ein *Handatlas der Gynäkologie und Geburtshülfe*. Darunter entdeckte Cecilie einen Brief. Als sie in den bereits aufgerissenen Umschlag blickte, stieg ihr der Duft von Rosen in die Nase.

Eine Frauenschrift, dunkelblaue Tinte auf hellgelbem Papier. Sie wusste, dass es sie nichts anging, dennoch konnte sie sich nicht dazu durchringen, den Brief ungelesen zurückzulegen. Ihre Neugier besiegte den Anstand.

»Mein Herz«, stand dort. »Glaub nicht, mir mangelt es an Verständnis für deine Lage. Im Gegenteil, ich habe mehr als genug Verständnis gezeigt, aber das Kind ist von dir. Du weißt, dass es keinen Zweifel gibt. Ich verehre dich, und ich liebe dich bis in alle Ewigkeit.«

Unterschrieben war das Ganze nur mit »Dein Herz«.

Cecilie hielt es für möglich, dass die junge Krankenwärterin Sybille die Verfasserin dieser Zeilen war. Sie steckte den Briefbogen in den Umschlag zurück und legte ihn in die Schublade, die sie sorgfältig zuschob.

Wenn sich hier etwas über den einundzwanzigsten und zweiundzwanzigsten März fand, dann nur in den handschriftlichen Notizen. Leider war es ihr nicht möglich, auf den Zetteln mehr als ein paar Wörter, noch dazu lateinische Begriffe, zu entziffern. Sie erinnerte sich daran, dass Dr. Eisenmann Schwester Johanna die Aufzeichnungen über Elsas Operation zur Abschrift gegeben hatte. Vermutlich würden sich im Aufenthaltsraum der Wärterinnen auch die Krankenblätter finden.

Aus den Augenwinkeln sah Cecilie jemanden draußen am Fenster vorbeigehen. Hastig wollte sie sich hinter den Schreibtisch ducken, doch der Reifrock war ihr im Weg. Sollte der Mann in den Raum geblickt haben, hatte er sie unter Garantie erspäht. Mit gebeugtem Rücken schlich sie zum Fenster und sah hinaus. Der Mann schob eine mit Erde beladene Schubkarre und wirkte keineswegs alarmiert. Glück gehabt.

Sie atmete tief durch und richtete sich auf. In diesem Moment legte sich eine Hand auf ihre Schulter. Cecilie stieß einen Schrei aus.

10

Vor einer Weile hatte der gnädige Herr das Haus verlassen, und die Köchin war auf den Markt gegangen. Einen günstigeren Zeitpunkt für ihr Vorhaben gab es nicht. Obwohl Frau Lindemann sicher war, allein zu sein, betrat sie die Bibliothek so leise wie möglich. Sie stellte einen Korb ab, und als sie zum Fenster ging, knarrten die Holzdielen unter ihren Füßen. Durch die in Blei gefassten Glasscheiben blickte die Haushälterin auf die Straße.

Wie üblich fuhren Kutschen in beide Richtungen, Fuhrleute lieferten im Nachbarhaus Fässer und Kisten ab. Zwei Frauen, die mit Schirmchen gegen die nicht vorhandene Sonne bewaffnet waren, taten, als sähen sie den Hund nicht, der mitten auf dem Gehweg einen Haufen hinterließ. Eine Wäscherin schleppte schwer an einem gefüllten Weidenkorb, Kinder traten gegen einen Ball aus Stofflappen. Dann entdeckte Frau Lindemann den Lampenputzer, der seine Leiter an die gegenüberliegende Gaslaterne stellte und hinaufstieg. Sie zog die Vorhänge fest vor die Fenster. Man konnte ja nie wissen.

Die Bücher und Papiere auf dem Tisch schob sie beiseite. Ein dünner Band lag dort. *Der Sieg des Judenthums* …, las sie laut. Das war nichts für sie. Sie bevorzugte Bücher mit wohlklingenden Titeln, in denen schöne Heldinnen rührselige Geschichten erlebten. Eugenie Marlitt, Wilhelmine Heimburg und Beatrice von Szigmond-Tac waren ihre Lieblingsautorinnen.

Unter dem Buch fand sie einen Umschlag, den sie oben auf den Stapel legte, ehe sie auf der frei gewordenen Tischplatte ein Leintuch ausbreitete. Nun holte sie leere Flaschen, einen Trichter, eine Flasche mit Wasser und eine mit Sirup aus dem Korb hervor. Die Vorbereitungen waren getroffen.

Sie ging zum Beistellwagen, der dicht neben den rechten Ohrensessel geschoben war, und brachte den Alkohol zum Tisch. Cognac, Gin, Sherry, Whiskey, Magenbitter und Brandy. Frau Lindemann merkte sich jeweils den exakten Stand der Flüssigkeit, steckte den Trichter auf eine der leeren Flaschen und füllte von dem Sherry etwa ein Fünftel um. Sorgfältig verschloss sie die mitgebrachte Flasche, bevor sie diese in den Korb zurückstellte. Dann kippte sie Wasser auf den Sherry und gab, der Farbe wegen, noch etwas Sirup dazu, ehe sie das Ganze schüttelte, bis es sich vermischt hatte. Derart verfuhr sie mit allen Flaschen, nur beim Gin ließ sie den Sirup weg.

In Maßen genossen war Alkohol eine schöne Sache, aber das Übermaß, in dem der Herr Doktor trank, konnte unmöglich bekömmlich sein. In den letzten Monaten hatte sie ihn an etlichen Tagen schlafend in der Bibliothek vorgefunden, weil er es nicht mehr in sein Bett geschafft hatte.

Sie war nicht bereit, mit anzusehen, wie der gnädige Herr zum Trinker wurde. Es lag auf der Hand, was dann geschähe. Nach und nach würde er seine Existenz versaufen und ihre gleich mit. Entschlossen kippte Frau Lindemann noch ein bisschen mehr Wasser in den Whiskey.

Als sie fertig war, stellte sie alle Flaschen zurück, packte die mitgebrachten Sachen ein, wischte sorgfältig mit dem Tuch über das gemaserte Holz und arrangierte die Bücher und Papiere nach ihrer Erinnerung. Dabei befühlte sie den dicken Umschlag.

Es stand kein Name darauf geschrieben. Sie schob den Umschlag unter das Buch, zog die Vorhänge wieder auf, nahm den Korb und ging zur Tür. Dort blieb sie stehen. Sie war einfach zu neugierig, daher kehrte sie um und fingerte den Umschlag hervor. Er war zugeklebt, und in ihm knisterte es. Kurzentschlossen versenkte Frau Lindemann ihn in ihrer Rocktasche.

In der Küche pfiff ein Kessel auf dem Herd, offenbar hatte die Köchin vergessen, den verlangten Tee zuzubereiten. Doch der Anflug von Ärger verflog, denn Frau Lindemann ging in die Küche, nahm den Umschlag zur Hand und hielt ihn mit der zugeklebten Seite über den Wasserdampf. Anschließend legte sie ihn auf den Küchentisch und löste die Lasche vorsichtig mit einer Messerklinge. Das Ergebnis stellte sie zufrieden. Wenn sie den Umschlag wieder zuklebte, würde keine Spur mehr zu sehen sein.

Sie blickte hinein.

So viel Geld!

Atemlos zählte sie nach. Fünfhundert Mark in Scheinen. Sie erinnerte sich daran, wie der Herr Doktor erwähnt hatte, dass Fräulein Cecilie etwas aus seiner Bibliothek abholen würde. War das Geld etwa für sie?

In Frau Lindemanns Kopf überschlugen sich die Gedanken. Eine ungewollte Schwangerschaft fiel ihr ein, ein Kind, das es zu versorgen galt, eine Erpressung. Was auch immer hinter diesem Batzen Geld steckte, dieses unverschämte Fräulein hatte es nicht verdient. Diese impertinente Person nutzte den Doktor in seiner Güte nur aus.

Ein lautes Klopfen an der Hintertür ließ die Haushälterin zusammenfahren. Hastig steckte sie das Geld und den Umschlag in ihre Rocktasche, strich sich über die hochgesteckten Haare und öffnete.

»Liebste mein, da bin ich wieder!« Bevor sie es verhindern konnte, presste ihr verlauster und stinkender Mann seine Lippen auf die ihren. Sie musste würgen. Eine Hand fasste nach ihrem Hintern, die andere knetete ihre Brust. Sie konnte förmlich spüren, wie die Läuse und Wanzen auf ihren Körper marschierten.

Endlich ließ er los. »Hast du das Geld?«

Die Angst und der Ekel waren so stark, dass Frau Lindemann in die Rocktasche griff und einen Schein hervorzog. Zwanzig Mark.

Ihr Mann riss ihr das Geld mit seinen gelben Fingernägeln aus der Hand. »Mehr!«

Wieder griff sie in die Tasche. Diesmal erwischte sie einen Hundertmarkschein. Sie erschrak über die Höhe der Summe, doch ihr Gatte hatte schon zugepackt. Er kratzte sich an der schorfigen Stelle über der Oberlippe. Sofort begann ihr Mund zu jucken.

»Ich liebe dich, mein Engel.« Er kniff ihr in die Brustwarze und ging lachend davon.

Als er schon fast um die Ecke gebogen war, schrie sie ihm nach: »Verpiss dich, du Hurenbock!«

Dann knallte sie die Tür zu, legte den Riegel vor und wischte sich mit dem Ärmel über den Mund. Zurück in der Küche trank sie sich durch die abgefüllten Flaschen, um die Berührung ihres Mannes hinunterzuspülen. Hoffentlich reichte das Geld aus, um ihr den Kerl eine Weile vom Hals zu halten. Hoffentlich soff er sich bald zu Tode.

Das Geld! Sie erschrak. Hundertzwanzig Mark fehlten nun. Sie zog die restlichen Scheine und den Umschlag hervor. Wenn sie ihn zuklebte, merkte das Fräulein vielleicht gar nicht, dass etwas fehlte.

Dummkopf, schalt sie sich. Natürlich würde Fräulein Cecilie nachzählen. Frau Lindemann blieb nichts anderes übrig, als alles abzustreiten und zu behaupten, sie habe nichts aus dem

Umschlag genommen. Aber dann, überlegte sie, könnte sie auch gleich die ganzen fünfhundert Mark behalten.

Frau Lindemann holte das Kassenbuch und schnitt mehrere Seiten auf Geldscheingröße zu. Zufrieden verschloss sie den Umschlag wieder, der sich nun anfühlte, als befände sich noch ein Geldbündel darin.

Das sollte ihr mal jemand beweisen.

»Still!«, fuhr Dr. von Thorwald Cecilie an und legte ihr die Hand auf den Mund. Stocksteif stand er da und lauschte.

Das Herz schlug ihr bis zum Hals. Sie fühlte Erleichterung, dass es bloß der Gerichtsarzt war, der sie in Dr. Eisenmanns Büro erwischt hatte. Gleichzeitig wurde ihr die Gefährlichkeit ihrer Unternehmung deutlich bewusst.

»Ich habe einen Liebesbrief gefunden«, setzte sie an.

»Die Krankenblätter?«, fragte Dr. von Thorwald forsch.

»Sind nicht hier. Ich denke, sie werden im Zimmer der Krankenwärterinnen sein. Aber der Brief …«

»Kommen Sie erst mal raus hier.« Er zog sie mit sich auf den Flur. Nachdem sie die Tür zum Büro geschlossen hatten, packte er sie an der Schulter. »Sind Sie verrückt? Was soll das? Ich habe doch gesagt, ich mach das allein.«

»Ja, gesagt haben Sie das.« Sie fühlte ihren Ärger. Ihr war klar, dass er sie schützen wollte, aber sie hatte nicht die Absicht, sich von ihm beschützen zu lassen. Aus der behüteten Ahnungslosigkeit, in der ihre Eltern sie gehalten hatten, war sie nicht geflohen, um in ihrem neuen Leben wieder die Augen zu verschließen.

»Machen Sie, dass Sie in den Leichenkeller kommen.«

Cecilie empfand die Haltung des Arztes als herablassend. »Das mache ich ganz bestimmt nicht.« Sie merkte, dass sie zu laut sprach. »Es geht hier um das Leben meines Halbbruders, schon vergessen?« Sie konnte Dr. von Thorwald die Wut vom Gesicht ablesen und wusste, dass sie ungerecht war. »Die Krankenblätter. Schwester Johanna macht die Abschriften. Ich denke, wir finden sie im Aufenthaltsraum der Wärterinnen«, sagte sie daher schnell.

»Und wo ist der?« Der Gerichtsmediziner schien ihre Einmischung auf einmal doch zu akzeptieren.

Sie wusste nicht, wo das Zimmer war, daher öffneten sie wahllos einige Türen, bis sie in den Aufenthaltsraum gelangten.

Krankenwärterin Sybille trank einen Tee, ein leer gegessener Teller stand vor ihr auf dem Tisch.

»Hallo!« Sie brachte es fertig, gleichermaßen erstaunt und auffordernd auszusehen.

»Schwester Johanna, sie sucht nach Ihnen«, improvisierte Dr. von Thorwald.

»Hier hat man aber auch nie seine Ruhe.« Fräulein Sybille stöhnte theatralisch. Betont langsam nahm sie einen weiteren Schluck, ehe sie aufstand. Während sie zur Tür ging, beobachtete Cecilie jede ihrer Bewegungen, konnte jedoch nicht feststellen, dass die Krankenwärterin schwanger aussah.

Gemeinsam mit Fräulein Sybille verließen sie den Raum, doch sobald diese ihnen den Rücken zugekehrt hatte, schlüpften sie wieder hinein.

Ein paar Kleider, Umhänge und Hüte hingen an Haken an der Wand – offenbar die Straßenkleidung der Krankenwärterinnen, die sich Cecilie nicht in anderen Sachen als den schwarzen Kleidern und weißen Schürzen vorzustellen vermochte.

»Hier ist was!« Dr. von Thorwald deutete auf eine Kladde, die neben einer Feder und einem Tintenfass lag.

Cecilie trat neben ihn, als er sie aufschlug.

In diesem Augenblick hörten sie, wie jemand hereinkam. Der Gerichtsarzt legte einen Arm um Cecilie und zog sie an sich. Überrascht lag sie in seinen Armen, spürte, wie seine Brust sich hob und senkte, und atmete seinen Geruch nach Tabak und Sandelholz ein.

Ein Räuspern. Er ließ sie los.

»O Gott!«, rief er mit einer ihr völlig fremden Stimme. »Es ist nicht das, was Sie denken!«

Cecilie sah auf und erkannte Schwester Johanna. Blut schoss ihr in den Kopf. Dr. von Thorwald entschuldigte sich ungewohnt wortreich, zog Cecilie am Arm mit sich nach draußen und dann weiter in Richtung Ausgang. Erst auf der Straße ließ er sie los.

»Wir müssen zurück«, stammelte Cecilie, die noch immer die Wärme spürte, die sie bei der Umarmung empfunden hatte. »Nicht nötig!« Dr. von Thorwald pfiff nach einer Mietdroschke, half ihr einzusteigen und setzte sich neben sie. »In die Carlstraße.«

Als die Droschke anfuhr, holte er die schwarze Kladde unter seinem Frack hervor.

Während der Fahrt rutschte Cecilie immer wieder gegen ihn und erinnerte sich bei jeder noch so leichten Berührung an seinen Herzschlag und die Wärme seines Körpers. Er schien davon nichts zu bemerken, während er konzentriert in der Kladde blätterte. Konnte es sein, dass er bei der Umarmung gar nichts empfunden hatte?

Cecilie beugte sich ebenfalls über die Kladde und versuchte, sich nicht von dem Körpergeruch des Gerichtsmediziners ablenken zu lassen.

In sauberer Handschrift standen die Namen, Daten und Behandlungsmethoden der Patientinnen der letzten zwei Monate verzeichnet.

Sie dachte an den Liebesbrief. Die Schriften ähnelten sich durchaus, aber die Frauenschrift des Briefes war runder, weicher gewesen. Hier waren die Buchstaben zackig und gerade. Dann fiel ihr ein, dass sie den Brief nicht unter das Buch zurückgesteckt, sondern einfach obenauf in der Schublade hatte liegen lassen. Wenn Dr. Eisenmann nachsah, würde er bestimmt merken, dass jemand geschnüffelt hatte. Mit dem Gefühl, eine große Dummheit begangen zu haben, erzählte sie Dr. von Thorwald davon.

Er brachte mehr Verständnis für sie auf, als sie erwartet hatte. »Das Verschwinden der Krankenblätter fällt sowieso auf, und wegen eines derartigen Briefes wird der Doktor garantiert kein Aufheben machen. Übrigens möchte ich, dass Sie mich heute Abend zur Einladung der Eisenmanns begleiten.«

Nach dem Gefühlswirrwarr, das seine Umarmung in ihr ausgelöst hatte, war es besser, sich so weit wie möglich von ihm fernzuhalten. Dann fiel ihr ein, dass sie sich unter keinen Umständen aus den Nachforschungen heraushalten lassen wollte.

»Ich werde um acht da sein«, sagte sie.

Vor dem Haus des Gerichtsarztes angekommen, stiegen sie aus. Die Haushälterin öffnete ihnen. Als Cecilie an ihr vorbei in die Halle trat, bemerkte sie den abschätzenden Blick, mit dem Frau Lindemann sie bedachte. Cecilie warf ihr einen ebensolchen Blick zu.

Lächerlich, diese Aufmachung. Wie eine Dame des Hauses, mit all dem billigen Schmuck und den dicken Klunkern, die an den wurstigen Fingern kleben.

Kommen Sie dem Herrn Doktor ja nicht zu nahe, schien die Haushälterin zu erwidern.

Cecilie konnte sich noch genau an ihre erste Auseinandersetzung erinnern, in deren Verlauf Frau Lindemann ihr ein amouröses Interesse an Dr. von Thorwald unterstellt hatte.

Wenn die wüsste.

Sie gingen in die Bibliothek hinauf, und der Gerichtsarzt bestellte Sherry für sie beide. Es kam Cecilie vor, als zitterten die Hände der Haushälterin, während sie einschenkte.

»Hier! Lesen Sie mal. Ich kann bei den Aufzeichnungen vom einundzwanzigsten und zweiundzwanzigsten März nichts finden, was auf eine Liesel und deren Kind hindeutet.« Er reichte ihr die Krankenblätter.

Bevor Cecilie sie überflog, trank sie einen Schluck. Der Sherry schmeckte wässrig und fade, was sie verwunderte. Schließlich war alles, was sie von ihrem kurzen Aufenthalt in Dr. von Thorwalds Haus her kannte, stets von allerbester Qualität gewesen. Er schien jedoch nichts davon zu bemerken und blätterte mit der Lesebrille auf der Nase konzentriert die Seiten um. Ab und an nippte er an seinem Glas.

Cecilie hatte den Eindruck, Frau Lindemann beobachte jede seiner Handbewegungen, doch wann immer sie sich nach der Haushälterin umsah, wischte diese emsig mit einem Staubtuch über die Bücherregale.

Die Papiere, die der Gerichtsarzt ihr gegeben hatte, legte Cecilie zur Seite und nahm dafür wahllos ein paar Blätter aus der Kladde. Die Geburten verliefen meist ohne große Komplikationen, vor allem wenn die Mütter Mehrgebärende waren. Bei einer Kreißenden waren einige Tage vor der Niederkunft schon keine Kindsbewegungen oder Herztöne des Fötus festzustellen gewesen. Deshalb hatte man vermutet, dass es zu einer Todgeburt kommen würde, die sich wie erwartet eingestellt hatte.

Ob die Frau sich auf ihr Kind gefreut hat? Hat sie kleine Schuhe gehäkelt und ein Leinentuch für ihren Säugling bestickt? Oder war sie froh, von einem weiteren Esser verschont zu werden? Das Mädchen, das sie tot zur Welt bringen musste, war immerhin ihr achtes Kind.

Cecilie sah auf. Dasselbe Regalbrett hatte Frau Lindemann bereits vor etlichen Minuten gesäubert. Ihr kam allmählich der Verdacht, die Haushälterin bespitzelte den Doktor. Sie wischte den Gedanken beiseite und las die nächsten Aufzeichnungen. Eine Frau und ihr neugeborener Sohn waren an den direkten Folgen einer *sectio cesarea* verstorben.

»Sehen Sie mal hier.« Sie hielt dem Leichenarzt das Blatt hin.

»Ja, und?«

»Doktor Eisenmann hat mir erzählt, es sei schon seit einem Jahr keine seiner Patientinnen mehr an einem Kaiserschnitt gestorben. Dieser Fall ist aber im letzten Monat vorgekommen. Hier steht's. Am fünften Februar achtzehnhundertneunundsiebzig. Eine Gertrud Ackermann.«

»Vielleicht hat einer seiner Kollegen die Patientin operiert«, überlegte Dr. von Thorwald.

»Laut Notiz war der behandelnde Arzt Doktor Eisenmann.« Sie begriff nicht ganz, was dieser offensichtliche Widerspruch zu bedeuten hatte.

»Es könnte sich um eine Verwechslung handeln.«

»Oder er hat mich belogen«, vermutete sie.

Der Gerichtsarzt stand auf, drehte ihr den Rücken zu und stützte sich mit seinen Händen auf den Kaminsims. »Das tote Kind infolge eines Kaiserschnitts: ein Sohn. Elsas Kind: ein Sohn. Unser Spree-Kind Moses: ein Sohn. Das Kind der verschwundenen Wöchnerin: ein Sohn.« Er drückte sich kräftig ab, wandte sich um und sah Cecilie direkt an. »Was ist das hier? Herodes lässt alle Knaben in Bethlehem umbringen?«

Obwohl er die Hände zu Fäusten geballt hielt, lag in seinen Augen eine Trauer, die sie bedrückte. Hatte er recht? Waren die Kinder tot?

Ermordet?

Regungslos saß sie in dem Sessel und beobachtete, wie sich der große Zeiger der Uhr auf dem Kaminsims auf Drei zubewegte. Sie musste aufbrechen, wenn sie kurz vor vier zur Geldübergabe im Tiergarten sein wollte. Sie erhob sich und stellte sich neben den Leichenarzt. »Ich gehe jetzt.«

»Der Umschlag liegt auf dem Tisch.« Er sprach leise, niedergeschlagen.

Sie war versucht, ihm eine Hand auf den Rücken zu legen, um ihm und sich selbst Trost zu spenden. Stattdessen nahm sie den Umschlag an sich. Das Papier fühlte sich wellig in ihrer Hand an. Als ihr Blick dem Frau Lindemanns begegnete, senkte diese die Lider.

»Also dann.« Cecilie war schon an der Tür.

»Warten Sie.« Dr. von Thorwald kam ihr nach. »Soll ich Sie vielleicht besser begleiten? Es könnte gefährlich sein.«

Eigentlich wünschte sie sich, nicht alleine zu sein. »Die Polizei ist ja auch da. Und je mehr wir sind, umso eher verschrecken wir die Entführerin.« Sie ließ der Vernunft die Oberhand über den Wunsch.

Er deutete eine Verbeugung an. »Ich hoffe, dass die Entführerin Elsas Kind herausrückt, sobald sie das Geld hat.«

Ein Keuchen ertönte von der Haushälterin, und Cecilie blickte zu ihr. Frau Lindemann war bleich geworden und hielt sich am Regal fest. So viel Mitgefühl hätte ich ihr gar nicht zugetraut, dachte Cecilie und rang sich zu einem aufmunternden Lächeln durch.

Zwei Gärtner harkten altes Laub und Zeitungspapier von der Rasenfläche, dabei sang einer zur Melodie des Fatinitza-Marsches: »Du bist verrückt, mein Kind, du musst nach Berlin. Wo die Verrückten sind, da jehörste hin.«

Cecilie ging die Siegesallee hinunter. Wie immer um die

Nachmittagszeit tummelten sich die Besucher, sobald sie auch nur einen Hauch von Sonne am Himmel zu erkennen glaubten. Immerhin hatte sich der Sturm gelegt, so dass die Damen ihre Hütchen und Schirme und die Männer ihre Zylinder und Bowlerhüte ohne Gefahr spazieren tragen konnten. Etliche Kinder und die mit ihrer Aufsicht betreuten Dienstmädchen machten einen Abstecher zum Goldfischteich, wie die Beutel mit Brot in ihren Händen verrieten. Reiter trieben ihre Pferde zwischen den Spaziergängern hindurch.

Eine junge Frau in einem hellblau und weiß karierten Taftkleid kam auf Cecilie zu. Sie hatte einen ältlichen Herrn in feinem Zwirn untergehakt und lachte affektiert.

»Wilhelmine?« Überrascht blieb Cecilie stehen. Sie hatte die Freundin seit Monaten nicht mehr gesehen. Das Letzte, was sie von ihr gehört hatte, war ein Glückwunsch zu ihrer Verlobung mit Baron zu Staufenfels gewesen.

»Cecilie?« Auch die junge Frau blieb stehen. Trotz der Sorge um Elsas Kind und die geplante Lösegeldübergabe verspürte Cecilie Freude über die Begegnung.

»Wie geht es dir? Ist das etwa …« Sie lächelte den Begleiter an.

»Mein Mann. Auf Wiedersehen.« Wilhelmine zog den Herrn hastig mit sich, und während die beiden sich entfernten, hörte Cecilie sie noch reden. »Gefallenes Mädchen, verblendet, unglückselig.«

Sie schluckte ihre Enttäuschung hinunter und setzte ihren Weg fort. Es war eine zu erwartende Reaktion gewesen. Selbstverständlich brachten ihre Freundinnen kein Verständnis für ihren Entschluss auf, der arrangierten Ehe zu entfliehen, und wahrscheinlich hielt man sie für verrückt. Nicht umsonst hatte sich Cecilie bei keiner von ihnen mehr gemeldet. Eine Vermählung mit einem Adligen galt als das Beste, was eine Frau erreichen konnte. Sie selbst hatte auch einmal so gedacht.

Auf dem Kemperplatz stand der Wrangelbrunnen. Aus einem Pinienzapfen sprudelte das Wasser in eine Granitschale, die auf einem aus Bronze gegossenen Sockel mit Darstellungen von Rhein, Elbe, Oder und Weichsel als menschliche Gestalten ruhte. Cecilie bog in die Lennéstraße ein. Wie ein Gespenst tauchte in ihrem Gesichtsfeld das zum Schutz gegen die Witterung in eine Plane gehüllte Marmordenkmal Friedrich Wilhelms III. auf.

Wie viel brauchte es, um einen Menschen in den Wahnsinn zu treiben?

Cecilie erinnerte sich an das, was ihre Mutter ihr einmal im Vertrauen erzählt hatte. Marianne hatte sich in einen Mann verliebt und sich auf ein intimes Verhältnis mit ihm eingelassen. Ihre Schwester hatte die üblichen Folgen davongetragen. Der Mann war verheiratet, ein Skandal erschien unvermeidlich. Deshalb hatten die Eltern ihre Tochter für eine Weile weggeschickt – zur Erholung, so ihre Erklärung Cecilie gegenüber. In Wahrheit hatte Marianne gänzlich auf sich allein gestellt ein Kind zur Welt gebracht. Und dieses Kind war ihr weggenommen worden. Zu ihrem Besten, wie es hieß. Für Marianne hatte das Beste bedeutet, den Verstand zu verlieren.

Das Gekläff dreier Schoßhündchen, die über den gemähten Rasen jagten, erregte Cecilies Aufmerksamkeit. Bellend umkreisten sie zwei Polizisten. Einer verbiss sich in das blaue Hosenbein des größeren Schutzmannes, der daraufhin einen seltsamen Tanz aufzuführen begann. Auffälliger ging es nicht.

Sie unterdrückte den aufkeimenden Zorn. Wenigstens konnte sie bei diesem Trubel unentdeckt den Umschlag unter die Plane aus Wachstuch stecken.

Um die Stelle für die Entführerin zu markieren und ein

Wegwehen zu verhindern, legte sie von außen einen Stein darauf. Als sie sich erhob, blickte sie sich um. Niemand schien sie zu beobachten. Sie entfernte sich ein paar Meter von dem Denkmal und tat, als schlendere sie umher, wobei sie jeden, der ihr entgegenkam, eindringlich musterte. Vor allem die Spaziergänger.

Musste man verrückt sein, um ein Kind zu entführen? Oder steckte nichts als kühle Berechnung und Geldgier dahinter?

Als sie zum fünften Mal ihre Runde drehte, setzte sie sich auf eine Parkbank und schlug die mitgebrachte *Vossische Zeitung* auf. Eine Werbung für Castans Panopticum stach ihr ins Auge. Als Sensationen waren der wandelnde Leichnam, was auch immer das sein mochte, eine Folterkammer, eine Galerie idealer weiblicher Schönheiten und geburtshilfliche Operationen angepriesen. Über den Zeitungsrand hinweg linste Cecilie auf den Gehweg.

»He, Sie da!« Einer der Polizisten stand plötzlich neben ihr. »Was machen Sie hier?«

»Sieht man das nicht?« Sie stand auf, faltete die Zeitung raschelnd zusammen, klemmte sie unter den Arm und ging an dem verdutzten Schutzmann vorbei in einen schmalen Weg hinein. Es fehlte ihr noch, dass sie Ärger mit der Polizei bekam und die Entführerin sich unentdeckt davonstehlen konnte.

Das Wasser der kleinen Seen war vom faulenden Laub brackig geworden. In diesem Teil des Parks standen die Bäume dichter beisammen, und wären nicht die sorgfältig geharkten Kieswege und der Rasen gewesen, hätte man glauben können, im Wald zu sein. Die Stelle war ideal, um mit dem Lösegeld rasch zu verschwinden, zumal sich hier außer den Frischluftfanatikern noch etliche heimliche Liebespaare herumdrückten.

Cecilie lief die Kieswege auf und ab und warf die Zeitung

in einen Papierkorb. Als sie an beinahe bewegungslos auf dem Wasser verharrenden Schwänen vorbeikam, die sich grellweiß in der dunklen Oberfläche spiegelten, fiel ihr eine Gestalt auf. Eine in einen Regenmantel gehüllte Frau mit einer schlichten Kopfbedeckung, das Gesicht von einem Schleier verdeckt. Von der Größe und Statur her konnte das durchaus die Entführerin sein. Cecilie beschloss, ihr zu folgen.

Ohne ein klar erkennbares Ziel schritt die Frau voran, blieb abrupt stehen, starrte auf das Wasser und setzte ihren Weg genauso unvermittelt fort. Ihr Verhalten war eigentümlich.

In Cecilie keimte die Gewissheit auf, dass es sich um die Entführerin handeln musste, und sie wollte die Polizei alarmieren. Doch für eine Festnahme wäre es besser, sie wartete ab, bis die Frau den Umschlag an sich genommen hatte.

Plötzlich stoppte die Verschleierte, drehte sich um und kam auf Cecilie zu.

11

Lasst mich in Ruh! Habt ihr nicht mal so viel Mitgefühl, mich jetzt allein zu lassen? Elendes Pack!«, schrie die Frau. Cecilie war ebenfalls stehen geblieben. Die Frau machte zwei weitere Schritte auf sie zu und stieß sie kraftvoll vor die Brust. »Mein Waldie ist krank. Ich habe Angst um ihn. Weiß der Fürst, was er mir antut, wenn er mich verfolgen lässt?«

»Ich hab keine Ahnung.«

»Keine Ahnung!« Die Frau schrie erneut. »Keine Ahnung?«

Cecilie verstand gar nichts mehr. Die Entführerin war ohne Zweifel verrückt. Sie schien unberechenbar, beinahe gewalttätig zu sein. »Bitte«, fing sie an. »Die Mutter des Jungen, Elsa. Sie hat ihren Sohn nicht einmal gesehen. Sie müssen ihn ihr wiedergeben.«

»Was redest du da?« Die Frau schob den Schleier über ihren Hut zurück.

Cecilie erschrak. »Hoheit?«

Es war ihre Kaiserliche und Königliche Hoheit, die Kronprinzessin Victoria des Deutschen Reiches und von Preußen. Was um alles in der Welt hatte die Kronprinzessin mit der Entführung von Elsas Kind zu schaffen? In ihrer Verwirrung ging Cecilie in die Knie.

»Steh auf!«

Sie folgte dem Befehl der Kronprinzessin. »Verzeiht mir, Hoheit. Ich … Ich dachte …«

»Warum bespitzelst du mich?«

Erst jetzt wagte Cecilie, ihr Gegenüber anzublicken. Die hellen Augen Victorias wirkten getrübt, ihre Gesichtszüge hingen wie erschöpft nach unten. »Ich habe Sie verwechselt«, gab sie zu.

»Mit wem?«

»Mit einer Frau, die sich als Krankenwärterin ausgegeben und meinen Bruder aus der Charité entführt hat.« Während sie dies sagte, klangen die Worte in ihren eigenen Ohren ungeheuerlich. Sie war nicht sicher, ob ihr die Frau des Kronprinzen glauben würde. »Fragen Sie die Polizei. Es ist wahr. Ich habe solche Angst um das Kind. Es ist zwar eine Lösegeldforderung eingegangen, aber ich werde das Gefühl nicht los, dass der Junge tot ist. Wer stiehlt ein Kind? Einen Säugling, keine Stunde alt.«

»Du bist keiner von Bismarcks Spitzeln?« Tränen liefen über die Wangen der Prinzessin.

Verlegen sah Cecilie sich um, ob nicht irgendwo jemand vom Hof steckte, der sich um Victoria kümmern konnte. Sie schienen allein zu sein.

Ein Tropfen bildete sich an der Nase der Kronprinzessin. Cecilie griff in ihre Rocktasche und holte ein Spitzentaschentuch hervor. »Hier, Hoheit!«

Die Prinzessin schnäuzte hinein. »Mein Waldie ist so klein und schwach. Er hat Diphtherie. *My little darling!* Er ist doch erst elf.« Erneut brach Victoria in Tränen aus.

Cecilie hätte sie gerne getröstet und ihr Mut zugesprochen, wagte aber nicht, sie zu berühren. Aus der Zeitung hatte sie erfahren, dass die Schwester Victorias, Großherzogin Alice, im Dezember an dieser heimtückischen Krankheit gestorben war. »Er wird bestimmt wieder gesund«, flüsterte sie und hörte selbst, wie falsch ihre Worte klangen.

Die Wangen der Prinzessin hatten sich rot verfärbt. »Man

darf mir dieses Kind nicht auch noch nehmen. Nicht meinen Waldie.«

»Es tut mir leid«, stammelte Cecilie. Sie war jetzt ebenfalls den Tränen nahe.

»Ich habe ihn gestillt, obwohl man es für unschicklich hielt. Alles hab ich für ihn getan. Wie soll ich nur weiterleben, wenn er nicht mehr ist?«

Die Kronprinzessin galt allgemein als herrschsüchtig und dominant. Auf die Engländerin wurde geschimpft, sie wolle Berlin zu einem zweiten London machen und gehe dafür über Leichen.

»Was für eine Mutter bin ich, wenn ich mein Kind nicht beschützen kann?« In den Augen Prinzessin Victorias lag pure Verzweiflung. Diese gefühlvolle Frau hatte nichts mit ihrem Spottbild gemein.

Dumpfe Geräusche erklangen. Die Schwäne begannen mit den Flügeln zu schlagen, um sich in die Luft zu erheben. Die sonst so majestätischen Tiere wirkten auf den ersten Metern schwerfällig und unbeholfen.

»Ich musste einfach mal allein sein, ohne die ständige Bewachung und Bespitzelung im Palast.« Kronprinzessin Victoria zog den Schleier vors Gesicht. »Ich will wieder nach Waldie sehen.« Kurz bevor die Dämmerung die Prinzessin verschluckte, drehte die sich noch einmal um. »Ich hoffe, dass der Säugling lebend gefunden wird.«

Allmählich begann Cecilie zu frösteln, und ihr fiel das Lösegeld wieder ein. Sie musste kontrollieren, ob die Entführerin es in der Zwischenzeit abgeholt hatte.

Rund um das eingehüllte Friedrich-Wilhelm-Denkmal waren keine Spaziergänger mehr unterwegs, selbst die Polizisten konnte sie nicht erblicken. Sie suchte nach der Markierung. Der Stein lag noch da, wo sie ihn hingelegt hatte. Sie warf ihn ins Gebüsch. Als sie unter die Plane fasste, ertastete sie den Umschlag.

Demnach war die Entführerin nicht hier gewesen. Oder sie hatte die Polizisten gesehen und war davongelaufen.

Cecilie hätte alles Mögliche dafür getan, damit Elsas Sohn zu seiner Mutter zurückkehren konnte. Und was hatte die Polizei unternommen? Nichts.

Der Polizei ist das Neugeborene egal.

Wenn Kommissar Tiegler ein ernsthaftes Interesse daran hätte, der Entführerin habhaft zu werden, dann hätte er nicht zwei Männer abgestellt, sondern gleich einen Kessel um den Tiergarten herumgezogen und jeden Spaziergänger kontrolliert. Das Leben eines Kindes musste eigentlich Anlass genug sein.

Vor Cecilies Augen tauchte das Bild des nackten Neugeborenen auf, blutverschmiert, wie er aus Elsas Leib geschnitten worden war.

Erfüllt von Ärger und Verzweiflung nahm Cecilie die Pferdebahn bis zum Molkenmarkt. Neben ihr saß ein Mann, der durchdringend nach Schweiß stank. Als sie endlich aussteigen konnte, war sie noch ganz benommen von dem stechenden Geruch.

Im Polizeipräsidium fragte sie sich zum Büro des Kommissars durch.

»Was fällt Ihnen eigentlich ein, zwei so unfähige …« Sie brach ab. Eine Frau saß vor Tieglers Schreibtisch. Sie und der Kommissar starrten Cecilie an.

»Fräulein Cecilie, kommen Sie doch herein.« Tiegler signalisierte ihr, sie solle die Tür schließen. In ihrer Wut gebremst, kam sie seiner Aufforderung nach. In dem Raum roch es nach Leberwurst und Staub. »Setzen Sie sich.« Der

Kommissar sprach zu ihr wie zu einem Kind. »Darf ich Ihnen Anna Moll vorstellen, die Hebamme, die das Verschwinden der Wöchnerin und ihres Säuglings angezeigt hat.«

Cecilie blieb stehen und musterte die füllige Frau, die sie mit dunkelbraunen Augen ansah. »Haben Sie geklärt, ob es sich bei dem verschwundenen Jungen um Moses handelt?«, fragte sie.

»Um wen?« Der Kriminalbeamte blickte verwirrt drein.

»Um den Säugling, der das Bad in der Spree überlebt hat.«

Die Hebamme schüttelte den Kopf. »Das hat mich der Kommissar auch schon gefragt. Der Sohn von Fanny Kurz hatte keine Missbildungen an der Hand oder sonst wo.« Sie zupfte an der Haube, die sie auf dem karamellfarbenen Haar trug, stand auf, beugte sich zu einer Ledertasche hinunter und nickte dem Kommissar zu. »War's das? Sobald ich was von Frau Kurz höre, melde ich mich. Gilt das auch für Sie?«

Als der Polizist das bestätigte, verabschiedete sie sich mit einem knappen Lächeln von Cecilie und verließ das Büro. Kaum war die Tür ins Schloss gefallen, spürte Cecilie ihre Wut und Enttäuschung wieder.

»Sie sind schuld, wenn Elsas Kind stirbt!« Sie starrte auf die gestopften Socken, die auf dem Ofenrohr trockneten, und die gestapelten Akten, die allesamt mit weißem Staub bedeckt waren. »Was tun Sie überhaupt, um den Jungen zu finden? Lassen Sie mich raten? Nichts!«

»Das können Sie so nicht sagen ...« Der Kommissar versuchte, sich aus seinem Stuhl hochzudrücken, blieb aber mit den breiten Hüften hängen. Er gab den Versuch auf und ließ sich zurückplumpsen.

»Und ob ich das kann. Warum haben sich Ihre Männer so auffällig verhalten? Warum haben Sie niemanden in Straßenkleidung zur Lösegeldübergabe geschickt?« Ihr brach der Schweiß aus.

»Ich verstehe Ihre Empörung, Fräulein Cecilie, allerdings ist die Entführung nicht der einzige Fall, den wir zu bearbeiten haben.«

»Aber der dringlichste!«

»Nun ja. Ein uneheliches Kind ist entführt worden. Von, ähem, zweifelhafter Herkunft, wenn ich das mal so sagen darf. Mit einer nicht gerade rosigen Zukunft. Was erwarten Sie da?«

»Mitgefühl?« Cecilie schüttelte den Kopf. Sie wusste selbst, dass ein Bastard nichts galt.

Tiegler seufzte. »Glauben Sie mir, ich habe getan, was in meinen Möglichkeiten liegt. Meine Männer haben Präsenz gezeigt und der Entführerin signalisiert, dass ihr kriminelles Verhalten nicht geduldet wird.«

»Sie haben verhindert, dass die Entführerin das Lösegeld nimmt und den Jungen hergibt. So sieht's aus. Wer weiß, was sie ihm jetzt antut?«

Die Tür schwang auf. Ein älterer weißhaariger Mann mit Stiernacken und in Uniform, auf der etliche Orden prangten, trat ein.

Sofort unternahm Kommissar Tiegler alles, um sich aus seinem Sitz zu pressen, und stand augenblicklich stramm, die Handflächen an seine fülligen Oberschenkel gedrückt. »Herr Polizeipräsident!«

Der Angesprochene beachtete ihn gar nicht, sondern blickte Cecilie an, unverhohlene Neugier im Blick. Sie vermutete, dass er ihre Stimme auf dem Flur gehört hatte. »Wer ist denn das Fräulein?«

Cecilie öffnete den Mund, aber Tiegler warf ihr einen flehenden Blick zu und kam ihr zuvor. »Darf ich vorstellen: Meine Nichte, Herr von Madai.«

Ob es an der Hitze im Raum lag oder an der Unterbrechung, konnte Cecilie nicht sagen. Sie fühlte sich auf einmal ermattet und protestierte nicht. Im Grunde war es ihr egal, dass Tiegler log und warum er es tat. Sie deutete einen Knicks an und ging durch die offenstehende Tür.

»Die Familienähnlichkeit lässt sich nicht leugnen«, hörte sie Tieglers Vorgesetzten noch sagen, und wider Willen musste sie über die absurde Bemerkung lächeln.

An der Straße warteten bereits einige Menschen auf die Pferdebahn. Cecilie erkannte Anna Moll an der Ledertasche. Als der von Gäulen gezogene Wagen kam, stieg sie hinter der Hebamme ein. Unten war es überfüllt, und das Deck durften Frauen nicht betreten, daher blieben sie aneinandergedrängt stehen.

In Höhe der aus Backsteinen erbauten Petrikirche mit dem höchsten Turm der Stadt ruckelte die Pferdebahn. Cecilie wurde gegen die Frau geschleudert. Sie dachte an Salbei, als sie den Körpergeruch der Hebamme einatmete.

»Aua!« Unbeabsichtigt hatte sie Anna Moll den Ellbogen in den Rücken gestoßen.

»Entschuldigung.«

Die Hebamme kniff die Augen zusammen. »Was wollen Sie von mir?«

»Ich habe Angst, dass das Verschwinden Ihrer Wöchnerin und des Jungen mit der Entführung meines Halbbruders zusammenhängt«, gestand sie.

Anna Moll blickte sie erst überrascht, dann besorgt an.

Gemeinsam stiegen sie beim nächsten Stopp am Spittelmarkt aus. Auf der Straße erzählte Cecilie der Hebamme alles über die Umstände der Entführung von Elsas Kind und über Moses, der in die Spree geworfen worden war und nur durch Zufall überlebt hatte.

»Jetzt ist noch etwas Seltsames herausgekommen.« Cecilie erwähnte nicht, dass sie die Krankenblätter aus der Charité gestohlen hatte. »Obwohl der Gynäkologe es abgestritten hat, ist im letzten Monat ein Kaiserschnitt an einer Patientin durchgeführt worden. Die Patientin ist dabei gestorben. Gertrud Ackermann hieß sie. Kannten Sie die Frau vielleicht?«

Die Hebamme schüttelte den Kopf. Sie sah verwirrt aus, was Cecilie ihr nicht verdenken konnte.

»Seltsamerweise handelt es sich bei allen verschwundenen Kindern um Jungen«, fügte sie der Vollständigkeit halber hinzu.

»Das kann Zufall sein.« Erneut schüttelte Anna Moll den Kopf. »Nein. Zu viele Zufälle bedeuten nichts Gutes. Kommen Sie mit.«

Sie nahmen eine Droschke zu dem Haus, in dem Fanny Kurz vor ihrem Verschwinden gelebt hatte. Schweigend stiegen sie im Hinterhaus die Treppenstufen hoch. Vor einer Tür blieb die Hebamme stehen und klopfte. Wie zu erwarten, regte sich nichts dahinter. Anna Moll bückte sich, zog einen Schlüssel unter der Fußmatte hervor und schloss auf.

Es roch unangenehm stickig in dem verdreckten Raum, und die Bettstelle war blutbefleckt und zerwühlt. Auf dem Tisch standen eine Schüssel mit rotgefärbtem Wasser, in dem ein medizinisches Gerät schwamm, das Cecilie nicht kannte, und ein Becher mit einer Flüssigkeit, auf der sich eine schillernde Haut gebildet hatte.

»Mein Irrigator.« Die Hebamme fischte das Gerät aus der Schüssel und wickelte es in ein Tuch aus ihrer Tasche. »Ich hab ihn nach der Entbindung vergessen, und als ich später hier war, um nach Fanny Kurz zu schauen, hab ich mich so gegruselt, dass ich ihn gleich wieder vergessen hab.«

Cecilie konnte die Beklemmung, die Anna Moll empfunden hatte, nachvollziehen.

Noch vor drei Tagen hatte das wütende Gebrüll eines Kindes, das in eine Welt hinausgepresst worden war, in der es niemand willkommen hieß, den Raum erfüllt. Jetzt waren die Stille und die Leere beängstigend. Nur aus der Nachbarwohnung drangen Stimmen herüber.

»Die Kinder sind drüben«, erklärte die Hebamme. »Ich wollte wissen, was mit Frau Kurz ist, da hab ich bei der Nachbarin geklopft. Eine Droschke hat die Frau und den Säugling mitgenommen, hat sie mir erzählt. Die Kinder hat sie bei der Nachbarin gelassen und ihr so viel Geld gegeben, dass sie ihnen für mindestens fünf Wochen Essen kaufen kann.«

»Woher hatte sie das Geld?«

Die Hebamme seufzte. »Keine Ahnung. Ich hab meinen Lohn auf jeden Fall noch nicht bekommen. Zwei Mark für die Geburt, es war ja die siebte und ging daher ziemlich schnell, und fünfundsiebzig Pfennig für das Setzen des Blutegels.«

Die Kellnerin brachte zwei Tassen Tee und eine Schale Gebäck. Cecilie hatte Anna Moll in ein Café eingeladen, wo sie sich nun an einem Ecktischchen gegenübersaßen.

»Vor jeder Geburt hab ich so ein ganz bestimmtes Gefühl. Ich spür vorher, wenn was mit dem Säugling nicht stimmt oder die Mutter in Gefahr ist.« Die Hebamme blies in ihren Tee.

»Was machen Sie dann? Schicken Sie die Frauen ins Krankenhaus?«

»Nicht unbedingt. Wissen Sie, wie man uns Hebammen früher genannt hat? Weise Mütter. Wir Frauen waren immer schon bei Geburten dabei, Männer nicht.« Anna Moll nippte an der Tasse. »Ich mein, gucken Sie sich die Entbindungsanstalten doch mal an. Die ganzen Ärzte und Studenten dort, die sehen in den Frauen nichts anderes als Studienobjekte.«

Cecilie dachte an die Gruppen von Medizinstudenten, denen sie im Gebärpavillon begegnet war. Sie dachte an Elsas

Gebärmutter, die Dr. Eisenmann einfach so als Ganzes herausgenommen hatte.

»Vielleicht wäre es anders, wenn Frauen studieren dürften. Vielleicht würden die in den Patientinnen nicht nur Objekte sehen, sondern wirklich helfen wollen.« Sie hatte das Gefühl, als müsse sie ihren Traum rechtfertigen.

»Gut möglich.« Anna Moll trank ihren Tee nun in großen Schlucken. »Ich sag nicht, dass den Frauen im Krankenhaus nicht geholfen werden soll, aber oft ist der Schaden größer als der Nutzen. Denken Sie nur an Ihre Elsa. Infektionen sind ein gewaltiges Problem der Gebäranstalten. Immer noch. Trotz der vielen Liter an Karbol, die sie verbrauchen.«

Cecilie nickte. Die Hebamme tauchte einen Keks in den Tee, ließ ihn einweichen und lutschte daran. Ihre Hände waren auffallend gepflegt, aber schmucklos.

Anna Moll bemerkte Cecilies Blick. »Meinen Ehering lege ich vor der Arbeit immer ab. Schmuck stört nur. Bei Hausgeburten tritt Kindbettfieber übrigens sehr viel seltener auf als in der Anstalt«, fuhr sie fort.

»Aber wenn es um Leben und Tod geht. Was halten Sie vom Kaiserschnitt?«, fragte Cecilie interessiert.

»Wenn sonst die Mutter stirbt? Dann hat er seine Berechtigung. Nur … Ich war während meiner Ausbildung bei ein paar Operationen dabei, da haben die Ärzte alles viel zu schnell rausgeschnitten.« Die Hebamme aß den Keks auf. »Ich muss jetzt los. Danke für den Tee.« Sie stand auf.

Cecilie hielt sie zurück. Eine Frage hatte sie noch. »Können Sie sich vorstellen, dass man eine Naht entwickelt, die den Uterus zusammenhält und keine inneren Blutungen zur Folge hat?«, kam sie auf ihr Hauptanliegen zu sprechen.

Anna Moll sah die junge Frau an. Ihre Augenbrauen waren an der Nasenwurzel zusammengewachsen. »Damit man die

Gebärmutter nicht entfernen muss und die Frau nicht zur Unfruchtbarkeit verdammt?«

»Genau das meine ich.«

»Das wäre eine Sensation. Aber warum nicht? Wenn die Ärzte mehr Sorgfalt an den Tag legen würden, wer weiß, vielleicht klappt es dann. Ich muss jetzt wirklich los.«

»Danke, dass Sie sich Zeit genommen haben.« Cecilie nickte. »Ach, und muss man als Hebamme verheiratet sein?«

»Nicht mehr.«

Nachdem Anna Moll gegangen war, blieb Cecilie noch sitzen. Sie fragte sich, ob der Beruf der Hebamme etwas für sie wäre.

Doch war es nicht wichtig, dass es auch Frauen gab, die sich als Ärztinnen in der Medizin auskannten, weil sie andere Belange wahrnahmen als die Männer?

Männer und Frauen. Frauen und Männer. Geht es immer darum?

Dr. von Thorwald hatte Herodes erwähnt, da es sich bei den verschwundenen, gestorbenen und beinahe ertrunkenen Kindern allesamt um Jungen handelte. Die Entführerin war eine Frau. Oder hatte etwa ein Mann sie angestiftet?

Der einzige Mann, den Cecilie mit der Gebäranstalt in Verbindung brachte, war Dr. Eisenmann.

Sie zahlte und lief zu Fuß zum Leichenkeller, in der Hoffnung, eine weibliche Tote für ihre Studien vorzufinden, die sie im Geheimen anstellte.

Unvermittelt blieb sie stehen, denn eine bekannte Person lief vor dem Leichenkeller auf und ab: Samuel Zimetbaum.

»Endlich!« Federnden Schrittes kam der junge Arzt auf sie zu, nahm ihre Hand und führte sie an seine Lippen. Durch ihre Handschuhe hindurch spürte sie seinen Atem auf ihrer Haut. Sein breites Lachen rief Freude in ihr hervor. »Haben Sie meine Aufzeichnungen schon gelesen?«, fragte er.

Siedend heiß fiel ihr ein, dass sie noch nicht einmal hineingeguckt hatte, seit er ihr seine wissenschaftlichen Beobachtungen geliehen hatte. »Ich bin nicht dazu gekommen«, redete sie sich heraus.

»Verstehe.« Wenn er enttäuscht war, so zeigte er es nicht.

»Aus dem Weg!« Sie traten zur Seite, um einen Schlachter, der ein halbes Schwein geschultert hatte, vorbeizulassen.

»Es tut mir wirklich leid. Ich lese es heute noch zu Ende«, versicherte Cecilie.

»Nein, das tun Sie nicht.« Die Antwort des Arztes verblüffte sie. »Heute gehen Sie nämlich mit mir essen, und zwar in ein richtiges Lokal, wo einem der Teller nicht nach fünf Minuten weggerissen wird.«

»Dafür hab ich keine Zeit. Ich muss arbeiten.« Sie mochte ihm nicht erzählen, dass sie Dr. von Thorwald zu einer Essenseinladung begleiten sollte, denn sie befürchtete, Zimetbaum könnte ihr Verhältnis missverstehen. »Ein anderes Mal gerne«, fügte sie hinzu, als sie seine Enttäuschung sah.

Sein Adamsapfel bewegte sich langsam auf und ab. An seinem Kinn wuchsen dunkelblonde Bartstoppeln, die er zu rasieren vergessen hatte. Das Lächeln unter dem Schnurrbart fiel deutlich dünner aus als zuvor. »Bis dann.«

Er wandte sich ab und schlug um zwei Mädchen, die mit Kreide Hüpfkästchen auf das Trottoir malten, einen Bogen.

Sie wollte nicht, dass er in dieser Stimmung von ihr ging. »Halt!«, rief sie.

»Ja?« Er drehte sich zu ihr um.

»Ich muss wirklich arbeiten. Gehen Sie morgen mit mir essen?«

Sein Lachen wurde breiter. »Ich kann's kaum erwarten.«

Sie ahnte, er hoffte auf einen Hinweis, dass es ihr ebenso ging wie ihm, doch sie hatte keine Idee, was sie ihm sagen sollte. Sosehr sie sich freute, ihn jetzt zu sehen, so wenig hatte sie zuletzt an ihn gedacht.

Cecilie setzte zu einem »Ich auch« an, brachte es aber nicht über sich. Sie wollte nicht lügen und ihn mit ein paar Höflichkeiten abspeisen. Dafür war Zimetbaum zu nett.

»Schon gut«, sagte er so leise, dass sie ihn kaum verstand, als eine Droschke an ihnen vorbeiratterte.

In diesem Augenblick überkam sie das Bedürfnis, ihm alles zu erzählen. Von dem Grund für Mariannes Wahnsinn, von Elsas Kind, von ihrem Halbbruder, von dem Versuch, eine Gebärmutternaht zu entwickeln, von Dr. Eisenmann und von Schwester Sybille. Sie wusste nur nicht, wo sie anfangen sollte, damit er verstand.

»Hier!« Der junge Arzt überreichte ihr einen Zettel, und dabei strichen seine Fingerspitzen über ihre Handinnenfläche. »Ich hab mich erinnert, was die vergiftete Nonne zu mir gesagt hat. Den ungefähren Wortlaut hab ich notiert. Vielleicht brauchen Sie oder der Gerichtsarzt das ja …«

»Danke.« Dass er ihr den Zettel übergab und nicht der Polizei, verwunderte sie und schmeichelte ihr. Ihre behandschuhten Finger schlossen sich um das gefaltete Papier. Sie standen sich so nah gegenüber, dass ihr die schmale Narbe an seinem Kinn auffiel, eine dünne weiße Linie. »Bis morgen dann.«

»Ich warte um acht vor dem Leichenkeller auf Sie. Und glauben Sie nicht, dass ich Ihnen dann erlaube, an die Arbeit zu denken.«

Als er ging, sah sie ihm nach. Etwa dreißig Meter weiter verschwand er zwischen den anderen Fußgängern.

Sie faltete den Zettel auseinander.

»Ohne Gewähr« hatte er in die oberste Zeile geschrieben. Darunter stand: »Gottes Busen säugt eine Schlange. Die Kinder sind in Gefahr. Nur Gott, unser Herr, darf über Leben und Tod entscheiden. Herr, o Herr!«

Auf den ersten Blick war es das irre Geschwätz einer Sterbenden. Dann überlief Cecilie eine Gänsehaut. *Die Kinder sind in Gefahr.*

12

Die Gasflammen, mit denen die Paläste in der Wilhelmstraße beleuchtet waren, zitterten. Vor der Nummer siebenundsiebzig, wo der Reichskanzler residierte, flackerten Pechfackeln. Cecilie erinnerte sich an Kronprinzessin Victoria. Hatte Fürst Bismarck wirklich Spitzel auf sie angesetzt?

Sie stellte sich vor, wie Ihre Hoheit am Bett ihres kranken Kindes saß. Ausgeliefert, hilflos. Dazu verdammt, abzuwarten, welche Wendung das Schicksal nehmen würde.

»Da sind Sie ja.« Dr. von Thorwald kam auf sie zu und deutete der Form halber eine Verbeugung an. Seine Anzüge, die er am Tag trug, waren schon äußerst vornehm, aber die taillierte Frackjacke, die Cecilie unter dem Wollumhang erkennen konnte, und die schmale Hose mit dem Ripsstreifen sowie die Handschuhe aus weißem Leder und die hohe Melone erschienen derart modisch und elegant, dass sie sich in ihrer Aufmachung geradezu schäbig vorkam. Dabei hatte sie ihr bestes Samtkleid aus früheren Zeiten aufgebügelt und so gut wie möglich versucht, die tannengrüne Schleife auf dem Cul de Paris aufzubauschen, doch der Samt war abgenutzt und befleckt.

»Das Lösegeld. Es wurde nicht abgeholt.« Cecilie überreichte dem Leichenarzt den Umschlag.

Er sah ihr in die Augen, als er ihn annahm, und sie bemerkte das Mitleid in seinem Blick. Nur mit Mühe gelang es ihr, nicht loszuweinen. Diese Blöße wollte sie sich nicht geben, nicht vor Dr. von Thorwald.

Als ahne er, was in ihr vorging, steckte er den Umschlag in seine Fracktasche, griff nach ihrem Arm und geleitete sie ohne ein weiteres Wort zu einem der Palais. Der Weg half ihr, ihre Ängste zu verdrängen.

Beim Anblick der reichverzierten Stuckfassade wunderte Cecilie sich, woher der Gynäkologe das Geld dafür aufbrachte. Allein die hochherrschaftliche Adresse ließ die Mieten sicher ins Exorbitante wachsen.

Herr und Frau Dr. Eisenmann bewohnten jedoch nur eine kleine Wohnung. Vom schmalen Eingangsbereich aus konnte man geradewegs in den Salon blicken, der höchstens über die Größe von Cecilies Mädchenzimmer verfügte. Das Dienstmädchen, das ihnen die Umhänge und Hüte abnahm, eilte sogleich zurück zur Tür, um zwei Eimer mit Blockeis anzunehmen. Offenbar sparten die Eisenmanns auch am Personal.

»Was zupfen Sie dauernd an sich herum? Sie sehen bezaubernd aus«, sagte Dr. von Thorwald.

Cecilie errötete, ließ augenblicklich von der Schleife ab und folgte ihm in den Salon. Dort begrüßten die Gastgeber den Gerichtsarzt überschwänglich.

»Oh, Sie haben ja Ihre reizende Gattin mitgebracht!«, rief Frau Eisenmann aus.

»Eine Bekannte«, korrigierte der Leichenarzt. »Darf ich vorstellen, Fräulein Cecilie Blum.«

»Wir kennen uns bereits«, ergänzte Cecilie und beobachtete, wie dem Gynäkologen bei ihrem Anblick das Lächeln aus dem Gesicht wich. Ihr war klar, dass er sich von ihr bedroht fühlte. Sie wusste nur nicht genau, wovor er sich fürchtete. Hatte er das Verschwinden der Krankenblätter schon bemerkt oder entdeckt, dass jemand den Liebesbrief gelesen hatte?

Dr. Eisenmann rieb sich die müden Augen und sagte nichts, seine Gattin hingegen war die Liebenswürdigkeit in Person.

Sie bestand darauf, zu erfahren, woher sich Cecilie und Dr. von Thorwald kannten.

»Aus dem Leichenkeller«, lautete die schroffe Antwort des Gerichtsmediziners.

»Ich bin seine Assistentin«, fügte Cecilie hinzu.

»Die Assistentin. So, so.« Frau Eisenmann lächelte hintergründig. »Ich habe meinem Mann auch während des Studiums bei seinen Forschungen geholfen. Damals waren wir allerdings noch nicht verheiratet.« Sie kicherte, und Dr. von Thorwald stieß ein leises Stöhnen aus. »Daraus entstehen die besten Verbindungen.«

Auf ihrer Stirn glänzte ein dünner Schweißfilm, und ihr Leib wölbte sich stärker nach außen als bei ihrer letzten Begegnung. Die linke Hand umkrallte eine Sessellehne, und Cecilie fragte sich, wie die Frau in diesem Stadium der Schwangerschaft überhaupt längere Zeit stehen konnte. Dr. Eisenmann teilte diese Bedenken nicht, denn er rief seine Gattin zu sich, um mit ihr die weiteren Ankömmlinge zu begrüßen.

Dr. von Thorwald reichte Cecilie eines der beiden Champagnergläser, die er von dem Tablett auf einem Beistelltisch genommen hatte. »Prost!« Er stieß mit ihr an.

Etwas an der Situation reizte sie. »Auf die Verbindung.« Sie blickte ihm ins Gesicht.

Der Gerichtsarzt verschluckte sich. Das Licht des Kaminfeuers und der Kerzen ließ seine Augen tiefer erscheinen. Alles an ihm wirkte dunkel und ernst. Was für ein Kontrast zu Samuel Zimetbaum, der ihr jedes Mal als lebensfroher Mensch erschien. Beim Gedanken an den jungen Arzt fiel ihr der Zettel mit der Prophezeiung der vergifteten Nonne ein.

»Ich muss Ihnen was zeigen«, sagte Cecilie.

In diesem Augenblick bemerkte sie einen Zigarre rauchenden älteren Herrn, den sie kannte, und versuchte, ihn einzuordnen. Er hatte einen langen Schnurrbart und mit Brillantine gepflegtes Haar. Seine Körperhaltung war ohne Spannung.

»Herr von Böhme!« Sie bat Dr. von Thorwald zu warten und ging auf den Mann zu. Unter seinem Bart lächelte Herr von Böhme ihr zu und verbeugte sich, so dass sie den grauen Ansatz am Scheitel erkennen konnte. Die dunklen Haare waren gefärbt.

»Wie geht es Ihrer Frau und dem Kind?«, fragte sie.

»Sind Sie nicht …? Ach ja, Doktor Eisenmanns Assistentin. Danke der Nachfrage. Wilhelm gedeiht prächtig, ein strammes, gesundes Kerlchen. Ganz sein Vater.« Stolz drückte Herr von Böhme die Brust raus. »Als er zur Welt kam, war das Erste, was Doktor Eisenmann sagte: ›Willkommen, Herr von Böhme.‹ Das hat mir meine Frau erzählt. War es nicht so?« Er rief den Gynäkologen herbei.

»Ja. Der Knabe ist Ihnen wie aus dem Gesicht geschnitten.« Die Antwort des Arztes schien den frischgebackenen Vater zufriedenzustellen.

Cecilie fragte sich gerade, wie faltig und krumm der Kleine aussehen musste, damit er Herrn von Böhme ähnelte, als ein Ehepaar den Raum betrat, das ihr ebenfalls bekannt war.

Herr und Frau Geschwandter waren gute Freunde ihrer Eltern. Seine hünenhafte Gestalt schien geschrumpft zu sein, während ihre Oberweite und ihr Bauch fleischiger wirkten als vier Monate zuvor. Die Haare hatte sie in viele kleine Locken legen lassen, und sie trug ein roséfarbenes Rüschenungetüm. Dem Hündchen Püppi, den sie wie einen Säugling auf dem Arm hielt, hatte sie eine Schleife in derselben Farbe um den Hals gebunden.

Cecilie erinnerte sich an den Abend ihrer Verlobung mit Baron zu Staufenfels. Das Ehepaar war zugegen gewesen, um die baldige Verbindung zu feiern, die allein auf Geld beruhte. Ihr Vater hatte sich die zukünftige Eheschließung mit dem Baron einiges kosten lassen. Jetzt war er zu geizig, um auch nur einen Bruchteil dieser Summe für Elsa und seinen eigenen Sohn auszugeben.

Was würden die Geschwandters wohl dazu sagen, wenn sie von dem schmutzigen kleinen Geheimnis wüssten?, fragte sich Cecilie.

Gemeinsam gingen die Eheleute von Gast zu Gast. Als sie vor Cecilie standen, weiteten sich ihre Augen, und ihre Münder klappten auf und zu. Püppi schnupperte.

»Pfui!«, rief Frau Geschwandter, wobei nicht klar war, wem dieses Pfui gegolten hatte.

Das Ehepaar kehrte zu Frau Eisenmann zurück und fing an, mit ihr zu tuscheln.

»Was war denn das?«, fragte Dr. von Thorwald.

»Meine Vergangenheit.« Cecilie fühlte sich wie eine Nackte unter lauter Bekleideten, denn die Ablehnung des Fabrikantenehepaares war den anderen Anwesenden nicht verborgen geblieben. Nacheinander spazierten die weiblichen Gäste zu Frau Geschwandter und ließen sich von ihr darüber aufklären, mit wem sie es zu tun hatten.

»Skandalös«, raunte die eine, »unerhört« die andere. Die Blicke, die Frau Eisenmann Cecilie nun zuwarf, hatten nichts Verschwörerisches mehr an sich. Sie war nur froh, dass der Gerichtsmediziner ihr nicht von der Seite wich.

»Zu Tisch bitte«, rief die Gastgeberin schließlich.

Im Esszimmer wies Frau Eisenmann Cecilie kühl einen Platz am Ende der Tafel an, gegenüber einem grauhaarigen Herrn mit schütterem Haupthaar und neben dessen Ehefrau. Die alte Dame hatte leuchtende Apfelbäckchen, die von zu viel aufgetragenem Rouge herrührten.

»Sie müssen lauter sprechen!« Die Alte spuckte beim Reden.

»Bitte?« Überrascht sah Cecilie sie an.

»Mein Mann hört schlecht.«

»Ich hab gar nichts gesagt.«

»Was haben Sie gesagt?« Die Tischnachbarin hielt ihre Hand hinter das Ohr. »Sie müssen lauter sprechen, mein Mann versteht Sie nicht.«

»Ich höre schlecht«, brüllte dieser über den Tisch hinweg.

Statt einer Antwort versuchte Cecilie ein verzweifeltes Lächeln. Das Essen geriet zur Qual. Während der Suppe war sie bemüht, den feindseligen Blicken auszuweichen, die die anderen Gäste ihr zuwarfen. Gleichzeitig bekam sie noch dreimal lautstark erklärt, dass das Gehör des Ehemanns der Apfelbäckchenfrau zu wünschen übrigließ.

Die Hauptspeise war versalzen, was zu Unruhe führte, zu verlegenem Messerkratzen auf den Porzellantellern und vielfältigen Beteuerungen, längst satt zu sein. Nur den beiden Alten schmeckte es, und sie ließen sich sogar nachreichen. Allgemein war Erleichterung zu spüren, als das Dessert aufgetragen wurde. Eingelegte Früchte in Sahne.

Schließlich erhob sich Dr. Eisenmann und streckte seine Hand mit dem Glas aus. »Lassen Sie uns auf meine geschätzte Patientin trinken und auf den strammen Knaben, den sie endlich geboren hat. Auf Frau von Böhme!«

»Was hat er gesagt?«, rief Cecilies Gegenüber, dem Sahne am Mundwinkel hing.

»Auf Frau von Böhme!«, erwiderten die Gäste.

Herr von Böhme schob seinen Stuhl zurück und stand auf. »Auf Wilhelm, meinen ersehnten Erben.«

»Auf Wilhelm!«

Herr von Böhme erhob sein Glas in Richtung Dr. Eisenmanns. »Auf den einzigen Mann, den ich mit meiner Frau allein lasse.« Die Anwesenden lachten. »Und auf den bald zu erwartenden Nachwuchs unserer Gastgeber! Ihr fünftes Kind! Möge es diesmal ein Mädchen sein.«

Alle wiederholten den Satz und prosteten Dr. Eisenmann und seiner Frau zu. Steif und distanziert nahmen die beiden den Trinkspruch entgegen. Es war nicht viel an Liebe und Zuneigung zwischen ihnen zu spüren – trotz ihrer vier Söhne und dem neuentstehenden Leben.

Cecilie musste an den Liebesbrief denken.

»Das Kind unter meinem Herzen ist von dir.«

Sie war davon ausgegangen, dass der Brief jüngeren Datums war. Nun kam ihr die Möglichkeit in den Sinn, er könne älter sein. Viel älter. Vielleicht war das Kind der Unbekannten längst zur Welt gekommen?

Sie blickte zu Herrn von Böhme. Seine Frau war in der Nacht, in der Elsa ihren Sohn geboren hatte, bei dem Gynäkologen im Büro gewesen. Die beiden hatten über etwas disputiert. War es möglich, dass ihr Sohn von Dr. Eisenmann stammte?

Im Anschluss an das Dessert gingen alle in den Salon, wo den Damen Sherry und den Herren Zigarren gereicht wurden. Cecilie nutzte die Gelegenheit, um sich für einen Augenblick davonzustehlen. Sie wollte unbeobachtet durchatmen, bevor sie sich wieder dem Geflüster und den abschätzigen Blicken aussetzte, und sie wollte über ihren Verdacht nachdenken.

Doch die Wohnung war wirklich winzig. Eine Tür, die sie öffnete, führte geradewegs in die Küche, eine andere in das Schlafzimmer der Kinder, deren Atemzüge sie im Dunkeln hören konnte, und die nächste in ein Ankleidezimmer. Einen Frauensalon oder ein Arbeitszimmer schien es nicht zu geben, daher griff sich Cecilie einen Kerzenhalter von einer Kommode und schlüpfte in das kleine Zimmer, in dem die Garderobe der Gastgeber hing. Es gab noch eine weitere Tür im Raum, die jedoch verschlossen war.

Sie stapelte drei Hutschachteln aufeinander, setzte sich darauf und lehnte den Rücken an die versperrte Tür. In diesem Moment wünschte sie sich, nicht an tausend Dinge gleichzeitig denken zu müssen. Nicht daran, was mit Elsas Sohn geschehen war. Nicht daran, mit wem der Gynäkologe seine Frau betrog. Nicht an die vergiftete Nonne und an den ausgesetzten Moses. Nicht an die verschwundene Frau mit ihrem Neugeborenen. Nicht an die tote Frau mit dem ebenfalls verstorbenen Säugling. Nicht an die Schmutzwäsche, die sich unter ihrem Bett sammelte. Nicht an die Summe, die ihr noch für Zürich fehlte. Nicht an die Gebärmütter der toten Frauen, an denen sie herumflickte. Nicht an die Angst der Kronprinzessin um ihr Kind. Und nicht an Marianne, vor allem nicht an Marianne, deren Zustand unheilbar war und die in der Anstalt steckte.

Vor wenigen Monaten war ihr Leben weniger kompliziert gewesen. Zwar langweiliger und unausgefüllter, aber längst nicht so verwirrend.

»Was macht sie hier?« Eine Frauenstimme drang durch die Tür, an der Cecilies Kopf lehnte.

»Du hast sie doch eingeladen«, erwiderte ein Mann.

»Ich habe Doktor von Thorwald eingeladen, weil er Geld bringt, nicht dieses Flittchen. Wirf sie raus.«

»Das werde ich nicht tun. Der Abend ist bald vorbei, dann sind wir sie los.«

»Es war ja klar, dass du nichts tust, wenn ich dich darum bitte«, keifte die Frau.

Cecilie blies die Kerze aus. Sie wollte sich davonschleichen, doch als sie sich bewegte, knarrte der Holzboden. Erschrocken blieb sie stehen. Die beiden im Nebenzimmer schienen nichts gehört zu haben.

»Nie gehst du auf mich ein. Mit der Schwangerschaft setze ich mein Leben aufs Spiel. Und wie dankst du es mir?« Die Frau gab sich die Antwort selbst. »Gleichgültig bist du, einfach nur gleichgültig. Dabei habe ich alles für dich geopfert!«

»Deine Gesundheit, deine Liebe, dein Leben. Ich weiß!«, brüllte der Mann. »Du wirst ja nicht müde, es mir vorzuhalten. Ich bin das alles so was von leid. Ich brauche keine Frau, die mich ständig mit ihren lächerlichen Angelegenheiten nervt.«

Cecilie ignorierte das Knarren und ging zur Tür.

»Lächerlich?« Die Stimme Frau Eisenmanns überschlug sich. »Wenn ich nicht weiß, wovon diese Einladung bezahlt werden soll, dann ist das nicht lächerlich! Wir sind so knapp dran wie noch nie. Du hältst mich immer kürzer, und das Geld reicht jetzt schon nicht. Wie soll das mit fünf Kindern erst werden?«

Bereits an der Tür zum Flur angelangt, zögerte Cecilie.

»Als ob der Geldmangel meine Schuld wäre. Wenn du mich nicht ständig bremsen würdest, wäre ich beruflich schon viel weiter. Oberarzt könnte ich sein und richtig viel Geld einstreichen.«

»Ohne mich hättest du nicht mal das Studium geschafft. Wer hat denn für dich die Tiere präpariert, wenn du mal wieder zu nichts gekommen bist? Wer war das denn, der sich die Nächte um die Ohren geschlagen hat, um deine Arbeiten zu schreiben? Nein, mein Lieber, schieb dein Versagen bitte nicht mir in die Schuhe. Deine Liebeleien sind daran schuld, dass du nicht weiterkommst.«

»Du redest irre.«

Cecilie hörte, wie Schritte sich entfernten.

»Wer ist hier irre? Glaubst du, ich bekomme nicht mit, was du hinter meinem Rücken treibst? Du läufst doch jeder läufigen Hündin nach«, kreischte Frau Eisenmann.

»Reiß dich zusammen. Unsere Gäste warten.«

Eine Tür knallte, dann schluchzte jemand auf.

»Trautes Heim, Glück allein«, rezitierte Hektor, nachdem ihm Fräulein Cecilie von dem Streit der Eheleute erzählt hatte. Dabei blickte er auf die nächtliche Straße hinaus, durch die die Mietkutsche rollte.

Ein Betrunkener erbrach sich in einem Schwall auf das Pflaster. Hektor wandte den Blick ab und musterte das Profil seiner Begleiterin.

Die Feindseligkeit der Gäste, nachdem zwei alte Bekannte ihr Gift über Fräulein Cecilie versprüht hatten, war offenkundig gewesen. Er begriff jetzt, was es heißen musste, sich als unverheiratete junge Frau vom Elternhaus loszusagen.

Wieder überkam ihn das leidige Bedürfnis, sie zu schützen. Auch die seltsame Botschaft der sterbenden Nonne, von der sie ihm berichtet hatte, beunruhigte ihn. Doch da er wusste, Fräulein Cecilie würde jeden Versuch ablehnen, sie zu protegieren, unterließ er es.

Die Kutsche hielt vor dem Haus, in dem seine Assistentin wohnte. Ihren Protesten zum Trotz stieg er mit aus. Seine Nackenwirbel knackten, als er sich draußen aufrichtete.

Eine marode Treppe führte zu einer Kellerwirtschaft, aus der er die schrägen Klänge eines Akkordeons vernahm. Die Tür schwang auf, und lautes Gegröle drang mit einem Paar heraus, das die Stufen hinaufstolperte.

»Ich bringe Sie noch zu Ihrer Wohnung«, sagte er.

»Das ist nicht nötig.«

»Ich lasse Sie um diese Stunde nicht allein.«

»Aber ich wohne gleich hier. Gute Nacht.« Sie ging durch das Tor in den unbeleuchteten Innenhof und wurde von Schatten verschluckt.

»Ick will keene Wurzeln schlagen.« Der Kutscher rotzte von seinem Bock hinunter. Die beiden braunen Pferde scharrten mit den Hufen.

Hektor holte den Umschlag aus seinem Frack hervor, schlitzte ihn auf und nahm blindlings einen Schein heraus, den er dem Kutscher reichte. Dann wollte er Fräulein Cecilie hinterher.

»Kriegst jleich eens uff den Deckel, du Blaffke!«, brüllte der Mann. »Mach dia schon ma mit dem lieben Jott bekannt.« Er ließ seine Peitsche auf Hektor knallen, der gerade noch zur Seite springen konnte.

»Geht's noch?« Er merkte, dass er die Hände zu Fäusten ballte. Liebend gern hätte er sie dem Kerl in das hässliche Gesicht geschlagen.

»Pappe haste mia anjedreht«, wütete der Kutscher. »Willst mia wohl verhohnepipeln!«

Er warf den zerknüllten Schein auf Hektor, der ihn auffing und glattstrich. Tatsächlich. Es war Papier.

»Moment!«, rief er dem Mann zu und inspizierte den restlichen Inhalt des Umschlags. Ebenfalls nur Papier. Irritiert griff er in seine Rocktasche und holte einen zerknitterten Schein hervor.

Der Kutscher grapschte danach. »Warum nich jleich, du Rabenaas!« Er schnalzte und ließ die Pferde antraben.

Hektor sah auf das Papier in seinen Händen. Warum hatte Fräulein Cecilie das Lösegeld gegen Papier ausgetauscht, bevor sie es ihm wiedergab? Das ergab keinen Sinn. »Fräulein Cecilie?« Seine Stimme hallte im Hinterhof wider. Ein Hund fing an zu bellen. »Ich muss mit Ihnen reden!«

Ein Fenster wurde aufgerissen. »Mach hia keen Rabatz!«, schrie jemand, dann knallte das Fenster wieder zu.

Im Dunkeln suchte Hektor den Weg zu einer Tür, die ihn in ein Treppenhaus führte, in dem es nach Kohl roch. Ein Gestank, den er nicht ausstehen konnte. Weit über seinem Kopf hörte er Schritte. »Fräulein Cecilie!«

»Sind Sie das, Doktor von Thorwald?«, zischte eine Stimme von oben herunter.

»Ich komme zu Ihnen rauf.« Er ging dahin, wo er die Umrisse der Stufen ausmachen konnte. Plötzlich stieß er mit dem Knie an etwas Hartes. »Au! Verdammt!«

»Ist was passiert?«

Er versuchte, den stechenden Schmerz zu ignorieren, und stieg die Treppe hoch.

Im vierten Stock wartete Fräulein Cecilie auf ihn. Im Mondlicht, das durch ein schmales Fenster hereinfiel, sah ihr Gesicht fahl aus wie bei einer Toten.

»Was ist denn los?«, fragte sie.

»Müssen wir das hier im Treppenhaus diskutieren?«

Ohne ein weiteres Wort setzten sie ihren Weg bis zum Dach fort. Dort holte Fräulein Cecilie einen Schlüssel aus ihrem Beutel und schloss auf. Die Kerze, die sie anzündete, brachte eine winzige Kammer zum Vorschein, in der ein Bett, ein Ofen und ein Waschtisch standen. Einen Schrank gab es nicht. Die Kleider hingen an Nägeln an der einzig graden Wand. Vor das Dachfenster war ein Stück Stoff genagelt, das sich aufblähte, weil der Wind durch die Ritzen pfiff. Die winzigen, persönlichen Noten, die Hektor in dieser Kargheit ausmachen konnte, waren der Druck der Anatomie eines aufgeschnittenen Menschen und ein Henkelbecher, in dem eine Narzisse blühte.

Eigentlich hätte er Ärger über Fräulein Cecilie empfinden

müssen, aber da war nichts außer dem übermächtigen Bedürfnis nach Nähe.

»Einen Stuhl hab ich nicht. Sie können sich aufs Bett setzen.«

Sie drehte an einer Petroleumlampe, bis auch sie brannte. In ihrem dunkelgrünen Samtkleid mit dem aufgebauschten Cul de Paris und den Spitzenaufschlägen an den weiten Ärmeln wirkte sie in der Ärmlichkeit ihrer Umgebung irgendwie deplatziert. Er blieb stehen. Auf ihr Bett würde er sich nicht setzen können, nicht ohne zu viel von sich preiszugeben.

»Mögen Sie einen Tee?« Sie hatte sich hingekniet. Durch die geöffnete Ofenklappe steckte sie ein paar Holzscheite, dann pustete sie in die Glut, bis sich ein gelblicher Schein im Ofen ausbreitete.

Es fiel ihm leichter, zu ihrem Rücken zu reden. »In dem Umschlag, den Sie mir zurückgegeben haben …« Fragend drehte sie sich zu ihm um. Er hüstelte. »Wie soll ich es sagen, da war Papier statt Geld drin.«

Ihr Gesichtsausdruck veränderte sich nicht, als sie sich umdrehte. Sie wartete darauf, dass er weitersprach. Entweder wusste sie wirklich von nichts, oder an ihr war eine gute Schauspielerin verlorengegangen.

»Haben Sie die Scheine ausgetauscht?«, fragte er.

Jetzt schien sie zu begreifen. »Wie kommen Sie denn darauf?«

»Deshalb! Das hier taugt nur noch zum Ofenbefeuern.« Er warf ihr den Umschlag zu. Einige Papierschnipsel fielen heraus und bedeckten den Boden. Fräulein Cecilie hob einen Schnipsel auf.

»Das ist Papier.«

»Sag ich doch.« Er versuchte, nicht mehr so gereizt zu klingen, als er fortfuhr: »Wenn Sie in Geldschwierigkeiten stecken …«

»Sie glauben, ich habe damit zu tun?«, unterbrach sie ihn.

»Ich habe auf jeden Fall fünfhundert Mark hineingetan«, gab er ebenso schroff zurück.

»Aber ich habe den Umschlag nicht geöffnet. Er war noch verschlossen, als ich ihn wieder aus dem Versteck bei der Statue geholt habe.«

Er sah sie forschend an, und sie hielt seinem Blick stand. »Irgendwer muss das Geld gegen Papier ausgetauscht haben.«

»Die Entführerin?« Fräulein Cecilie schloss die Ofentür. »Wozu hätte sie das tun sollen?«

»Es war nicht die Entführerin«, erklärte Hektor.

»Ich war es aber auch nicht.«

Er rief sich in Erinnerung, wie er das Geld, das er von der Bank geholt hatte, in den Umschlag gesteckt und diesen zugeklebt hatte. Dann hatte er den Umschlag auf den Tisch in der Bibliothek gelegt und ihn erst wieder angerührt, als er mit Fräulein Cecilie aus der Charité gekommen war. Wenn sie mit dem Diebstahl des Geldes nichts zu tun hatte, was er inständig hoffte, musste der Inhalt des Umschlags in seinem eigenen Haus ausgetauscht worden sein.

Er trat neben Fräulein Cecilie und nahm ihre schmale Hand in die seine. Sie hatte sich ein Tuch aus Wolle mit Zopfmuster umgelegt, das sie mit der freien Hand über dem Busen zusammenhielt. Der Puder, den sie am frühen Abend aufgelegt hatte, war von Stirn und Wangen verschwunden, nur auf der Nase befand sich noch ein im Schein der Petroleumlampe sichtbarer Rest. »Ich weiß, dass Sie Ihren Halbbruder niemals gefährden würden«, sagte er leise.

»Ich würde das Geld auch nicht nehmen, wenn ich nicht mit dem Jungen verwandt wäre«, gab sie zurück.

»Es tut mir leid.« Er führte die Hand an seinen Mund und berührte sie sanft mit den Lippen. Der Kontakt war flüchtig. Es kitzelte. »Ich empfehle mich. Gute Nacht.«

An der Tür blickte er sich noch einmal zu ihr um. Sie war an derselben Stelle stehen geblieben und sah ihm mit ernstem Gesichtsausdruck nach.

Wenn er jetzt nicht ging, würde er sich verlieren. Verlieren, was das Wichtigste in seinem Leben war. Was das Schicksal für ihn bestimmt hatte.

Er durfte nicht lieben. Ein sexueller Kontakt, eine bedeutungslose Affäre, aber auf keinen Fall mehr.

Er hatte seine Familie überlebt. Diese Schuld würde niemals getilgt sein.

Er ging.

Jede Treppenstufe führte ihn weiter weg von ihr.

13

Der Schlaf war wirr. Ein paar Traumfetzen, in denen ihr Mann ihren nackten Körper mit seinen krallenartigen Fingern betatschte. Voller Hohngelächter griff Hermann ihr zwischen die Beine und zog einen blutverschmierten Säugling hervor.

Dann wechselte die Umgebung. Frau Lindemann war in einem Keller, in den Wasser drang. Es stieg und stieg, bis sie schwimmen musste, dabei konnte sie es gar nicht. Sie ruderte wild mit Armen und Beinen, um den Kopf über Wasser zu halten. Von unten umklammerte sie ein übergroßer Säugling und zog sie hinab ins Wasser. Sie trat mit den Füßen nach ihm, bis er von ihr abließ. Während sie zur Oberfläche aufstieg, stieß er grauenhafte Schreie aus.

Sie öffnete die Augen. Es war dunkel um sie herum, nur durch das Fenster fiel ein Lichtschein.

Es klopfte. »Frau Lindemann, machen Sie sofort auf!«

Der Doktor. Er stand an ihrer Tür und wollte sie sprechen. Noch immer voller Angst und mit den Schreien des Säuglings in ihren Ohren, entzündete sie die Lampe, zog sich ihren Morgenmantel an und öffnete ihm.

Vor ihr stand der Herr in seiner Abendgarderobe mit den Straßenschuhen und dem Wollcape. Nicht einmal die Melone hatte er abgelegt.

»Haben Sie das Geld aus dem Umschlag genommen?«, fragte er unvermittelt.

Mit einem Schlag fühlte sich Frau Lindemann elend und klein. Er hatte sie durchschaut. Sie war ein Nichts, ein Stück Dreck und würde dort landen, wo Dreck hingehörte: in der Gosse.

Sie würde ihren Körper verkaufen müssen, solange jemand dafür bezahlte, und um den Ekel darüber zu ertragen, wäre Alkohol das einzige Mittel.

Der Säugling aus ihrem Traum schrie immer noch, und sie presste sich die Hände an die Ohren.

»Aufhören«, wimmerte sie. Sie ertrug die Klagen des Neugeborenen darüber nicht, dass sie das Geld genommen hatte, mit dem sein Leben erkauft werden sollte.

»Waren Sie es? Sagen Sie schon!« Der gnädige Herr starrte sie unerbittlich an.

»Das wollte ich nicht. Das hab ich nicht gewollt.«

»Dann geben Sie also zu, Papier in den Umschlag getan zu haben?«

Die Luft in der Schlafkammer war heiß. Ihre Kehle schnürte sich zusammen, und sie konnte kaum mehr atmen. Durch ihre flackernden Lider nahm sie wahr, wie der Herr Doktor sich an ihr vorbeidrängte.

»Was ist mit Ihnen?«

Sie röchelte. Dann spürte sie einen kalten Windhauch, und die Schreie wurden lauter. Ein langgezogenes Wimmern erfüllte das Zimmer, und der Herr lehnte sich aus dem nun offenstehenden Fenster.

»Kschksch! Weg da!«, rief er.

Die Schreie verstummten. Frau Lindemann kam langsam zu sich. Sie hatte geträumt und geglaubt, dass das Wimmern und Schreien von dem Säugling aus ihrem Alptraum stammte. Nun begriff sie, dass Katzen im Hinterhof das Theater verursacht hatten.

Ihr Herzschlag verlangsamte sich, und sie atmete durch. Die frische Luft tat ihr Übriges. Bald war sie wesentlich klarer im Kopf.

Der gnädige Herr sah sie mit zusammengezogenen Augenbrauen an.

Ihre Täuschung war aufgeflogen. Der Herr Doktor hatte dem Fräulein geglaubt und verdächtigte nun seine treue Haushälterin, die ihm seit Jahren diente und so sehr auf sein Wohlergehen bedacht war, des Diebstahls. Da genügte es, dass eine Frau zwielichtiger Herkunft, die sich auf unschickliche Art und Weise ihren Lebensunterhalt verdiente, sie beschuldigte. Sie, eine mittellose Dienstmagd, die von ehrlicher Hände Arbeit lebte. Nur weil sie einen einzigen bedauerlichen Fehler begangen hatte.

Angesichts dieser himmelschreienden Ungerechtigkeit stieg Frau Lindemann das Blut in den Kopf. Noch immer sah der gnädige Herr sie mit düsterer Miene an, verachtete sie, weil er dem Gerede dieser hergelaufenen Mamsell glaubte. Aber sie würde nicht zulassen, dass dieses Weibsbild ihren Ruf zerstörte und sie aus dem Haus trieb.

»Was werfen Sie mir vor?« Ihre Stimme brach. »Hab ich etwa nicht immer gut für Sie gesorgt? Hab ich nicht alles darauf verwendet, Ihre Wünsche zu erfüllen?«

Er nahm die Melone vom Kopf, knetete den Rand in seinen Händen und runzelte die Stirn. »Haben Sie oder haben Sie nicht das Geld aus dem Umschlag genommen und stattdessen Papier hineingetan?«

»Sie glauben, ich hätte Sie bestohlen? Ist Ihnen jemals etwas von Ihrem Silber abhandengekommen? Oder eine Ihrer goldenen Uhren verschwunden? Gab es in all den Jahren irgendeinen Grund zur Klage über meine Ehrlichkeit?« Ihre eigenen Worte ergriffen sie, trieben ihr Tränen in die Augen. Der ganze

Körper konnte die Ungerechtigkeit fühlen, die ihr angetan wurde. Sie blickte dem gnädigen Herrn ins Gesicht, doch er wich ihr aus.

»Nennen Sie mich eine Lügnerin?«, flüsterte sie.

»Nein, ich … Aber irgendwer muss das Geld genommen haben«, brach es aus ihm heraus.

»Ich war es nicht!«

»Wer dann?«

»Vielleicht die Köchin? Oder nein, warten Sie, wann, sagten Sie, ist das Geld gestohlen worden?«

»Heute. Der Umschlag lag die ganze Zeit in der Bibliothek.«

»In der Bibliothek?« Sie legte beide Hände an die Wangen. »Das ist meine Schuld. Ich hätte den Handwerker nicht alleine lassen dürfen. Nicht einmal für diesen kurzen Augenblick. Oh, wie konnte ich nur!«

»War ein Handwerker im Haus?«

»Der Schreiner, der die Dielen erneuern soll. Die so knarren, Sie wissen doch.« Der wollte zwar eigentlich erst in den nächsten Tagen vorbeikommen, aber sie spürte, dass dies eine gute Ausrede war. »Weil eine der Dielen in der Bibliothek auch zu knarren anfängt, hab ich ihm gesagt, er soll da mal nachsehen. Dann hat es an der Tür geklingelt. Wir haben ja kein Dienstmädchen mehr, seit Elsa im Krankenhaus liegt. Alles muss ich allein machen. Ich kann mich schlecht teilen, deshalb musste ich ihn allein lassen. Das hätte ich nicht tun dürfen. Wie können Sie mir jemals verzeihen?«

Sie streckte flehentlich eine Hand aus.

»Schon gut.« Er trat zurück. »Ich glaube Ihnen.«

»Ich bestehe darauf, dass Sie mein Zimmer untersuchen, damit ich von den üblen Anschuldigungen reingewaschen werde.«

»Nicht nötig. Verzeihen Sie mein Eindringen! Schlafen Sie wohl!« Er schloss das Fenster und ging.

Als sie hörte, wie seine Schritte sich entfernten, atmete sie tief durch.

Wohl schlafen, pah! Wie konnte sie nach dieser Aufregung überhaupt noch ein Auge zutun?

Frau Lindemann setzte sich auf ihr Bett, beugte sich über den Rand der Matratze und angelte eine Flasche hervor. Sie entkorkte sie und nahm einen kräftigen Schluck.

Das tat gut. Es war der Sherry, den sie abgefüllt hatte. Vorsorglich verstaute sie die Flasche wieder unter ihrem Bett bei den anderen Flaschen und dem Geld. Derart gestärkt konnte sie besser nachdenken.

Sie bedauerte jetzt, das Lösegeld für Elsas Sohn genommen zu haben. Schließlich war sie kein Unmensch, auch wenn sie mit Kindern nicht viel am Hut hatte. Aber so oder so ließ es sich nicht mehr rückgängig machen. Keinem war damit geholfen, wenn sie jetzt alles zugab und ihre Stellung verlor. War sie denn nicht mit diesem grässlichen Traum schon genug bestraft?

Frau Lindemann lehnte sich im Bett zurück. Wieder ertönten Schreie.

Sie erhob sich, um das Fenster aufzumachen. Im Licht, das aus ihrem Fenster und aus jenen im oberen Stockwerk in den Hof fiel, erkannte sie eine Horde von dürren Katzen. Sie hatten den Deckel des Müllkübels hinuntergerissen und kämpften um den stinkenden Brei im Inneren.

Die Haushälterin sah sich im Zimmer um. Am Ofen lag ein Kohlenstück, rund und groß. Seit Elsa krank war, machte niemand mehr richtig sauber. Jetzt kam dieser Umstand Frau Lindemann gerade recht.

Sie nahm die Kohle auf, wog sie in der Hand, holte aus und

schleuderte sie auf die Katzen. Fell sträubte sich, Schwänze peitschten, Fauchen aus allen Kehlen. Dann stoben die verwilderten Viecher in alle Richtungen auseinander.

In der Kammer schlug ihnen ein derart säuerlicher Geruch entgegen, dass Cecilie nach ihrem Taschentuch griff, das sie für ähnliche Zwecke immer mit Rosenwasser parfümiert bereithielt. Am frühen Morgen ertrug sie den Gestank, den die Verwesung mit sich brachte, nur schwer.

Auf dem Bett lag eine zusammengekrümmte Frau in Ordenstracht. Der verrutschte Schleier war von einer braunen, schleimigen Flüssigkeit durchnässt, die aus dem offenstehenden Mund der Nonne gesickert war. Neben der Schlafstelle befand sich eine Truhe in der engen Zelle, in der außer der Oberin des Klosters, Dr. von Thorwald und Kommissar Tiegler nur noch Cecilie selbst Platz fand. An einer der gekalkten Wände hing ein Holzkreuz.

Cecilie trat zum Fenster und sah hinaus. Ein lehmiger Acker grenzte an das Kloster, weiter hinten befand sich ein Birkenwäldchen, in dem die Baumstämme schwarz und weiß leuchteten. Am Rand eines Bewässerungsgrabens graste ein angepflockter Schafbock. Cecilie konnte kaum glauben, zu dieser ländlichen Umgebung gerade einmal eine halbe Stunde mit der Polizeikutsche gefahren zu sein. Obwohl der Himmel grau war, bot er eine Weite, die sie aus den engen Straßen Berlins so nicht kannte.

»Ich muss die Leiche mitnehmen«, hörte sie den Gerichtsarzt sagen.

»Die Ruhe der Toten darf nicht gestört werden«, protestierte die Oberin des Klosters.

Cecilie riss sich vom Anblick der noch immer winterlichen Landschaft los, deren Kargheit zu der der Zelle passte. Dr. von

Thorwald hatte der Oberin den Rücken zugekehrt und sprach mit Kommissar Tiegler.

»Eine Probe des Erbrochenen reicht womöglich nicht, um festzustellen, ob die Frau mit Arsen vergiftet wurde. Eine Sektion ist unumgänglich.«

»Unter gar keinen Umständen!« Die Nonne, von deren Gesicht Cecilie nur die Stirn mit der steilen Falte, zwei unruhig blickende Augen, eine lange Nase und einen Mund mit spröden Lippen sehen konnte, hielt das Kreuz auf ihrer Brust umklammert. Als sie bemerkte, dass sich vor der Tür weitere Ordensschwestern drängten, scheuchte sie die Frauen davon. »Geht und betet für Schwester Agnes Maria.«

Der Kriminalbeamte kratzte sich die Nase mit dem Zeigefinger. »Ehrwürdige Mutter«, begann er.

»Ehrwürdige Schwester Oberin«, korrigierte die Nonne.

»Ehrwürdige Schwester Oberin, Sie haben uns rufen lassen, weil Sie befürchten, dass diese Frau ebenso vergiftet wurde wie Schwester Hildegard. Nun, die Vermutung liegt nahe, muss ich sagen.« Kommissar Tiegler rieb sich die Magengegend. »Lassen Sie uns den Fall bitte genau untersuchen.«

»Das dulde ich nicht. Schwester Agnes Maria ist eine Braut Christi. Sie hat ihr Leben und ihren Körper unserem Heiland geweiht.«

»Verdammt noch mal!«, polterte der Polizist los, dessen Gesichtsfarbe immer roter wurde. »Die Frau wird sofort in den Leichenkeller geschafft, oder ich weih hier auch gleich was.«

Als sich die Oberin ihm in den Weg stellte, drückte Tiegler sie zur Seite.

»Wagen Sie es nicht, Sie Gottloser!«

»Und ob ich es wage. Lassen Sie Ihren Gott doch Blitze schleudern, wenn er nicht damit einverstanden ist, dass ich meine Arbeit mache.«

»Augenblick.« Dr. von Thorwald hielt den Kommissar davon ab, nach dem Arm der toten Nonne zu greifen. »Uns ist allen daran gelegen, so schnell wie möglich herauszufinden, ob die Frau hier ebenfalls einer Arsenikvergiftung erlegen ist.«

Cecilie beobachtete die Oberin und bekam das Gefühl, als halte allein die Berührung des silbernen Kreuzes die Frau aufrecht.

»Daher mache ich Ihnen einen Vorschlag. Wir nehmen die Leiche nicht mit. Warten Sie!«, sagte der Gerichtsarzt, als Tiegler seinen Unmut kundtat. »Kein Mann bekommt die Schwester nackt zu Gesicht. Meine Assistentin wird die Sektion an meiner Stelle vornehmen.« Er packte Cecilie an der Schulter, als wolle er seine Autorität an sie übergeben.

»Das ist gegen das preußische Regulativ«, warf der Kommissar ein.

»Ich denke, keiner von uns wird die Abweichung von der Regel an die große Glocke hängen, nicht wahr?« Cecilie konnte die Ungeduld aus der Stimme des Gerichtsarztes heraushören.

»Nur unter meiner Aufsicht«, erklärte die Oberin ihr Einverständnis.

»In Ordnung. Dann führen Sie Protokoll.«

Dr. von Thorwald bat um einen größeren, helleren Raum, in dem Cecilie die Leichenschau abhalten konnte. Mit einer Pipette füllte er das Erbrochene in eine Flasche.

»Wonach soll ich suchen?«, fragte Cecilie.

»Gehen Sie einfach so vor, wie ich es immer tue. Achten Sie auf alles, was Ihnen ungewöhnlich vorkommt. Ich vertraue Ihnen.« Er nickte ihr zu.

Gemeinsam mit Tiegler und zwei Polizisten, die sie in der Kutsche begleitet hatten, trug er den Leichnam der Nonne aus der Zelle. Die Oberin ging voran, wobei sie sich wieder und wieder umdrehte, ehe sie vor einem Saal stehen blieb. Die Männer legten die Leiche auf einen der langen Tische im Raum, während Cecilie begann, die zahlreichen Stühle wegzuräumen. Es handelte sich augenscheinlich um den Speisesaal. Sie fragte sich, wie den Schwestern hier jemals wieder ihr Essen schmecken sollte.

Nachdem Dr. von Thorwald seine Instrumente auf einem weiteren Tisch ausgebreitet und ihr die letzten Instruktionen gegeben hatte, zog er sich zusammen mit den Polizisten zurück. Sie blieb mit der Oberin und der Toten allein.

Bei jeder Handbewegung spürte Cecilie, wie die Nonne sie beobachtete. Es kostete sie einige Anstrengung, die Tote, bei der die Leichenstarre schon eingesetzt hatte, umzudrehen, damit sie ihr das Kleid ausziehen konnte. Cecilie musste die bereits erstarrten Gelenke wieder weich machen. Als sie die Arme aus den Ärmeln ziehen wollte, bemerkte sie, dass die Tote etwas mit der linken Hand umklammert hielt. Sie drückte an den Fingern herum, bis die Totenstarre gebrochen war. Eine kleine Flasche kam zum Vorschein.

»Was ist das?«

Die Oberin wusste keine Antwort. In dem Fläschchen befand sich eine fettig wirkende Flüssigkeit. Cecilie zog den Stöpsel heraus und fächerte sich die entströmende Luft zu. Kein charakteristischer Geruch. Sie ging zur Tür und übergab dem Gerichtsarzt den Fund zur genaueren Untersuchung, dann entkleidete sie die Tote vollständig.

Der nackte Körper war prall, große braune Höfe umgaben die Brustwarzen, und an den Oberschenkeln und am Bauch fanden sich Dellen im Fleisch. Von dem mit krausen Haaren bedeckten Schamhügel lief eine dünne Haarspur hinauf zum Bauchnabel.

Cecilie hatte sich nie Vorstellungen von der Nacktheit einer

Nonne gemacht, bemerkte aber, dass die üppige Weiblichkeit dieses Körpers sie irritierte. Auch die Oberin schien betroffen, denn sie hielt sich halb abgewandt.

Äußerlich fiel an der Donata nichts besonders auf, auch nicht an der Zunge, im Inneren fand Cecilie eine weißliche Lunge, die aufgeschnitten einen gesunden, blutarmen Eindruck machte. Das Herz war ebenfalls anämisch. Das wenige vorhandene flüssige Blut wies eine kirschrote Farbe auf.

»Die Luftröhre ist leer, die Speiseröhre unversehrt, aber von grauer Färbung«, diktierte sie. Ihr Blick ging zur Schwester Oberin, die ihren Kopf tief über das Papier gebeugt hielt, während sie schrieb.

Bei der Öffnung der Bauchhöhle stutzte Cecilie, versuchte ihre Entdeckung jedoch so lange zu verdrängen, bis sie das auffällige Organ in der richtigen Reihenfolge untersucht hatte. Zunächst unterzog sie den äußerlich grauschwarzen Magen einer intensiven Betrachtung. Als sie ihn aufschnitt, fand sich eine bräunliche Flüssigkeit darin. Die Schleimhaut war kohlrabenschwarz und ließ sich gut ablösen, das übrige Gewebe war von fester Konsistenz.

»Keine Auffälligkeiten in den Dünn- und Dickdärmen«, befand sie.

Dann wandte sie sich dem Organ zu, das zu Beginn ihre Aufmerksamkeit auf sich gezogen hatte. Die Gebärmutter war sechs Zoll lang und fünf Zoll breit. Als Cecilie sie aufschnitt, ahnte sie bereits, was sie vorfinden würde. Trotzdem schockierte sie der Anblick der noch nicht besonders weit entwickelten männlichen Frucht.

14

In dem Fläschchen befindet sich mit öliger Substanz versetzte Schwefelsäure.« Hektor sah von dem Glasgefäß auf, in dem ein schwarzgefärbter Holzspan in bräunlicher Flüssigkeit schwamm.

»Sind Sie sicher?« Kommissar Tiegler, der sich so weit weg gestellt hatte, wie es der schmale Klosterraum zuließ, trat näher. »Kein Arsen?« Seine Stimme hallte von den Wänden wider.

»Der Test ist negativ.«

»Schwefel im Kloster. Da fällt mir glatt der Teufel ein.« Der Kriminalbeamte verschränkte die Finger ineinander und drückte die Handflächen durch, bis es knackte. »Welche Giftmischerin benutzt so kurz hintereinander zwei verschiedene Gifte?«

»Wer sagt, dass wir es in beiden Fällen mit ein und derselben Mörderin zu tun haben? Falls es überhaupt eine Frau war«, gab Hektor zurück.

Er bereitete alles für die Untersuchung des Mageninhalts vor, den Fräulein Cecilie ihm nach Beendigung der Sektion bringen würde. Er musste ihr noch mitteilen, dass sie das Blut daraufhin prüfen sollte, ob es sauer reagierte.

»Das liegt doch auf der Hand.« Tiegler öffnete den Knopf am Hemdkragen, der in seinen Hals einschnitt.

»Arsenik und Schwefelsäure sind zwei unterschiedlich wirkende Gifte. Arsen kann ohne weiteres unter das Essen oder in ein Getränk gemischt werden, und die Person, die es verzehrt, merkt erst mal nichts davon. Schwefelsäure hingegen ist augenblicklich ätzend.«

»Vielleicht hat die Mörderin eine perverse Freude daran gefunden, herumzuexperimentieren«, mutmaßte Tiegler.

»Selbst wenn.« Hektor betrachtete das Holzkreuz an der Wand, an das ein geschnitzter Christus genagelt war. »Das Zeug ist so ätzend, dass jeder Mensch es sofort ausspucken würde. Höchstens kleine Kinder oder Bewusstlose kann man dazu bringen, es zu schlucken.«

»Sie meinen, dass die Nonne ohne Bewusstsein war, als man ihr das Gift verabreicht hat?«, fragte der Kommissar.

»Ich denke da eher an ...«, begann Hektor, als die Tür aufgedrückt wurde und Fräulein Cecilie hereinstürmte. Sie wirkte errötet und verschwitzt. Ihre mandelförmigen Augen waren geweitet. Er sprang auf. »Was ist los?«

Sie stammelte etwas und lief davon. Hektor rannte ihr nach. Der Kriminalbeamte folgte ihm, doch nach wenigen Metern hatte er den laut keuchenden Polizisten abgehängt.

Er fand Fräulein Cecilie im Speisesaal, wo die Schwester Oberin ausgestreckt auf den Fliesen lag und eine jüngere Nonne ihr mit einer Bibel Luft zufächerte. Seine Assistentin deutete stumm auf eine Emailleschüssel. Der Anblick eines menschlichen Fötus brachte ihn dazu, sich über die Augen zu reiben. Dem Entwicklungsstand nach zu urteilen war die Frucht schätzungsweise vier Monate alt.

»Jetzt wird mir klar, warum Schwester Agnes Maria die Todsünde begangen hat.«

»Den Beischlaf mit einem Mann?« Das Sprechen bereitete Fräulein Cecilie hörbar Schwierigkeiten.

»Selbstmord. Sie war in anderen Umständen und hätte das Kloster verlassen müssen, sobald es herausgekommen wäre. Da sah sie wahrscheinlich nur einen Ausweg«, schloss er.

»Und der Vater?«, fragte Fräulein Cecilie.

Er bemerkte ihre Fassungslosigkeit, ihr Entsetzen. Wenn es um ein Kind ging, wirkte der Tod gleich viel grausamer und brutaler. »Ein Pfarrer, ein Stallbursche, was weiß ich.«

In diesem Augenblick kam Tiegler herein. Er atmete pfeifend, hielt sich die Seite und wollte etwas sagen, als er den Fötus erblickte. Die Schwester Oberin war mittlerweile von der anderen Nonne dazu gebracht worden, sich weit entfernt im Speisesaal auf einen Stuhl zu setzen. Ihre Lippen bewegten sich unermüdlich, aber Hektor hörte nichts. Er wusste nicht, ob sie für das Seelenheil der Verstorbenen und ihres ungeborenen Sohnes betete oder darum, dass ihr Kloster von weiteren Prüfungen verschont bleiben möge.

»Hat Schwester Hildegard ebenfalls Selbstmord begangen?«, erkundigte sich Fräulein Cecilie.

»Denkbar, allerdings sollten wir uns vor voreiligen Schlüssen hüten«, antwortete Hektor. »Nicht nur, weil sie nicht schwanger war. Die ganze Vergiftungsgeschichte ist eine andere.«

»Und jetzt?« Der Kommissar wirkte konfus.

»Jetzt werden Sie sich ordentlich ins Zeug legen müssen, um herauszufinden, wer das Arsenik der einen Nonne wo verabreicht hat und wer der anderen die Schwefelsäure verschafft hat.«

»Mit Gift und all den Möglichkeiten kenne ich mich nicht aus. Helfen Sie mir!«, bat Tiegler.

»Ich erwarte eine Gegenleistung dafür«, sagte Hektor. »Die Frau, die im Februar unmittelbar an einem Kaiserschnitt gestorben ist. Ich will sie untersuchen.«

»Aber sie liegt sicher schon unter der Erde«, warf der Kommissar ein.

»Auf dem Friedhof der Sophienkirche. Über den Verbleib ihres Kindes konnte ich im Sterberegister auf dem Standesamt keinen Vermerk finden.«

»Und ich soll jetzt einen richterlichen Beschluss zur Exhumierung beantragen? Ohne Beweise oder auch nur einen konkreten Verdachtsfall?« Der Kriminalbeamte klang nicht gerade erfreut.

»Sie sind doch sonst nicht auf den Kopf gefallen. Denken Sie sich was aus, dann stehe ich Ihnen mit Rat und Tat bei den Gift-Fällen zur Seite. Es ist Ihre Entscheidung.«

Tiegler, der ansetzte, etwas wie »Fahren Sie zur Hölle« zu fluchen, brach mitten im Satz ab.

Sobald sie einen Stein umdrehten, brachten sich die Asseln darunter in Sicherheit. Cecilie blickte auf die Schwester Oberin, die bleich in einem Stuhl saß, sich aber so weit beruhigt hatte, dass sie von Schwester Agnes Maria und ihrem seltsamen Verhalten in den letzten zwei, drei Wochen erzählen konnte.

»Ich habe sie noch gefragt, ob sie etwas bedrückt, und sie hat mich belogen.«

»War sie mit Schwester Hildegard befreundet?«, wollte Cecilie wissen.

Dr. von Thorwald sah sie aufmerksam an.

»Freundschaften dulden wir nicht. Wir möchten, dass alle Schwestern in Frieden und innerer Einkehr miteinander leben«, entgegnete die Oberin.

»Dann formulieren wir es eben anders«, sagte Tiegler. »Bestand zwischen den beiden verstorbenen Schwestern ein engerer Kontakt?«

»Nicht, dass ich wüsste.«

Der Kommissar verdrehte die Augen.

Die Schwester Oberin faltete die Hände. »Kontakt gab es natürlich schon. Schwester Hildegard war bei uns für kleinere Wehwehchen zuständig, all die Dinge, für die nicht gleich ein Arzt konsultiert werden muss.«

»Könnte Schwester Hildegard Schwester Agnes Maria die Schwefelsäure besorgt haben?«, fragte Dr. von Thorwald.

»Auf keinen Fall!« Die Oberin sah ihn entsetzt an. Mehr war nicht aus ihr herauszubekommen. Sie blieb dabei, dass das Gift unmöglich mit ihrem Kloster in Verbindung gebracht werden konnte, obwohl zwei ihrer Schwestern vergiftet worden waren.

Sie hatte Angst, vermutete Cecilie. Schließlich waren seit vier Jahren alle katholischen Klostergemeinschaften außer den krankenpflegenden verboten. Wer konnte schon voraussagen, wie lange sich Kaiserin Augustas Einfluss noch positiv für die letzten verbliebenen Klöster auswirken mochte.

Die Glocke der angrenzenden Kirche schlug zwölfmal, als sie endlich wieder zurück in die Stadt fuhren. Cecilie bekam das Bild nicht mehr aus dem Kopf, wie das halbfertige Kind in der Fruchtblase gelegen hatte. Schutzlos, zerbrechlich, ohne die Mutter zum Sterben verurteilt.

Von Unruhe getrieben erbat Cecilie von Dr. von Thorwald die Erlaubnis, eine private Angelegenheit zu erledigen. Sie hätte sich längst darum kümmern sollen, aber die Umstände und vor allem Angst hatten sie zurückgehalten. Jetzt ließ es sich nicht länger aufschieben. Sie musste wissen, wie es um ihre Schwester stand, auch wenn ihr vor der Begegnung graute.

Ihr Interesse für Medizin war nicht zuletzt dadurch geweckt worden, dass sie geglaubt hatte, Marianne helfen zu können, wenn sie nur genug über die Vorgänge im menschlichen Körper erfuhr. Mittlerweile hatte sie begriffen, dass die Seele des Menschen weitaus komplizierter war.

Mit einem mulmigen Gefühl folgte Cecilie dem Wärter der städtischen Irrenanstalt durch einen Flur, von dem mehrere verschlossene Türen abgingen, die mit ebenfalls geschlossenen Guckfenstern versehen waren. Der Gestank von Exkrementen begleitete sie, Schreie gellten an ihr Ohr und die dumpfen Schläge von Holz gegen Metall. Als sie an einer Tür vorbeiging, hörte sie Gemurmel. Die junge Frau blieb stehen, um die Worte verstehen zu können.

»Du dreckige Schickse. Alte Sau, stinkst zum Himmel, du Fotze, dreckige Fotze!«

Auch wenn die Schmähungen unmöglich ihr persönlich gelten konnten, ergriff Cecilie dennoch ein Schamgefühl.

»Kommen Sie. Da entlang.« Der Wärter deutete ungeduldig den Flur hinunter. Als er ihren Gesichtsausdruck sah, tippte er sich mit dem Zeigefinger an die Schläfe. »Plemplem! Für die Irren gibt's so viel Geld von der Stadt, eine Schande ist das.«

Cecilie hielt seine Verachtung für Menschen wie ihre Schwester nicht aus. Abrupt blieb sie stehen.

Er sah sie verwundert an. »Wir sind noch nicht da.«

»Wissen Sie überhaupt, warum die Verrückten so geworden sind, wie sie sind? Wissen Sie das?« Ihre Stimme mischte sich mit den Beschimpfungen hinter der Tür.

Der Wärter hatte seine Überraschung schnell überwunden. »Nee«, sagte er. »Aber Sie können mir das erklären, ja!«

Sein Desinteresse und seine Abneigung waren zu deutlich zu spüren, als dass irgendetwas, was Cecilie sagen konnte, ihn für das Schicksal der Menschen hinter den Türen hätte erweichen können.

Sie ging an ihm vorbei. Nach wenigen Schritten hörte sie, dass er ihr folgte. Schließlich überholte er sie und lief vor ihr her, bis sie vor dem Büro des Anstaltsleiters standen. Wortlos öffnete er die Tür.

»Besucherin Cecilie Blum, Herr Direktor«, rief er hinein.

Der Leiter stand auf und begrüßte sie mit einer Verbeugung. Dann bat er Cecilie, Platz zu nehmen, und rollte ein paar architektonische Skizzen zusammen.

»Pläne für den Bau der neuen Irrenanstalt in Dalldorf«, erklärte er.

Als Cecilie sich an den Schreibtisch setzte, erinnerte sie das wuchtige Möbelstück an das Arbeitszimmer ihres Vaters. Wie dort hingen auch hier in Gold gerahmte Gemälde an den Wänden und bildeten zu der Nüchternheit der Gänge der Anstalt einen ungemein starken Gegensatz, der Cecilie den Raum als wohltuende Insel empfinden ließ. Womöglich war dies Absicht, vielleicht war es aber auch nur dem persönlichen Bedürfnis des Leiters geschuldet.

Ihr Blick streifte ein Bild, auf dem eine nackte Frau einem gleichfalls nackten Jüngling einen Apfel reichte. Ihre langen Haare verbargen die Scham, ließen aber die runden Brüste ausgespart. Sein Geschlecht war mit einem Blatt bedeckt. Zu ihren Füßen wand sich eine Schlange, deren Haut feucht zu sein schien.

Die Frau als Ursprung aller Sünde.

»Was kann ich für Sie tun?«

Die Frage des Arztes riss Cecilie aus ihren Gedanken. »Ich möchte meine Schwester besuchen, Fräulein Marianne Blum, und man sagte mir, dass das nicht ohne Ihre Einwilligung geht.«

»In der Tat, so ist es.« Der Leiter nickte mehrmals leicht. »Wissen Sie, unseren Kranken ist Aufregung nicht bekömmlich. Jede Abweichung von der Regel bringt sie noch stärker durcheinander.«

Cecilie erinnerte sich daran, wie Marianne sich in ihren Armen beruhigt hatte, wenn sie wieder mal einen Tobsuchtsanfall gehabt hatte.

»Ich bin mir ganz sicher, dass ich meine Schwester nicht aufregen werde. Bitte, ich muss wissen, wie es ihr geht!«

»Aber ja.« Der Arzt sprach in einem väterlichen Tonfall.

»Das verstehe ich, ein durchaus begreifliches Anliegen. Warten Sie, ich sehe in meinen Unterlagen nach.«

Er ging zu einem Schrank, zog eine der Schubladen, die mit Buchstaben alphabetisch gekennzeichnet waren, heraus und blätterte darin. »Blum, Blum, ah, da haben wir sie ja. Marianne Blum.« Er nahm die Mappe heraus, und nachdem er einen Zwicker aufgesetzt hatte, las er: »Geboren neunzehnter Januar anno achtzehnhundertachtundfünfzig, von den Eltern, Malte und Elisabeth Blum, unserer Obhut übergeben am zehnten Dezember achtundsiebzig. Zustand bei der Einlieferung: gewalttätig, eine Gefahr für sich und andere. Einzelverwahrung wird angeraten.«

Das konnte nicht ihre Schwester sein. Marianne war für sich selbst gefährlich, das stimmte, denn sie hatte sich die Haare ausgerissen und Sachen zerstört, aber sie ging nicht auf andere los.

Obwohl Cecilie in die graublauen Augen des Anstaltsarztes blickte, die durch die Gläser des Zwickers vergrößert waren, sah sie ihre Schwester vor sich, wie sie als Mädchen in ihrem Bett mit Decken, Tüchern und Teppichen eine Höhle gebaut hatte. Sieben oder acht Jahre war Marianne damals gewesen, sie selbst zehn oder elf.

Cecilie hatte einen Drachen gemimt, der ein kleines Bärenjunges aus der Höhle locken wollte. Sie konnte sich noch an das Gekicher ihrer Schwester erinnern, als sie sich auf den Deckenberg geworfen hatte.

»Ich hab mir in die Hose gemacht«, hatte Marianne unter unbändigem Lachen erzählt, nachdem sie sich aus der eingestürzten Höhle herausgekämpft hatte.

Der Leiter des Irrenhauses nahm seinen Zwicker ab und rieb über die Druckstelle auf dem Nasenrücken. »Ich bedaure, es würde Ihre Schwester zu sehr aufregen, wenn Sie sie besuchen. Sämtliche Formen der Agitation für die Kranken müssen unbedingt verhindert werden und stehen jedweden Heilungsabsichten in Abrede.«

Es klang, als zitiere er aus einem Lehrbuch. Cecilie dachte an die Toten, die zu Experimentierzwecken aus der Irrenanstalt in den Leichenkeller geliefert wurden.

»Welche Heilungsabsichten?«, platzte es aus ihr heraus.

»Wie meinen?« Der Arzt klang ungehalten.

»Ich meine, was tun Sie für meine Schwester? Wie behandeln Sie sie? Oder sperren Sie Ihre Patienten einfach nur weg?« Noch immer sah sie Mariannes vor Aufregung gerötetes Gesicht vor sich und konnte ihr Lachen hören.

»Wer sind Sie, dass Sie meine Kompetenz als Leiter und behandelnder Arzt dieser Anstalt in Frage stellen?« Der Mann sprach sehr leise, was seine Worte umso drohender wirken ließ.

»Ich stelle in Frage, was auf mich vom gesunden Menschenverstand her falsch wirkt«, gab Cecilie zurück.

»Gesund, so, so. Sind Sie eigentlich schon einmal genauer untersucht worden?«, fragte der Leiter. »Es gibt geistige Störungen, die in Familien gehäuft auftreten.«

Cecilie wusste nicht, was sie sagen sollte. Dieser Mann war in seiner Unverschämtheit dermaßen selbstsicher. »Ich rate Ihnen, einen Arzt aufzusuchen. Sprechen Sie mit Ihren Eltern darüber.«

Seine Hand wies zur Tür.

Als der Wärter, der sie hergebracht hatte, im Büro erschien, um sie wieder nach draußen zu bringen, wich die Beklemmung plötzlich von ihr.

»Meine Schwester ist nicht gemeingefährlich, sie war mal ein sehr fröhlicher Mensch. Es gibt Gründe, warum sie so geworden ist, wie sie ist.« Die Wut in ihr schwoll an. »Und wenn Sie ihr nicht helfen wollen, weil Sie sie für einen hoffnungslosen Fall halten, dann sollten Sie lieber Abfallsammler als Leiter einer Irrenanstalt werden.« Sie drückte den überraschten Wärter zur Seite und ging.

»Was nehmen Sie sich heraus«, brüllte der Direktor ihr nach.

15

Um so schnell wie möglich wegzukommen, gönnte Cecilie sich den Luxus einer Mietdroschke zweiter Klasse und ließ sich in die Luisenstraße fahren. Sie blickte auf die Passanten, Kinder und Händler, die sich auf den Straßen Berlins ihrem täglichen Trott ergaben, Spitzenlitze und Schnürsenkel feilboten, ein Schwätzchen hielten, Pferdeäpfel einsammelten, mit ihrem Hausrat umzogen, dem Schornsteinfeger schöne Augen machten und um einen Zigarettenstummel stritten. Die Menschen waren sich ihrer Freiheit gar nicht bewusst.

Die Wut war verraucht und ließ Platz für Schuldgefühle. Ihre eigene Freiheit hatte Cecilie auf Kosten ihrer Schwester erlangt. Wäre sie nicht der Heirat mit dem Baron entflohen, hätten ihre Eltern Marianne niemals in die Anstalt gegeben. Sie hätte es verhindern und ihre Schwester in ihrem eigenen Haushalt aufnehmen können, und auch Elsa hätte bei ihr eine Anstellung gefunden. Dann wäre ihr Kind nicht in der Charité zur Welt gekommen und nicht entführt worden. Letztlich hatte ihre Selbstsucht Marianne und Elsa nur Unglück gebracht.

Cecilies Gedanken wurden nicht leichter, als die Kutsche sie vor dem Leichenkeller absetzte und sie die Treppe in den Keller hinabstieg. Was tat sie denn so Bewegendes, das ihren Egoismus rechtfertigte?

Die Assistentin eines Gerichtsarztes. Die Position können Hunderte, ach was, Tausende andere ausfüllen.

Sie arbeitete im Leichenkeller, um irgendwann einmal genug Geld für ein Medizinstudium in Zürich anzusparen. Dann würde sie Jahre studieren müssen, bevor sie überhaupt irgendjemandem helfen konnte.

Sie dachte an ihre vergeblichen Versuche mit der Gebärmutternaht. Wie konnte sie sich anmaßen, etwas herausfinden zu wollen, bei dem die Ärzte bislang gescheitert waren? Sie würde es nie schaffen. Zu nichts und für niemanden war sie nütze.

Ein Umschlag, auf dem mit schöner Tintenschrift ihr Name stand, war unter der Tür des Kellers durchgeschoben worden. Cecilie befühlte ihn. Er war dick, und sie riss ihn sofort auf. Im Inneren befanden sich Geldscheine, viele Geldscheine. Sie zählte nach, es waren insgesamt fünfhundert Mark. Dann entdeckte sie den beiliegenden Zettel.

»Sehr geehrtes Fräulein. Sie baten um Hilfe für das unglückliche Dienstmädchen und seinen entführten Sohn. Gerne komme ich Ihrem Wunsch nach und empfehle mich herzlich, Ihre Amalia von Böhme.«

Auch wenn es vermutlich längst zu spät war, denn die Entführerin hatte sich nach der missglückten Lösegeldübergabe noch nicht wieder gemeldet, fühlte sich Cecilie angesichts dieser Geste tief berührt.

»Wieso sollte jemand aus der Charité der Nonne Arsen verabreicht haben?«, wunderte sich Tiegler, als er und Hektor die Männerabteilung des Krankenhauses betraten. »Das ergibt keinen Sinn. Ich denke da eher an ihre nächste Umgebung. Die Schwester Oberin ist mir gleich suspekt vorgekommen.«

»Sie denken zu umständlich«, erwiderte Hektor. »Mein Ansatz ist viel einfacher. Frage: Wo kann Schwester Hildegard mit Arsenik in Kontakt gekommen sein? Antwort A: im Kloster.

Antwort B: im Krankenhaus. Im Kloster haben Ihre Männer nichts dergleichen gefunden, also suchen wir hier.«

Dr. Butzmühlen, der Leiter der Männerabteilung, zeigte sich kooperativ. Er hatte eine vage Erinnerung an die Nonne, die sich an die Betten der höchst ansteckenden Patienten gesetzt hatte, um mit ihnen zu beten und sich ihre Geschichten anzuhören. Die schwangere Schwester Agnes Maria kannte er dagegen nicht.

»Schaden kann's ja nicht«, meinte der Arzt, als er den Medizinschrank aufschloss. Hektor durchforstete den Inhalt. »Weil wir einen Kranken hierhatten, bei dem wir erst nach zwei Tagen festgestellt haben, dass er an Flecktyphus erkrankt ist, haben wir alle Krankenwärter und natürlich auch die Nonne gewarnt, auf Anzeichen zu achten.«

Eine große Flasche erregte Hektors Aufmerksamkeit, und er holte sie hervor.

»Die Fowler'sche Lösung«, erklärte Dr. Butzmühlen, »wird zur Fiebersenkung eingesetzt. Enthält hauptsächlich Lavendelwasser und …«

»Kalium arsenicosum«, beendete Hektor die Ausführung.

»Ist das unser Gift?«, fragte Tiegler.

»Zumindest ist es denkbar, dass die Nonne mit diesem Medikament vergiftet wurde.«

»Sie glauben doch nicht, dass die Frau in der Charité ermordet wurde?«, entgegnete der Arzt.

»Ich glaube gar nichts, ich suche nach Beweisen.« Der Kriminalbeamte nahm seine Pickelhaube ab und trommelte mit den Fingern darauf herum. »Wer kommt alles an das Arsen?«

»Die diensthabenden Ärzte selbstverständlich. Auf jeder Station gibt es dieses Medikament.«

»Haben Sie eigentlich auch Schwefelsäure hier?«, wollte der Kommissar wissen.

»Schwefelsäure? Nein.«

Tiegler erklärte, zwei Polizisten zur Befragung der Ärzte, Wärter und Patienten abzustellen, dann wandte er sich zum Gehen.

»Wo wollen Sie hin?«, fragte er Hektor, als sie aus der Anstalt traten.

»Zum Gebärpavillon. Dort hat Schwester Hildegard ebenfalls Händchen gehalten.«

Dr. Eisenmann zeigte sich allein über die Frage empört, ob jemand unbefugt an die Flasche mit der Fowler'schen Lösung hätte gelangen können.

»Wir sind keine Mörder!« In seinem rechten Augapfel war ein Äderchen geplatzt. Blutunterlaufen starrte er den Kommissar an. »Ich bin bestens mit Herrn von Böhme bekannt. Der Name wird Ihnen sicher ein Begriff sein. Herr von Böhme verkehrt freundschaftlich mit unserem Herrn Polizeipräsidenten.«

Hatte sich Tiegler bislang nur mäßig interessiert an der Befragung gezeigt, so durchfuhr seinen massigen Körper jetzt ein deutlich sichtbarer Ruck. »Sie sind mit Herrn von Böhme bekannt, der Herrn von Madai freundschaftlich verbunden ist, habe ich das richtig verstanden?«

Dr. Eisenmann setzte ein überhebliches Lächeln auf.

»Und das, meinen Sie, gibt Ihnen das Recht, polizeiliche Ermittlungen zu behindern?«

»Nein, ich …«, stammelte der Arzt.

Hektor verkniff sich ein Grinsen.

»Wissen Sie, eigentlich war die Befragung reine Routine, aber nun überlege ich doch, ob es nicht sinnvoll wäre, hier mal ordentlich durchzukehren. Was ist das nur für ein Saustall, in dem Neugeborene spurlos verschwinden und Nonnen vergiftet werden?« Der Kriminalkommissar bebte.

»Aber nein!« Dr. Eisenmann war bleich geworden. »Natürlich kann es sein, dass die Schwester auch hier bei uns einigen Patientinnen Trost zugesprochen hat, aber warum um alles in der Welt hätte ihr jemand Gift verabreichen sollen? Und auf gar keinen Fall hat das irgendetwas mit dem verschwundenen Jungen zu tun!«

»Die Schlussfolgerungen überlassen Sie mal schön mir. Könnten wir jetzt bitte den Medikamentenschrank sehen?«

Angesichts des erregten Polizeibeamten zeigte sich der Gynäkologe ausgesprochen handzahm. Er öffnete ihnen den Schrank, in dem sich ebenfalls eine Flasche der Fowler'schen Lösung befand. Kleinlaut gab er zu, dass zwar eigentlich nur die Ärzte Zugriff hatten, dass im Notfall wie bei einer Operation jedoch schon mal die Krankenwärterinnen oder Assistenzärzte damit betraut wurden, ein Medikament zu holen. Schwefelsäure fand sich allerdings nicht in dem Schrank.

Bevor sich der Schrecken, den der Kriminalbeamte bei dem Arzt ausgelöst hatte, legen konnte, fragte Hektor ihn nach der Patientin Gertrud Ackermann.

»Ist mir nicht bekannt«, behauptete Dr. Eisenmann.

»Müsste sie aber. Immerhin haben Sie ihr Kind am fünften Februar per Kaiserschnitt auf die Welt geholt.«

»Unfug.« Der Gynäkologe verzog den Mund abfällig.

»Steht in Ihren Krankenblättern verzeichnet«, sagte Hektor.

»Ach ja? Woher wollen Sie das wissen?«

Der Gerichtsmediziner sah ihn nur an.

»Im Grunde kann fast jeder das Gift in seinen Besitz gebracht haben«, vermutete Tiegler, als sie den Verbindungsgang zwischen Gebärpavillon und Entbindungsanstalt entlangliefen.

»Oder Doktor Eisenmann hat es so dargestellt, damit kein Verdacht auf ihn fällt«, sagte Hektor.

»Wie haben Sie eigentlich die Krankenblätter mit den Daten der Kaiserschnittpatientin an sich gebracht?«, fragte der Kriminalbeamte.

»Das wollen Sie lieber nicht wissen.«

»Wie auch immer. Ich hätte nicht übel Lust, diesem Lackaffen von Doktor an den Karren zu pinkeln.« Der Kommissar verzog seinen breiten Mund und schmatzte.

»Was, wenn er wirklich bei Herrn von Madai Beschwerde einlegt?«, warf Hektor ein.

»Hoffen wir, dass dieses Wiesel nichts dergleichen tun wird. Gehen wir etwas essen? Wenn ich mich aufrege, werden meine Magensäfte immer so in Wallung gebracht.«

Nach der Befragung in der Charité und dem Essen mit Tiegler fuhr Hektor zu dem Schreiner, den Frau Lindemann mit der Erneuerung der Dielen beauftragt hatte. In der Werkstatt fiel ihm der angenehm würzige Geruch nach Holz auf. Weich gefedert lief er über Sägespäne auf dem Boden.

»Hallo«, rief er, weil der Raum leer war. »Ist da jemand?«

Es dauerte, bis eine dürre Frau erschien, die ihn verständnislos ansah. »Ja?«

»Ich wollte zu Ihrem Mann.«

»Geht es um Arbeit?«

Er sah die Hoffnung in ihren dunkel umränderten Augen aufleuchten. »Ich bin Doktor von Thorwald.«

»Die Dielen.« Sie nickte. »Natürlich. Mein Mann wollte die nächsten Tage vorbeischauen.«

»Er war schon da«, erwiderte er.

»Das kann nicht sein«, widersprach sie.

Hektor setzte an, nachzufragen, da hörte er Schreie.

»Mama, Lukas prügelt schon wieder auf Johannes ein.« Ein ebenfalls dünnes Mädchen in einem viel zu abgenutzten Kleid tauchte in der Tür auf.

»Ich komm gleich«, sagte die Mutter. »Der Herr gibt deinem Papa Arbeit.«

Über das Gesicht der Kleinen, deren Alter Hektor auf fünf Jahre schätzte, glitt ein Strahlen. »Gibt es dann mal was anderes als die eklige Suppe?«

»Jetzt geh wieder rein.« Mit einer Handbewegung scheuchte die Frau ihre Tochter weg. »Und sag deinen Brüdern, wenn sie nicht sofort still sind, setzt es was.« Entschuldigend sah sie Hektor an. »Kinder! Was soll ich meinem Mann denn ausrichten?«

Hektor überlegte. Es war nicht rechtens, dass der Schreiner das Geld gestohlen hatte, aber wenn er ihn bei der Polizei anzeigte, würde seine Familie auf der Straße landen. Große Reichtümer gab es hier nicht, so viel stand fest. Vermutlich waren die fünfhundert Mark längst verspielt, verhurt oder versoffen. Er würde sie nicht zurückbekommen, selbst wenn er den Mann ins Gefängnis brachte. Auf den fragenden Blick der Frau hin erklärte er nur: »Schon gut.«

Er konnte das Kopfschütteln, mit dem sie ihm nachsah, förmlich im Rücken spüren.

Auch wenn er das Geld schon abgeschrieben hatte, blieb er unbefriedigt, denn er hatte die Angelegenheit nicht klären können.

In dieser Stimmung traf er vor dem Leichenkeller auf Fräulein Cecilie. »Sie machen schon Feierabend?«

»Ich wusste ja nicht, ob sie noch auftauchen.«

Ihre Antwort reizte ihn. »Wenn Sie nicht genug zu tun haben, können wir das schleunigst ändern.«

»Dann sagen Sie mir doch, was ich machen soll«, gab sie ebenso unfreundlich zurück.

»Kommen Sie. Ich will nach dieser Liesel fragen.«

Sie zögerte. »Eigentlich hab ich was vor.« Dann steckte sie

den Umschlag, den sie in der Hand hielt, in ihre Rocktasche. »Na gut, wenn es nicht allzu lang dauert. Wo fragen wir nach?«

Die beiden zogen durch die Wirtschaften rund um die Charité, erfuhren jedoch nichts über den Verbleib Liesels oder den ihres Säuglings.

In einer der Spelunken, in der Hektor zwei Schnäpse an der Theke bestellte, herrschte eine dichte, miefige Atmosphäre. Rauch und Körperflüssigkeiten sonderten ihre Duftnoten ab. Hektor beobachtete Fräulein Cecilie. Die Röcke dicht an den Körper gerafft, stand sie da, den Blick gesenkt, als könne sie so alles Unanständige von sich fernhalten. Eine Stimme in seinem Kopf sagte, es sei unverantwortlich, dass er sie mit hierhergebracht hatte.

»Unsinn«, brachte er die Stimme zum Schweigen. »Sie sieht viel Schlimmeres als das hier.«

Was war schon eine betrunkene Dirne, die sich von einem ebenfalls angetrunkenen Arbeiter in aller Öffentlichkeit betatschen ließ, gegen den Anblick eines toten Fötus?

Er zog Fräulein Cecilie auf eine Bank und reichte ihr ein Schnapsglas. »Trinken Sie. Das hilft.«

»Nein, danke.«

Verärgert über ihre Antwort kippte er den Inhalt beider Gläser hinunter. Hitze erfüllte ihn, wogte auf und ebbte ab.

»Haben Sie beim Wirt was in Erfahrung gebracht?«, fragte sie.

»Der behauptet, er kenne keine Liesel. Und Frauen, die ihre Kinder zu Hause lassen, um hier zu saufen, gibt's offenbar mehr als genug.« Er stützte eine Hand auf der Bank ab, dabei streifte er ihre Finger. Die Berührung durchfuhr ihn. Umso stärker verspürte er die plötzliche Leere, als Fräulein Cecilie ihre Hand wegzog und in ihrem Schoß verbarg. Er stand auf. »Ich frage mal da vorn am Tisch. Übernehmen Sie dort drüben?« Er deutete in eine Ecke der Kneipe, in der ihm noch die gesittetsten Gäste zu sitzen schienen.

Sie ging, ohne ihn eines weiteren Blickes zu würdigen.

Er suchte einen Tisch auf, an dem zwei Frauen auf einer Bank umschlungen schunkelten, von den anderen Gästen angefeuert. »Ausziehen! Ausziehen!«

Eine zog die Bluse von ihrer Schulter und gab ein gutes Stück ihrer Brust frei. Das Gejohle der Männer und Frauen um den Tisch schwoll an. Als sie Hektor bemerkten, verstummten sie nach und nach.

»Guten Abend! Ich suche eine Liesel. Schon mal von ihr gehört? Bis vor kurzem war sie schwanger und verfügte zumindest eine Weile über viel Geld. Vielleicht seid ihr in den Genuss einer Einladung gekommen?« Während er sprach, merkte er, wie der Alkohol allmählich in seine Sinne drang. Die Worte quollen ohne Überlegung aus ihm heraus.

Verhaltenes Gelächter war die Antwort.

»Bist du der Breitjam?«, fragte einer und strich über seinen vergilbten Schnurrbart.

Ein anderer klopfte mit der Faust den Rhythmus eines Hochzeitsmarsches auf die Tischplatte.

Hektor holte einen Zehnmarkschein hervor und wedelte damit. »Keiner weiß was? Wirklich keiner?« Er sah den Trinkenden an, dass sie sich das Geld liebend gerne mit einer Auskunft verdient hätten, doch sie zogen bedauernde Mienen und wandten sich wieder ihrem Bier zu.

Als er zur Tür ging, kam Fräulein Cecilie auf ihn zu. An ihrem Kopfschütteln erkannte er, dass auch sie nicht erfolgreich gewesen war. Plötzlich trat ein Mann zwei Schritte zurück und rempelte sie an. Das Fräulein geriet ins Stolpern und fiel auf einen sitzenden Gast, der sie wegstieß. »Zieh Leine!«

Die grobe Behandlung Fräulein Cecilies brachte in Hektor

etwas zum Platzen. Mit den Ellbogen kämpfte er sich durch die Menge, teilte Knüffe aus, damit er schneller durchkam, und griff denjenigen am Hemdkragen, der es gewagt hatte, sie zu stoßen. Er zog ihn vom Stuhl. »Was fällt dir ein!«

Der ungeschlachte Kerl hatte die Ärmel aufgekrempelt, so dass seine behaarten, sehnigen Unterarme zum Vorschein brachte. Die offenen Knöpfe gaben den Blick auf eine kräftige Brust frei. Er hieb Hektor eine Faust gezielt auf den Solarplexus. Dieser hatte nicht mit dem Angriff gerechnet. Er keuchte und krümmte sich, was der andere dazu nutzte, ihm einen weiteren Hieb auf die Nase zu verpassen.

Dem brennenden Schmerz zum Trotz ballte Hektor die Hände zu Fäusten, dass die Knöchel hervortraten, hob seine Linke vors Gesicht und deutete einen Schlag an, um die Rechte Schwung holend nach hinten zu ziehen und sie im nächsten Moment wieder nach vorne schnellen zu lassen. Die Faust donnerte dem Angreifer auf das linke Auge, und der Kopf des Mannes flog in den Nacken. Hektor setzte nach und verpasste ihm nacheinander links und rechts Hiebe mit den Fäusten. Blut spritzte aus der Nase. Der Malträtierte schlug mit weit ausholenden Bewegungen zurück, deren Wucht verpuffte, da Hektor sie mit den Unterarmen abwehrte, wie er es in seiner Internatszeit in England gelernt hatte. Das Boxen hatte ihn wieder zurück ins Leben geholt. In dieser Sportart machte ihm so schnell keiner was vor, egal wie viele Kneipenschlägereien der Gegner auch auf dem Kerbholz haben mochte. Sogar mit der dämpfenden Wirkung des Alkohols fühlte er sich stark genug, es mit dem Kerl aufzunehmen.

Erneut bearbeitete er ihn mit seinen Fäusten, und über die linke Gesichtshälfte des Mannes floss Blut. Es sah wilder aus, als es war. Platzwunden im Gesicht bluteten immer stark. Bald waren Hektors Fäuste und sein Frack vom Blut des Gegners besudelt. Der andere taumelte, seine Schläge verloren an Kraft, und Hektor spürte eine tiefe, satte Befriedigung.

In diesem Augenblick sprang ihm jemand auf den Rücken, schlang die Hände um seinen Hals und würgte ihn. Hektor versuchte, die Finger des Angreifers umzubiegen, um den Griff zu lösen. Als das nicht half, drehte er sich im Kreis, bemüht, den Mann abzuschütteln. Dann ließ er sich mitsamt dem Anhängsel rückwärts auf einen Tisch fallen. Der Mann unter ihm stöhnte, endlich ließ er von dem Arzt ab. Hektor rang nach Luft. Von dieser vermaledeiten Schlägerei hatte er genug.

Die Flasche, die auf seinen Schädel zusauste, sah er zu spät, daher konnte er sich nicht mehr wegducken. Glas splitterte. Er ging zu Boden. »Dem Lackaffen zeig ich's!«

»Pass ma uff!« Drei Männer fielen über ihn her. Hektor spürte einen gewaltigen Tritt in die Nieren. Ein Stiefel traf ihn am Kopf, und er verlor das Bewusstsein.

16

Während der Gerichtsmediziner mit Füßen misshandelt wurde, flog sein Kopf zur Seite wie bei einer Puppe. Jede Spannung schien aus seinem Körper gewichen zu sein, und als die Männer ihm weitere Tritte verpassten, krümmte er sich nicht einmal mehr zusammen.

»Gib's ihm!« Anfeuerungsrufe gellten durch die Kneipe. »Schlag dem Affen den Protz raus.«

Der Hass auf alle Reichen war förmlich greifbar. Dr. von Thorwald wurde stellvertretend für die Armut, den Hunger und das Elend, aus dem es kein Entkommen gab, abgestraft. Die Wut, die Cecilie selbst auf den Gerichtsarzt empfunden hatte, als er einer Lappalie wegen die Schlägerei angezettelt hatte, wich Angst. Ihr erster Impuls war die Flucht zu Samuel Zimetbaum, mit dem sie verabredet war, doch sie konnte den Leichenarzt unmöglich der Meute überlassen.

Wieder trat ihm einer mit Schwung gegen den Kopf, unter dem sich eine Blutlache bildete.

»Aufhören!«, schrie sie. »Sofort aufhören!«

Eine Frau schob sie zur Seite. »Ick kann nüscht sehn!«

Cecilie rief das Erste, was ihr einfiel: »Polizei!«

Ihr Ruf verhallte in der Kakophonie aus Kampfschreien und Anfeuerungen beinahe ungehört, doch der Kerl neben ihr griff ihn auf.

»Die Polypen kommen.«

»Achtung, die Blauen!« Hysterie breitete sich aus. Im Nu

ließen die Widersacher von Dr. von Thorwald ab. Einige der Anwesenden verdrückten sich in Richtung Hintertür. Stühle, die im Getümmel umgeflogen waren, wurden wieder aufgestellt. Hemdsärmel wischten Blut von Nase und Schläfen.

Cecilie hockte sich neben den Gerichtsarzt, und der Draht der Turnüre schnitt ihr in die Kniekehlen. Sie schob eine Hand unter seinen Hinterkopf und hob ihn vorsichtig an. Ihre Finger fühlten sich feucht an.

»Hören Sie mich?« Er sah übel zugerichtet aus. In seinem Gesicht begannen Lippen und Augen anzuschwellen. Sie hielt einen vorübergehenden Mann am Hosenbein fest. »Helfen Sie mir. Er muss hier raus.«

Der Mann schüttelte sie ab. Niemand sprang ihr bei. Mit der Hand schob sie die Sägespäne, die den Boden bedeckten, zu einem Kissen zusammen. Behutsam legte sie Dr. von Thorwalds Kopf darauf ab, erhob sich und schritt auf die Theke zu.

»Können Sie mit anfassen?«, bat sie den Wirt.

»Mia jeht's nüscht an, Freilein.« Er tunkte einen Tonkrug in einen Eimer Spülwasser.

»Bitte!«

Er beachtete sie nicht.

Cecilie drehte sich zum Raum hin, alles sah aus wie bei ihrer Ankunft in der Spelunke. An den Tischen wurde getrunken und Karten gespielt, und inmitten dieses Treibens lag der bewusstlose Dr. von Thorwald. Die Menschen stiegen über ihn hinweg, als ob es sich um ein leeres Fass handelte.

Eine Idee keimte in ihr. Sie griff sich den Spüleimer, hievte ihn über die Theke und schleppte ihn zu dem Ohnmächtigen. Von oben blickte sie auf ihn hinab. Es tat ihr leid, derart grob vorzugehen, aber sie hatte keine Wahl. Mit einem Schwall schüttete sie das Wasser über Dr. von Thorwald.

Prustend kam er zu sich und schlug die Augen auf. »Was machen Sie hier, Fräulein Cecilie?«

»Das frag ich mich auch.« Sie beugte sich zu ihm hinunter, griff seine Arme und zog mit aller Kraft daran.

Er hing wie ein Sack an ihr, dennoch gelang es ihr, ihn nach und nach auf die Beine zu stellen. Da er nicht dazu in der Lage war, selbständig zu stehen, legte sie seinen Arm um ihre Schulter, umfasste seine Taille und brachte ihn nach draußen.

Die kalte Luft beschleunigte den Genesungsprozess. Immerhin konnte der Gerichtsarzt sich nun mit einer Hand an der Hauswand abstützen. Sie ließ ihn los, um die Wunde an seinem Kopf zu untersuchen.

»Scheint harmlos zu sein. Drücken Sie das darauf!« Schweren Herzens gab sie ihm ihre Spitzenhandschuhe.

Dann winkte sie so lange, bis eine Mietdroschke hielt. Sie bugsierte Dr. von Thorwald hinein und gab dem Kutscher die Adresse an. Der Blick des Gerichtsarztes war wirr.

»Meine Retterin.« Er nahm ihre Hand, um sie an seine Lippen zu führen, schaffte die Koordinierung der Bewegungen aber nicht.

Sie spürte den aufgestauten Ärger in sich. »Sehen Sie bloß zu, dass Sie nicht den ganzen Verstand wegsaufen. Das nächste Mal lasse ich Sie nämlich liegen.«

»Was denn? Sind Sie meine Ehefrau, oder was?« Er presste die Handschuhe an den Kopf.

»Das ist das Allerletzte, was ich sein will.« Sie knallte den Wagenschlag zu. Die Anspannung konnte sie in ihrem ganzen Körper fühlen.

Blöder Kerl.

Mit einem Griff in ihre Rocktasche vergewisserte sie sich, dass der Umschlag mit den fünfhundert Mark noch da war. Sie hatte eigentlich zu Frau von Böhme gewollt, um ihr das Geld zurückzugeben, doch Dr. von Thorwald war ihr dazwischengekommen. Nun musste sie den Besuch auf morgen verschieben. Den Weg zum Leichenkeller legte sie zu Fuß zurück, und unterwegs schlug die Glocke der Hedwigskirche neunmal. Durch die Schlägerei hatte sie sich um eine Stunde verspätet.

Samuel Zimetbaum wartete noch auf sie.

»Ich dachte schon, Sie hätten mich versetzt.« Er griff nach ihrer Hand. »Ihre Finger sind ja ganz kalt. Kommen Sie, lassen Sie uns ins Warme gehen.«

Er suchte ein Lokal aus, in dem auch Damen verkehrten. Pianomusik vermischte sich mit gedämpften Unterhaltungen, die Herren trugen Frack und ihre weibliche Begleitung dezenten Putz. Cecilie war sich ihrer abgetragenen und durch die Eskapade in der Spelunke derangierten Kleidung sehr bewusst. Der junge Arzt bahnte ihr den Weg bis zu einem runden Tischchen, orderte zwei Gläser Wein und half ihr, die Pelerine und den Hut abzulegen. Die ungeteilte Aufmerksamkeit, mit der er sie bedachte, brachte sie dazu, sich ein wenig zu entspannen. Er verwickelte sie in ein Gespräch und erkundigte sich nach ihrer Arbeit im Leichenkeller. Sein Interesse erschien Cecilie echt, daher wagte sie es, ihm von ihren Experimenten am Uterus zu erzählen.

»Wenn eine solche Naht sicher gelänge, wäre das in der Tat ein medizinischer Durchbruch«, sagte Zimetbaum.

Vom Nachbartisch kam Zigarrenqualm herüber. Cecilie wedelte ihn weg. »Aber von Gelingen kann keine Rede sein. Und selbst wenn ich es herausbekäme, würde mir jeder Beweis fehlen, dass die Naht in der Praxis auch Erfolg bringt.«

Er sah sie an. »Ich bewundere Sie für Ihren Willen.«

Die Freude trieb ihr das Blut in den Kopf.

»Ich wünschte, ich hätte eine Assistentin für meine Studien wie Doktor von Thorwald«, fuhr Zimetbaum fort.

»Den erwähnen Sie heute besser nicht mehr.« Der Ärger kehrte für einen Moment zurück.

Seine Augen weiteten sich, die Lider zuckten, und an seinem Hals waren Bewegungen des Adamsapfels deutlich zu erkennen. Mit der Zungenspitze fuhr er über die Unterlippe. Er war ein ungeheuer attraktiver Mann, und es war schön, mit ihm zusammen zu sein. Cecilie lächelte ihn an.

»Ich muss Ihnen etwas beichten«, sagte er.

Er ist verlobt, schoss es ihr durch den Kopf. Und sie verspürte Bedauern darüber.

»Ende der Woche fahre ich nach Zürich.«

»Nach Zürich?« Es handelte sich nicht um eine Frau, sondern um die Stadt, in der sie unbedingt sein wollte. Zürich war der Ort, der für ihre Zukunft stand. Für Zimetbaum lag er nur wenige Tage entfernt. Cecilie setzte sich aufrecht hin und stellte das Glas ab. Erregung hatte sie ergriffen.

»Man hat mir eine Dozentenstelle an der medizinischen Fakultät angeboten.«

»Wie wunderbar. Herzlichen Glückwunsch.« Noch während sie das sagte, spürte sie ein Nagen in der Magengegend. Sie presste beide Handflächen auf die Tischplatte und drückte die Schultern nach hinten.

Er blickte ihr in die Augen. Cecilie senkte die Lider, sah dann wieder auf. Zimetbaum konnte schließlich nichts dafür, dass sie neidisch war, und Neid war kein Gefühl, das sie mochte. Sie wünschte sich, seine Zukunft wäre die ihre oder sie könnte zumindest ein Teil seiner Zukunft sein.

»Nun, ich werde keine Reichtümer verdienen, aber doch genug, um ein angenehmes Leben zu führen.« Er räusperte sich, bevor er sich über den Tisch beugte und seine Hand auf die ihre legte. Konnte es so einfach sein?

Cecilie zog die Hand nicht weg.

Frau Lindemann hob die Gardine ein winziges Stück an. Da war der Kerl immer noch. Seinen Oberkörper verbarg der Schatten, aber auf seine Schuhe und die Hosenbeine fiel das Licht der Gaslaterne. Sie blickte auf die Standuhr im Flur. Viertel nach neun. Seit beinahe zwei Stunden lungerte der Mann auf der gegenüberliegenden Straßenseite herum. Er schien auf jemanden zu warten.

Ihr erster Gedanke, als sie ihn bemerkte, hatte Hermann gegolten, doch für ihren trunksüchtigen Ehemann stand der Kerl zu aufrecht. Einmal hatte er ein paar Schritte ins Dunkel hinein gemacht und dabei nicht geschwankt. Außerdem gab es für Hermann keinen Grund, nicht zur Tür zu kommen. Nein, das musste jemand anders sein.

Wer immer er war, er hatte garantiert nichts Gutes im Sinn. Vielleicht gehörte er zu einer Diebesbande, die das Haus ausspionierte.

Sie eilte in den Salon, dessen Fenster zur Straße gingen, und zündete das Licht an. Solange es brannte, würde hoffentlich kein Ganove auf die Idee kommen, hier einzusteigen. Schließlich war sie ganz alleine. Die Köchin war schon vor geraumer Zeit nach Hause gegangen, da der Herr Doktor beabsichtigte, auswärts zu speisen.

Obwohl sie sicher war, die Hintertür verschlossen zu haben, sah sie lieber noch einmal nach, schob einen Stuhl unter die Klinke und stellte einen Blechnapf darauf. Sollte sich jemand an der Tür zu schaffen machen, wäre sie wenigstens gewarnt.

Frau Lindemann kehrte in den Salon zurück, schürte die Glut im Kamin und legte ein Holzscheit auf. Um ihren geschwollenen Beinen ein wenig Ruhe zu gönnen, bettete sie sich auf das Sofa. Seufzend griff sie zum *Heideprinzesschen* und blätterte zu der Stelle, die sie mit einem Eselsohr markiert hatte.

Der geliebte Mann erbarmte sich endlich der Heldin.

»Es war ja wahr geworden, ich schritt, von starken Armen gehalten, an seiner Seite dahin, und seine Linke hielt sorgsam den Mantel zusammen, den er mir um Haupt und Schultern geschlagen … Und der Sturm schoss mit seinem Frühlingsatem an mir vorüber und höhnte: ›Gefangen, gefangen!‹ Und ich lachte auf und schmiegte mich glückselig an den Mann, der mich führte.«

Ach, wenn ihr doch auch so ein Liebesglück beschert worden wäre. Frau Lindemann stöhnte. Wie anders hätte ihr Leben verlaufen können. Aber wer konnte schon wissen, wie die Geschichte wirklich ausging.

Auch sie hatte einmal gedacht, mit Hermann den großen Fang gemacht zu haben. Und als was für ein Mistkerl hatte der sich im Nachhinein entpuppt. Armes Heideprinzesschen.

Ihr fiel wieder der Fremde auf der Straße ein. Es machte sie wahnsinnig, dass sie nicht wusste, was er im Schilde führte. Doch sie konnte schlecht nach der Polizei rufen, schließlich war Herumlungern nicht verboten.

Warum eigentlich nicht? Es sollte ein Gesetz dagegen geben, jawohl, denn wer Zeit dafür hatte, sich die Beine in den Bauch zu stehen und fleißige Bürger zu belästigen, bei dem konnte es sich kaum um einen ehrbaren Menschen handeln. Ausgewiesen aus Berlin gehörte so etwas, wie die Kommunisten und das ganze Gesindel. Sie sollte einen Brief an Fürst Bismarck schreiben und ihm den Vorschlag machen. Genau das würde sie tun, gleich morgen.

»Sehr verehrter Herr Reichskanzler«, würde sie schreiben, oder war das zu salopp? Musste es »Seine Majestät oder Seine Hoheit der Fürst von Bismarck« heißen?

Erschöpft von so viel Geistesarbeit griff Frau Lindemann zu dem Spritzgebäck, das die Köchin auf den Beistelltisch gestellt hatte, und biss in einen Kringel. Genüsslich leckte sie sich das Fett von den Fingern.

Sie sah sich schon im Reichstag, wo Bismarck ihr die Hand küsste und sie bat, den Abgeordneten zu erklären, wie sie auf diese glorreiche Idee gekommen war, das Laster auf den Straßen einzudämmen. Im Anschluss an ihre flammende Rede, die sie in einem neugeschneiderten weinroten Samtkleid mit weißem Spitzenkragen halten wollte, würden sich die Herren Politiker allesamt wie ein Mann von ihren Plätzen erheben. Bismarck würde ihr einen Korb voller Pralinen und anderer Spezialitäten überreichen und sie mit den Worten verabschieden: »Berlin ist Ihnen zu größtem Dank verpflichtet, Frau Lindemann.«

Sie konnte den donnernden Applaus deutlich hören.

Aber nein, das war kein Applaus, sondern das Klappern von Pferdehufen, die genau vor ihrer Tür haltmachten.

Frau Lindemann schlich zum Fenster. Ein Mann mit Melone stieg aus einer Mietdroschke. Er schwankte und musste sich an der Kutsche festhalten, zweifellos der Herr Doktor. Missbilligend schnalzte Frau Lindemann mit der Zunge.

Sie sah zu, wie der Herr versuchte, die Stufen zur Haustür zu erklimmen. Dann nahm sie wahr, dass der Mann von der anderen Straßenseite herüberkam. Ein Schrecken durchfuhr sie. Der Kerl würde den Herrn Doktor ausrauben, hilflos, wie er war.

In ihrer Verzweiflung sah sie sich um. Der Schürhaken!

Sie packte ihn mit beiden Händen und stürmte zur Haustür, die sie aufriss.

»Verschwinde, du Ratte!« Der Haken fuchtelte in der Luft herum. Der Mann, der den Doktor am Arm gepackt hatte, starrte sie an. Drohend schlug sie nach ihm. »Hau ab! Oder ich mach Hackfleisch aus deiner hässlichen Fresse!«

Er ließ den Herrn Doktor so plötzlich los, dass dieser auf die Treppenstufen stürzte.

Da erkannte Frau Lindemann den Mann. Heinrich, der Elsa das Kind gemacht hatte und jetzt Fersengeld gab. Um den war's nun wirklich nicht schade. Sie fragte sich aber schon, was er vom Doktor gewollt hatte.

Als sie den Gerichtsarzt ins Haus befördert und in seine Schlafkammer geschafft hatte, bemerkte sie im Schein der Gaslampe das getrocknete Blut auf seinem Kopf.

»Was haben Sie denn gemacht?«, entfuhr es ihr.

»Meine Frau verteidigt«, antwortete er nuschelnd, ließ sich auf sein Bett fallen und presste etwas Blutverschmiertes an die Lippen. Sie bückte sich schwerfällig und zog ihm die Schuhe aus. Als sie sich aufrichtete, war er eingeschlafen. Frau Lindemann nahm ihm den blutbefleckten Stofflappen aus der Hand.

Zwei Spitzenhandschuhe. Sie ahnte, wem sie gehörten. Wenn es so weiterging, bedeutete Fräulein Cecilie seinen Untergang.

Nachdem sie den Doktor zugedeckt hatte, warf sie die Handschuhe ins Feuer des Ofens.

Seine Lippen pressten sich auf ihre, und sie sog seinen Odem ein. Er roch nach Wein und Kartoffelsuppe. Die Stoppeln an seiner Oberlippe kratzten leicht. Eine Hand fuhr durch ihr Haar, löste den Knoten und massierte ihre Kopfhaut, die unter der Berührung zu kribbeln begann. Sie drückte sich enger an ihn, spürte die Spannung seines Körpers und fühlte, wie sich ihre Wangen erhitzten.

»Cecilie, oh Cecilie.« Sein Atem ging stoßweise, dann löste er seinen Mund von dem ihren. Mit Verwunderung registrierte sie, dass sie in Zimetbaums Armen lag. Den ganzen Kuss über hatte sie vermutet, ein anderer halte sie fest.

Hinter dem jungen Arzt ragten schneebedeckte Berge auf. Er nahm sie an der Hand und rannte mit ihr barfuß über eine grellgrüne Wiese, die mit Gänseblümchen wie mit Tupfen überzogen war. Nun lief sie in einem rosa-weiß karierten Sommerkleid allein auf einen großen Tisch zu, der im Schatten eines Apfelbaums stand. Unter den mit Früchten schwerbeladenen Ästen saß eine Kinderschar. Am Kopfende lächelte Zimetbaum sie an.

Cecilie blickte auf ihre Hände, in denen sie einen Apfelkuchen hielt. Ihr Blick ging weiter zu einer weißen Schürze, die sich über einem riesigen Bauch wölbte.

»Mama! Mama!«, riefen die Kinder.

Lauter rotwangige Mädchen und Jungen in Matrosenkleidern und -anzügen umringten sie. Sie stellte den dampfenden Kuchen in die Mitte des Tisches, auf dem eine Stoffdecke in dem Muster ihres Kleides lag. Mit einem Griff unter ihr Kleid zog sie ein Messer hervor. Die Klinge blitzte im Sonnenschein auf.

Anmutig überreichte sie das Messer Zimetbaum, der damit in den Apfelkuchen stach. Insekten surrten, Vögel sangen. Ein unwiderstehlicher Duft nach Kuchen und Sommer lag in der Luft. Der junge Arzt machte einen langgezogenen Schnitt. Eine Gebärmutter klaffte auf, in der ein zusammengerollter Fötus lag. Cecilie griff in die blutende Wunde und holte den Säugling heraus, doch Zimetbaum umklammerte die Nabelschnur und riss daran. Die Kinder hängten sich an seine Arme. Dem Druck konnte sie nicht länger standhalten, und schon flutschte das Kind aus ihren Fingern.

An der Stelle des Arztes stand plötzlich Marianne. Sie drückte den Säugling an ihre entblößte Brust und wieherte. Cecilie blickte nach unten. Ihre Füße standen nicht länger auf der Wiese, sondern im aufgeschnittenen Unterleib Elsas.

Die Glocken schlugen dreimal.

Cecilie setzte sich auf. Um sie herum war es dunkel. Nur schemenhaft vermochte sie die Umrisse des Ofens und der Kleider an der Wand auszumachen. Sie lag in ihrem Bett in ihrer Kammer. Ihre Wangen fühlten sich warm und nass an.

Zwischen den Gräbern huschten Schatten. Keuchen hallte über den Friedhof und dann und wann ein laut ausgestoßener Fluch. Metallisches Klirren erklang, wenn die Schaufeln nicht die halbgefrorene Erde, sondern Steine trafen.

»Fehlt nur noch Bodennebel.« Kommissar Tiegler hustete. Er hatte den Kragen seines blauen Uniformmantels hochgeklappt und die Hände in die Taschen gesteckt. Sein Atem war in dem fahlen Morgenlicht weiß zu erkennen. Einer der Polizisten, die das Grab aushoben, krempelte die Ärmel seines Hemdes hoch. Hektor fröstelte. Aus seiner Frackinnentasche holte er eine flache silberne Flasche, schraubte sie auf und nahm einen Schluck. Der Brandy brannte sich den Weg die Kehle hinab. Das tat gut und half seinem Hirn, wieder denken zu können.

Eine gute Stunde zuvor war er angekleidet in seinem Bett wach geworden. Er konnte sich nur noch an die Schlägerei erinnern und daran, dass er zu Boden gegangen war. Wie er in sein Bett gekommen war, wusste er nicht.

»Sie auch?« Er bot dem Kriminalbeamten von dem Brandy an.

Der schüttelte den Kopf. »Ich muss zum Frühstück nach Hause. Meine Frau riecht sofort, wenn ich Alkohol getrunken hab.«

»Interessant, dass Sie so unter dem Pantoffel stehen«, stichelte Hektor.

»Immerhin bekomme ich sie auf dem Ofen vorgewärmt«, gab Tiegler gutmütig zurück.

Über den häuslichen Komfort musste Hektor trotz seines pochenden Schädels schmunzeln.

»Spotten Sie nur. Sie ahnen nicht, was Ihnen entgeht.« Der Kommissar trat einen Schritt zurück, als ihm ein Erdklumpen vor die Füße flog. »Passt doch auf!«

Eine Gestalt näherte sich ihnen. Fräulein Cecilie, die mit ihrem flatternden Umhang wie eine Todesbotin aussah, reagierte kaum auf die Grüße Hektors. Vage Erinnerungen an ihre Anwesenheit bei seiner Niederlage in der Spelunke verursachten ihm Pein. Sie musste ihn für schwach und lächerlich halten, und das war er auch. Zu schwach, um mit Anstand die Bürde zu tragen, die ihm auferlegt worden war.

In sich gekehrt stand sie neben ihm. Er sah, wie sie ihre Finger aneinanderrieb und ihren Atem darauf blies. Konnte sie nicht besser auf sich achtgeben? Wieso zog sie bei diesem Wetter keine Handschuhe an? Verärgert betrachtete er das Profil der jungen Frau. Ihre gerade Nase, die hochgewölbte Stirn, das nach vorn gereckte Kinn.

Eifersucht, Begierde, Vertrauen und gleichzeitig Befremden. Zu viel löste ihr Anblick in ihm aus. Was war es nur, was ihn an ihr faszinierte?

»Warum heiraten Sie eigentlich nicht?«

Die Frage Tieglers brachte Hektors Gedanken durcheinander. War es Zufall, dass Fräulein Cecilie nun zum Loch ging und hineinsah? Er unterdrückte den Impuls, ihr zu folgen, und brauchte eine Weile, bevor er wie ein Schauspieler eine vorformulierte Antwort gab: »Ich liebe es, draußen im Park die Blumen zu betrachten, doch wenn man sie mir ins Haus holt, bekomme ich von dem Geruch Kopfschmerzen.«

»Netter Vergleich.« Der Kommissar lachte. »Mit dem Geruch kann ich leben, schade nur, dass sie so schnell verwelken.«

Hektor stimmte nicht in das Gelächter ein. Die Aussicht

auf ein Eheleben konnte es nicht sein, was ihn derart für Fräulein Cecilie empfinden ließ, das war ihm bewusst. Zwischen ihnen war etwas, das darüber hinausging. Etwas, das nichts damit zu tun hatte, sie als seine Frau in seinem Besitz und Bett zu wissen. Etwas, das nicht einmal mit der Begierde zusammenhing, die er zweifelsohne empfand. Etwas, das er als Junge von acht Jahren für immer verloren zu haben glaubte, als er die Todesschreie seiner Eltern und Geschwister gehört hatte.

Und doch, sosehr er es sich wünschte, dem Gefühl nachzugeben, er durfte es nicht. Sein Leben lang hatte er es nicht wieder gutmachen können, dass seine gesamte Familie ermordet worden war, während er sich im Schrank versteckt hatte wie ein Hase in seinem Bau.

Als er mit dem Medizinstudium angefangen hatte, glaubte er noch, er könne die Tat erklären und den Schuldigen entlarven. Mittlerweile wusste er, dass es für seine Eltern und seine Geschwister niemals Gerechtigkeit geben würde und für ihn niemals Erlösung.

Ein dumpfes Geräusch ertönte. Zusammen mit Tiegler trat Hektor zu Fräulein Cecilie. Sie blickten in das Grab hinab, aus dem einer der beiden Polizisten kletterte. »Wir haben ihn.«

Der andere legte den Holzsarg frei, band die zwei Seile darum, die ihm sein Kamerad zuwarf, und ließ sich hinaufhelfen.

Hektor fasste mit an, als sie den Sarg nach oben zogen.

»Jetzt bin ich aber mal gespannt, ob sich der ganze Trubel gelohnt hat«, stöhnte der Kommissar.

17

Eine Kolonie von Staubmäusen hatte sich unter dem Sofa und den Sesseln angesiedelt. Mit dem Besen stocherte Frau Lindemann in dem Bestand herum, bis er sich in die Ecken verzog. Als sie sich aufrichtete, hielt sie sich den unteren Rücken.

Der Tag fing schlimm an, doch das Unangenehmste stand ihr noch bevor. Sie musste die Teppiche ausklopfen. Obwohl der große Salon des Hauses so gut wie nie benutzt wurde, da der Herr Doktor seine Gäste lieber in der Bibliothek empfing, hatte sich im Laufe der Zeit einiges an Dreck darauf angesammelt. Und wie es aussah, würde Elsa nicht so bald wieder putzen können.

»Ojemine!« Sie ging auf die Knie und rollte die Teppiche mit den wilden Mustern und leuchtenden Farben zusammen. Ein Keuchen kam aus ihrer Kehle. Die Teppichrollen in den Hinterhof zu schaffen, um sie dort auszuklopfen, erschien ihr zu mühsam. Außerdem musste sie sie anschließend den ganzen Weg wieder zurücktragen. Nein, sie hatte eine bessere Idee. Die Haushälterin drückte sich mit der Hand vom Boden hoch, bis sie sich auf die Beine stellen konnte. Dann riss sie eines der Fenster auf, holte die erste Rolle herbei, griff zwei der Ecken und ließ den Teppich hinab. Der oberflächliche Schmutz rieselte auf die Straße. Sie holte den Läufer wieder herein und verfuhr mit den anderen Teppichen genauso.

»Pass doch auf, du alte Schachtel«, kreischte eine Frau, der der Staub den Seidenblumenhut wie Puderzucker kandierte Früchte überzogen hatte.

»Pass selber auf, Tippelschickse«, brüllte Frau Lindemann.

Mit einem Knall schloss sie die Fensterläden und verhinderte, dass weitere Schmähungen sie erreichten. Dann setzte sie sich auf einen Sessel zwischen die dahingeworfenen Teppiche und belohnte sich mit einem Stückchen Schokolade.

Das hatte man nun davon, wenn der Doktor mit seinem guten Herzen ein schwangeres Dienstmädchen anstellte. Die lag im Bett herum, und das Haus versank im Schmutz. Sie konnte nur hoffen, dass sich Elsas Zustand bald besserte, denn der gnädige Herr wollte nichts davon wissen, ein neues Mädchen anzustellen.

Natürlich hoffte auch sie auf ein glückliches Ende der Entführung. Es tat ihr inzwischen ausgesprochen leid, das Lösegeld gegen Papier ausgetauscht zu haben, aber es war ja nicht ihre Schuld. Schließlich hatte sie nicht wissen können, wofür das Geld gedacht war. Im Grunde war es die Schuld Fräulein Cecilies, die so lange gewartet hatte, den Umschlag abzuholen.

Es klingelte am Hintereingang.

Soll die Köchin sich drum kümmern, dachte Frau Lindemann, bis ihr einfiel, dass die Köchin an diesem Tag nicht kam und sie selbst das Frühstück für den Doktor gerichtet hatte. Sie schluckte die Schokolade, die langsam in ihrem Mund schmolz, hinunter und ging zur Tür.

Zunächst lugte sie nur durch einen Spalt hinaus, und erst als sie sich vergewissert hatte, dass nicht ihr Ehemann davorstand, öffnete sie die Tür ganz.

»Meine Empfehlung!« Heinrich nahm seinen abgeschabten Wollzylinder vom Kopf, hielt ihn vor den Bauch und verbeugte sich derart tief, dass es Frau Lindemann schon unangenehm wurde. Sein Anzug war von guter Qualität, schlotterte an seiner schmalen Gestalt, schien aber sauber gebürstet zu sein. Auch die Schuhe glänzten an den Stellen, wo das Leder noch nicht abgenutzt war. Der Schnurrbart und die Haare waren mit Pomade eingeschmiert, und ein starker Veilchenduft ging von ihm aus.

Als Elsa bei ihnen als Dienstmädchen angefangen hatte, war Heinrich oft vorbeigekommen, hatte in der Küche gesessen und sich den Bauch mit Keksen vollgeschlagen, die eigentlich für den Herrn Doktor gedacht waren. Frau Lindemann hatte ihn vom ersten Moment an nicht ausstehen können, denn er erinnerte sie daran, wie ihr Mann früher einmal gewesen war.

»Ich möchte zu Doktor von Thorwald.« Beim Sprechen entblößte er ein fehlerhaftes Gebiss, aber als er lächelte, achtete er darauf, die Lippen zusammenzuhalten.

»Der ist nicht da.«

»Ich bitte Sie untertänig, dem Doktor auszurichten, dass ich bereit bin, Fräulein Elsa zu rehabilitieren.«

»Was willst du von ihm?« Sie hatte nicht verstanden, was er sagte, und ließ ihn ihre Verachtung deutlich spüren.

»Geld. Ich heirate Elsa, wenn er was rausrückt.«

Deshalb hatte er dem gnädigen Herrn also in der Nacht auf der Straße aufgelauert.

»Und das Kind?«, fragte sie.

»Wenn's wieder auftaucht …« Er hob die Schultern.

Rasch schlug sie ihm die Tür vor der Nase zu. Dumme, dumme Elsa. Wie hatte das Mädchen sich nur mit so einem Windhund einlassen können.

Als Frau Lindemann in der Küche nach einem Handtuch griff, streiften ihre Finger die Schürze des Dienstmädchens. An der Vorderseite prangte ein grauer Fleck. Er mochte von der

Asche des Herdes herrühren. Sie nahm die Schürze ab, um sie in die Wäsche zu tun, brachte es aber doch nicht über sich. Ob das Mädchen sie jemals wieder umbinden würde?

Sie strich über den Leinenstoff. In der Schürzentasche steckte etwas, und Frau Lindemann zog es hervor. Bunte, ineinander verknotete Bänder und Häkelzeug. Ein halbfertiges Säuglingsmützchen aus weißer, schon etwas verschmutzter Wolle.

Dem mit Erdkrusten überzogenen Sarg, den man in den Leichenkeller brachte, entströmte ein solch widerwärtiger Gestank, dass Cecilie die Hand vor Mund und Nase presste. Die beiden Polizisten, die den Kasten trugen, waren kreidebleich im Gesicht. Neben ihr rang Kommissar Tiegler nach Atem, und sogar Dr. von Thorwald rümpfte die Nase.

In der kalten Märzluft auf dem Friedhof war die Verwesung noch nicht zu riechen gewesen, jetzt schien sie dagegen umso intensiver durch die Ritzen des faulenden Holzes zu dringen.

Nachdem die Polizisten den Sarg abgestellt hatten, entwickelten sie eine auffallende Eile, zum Ausgang zu kommen. Auch Cecilie war nicht versessen darauf, den Inhalt des Holzkastens zu sehen. Aber wenn sie wissen wollten, was es mit dem Kaiserschnitt auf sich hatte, den der Gynäkologe vor dem Gerichtsarzt und dem Kommissar geleugnet hatte, blieb ihnen nichts anderes übrig.

Zusammen mit Dr. von Thorwald stemmte sie den Sargdeckel auf. Durch die ruckartigen Bewegungen fielen Erdklumpen auf den Boden, wo sie auseinanderbrachen. In einem der Brocken wand sich ein Wurm.

Sie hatten alle Nägel aus dem Holz gezogen. Cecilie sah den Gerichtsarzt an. Er atmete durch und nickte.

Gemeinsam hoben sie den Deckel ab. Der graubräunliche

Leichnam einer Frau kam zum Vorschein. Schimmel bedeckte ihre Vorderseite, die Augen waren ausgeflossen.

»Jesus, Maria und Josef«, keuchte Tiegler.

»Sie liegt allein im Sarg. Der Säugling ist nicht mit ihr beerdigt worden«, bemerkte Dr. von Thorwald. »Packen Sie mit an, Fräulein Cecilie!«

Während er unter den Oberkörper griff, umfasste sie die Beine der Leiche.

Als das, was anderthalb Monate im Erdreich aus Gertrud Ackermann gemacht hatten, auf dem Sektionstisch lag, schlitzte Cecilie das Hemd über dem verwesenden Körper mit einem Skalpell auf. Auf der Bauchdecke prangte eine große Naht, die vom Nabel bis zum Schambein führte.

»Das sieht eindeutig nach einem Kaiserschnitt aus«, bemerkte der Kommissar.

Cecilie wusste, dass der Gerichtsarzt kein vorschnelles Urteil abgeben würde. Er bog gerade den Mund der Frau auseinander. Die Zähne ließen sich mit dem Finger lösen. Anschließend untersuchte er die weiteren natürlichen Körperöffnungen.

»Nicht verheilter und nicht genähter Riss im Gewebe lateral vom Scheideneingang in Richtung After mit leichter Verletzung der Muskulatur«, teilte er mit.

»Ein Dammriss?«, fragte Cecilie. »Aber das heißt doch …«

»Dass Frau Ackermann kurz vor Eintritt ihres Todes ein Kind durch den Geburtskanal zur Welt gebracht hat«, beendete Dr. von Thorwald.

»Was soll dann die Wunde auf dem Bauch?«, bemerkte Tiegler. »Woran ist sie gestorben?«

»Sie müssen das Ende der Sektion schon noch abwarten«, sagte der Gerichtsmediziner und öffnete die Brusthöhle. Cecilie reichte ihm das Seziermesser, mit dem er in das bereits sehr weiche und blutleere Herz schnitt. Als er die Schädeldecke aufstemmte, löste sich die Kopfschwarte von allein, Spuren von Verletzungen waren jedoch nicht vorhanden. Anstelle des Gehirns fand sich ein grüner Brei im Schädel. Kehlkopf, Luftröhre und Speiseröhre waren leer.

Bei der Öffnung der Bauchhöhle entdeckten sie, dass der noch immer stark ausgedehnte Uterus unverletzt war, allerdings hatte der Schnitt durch die Bauchdecke die Aorta und Teile des Darms getroffen und zu einer inneren Blutung geführt.

»Dann hat Doktor Eisenmann den Tod der Frau nach der Geburt ihres Kindes herbeigeführt und es so aussehen lassen, als sei sie an den Folgen eines Kaiserschnitts verstorben«, vermutete Cecilie.

Dr. von Thorwald pflichtete ihr bei. »Todesursache ist Verblutung infolge einer gewaltsamen Verletzung des Darms und der Aorta.«

»Wenn das kein stichhaltiger Beweis ist!« Tiegler rieb die Hände an den Oberschenkeln. »Wollen wir doch mal sehen, was der gute Gynäkologe dazu sagt.«

Als er ging, hielt es Cecilie nicht mehr im Leichenkeller aus. Sie gab vor, in ihrer Mittagspause auswärts zu speisen, wusch sich und zog sich an, dann lief sie auf die Straße.

Fünf Tage war Elsas Kind schon in der Hand der Entführerin. Seit der misslungenen Lösegeldübergabe hatten sie nichts mehr von der Frau gehört.

Obwohl sie nicht so denken wollte, erschien Cecilie der Tod ihres Halbbruders immer wahrscheinlicher.

Von Unruhe getrieben ging sie die Luisenstraße hinunter und überquerte den Kanal auf der Marschallbrücke. Sie hauchte auf ihre kalten Fingerspitzen. Aus irgendeinem Grund hatte sie sich nicht getraut, Dr. von Thorwald nach ihren

Handschuhen zu fragen. Er hatte sie mit keinem Wort erwähnt. Wahrscheinlich hatte er sie längst in den Müll geworfen – ohne eine Vorstellung davon, dass der Verlust der Handschuhe sie schmerzte, weil sie sich keine neuen leisten konnte. Schließlich wechselte er die seinen so häufig, wie andere Leute ihre Haustür aufschlossen. Seine Ignoranz ihren finanziellen Mitteln gegenüber verärgerte sie. Nicht jeder aß seinen Haferbrei mit goldenen Löffeln.

Als sie linker Hand an der Sandsteinfassade des neugebauten Ministeriums des Inneren vorbeikam, stellte sich ihr ein kleines, höchstens vier Jahre altes Mädchen in den Weg. Es war barfuß, und ein sabberndes Kleinkind hielt sich an seinem Rockzipfel fest.

»Meine Dame, meine Dame, einen Groschen für arme Kinder, ja?« In dem eingefallenen Gesicht wirkten die Augen riesig. Die Gliedmaßen waren schrecklich zart und zerbrechlich, die Lumpen dünn und zerrissen. Cecilie fühlte den Druck auf ihrer Brust immer größer werden.

Je stärker Berlins Einwohnerzahl wuchs, umso mehr nahm der Kinderbettel auf den Straßen zu. Kinder waren dieser Welt vollkommen schutzlos ausgeliefert. Das Elend musste gelindert werden, auch wenn Cecilie nicht mehr als einen kleinen Beitrag leisten konnte. Sie griff in ihren Beutel und holte einen Groschen hervor, den sie dem Mädchen in die Hand mit den schwarzen Fingernägeln drückte. Es zog sie weg von dem Anblick des Elends.

Sie wollte schon weitergehen, da warf sich das Kind zu Boden und umklammerte mit beiden Händen Cecilies linken Knöchel. »Gute Dame, meine Dame, ich habe viele Geschwister, so viele. Geben Sie noch was Geld!«

Scham, Mitleid und Ärger durchfluteten Cecilie.

»Mehr Geld, meine Dame, bitte, bitte, mehr Geld!«

Sie mühte sich ab, ihr Bein freizubekommen. Dabei schleifte sie das Mädchen einen halben Meter über den Bordstein, doch es ließ nicht los. Sein Geschwisterchen bohrte unbeteiligt in der Nase. Cecilie kam sich vor wie ein Monstrum, als sie sich zu dem Kind hinunterbeugte, um die Finger von ihrem Bein zu lösen.

»Bitte! Bitte! Bitte!« Die Rufe der Kleinen wurden immer lauter und fordernder.

Mit empörten Blicken gingen die Passanten an Cecilie und dem Kind vorbei.

»Was für eine Plage«, zischte eine Frau ihrem männlichen Begleiter zu und raffte den Saum ihres Pelzmantels, um die Berührung mit der Armut zu verhindern.

Weil sie sich nicht anders zu helfen wusste, holte Cecilie fünf weitere Groschen hervor und warf sie in hohem Bogen über das Mädchen hinweg. Die Münzen klirrten, als sie auf den Asphalt trafen. Das Kind lockerte den Griff und krabbelte auf allen vieren zu den Geldstücken, die es zusammenklaubte, bevor ein anderer sie ihm streitig machen konnte. Cecilie beschleunigte ihre Schritte.

Von weitem ragte das von Rauch geschaffene Denkmal Friedrichs des Großen auf. Oben saß der König im Krönungsmantel und mit Krückstock zu Pferd, unten waren Reliefdarstellungen vom häuslichen Leben Friedrichs, von Prinzen, Soldaten und anderen seiner Zeitgenossen. Nach dem Erlebnis mit dem Kind kam Cecilie der Prunk, der Unter den Linden zur Schau gestellt wurde, nahezu obszön vor. Wie konnte sich eine Gesellschaft einen derartigen Luxus und eine solche Verelendung zugleich erlauben?

Einerseits das Palais des Kaisers, das königliche Akademiegebäude gegenüber, daneben die Universität, am Kaiserlichen Palais die als Bücherkommode verspottete königliche Bibliothek, über deren Eingang die Inschrift *nutrimentum spiritus* prangte, Nahrung des Geistes. Aber wer ernährte all die hungrigen Menschen, die bettelten, um überleben zu können?

Oder diejenigen, die in den Irrenhäusern vor sich hin vegetierten, schoss es ihr durch den Kopf.

Im Opernhaus war das Theater untergebracht, neben dem in München das größte Haus in Deutschland. Zu den Vorstellungen drängten sich die wohlhabenden Berliner und stellten ihre Garderoben und den kostbaren Schmuck zur Schau. Auch Cecilie war oft genug unter den bis zu eintausendachthundert Zuschauern gewesen, die hineinpassten. Damals hatte sie von den Auswirkungen der Armut nicht viel mitbekommen oder nicht mitbekommen wollen. Kaum hatte sie ihr Almosen gegeben, vergaß sie die Bettler wieder. Wie ignorant war sie nur gewesen. Es kam ihr mittlerweile unglaublich vor.

An dem mit gusseisernen und aus Marmor gehauenen Standbildern geschmückten Opernplatz lag die katholische Hedwigskirche, eine Nachahmung des Pantheons in Rom, dahinter der Palast des Kronprinzen, durch einen Bogen über der Oberwallstraße mit dem Prinzessinnenpalais verbunden, in dem das Kunstkabinett der Kronprinzessin untergebracht war.

Cecilie beobachtete die Fenster des kronprinzlichen Palastes, die zur Straße hinaus lagen. Die Vorhänge waren geschlossen. Hinter welchem mochte der kranke Prinz liegen?

Ihr fiel die schwarze Fahne auf, die auf halbmast wehte. Eine Ahnung ergriff sie, und sie ging zu der Wache vor dem Eingang. Regungslos blickte der Soldat an ihr vorbei.

»Entschuldigen Sie, können Sie mir sagen, wie es um Prinz Waldemar steht?« Die Wache reagierte nicht. »Bitte, ich muss es wissen!«

Vermutlich erweichte den Soldaten ihr flehender Ton.

»Ist heute gestorben«, stieß er zwischen den Zähnen hervor.

Cecilie fühlte, wie ihr Herz hart wurde. War die Kronprinzessin bei ihm gewesen, als ihr Sohn starb? Hatte sie seine Hand gehalten, sein Haar gestreichelt, hatte sie versucht, den Augenblick für immer festzuhalten?

Vielleicht hatte sie die Nachricht von seinem Tod mit Ungläubigkeit aufgenommen. Es konnte unmöglich sein, dass ein Junge von elf Jahren, der vor kurzem noch mit seinen Zinnsoldaten gespielt und seiner Katze Bälle aus Papier über den Boden geworfen hatte, plötzlich nicht mehr atmete. Nie wieder Schokolade von den Fingern schleckte, nie wieder heimlich weinte, weil ein deutscher Prinz vor anderen keinen Schmerz zeigen durfte, nie wieder seinen Kopf an die Schulter seiner Mutter lehnte, wenn sie beide allein waren, nie wieder seine Wildheit für ein Familienfoto in steifer Pose zügelte.

Cecilie spürte die Einsamkeit Prinzessin Victorias, als ob es ihre eigene wäre. Sicher, der Königlichen Hoheit blieben ihre älteren Söhne und ihre Töchter, aber konnte man ein Kind mit einem anderen ersetzen? Dasjenige, das man verloren hatte, würde immer eine Leere hinterlassen.

Was empfand Cecilies Mutter, Elisabeth Blum, jetzt, da ihre jüngste Tochter im Irrenhaus saß? Sie konnte Marianne unmöglich vergessen haben. Nur die Unterordnung unter ihren Ehemann mochte sie davon abhalten, ihre Tochter wieder zu sich zu holen. Das hoffte Cecilie zumindest. Sie überlegte, wie sie mit Hilfe ihrer Mutter zu Marianne gelangen könnte.

Dann dachte sie an Elsa, die sie längst wieder besuchen musste. Aber ohne Neuigkeiten über den Verbleib des Jungen fiel es ihr schwer, zu dem Dienstmädchen zu gehen. Bisher war sie insgeheim davon ausgegangen, dass Elsa die Infektion der Wunde nicht überleben würde. Was aber sollte Cecilie ihr sagen, wenn sie gesund wurde, ihr Sohn jedoch nie wieder auftauchte?

18

Bleich und regungslos, wie Elsa dalag, sah sie tot aus. Frau Lindemann überlegte, ob sie sich bekreuzigen sollte, wusste aber nicht, in welcher Reihenfolge man das Kreuz schlug. Daher ließ sie davon ab und trat näher an das Bett heran, um zu beobachten, ob sich die Brust der Kranken nicht vielleicht doch hob oder senkte. Sie meinte, sie hätte eine schwache Bewegung unter der Decke gesehen. Elsa war nicht tot. Noch nicht.

Die arme Kleine.

Ihr nicht fertiggehäkeltes Säuglingsmützchen hatte Frau Lindemann berührt. In sich spürte sie sogar jetzt noch den Stich, als sie sich daran erinnerte. Einmal war sie selbst wie Elsa gewesen. Es hatte Zeiten gegeben, in denen sie sich mit dem unseligen Hermann eine Familie gewünscht hatte. Weit lag dies zurück.

Sie strich dem Mädchen über die Stirn. So viel Hoffnung, so ein schlimmes Ende.

Aber derart durfte sie nicht denken. Elsa war nicht tot. Noch nicht.

Falls sie überlebte, würde sie ihr von dem Lösegeld, das sie genommen hatte, die Hälfte abgeben oder zumindest ein Drittel. Tief bewegt von ihrer eigenen Großzügigkeit spürte Frau Lindemann, wie eine Träne ihre Wange hinablief. Sie war ein zu feinfühliger Mensch, um ein solches Schicksal mit ansehen zu können. Außerdem roch es in dem Zimmer faulig nach Eiter.

Gerade als sie zur Tür wollte, ging diese auf, und eine Krankenwärterin kam mit einem Nachttopf herein. Auf den ersten Blick dachte Frau Lindemann an eine Porzellanpuppe. Dann fand sie, dass die Frau für eine Puppe zu alt aussah. Um ihre Augen und an ihrem Hals knitterte die Haut.

»Entschuldigen Sie die Störung.« Die Krankenwärterin holte einen gefüllten Nachttopf unter dem Bett hervor, den sie gegen den mitgebrachten austauschte. »Ihre Tochter?« Sie nickte zu Elsa hin.

»Nein.« Frau Lindemann fühlte Empörung in sich aufsteigen. Sie war eine Frau in den besten Jahren.

»Mein Dienstmädchen«, gab sie schnippisch zurück.

»Dann gehören Sie zu Doktor von Thorwald?«, bemerkte die Krankenwärterin.

Frau Lindemann lächelte dünn. Dieser unverschämten Person würde sie sicher nicht auf die Nase binden, dass sie eine Angestellte des Herrn Doktors war. Sollte die Wärterin ruhig denken, sie wäre seine Ehefrau. Der Gedanke gefiel ihr sogar.

»Die Ähnlichkeit ist mir gleich aufgefallen«, sagte die Frau, während sie zur Tür zurückging. »Ihr Sohn hat Ihre Augen.«

Frau Lindemann schnappte nach Luft. »Alte Vettel!«, schimpfte sie, als die Tür ins Schloss fiel. Sie konnte spüren, wie sich sehr unkleidsame Flecken auf ihren Wangen bildeten. Um sich zu beruhigen, setzte sie sich auf einen Stuhl und faltete die Hände.

Nicht aufregen, redete sie sich zu, doch ihre selbstverordnete Ruhe wurde von einem Stöhnen unterbrochen.

»Pscht!«, machte sie in Elsas Richtung.

»Frau Lindemann?«

Elsa hatte die Augen geöffnet und bewegte die Lippen. »Wo ist mein Junge?«

»Bleib liegen! Ruh dich aus!« Frau Lindemann beeilte sich, aus dem Raum zu kommen. »Ich hole die Wärterin.«

Sie würde ganz sicher nicht diejenige sein, die der armen Elsa erzählte, dass ihr Sohn verschwunden war. Womöglich bekam die einen hysterischen Anfall. Das sollte mal schön diese missgünstige Krankenwärterin erledigen. Wofür wurde die schließlich bezahlt.

Sie musste den ganzen Flur hinunterlaufen, um die Frau zu finden. Vornübergebeugt stand sie vor einer Tür und presste ihr Auge an ein Schlüsselloch. Frau Lindemann hustete, und die Krankenwärterin fuhr hoch.

»Elsa. Sie ist zu sich gekommen und fragt nach dem Kind«, sagte Frau Lindemann mit einem spöttischen Lächeln.

Die Ertappte strich die Schürze glatt, wobei die taillenlose Figur einer ältlichen Frau mit Bauchansatz zum Vorschein kam, rückte die Haube zurecht, umklammerte mit einer Hand das silberne Kreuz auf ihrer Brust und ging zu dem Isolierzimmer, in dem Elsa lag.

Frau Lindemann zog den Bauch ein, der in den letzten Jahren beachtlich an Umfang zugenommen hatte, während sie der Frau nachsah. Irgendetwas hatte diese Person entdeckt, was sie ziemlich durcheinandergebracht hatte. Ihre Neugier drängte sie dazu, ebenfalls in die Knie zu gehen und durch das Schlüsselloch zu blicken.

Sie sah den Hinterkopf eines korpulenten Mannes und hörte ihn stöhnen. Er muss ein Patient sein, dachte sie, bis ihr einfiel, dass sie sich im Gebärpavillon befand, wo keine Männer lagen.

Ihre Hand berührte die Klinke. In diesem Augenblick stieß der Mann einen Schrei aus: »Ja, ja, ja. Komm, beweg dich. Ja, jaaaaa …«

Ihr schoss das Blut in den Kopf, und sie machte einen

Schritt von der Tür weg. Nach rechts und links blickend vergewisserte sie sich, dass niemand sie beim Lauschen beobachtet hatte.

»Du kannst gehen.« Die Stimme des Mannes klang schläfrig.

»Aber …«

»Was ist denn noch?«

»Nichts. Es ist … Ich hab einen Schal gesehen. Himmelblau wie meine Augen.« Eine Frau sprach. »Schenkst du ihn mir?«

»Wie viel brauchst du?«

»Zehn Mark.«

Papier raschelte. Frau Lindemann war empört. Von wegen Schal. Dass so etwas hier im Krankenhaus vor sich ging! Unerhört!

In diesem Augenblick bekam sie die Tür gegen den Kopf. Ein hübsches junges Frauenzimmer in der Tracht der Krankenwärterinnen trat heraus. Verachtungsvoll blickte Frau Lindemann die junge Frau an, die sie überrascht musterte, während sie die Tür schloss. Sich in der Hüfte wiegend, ging sie davon.

Die Haushälterin wollte sich ebenfalls auf den Weg machen, da fiel ihr etwas ein. Bei dem Mann hinter der Tür handelte es sich unter Garantie um einen Arzt. Höchstwahrscheinlich war er auch noch verheiratet und betrog seine arme, unwissende Frau.

Sie näherte ihr Auge wieder dem Schlüsselloch. Der Arzt schlitzte einen Umschlag mit einem Brieföffner auf, holte ein Blatt Papier heraus und etwas, das wie eine Feder aussah, warf einen Blick darauf und sah rasch zur Tür.

Frau Lindemann erstarrte. Hatte er etwa bemerkt, dass er ausspioniert wurde?

Aber nein. Vermutlich plagte ihn sein schlechtes Gewissen. Sie wünschte ihm, er möge vor Schuldgefühlen nicht mehr schlafen können.

Der Arzt starrte auf den Brief, zerknüllte ihn in der Hand und warf ihn mitsamt der Feder in den Papierkorb. An seinem Finger blitzte tatsächlich ein Ring auf. Sie hatte richtig gesehen. Ein verheirateter Mann!

Das quietschende Geräusch von Rädern auf dem Fliesenboden ließ Frau Lindemann hochfahren. Eine Putzfrau rollte einen Wagen mit Eimern, Schrubber und Besen heran, stellte ihn ab, holte einen Henkelmann und einen verstöpselten Tonkrug hervor und verschwand in einem Zimmer. Der Eimer mit Unrat zog Frau Lindemanns Aufmerksamkeit auf sich.

Streng genommen ging es sie ja nichts an, was der Arzt mit einer der Krankenwärterinnen trieb, aber als unglückliche Ehefrau hatte sie am eigenen Leib erfahren, wie teuer einen derartige Verhältnisse kamen. Ihr Mann hatte all ihre Wertgegenstände ins Pfandhaus gebracht, nicht nur die Eheringe, sondern auch die kleine goldene Uhr, ein Erbstück von ihrer Mutter. Am Ende waren sie aus der Wohnung geworfen worden, weil sie schon seit Monaten die Miete schuldeten, die er versoff und verhurte. Es war ihre Pflicht, eine Leidensgenossin vor einem ähnlichen Schicksal zu bewahren.

Nur würde es nicht reichen, der Frau von ihren Beobachtungen zu berichten. Der Schuft könnte alles abstreiten, und am Ende stände Frau Lindemann als Lügnerin da. Sie brauchte einen Beweis – und den würde sie sich beschaffen. Nicht von ungefähr hatte sich der Arzt so verdächtig verhalten, als er den Brief las.

Sie zog ihren Umhang aus und griff nach Besen und Eimer. Gerade wollte sie das Büro betreten, als drei Polizisten auf sie zukamen. An seiner massigen Gestalt erkannte sie Kommissar

Tiegler, daher drehte sie ihm rasch den Rücken zu und tat, als fege sie. Glücklicherweise beachtete er sie nicht, sondern riss die Tür zum Büro mit einem Ruck auf.

»Doktor Eisenmann, ich verhafte Sie wegen Mordes an Gertrud Ackermann.«

Frau Lindemann wurde ganz schummrig. Dass der Arzt ein Schuft war, das lag auf der Hand, aber ein Mörder?

»Unmöglich. Ich habe einflussreiche Bekannte.« Sie hörte Ungläubigkeit aus seiner Stimme heraus.

»Das werden wir sehen. Einen Mörder will normalerweise keiner mehr kennen.«

Sie wartete, bis die Polizisten den Arzt in die Mitte genommen hatten und unter Führung von Kommissar Tiegler davonschritten.

Die ältliche Krankenwärterin tauchte auf. Erstarrt sah sie zu, wie der Arzt abgeführt wurde.

»Informieren Sie Herrn von Böhme«, rief er.

Die Krankenwärterin sagte nichts. Sie blickte den Männern nach, bis sie verschwunden waren, dann drehte sie sich um und lief davon.

Frau Lindemann blieb so lange stehen, bis sie allein im Flur war, bevor sie das Büro betrat und den Papierkorb durchwühlte. Es dauerte nicht lange, da platzte eine schwangere Frau herein. »Wo ist mein Mann?«

Die Haushälterin fühlte Mitleid mit dieser geplagten Person. War sie nicht mit einem Kind in ihrem Bauch genug bestraft? Musste ihr Gatte sie auch noch schändlich betrügen?

Doch in dem Augenblick, als sie ihr von der Untreue ihres Ehemannes erzählen wollte, rümpfte die Frau die Nase. »Was machen Sie da?«

»Ich putze«, antwortete Frau Lindemann patzig, während sie den Zettel und die Feder, die sich bei genauerer Betrachtung als Haarlocke entpuppte, aus dem Papierkorb angelte und in ihrer Rocktasche versenkte.

Die Kuchengabel teilte ein Stück von dem rosarot glasierten Törtchen ab und führte es zum ebenfalls rosa bemalten Mund Frau von Böhmes. Kauend saß die Hausherrin auf einem mit goldfarbenem Samt bezogenen Kanapee. Um sie herum lagen Berge von Kartons, Schleifen und Spielsachen.

»Setzen Sie sich, meine Liebe. Sie können mir beim Auspacken behilflich sein.« Frau von Böhme winkte Cecilie zu sich. »Bring dem Fräulein ein Gedeck«, befahl sie dann dem Dienstmädchen.

Sie wirkte gelöst und glücklich. Die Mutterschaft bekam ihr gut. Keine Spur von den Anstrengungen der Geburt war mehr zu sehen, aber sie hatte ihren Sohn ja auch zu Hause geboren, wo die Gefahr des Kindbettfiebers nicht so sehr gegeben war.

»Danke, dass Sie mich empfangen«, sagte Cecilie, als sie sich auf den freigeräumten Platz setzte und kurz darauf ein Törtchen mit Marzipanrose auf einem Teller aus zartem Porzellan balancierte. »Wie geht es Ihrem Kind?«

»Der Kleine ist so ein Goldstück. Wann immer die Amme ihn bringt, schläft er friedlich. Wie ein Engelchen sieht er aus, unser Wilhelm. Gucken Sie mal hier!« Frau von Böhme nahm etwas Blauweißes von der Lehne des Kanapees und hielt es Cecilie hin. Ein winziger Matrosenanzug. »Prinzessin Charlotte hat ihn geschickt. Ist er nicht entzückend?«

»Sehr niedlich.« Cecilie war erstaunt darüber, dass die Beziehungen der von Böhmes bis ins Kaiserhaus reichten.

»Ich habe ihr ein paar Dankesworte zukommen lassen, die Geburt habe ich aber nicht erwähnt. Das schickt sich nicht, denke ich, schließlich will ich ihr keine Angst einjagen. Die Prinzessin ist schon weit in ihrer Schwangerschaft fortgeschritten«, erzählte Frau von Böhme, während sie die Schleife von einem großen Paket abzog, das neben ihr auf dem Boden stand.

Die älteste Tochter des Kronprinzenpaares hatte im Jahr zuvor den Prinzen von Sachsen-Meiningen geheiratet und erwartete ihr erstes Kind, das wusste Cecilie aus der Zeitung.

»Dann muss der Tod ihres Bruders ein furchtbarer Schock für sie sein.« Sie brachte es nicht über sich, von dem Törtchen abzubeißen.

»Ist Prinz Wilhelm etwas zugestoßen?« Die Hausherrin blickte sie an.

»Seinem jüngsten Bruder, Prinz Waldemar. Er ist der Diphtherie erlegen.«

»Die armen Eltern.« Unter dem Einwickelpapier kam ein Schaukelpferd zum Vorschein. »Wie hübsch! Von wem ist das noch, ach ja, von Prinzessin Hilda von Nassau. Ich muss ihr einen schönen langen Dankesbrief schreiben. Hier, helfen Sie mir auszupacken.«

Es verwunderte Cecilie, mit welcher Leichtigkeit Frau von Böhme das Thema wechselte. Scheinbar unbeeindruckt vom üblen Spiel des Schicksals drehte sie ein Medaillon, das an einer dickgliedrigen goldenen Kette um ihren Hals hing, zwischen den Fingern. Als sie Cecilies Blick auffing, klappte sie das Medaillon lächelnd auf. Darin befand sich eine feine, rotblonde Haarsträhne. »Wilhelms erstes Löckchen. Mein Mann hat mir die Kette zur Geburt geschenkt. Er lässt noch eine Miniatur von dem Kleinen malen, damit ich ihn immer bei mir tragen kann.«

Unterdessen hatte Cecilie das große Paket vom Papier befreit, das Frau von Böhme ihr gegeben hatte. Das beiliegende Kärtchen war mit »Ihr Guido von Madai« unterschrieben. Eine originalgetreue Nachbildung eines Schlachtschiffes befand sich in dem Karton. Sämtliche kleine Kanonen ließen sich vor und zurück rollen. Dem Jungen der von Böhmes würde es an nichts fehlen.

Kurz kam es Cecilie in den Sinn, das Lösegeld, das Frau von Böhme ihr geschickt hatte, für Elsa einzubehalten, aber das wäre nicht richtig. Sie holte den Umschlag heraus und reichte ihn der Spenderin.

»Was ist das?«

»Die Entführerin hat das Geld nicht abgeholt«, erklärte Cecilie.

»Warum denn nicht? Was ist mit dem Kind?«

»Ich vermute, dass die anwesenden Polizisten sie abgeschreckt haben. Wissen Sie, die Polizei reißt sich nicht gerade ein Bein aus, um den Bastard eines Dienstmädchens zu finden.« Cecilie stellte den Teller neben die Tasse auf den Mahagonitisch mit den Intarsien aus Perlmutt.

»Skandalös!«, empörte sich Frau von Böhme. »Ich werde es meinem Mann sagen, damit er Herrn von Madai von der Unfähigkeit seiner Männer erzählt. Dann wird der Junge bestimmt bald gefunden werden.«

»Falls er noch lebt«, entfuhr es Cecilie. Das Ticken der Uhr auf dem Kaminsims war zu hören. Sie blickte zu den Fenstern. Die Vorhänge gaben einen Ausschnitt der gegenüberliegenden Fassade frei.

»Sie glauben, dass er tot ist?« Frau von Böhme wirkte betroffen.

»Es tut mir leid«, erklärte Cecilie. »Für Sie als Mutter muss es furchtbar sein, über den Tod eines kleinen Kindes zu reden.«

»Machen Sie sich bitte keine Gedanken um mich.« Frau von Böhme legte ihre Hand auf Cecilies und drückte sie. Ihre Finger fühlten sich klebrig vom Zucker an. »Sie tun mir leid, und die Mutter des Jungen natürlich.«

»Wissen Sie, mit jedem Tag, der vergeht, wird es unwahrscheinlicher, dass Elsa ihr Kind wiedersehen wird. Mir graut vor dem Moment, wenn ich es ihr sagen muss.«

Sie schwiegen beide.

Frau von Böhme drehte eine Schleife zwischen ihren Fingern. »Ich möchte, dass Sie das Geld der Mutter geben. Sie wird es brauchen, wenn sie wieder gesund ist.«

»Das ist sehr großzügig von Ihnen.«

»Ist es nicht. Mir bedeutet Geld nichts. Gut, wenn ich weniger hätte, wäre das bestimmt anders, aber so … Ich fühle mich schlecht, weil ich ein solches Glück habe und diese Frau nicht.« Sie stand auf, dabei glitten Papier und Schleifen zu Boden. »Nehmen Sie's, damit ich mich weniger schuldig fühlen kann.«

Cecilie steckte den Umschlag wieder ein. Für Elsa waren fünfhundert Mark eine unfassbar hohe Summe, und selbst für Frau von Böhme war es sicherlich keine Kleinigkeit. Sie bewunderte die Geste und dass die wohlhabende Gattin es so aussehen ließ, als täte Cecilie ihr einen Gefallen, und nicht andersherum.

»Elsa wird Ihnen sicher noch einmal persönlich danken wollen, falls … sobald es ihr bessergeht.«

»Unter keinen Umständen! Ich meine, ich möchte nicht, dass sie glaubt, in meiner Schuld zu stehen. Ich will Ihnen mal was sagen, meine Liebe.« Frau von Böhme ging zu der Flügeltür, die vom Eingang zum Salon führte, und überprüfte, ob sie geschlossen war. Dann kam sie zurück, rückte eine Porzellanfigur auf der heruntergeklappten Platte des Sekretärs zurecht und setzte sich wieder auf das Kanapee. »Ich will nicht behaupten, dass ich wüsste, was es heißt, ein Kind zu verlieren. So vermessen bin ich nicht. Gott allein weiß, wie es in dieser Stunde um die Kronprinzessin steht. Aber ich habe sehr lange darauf gewartet, endlich Mutter zu werden, und ich hab schon gedacht, es würde nie klappen. Und dieser Gedanke hat sehr, sehr weh getan.«

Nun war es an Cecilie, sich schuldig zu fühlen. Frau von Böhme hatte die Nachricht vom Tod des Prinzen keineswegs so leichthin aufgenommen, wie sie ihr unterstellt hatte. Vermutlich hatte sie sich nur nicht an ihren eigenen Schmerz erinnern wollen. Die Offenheit der deutlich höhergestellten Frau verblüffte Cecilie und nötigte ihr zugleich Respekt ab.

Trotzdem blieb ein Rest an Misstrauen. Noch immer war es zumindest zu einem Teil möglich, dass Frau von Böhme mehr von den Machenschaften des Gynäkologen wusste, dass eventuell sogar ihr Kind von ihm war.

»Ich muss Ihnen noch etwas erzählen«, sagte Cecilie. »Doktor Eisenmann hat eine Geliebte.«

Sie beobachtete Frau von Böhmes Gesicht genau, doch bevor diese in irgendeiner Art und Weise reagieren konnte, ging die Tür zum Salon auf.

Das Dienstmädchen kam herein und knickste. »Gräfin von Castell-Waldeck macht Ihnen die Aufwartung, gnädige Frau.«

Cecilie erhob sich. Sie wollte ihre Mutter zu Hause abfangen, bevor diese zu ihren täglichen Visiten aufbrach. Sie war sicher, dass Elisabeth Blum ihre Gewohnheiten auch nach dem Verschwinden ihrer Tochter nicht abgelegt hatte. »Vielen Dank für den Kuchen. Ich sollte jetzt gehen. Ich habe schon zu viel von Ihrer …«

»Nein, nein, setzen Sie sich wieder hin.« Frau von Böhme wandte sich an das Dienstmädchen. »Sag der Gräfin, dass ich mich unpässlich fühle.«

Sie wartete, bis das Mädchen die Tür von außen schloss. »Also? Wie kommen Sie darauf, dass Doktor Eisenmann seine Frau betrügt, die immerhin sein fünftes Kind erwartet?«

Cecilie musterte ihr Gegenüber. Sie ärgerte sich, dass sie

den Liebesbrief nicht an sich genommen hatte. Wenn sie ihn doch nur Frau von Böhme präsentieren könnte. »Ich weiß aus gesicherter Quelle, dass es diese Geliebte gibt und dass sie ein Kind von ihm hat.«

Letzteres war natürlich nicht gesichert, aber Cecilie wollte die Gastgeberin auf die Probe stellen.

»Das ist schockierend«, sagte Frau von Böhme und fuhr sich mit der Zunge über die Oberlippe. »Die arme Frau Eisenmann. Das hat sie nun wirklich nicht verdient.«

Noch immer konnte Cecilie nicht ausmachen, ob sie einem Geheimnis auf die Spur gekommen war, das ihre Gastgeberin betraf, oder nicht. Sie beschloss, sich weiter vorzuwagen. »Kennen Sie die Geliebte?«

»Was, ich? Nein!« Frau von Böhme hob abwehrend die Hände.

»Haben Sie eine Vermutung, wer es sein könnte?« Cecilie wurde immer sicherer, dass die Dame kein Verhältnis mit Dr. Eisenmann hatte. Dafür blieb sie zu ruhig und gelassen.

Andererseits hätte Frau von Böhme ihrem Ehemann die ganze Zeit der Schwangerschaft über etwas vorspielen müssen, wenn der Gynäkologe tatsächlich der Vater ihres Kindes sein sollte. In diesem Fall verfügte sie gewiss über einige Übung, ihre wahren Gefühle zu verschleiern.

»Die hübsche Krankenwärterin, Fräulein Sybille, vielleicht?«, hakte Cecilie nach.

»Ich glaube nicht, dass wir diese Unterredung weiterführen sollten.« Frau von Böhme klang bestimmt. »Wieso wollen Sie das alles überhaupt wissen? Was hat das mit der Entführung des Jungen zu tun?«

»Ein illegitimes Kind macht den Arzt erpressbar, meinen Sie nicht?«, sagte Cecilie. »Ich fand es gleich komisch, dass er die Entführung nicht bei der Polizei melden wollte.«

Frau von Böhme umklammerte das Medaillon auf ihrer Brust. »Ich verstehe nicht. Glauben Sie wirklich, dass Doktor Eisenmann etwas mit der Entführung zu tun hat?«

»Nicht direkt, aber was ist, wenn ihm die Entführerin bekannt ist? Vielleicht will er sie schützen.«

Jetzt schien Frau von Böhme zu verstehen, denn ihre Augen weiteten sich, und sie begann schneller zu atmen. Deutlich vermochte Cecilie zu sehen, wie sich ihre Brust hob und senkte. »Dann … dann denken Sie also, dass … dass die Entführerin etwas gegen ihn in der Hand hat?«

»Ja, bestimmt.« Cecilie sah der Frau geradewegs in die Augen.

Diese erwiderte ihren Blick. »Sie meinen, die Geliebte und die Entführerin könnte ein und dieselbe Person sein?«, fragte Frau von Böhme.

Cecilie sah sie überrascht an. Hinter der Fassade der im Wohlstand unbekümmert und weltfremd lebenden Hausfrau und Mutter schlummerte offenbar ein wacher Geist. Ihr fiel die tote schwangere Nonne ein, Schwester Agnes Maria. Vielleicht war sie die Geliebte des Arztes gewesen.

Sie musste unbedingt herausbekommen, ob die Nonne auch in der Charité Trost gespendet und dabei Dr. Eisenmann kennengelernt hatte.

Womöglich hatte Schwester Hildegard, die erste vergiftete Nonne, von dem Verhältnis erfahren und gedroht, es zu verraten. Unter Umständen wäre dies ein Grund für einen Mord gewesen.

Vielleicht hatte die Entführerin deshalb nichts mehr von sich hören lassen, weil sie längst tot war.

19

»Was Sie mir vorwerfen, ist lächerlich!«, greinte Dr. Eisenmann, Schweißperlen auf der Stirn.

»Sie nennen einen Mord lächerlich, interessant.« Tiegler beugte sich über ihn. Mit den Händen stützte er sich auf den Armlehnen des Stuhles ab, auf dem der Gynäkologe saß, dabei berührte sein Bauch fast das Gesicht des Verdächtigen. »Ist Ihnen das Leben eines menschlichen Wesens denn gar nichts wert?«

Hektor beobachtete den Kommissar, der mit seiner Leibesfülle nahezu erdrückend wirkte.

Der Gynäkologe drehte den Kopf zur Seite. »Unfug. Sie verdrehen mir die Worte im Mund.« Dr. Eisenmann sprach zur Wand.

»Wie Sie wollen, dann halten wir uns also an die Fakten. Doktor von Thorwald!« Tiegler trat zurück.

Der Gynäkologe sah erleichtert aus, als Hektor ihm gegenüber auf einem weiteren Stuhl Platz nahm. Der Kommissar hatte ihn gebeten, Dr. Eisenmann beim Verhör mit den Ergebnissen der Sektion zu konfrontieren.

»In den Krankenblättern steht verzeichnet, dass die Patientin Gertrud Ackermann an den Folgen einer *sectio cesarea* verstorben ist. Die äußere Leichenschau ließ eine Wunde im Bauchbereich erkennen.«

»Aber ich habe keinen Kaiserschnitt vorgenommen.«

»Lassen Sie mich fortfahren.« Hektor redete ruhig und bedächtig wie zu den Studenten in den Anatomiekursen, die er an der Universität gab. »Die innere Leichenschau brachte einen vollkommen intakten Uterus ans Licht. Sämtliche Anzeichen deuten darauf hin, dass die Kreißende ihr Kind vaginal entband.«

»Das verstehe ich jetzt nicht.« Dr. Eisenmann wischte sich mit dem Ärmel seines Rocks übers Gesicht.

Tiegler stöhnte genervt auf.

»Todesursache war eine Bauchverletzung, infolge derer die Patientin verblutet ist«, sagte Hektor.

»Ich begreife immer noch nicht, warum Sie mir das anhängen wollen.«

»Weil Sie der behandelnde Arzt waren. Wem sollen wir es sonst anhängen? Dem Pförtner vielleicht?« Tiegler übernahm wieder die Regie.

»Das muss ein Irrtum sein.« Mit dem Zeigefinger kratzte der Gynäkologe seinen Bart.

»Aber sicher.« Der Kommissar schürzte die Lippen, als spräche er mit einem Säugling. »Was ist denn mit dem Kind passiert, das geboren wurde? Ist das etwa auch verblutet? War das auch ein Irrtum, ja?«

»Jetzt verstehen Sie doch.« Dr. Eisenmann lehnte sich so weit zurück, wie es möglich war. »Ich habe mit dem Tod der Frau und mit dem des Kindes nichts, rein gar nichts zu tun.«

»Ts, ts, ts. Warum kaufe ich Ihnen das nicht ab? Hm? Irgendeine Idee? Nein? Und der Name Gertrud Ackermann sagt Ihnen gar nichts? Wirklich nicht?«

»Wir haben über tausend Geburten im Jahr. Da kann ich mir nicht alle Namen merken«, verteidigte sich der Gynäkologe.

»Es geht nicht um ein Jahr, sondern um Anfang Februar. Wann war das noch mal genau, Doktor von Thorwald?«

Hektor nannte ihm das Datum, den fünften Februar.

Dr. Eisenmann vergrub den Kopf in den Händen. »Das ist doch Wahnsinn!«

»Mir will einfach nicht in den Kopf, warum Sie die Frau getötet haben«, sagte Tiegler.

»Ich habe sie nicht getötet!« Dr. Eisenmann sprang auf und tigerte im Verhörzimmer auf und ab.

»Setzen Sie sich«, donnerte Tieglers Stimme.

»Ich bin unschuldig«, jammerte der Arzt. Immerhin setzte er sich tatsächlich wieder hin.

Mehrere Minuten vergingen. Tiegler schwieg, und Hektor tat es ihm nach.

Der Gynäkologe fuhr sich mit den Fingern durchs Haar, bis es durch die Brillantine in sämtliche Richtungen abstand. »Könnte ich ein Glas Wasser haben, bitte?«

»Sobald Sie sagen, wieso Sie Gertrud Ackermann getötet haben.« Der Kommissar griff nach einer Ledertasche, holte ein Wurstbrot hervor, das er aus Wachspapier wickelte, und biss hinein. »Wir haben Zeit«, sagte er mit vollem Mund.

Hektor hörte, wie die Tür aufging, und drehte sich um. Polizeipräsident Guido von Madai trat zusammen mit einem teuer gekleideten Herrn ein, der ihm bekannt vorkam.

»Herr von Böhme!«, rief Dr. Eisenmann aus. Sein Gesicht hellte sich auf, und er straffte seine Schultern.

Von Madai streifte Hektor mit einem abschätzigen Blick, bevor er sich Tiegler vorknöpfte. »Herr Kommissar! Was machen Sie hier?«

Hektor sah dem Kriminalbeamten an, dass ihm eine patzige Antwort auf der Zunge lag, die er aber hinunterschluckte. »Ich verhöre einen Verdächtigen.«

»Haben Sie irgendwelche Beweise?«

»Ja, Herr Präsident. Wir haben ein Krankenblatt, in dem

verzeichnet steht, dass Dr. Eisenmann einen Kaiserschnitt an der Patientin Gertrud Ackermann vorgenommen hat. Die Sektion der Verstorbenen hat aber ergeben, dass eine natürliche Entbindung stattgefunden hat. Das Neugeborene ist seit der Geburt verschwunden. Außerdem war Doktor Eisenmann als behandelnder Arzt zugegen, als das Kind der Patientin Elsa Henne entführt wurde.«

Nachdem Tiegler geendet hatte, wirkte der Polizeipräsident für einen Augenblick verlegen, dann räusperte er sich. »Hat er gestanden?«

»Nein, Herr Präsident.«

»Nun, Herr von Böhme, Sie verbürgen sich für Doktor Eisenmann?«

»Absolut.«

»Dann kann er jetzt gehen. Er soll sich aber für weitere Befragungen zur Verfügung halten und darf Berlin nicht verlassen.«

»Danke, Herr von Madai.« Herr von Böhme deutete eine Verbeugung an, griff seinen Freund am Arm und zog ihn mit sich zur Tür.

Als Dr. Eisenmann an Tiegler vorbeikam, grinste er ihn an. »Viel Erfolg noch bei Ihrer Mördersuche.«

»Werd ich haben«, knurrte der Kommissar.

Die Tür fiel hinter den beiden Männern ins Schloss.

»Was das angeht«, sagte der Polizeipräsident. »Bevor Sie irgendeinen weiteren Schritt unternehmen, möchte ich darüber informiert werden, haben Sie verstanden?«

Tiegler nickte mit mürrischem Gesichtsausdruck.

»Ob Sie verstanden haben?«

»Jawohl, Herr Präsident.«

Ohne ein weiteres Wort ging von Madai.

Der Kommissar blickte Hektor an. »Und jetzt?«

»Fakten sammeln, schlage ich vor. Klären Sie, ob es eine nähere Verbindung des Gynäkologen zu den toten Nonnen gibt.«

»Aber das muss ich mit dem Polizeipräsidenten absprechen.«

»Ach, müssen Sie das?« Hektor lächelte.

Pünktlich wie immer, um zehn vor drei, trat Elisabeth Blum in einem neuen Kleid, dessen Längsstreifen ihre Gestalt noch mehr streckten, und mit einem federbesetzten Hut vor die Tür. Die Droschke wartete schon.

»Meinen Schirm«, hörte Cecilie ihre Mutter dem Mädchen befehlen.

Die Dienstmagd reichte ihr einen mit Spitzen besetzten winzigen Schirm aus dem gleichen Stoff wie das Kleid, der höchstens eine Maus gegen den Regen schützen würde. Er war ein modisches Accessoire ohne praktische Funktion, von denen Cecilie selbst einmal so viele besessen hatte.

In ihr keimte die Unsicherheit wieder auf. Noch nie hatte sich ihre Mutter den Entscheidungen des Vaters widersetzt. Elisabeth Blum war die geborene Ehefrau, die sich ihr ganzes Leben lang gefügt hatte. Eine Gattin, die sich mit ihrer gesellschaftlichen Rolle zufriedengab und die Welt auf Kleider und Haushaltsdinge beschränkte. Selbst darin war sie zur vollkommenen Unterwerfung bereit. Wenn Malte Blum das Muster eines Rocks nicht gefiel, zog sie ihn nie wieder an.

Sollte die Mutter sich tatsächlich bereit erklären, mit ihr zur Irrenanstalt zu fahren, um zu Marianne vorgelassen zu werden, käme es einem Aufstand gleich.

Cecilie zögerte, ihr Versteck zu verlassen, als Elisabeth Blum die Droschke bestieg. Das Mädchen drückte den Wagenschlag zu, der Kutscher schnalzte.

»Halt!« Winkend kam sie hinter dem Baum hervor. »Ich fahre mit.«

»Verschwinde.« Der Wagenführer glaubte wohl, sie wolle seinen Fahrgast belästigen, denn er schwenkte seine Peitsche drohend in ihre Richtung.

»Mama«, rief Cecilie. »Ich bin's.«

Sie lief in Tippelschritten neben der Droschke her, die schneller wurde, bis die Bänder in ihrem Rock rissen und sie größere Schritte machen konnte. »Lass ihn anhalten, Mama.«

Nach wenigen Metern spürte sie ein Stechen in der Seite, denn sie war es nicht gewohnt, zu rennen, außerdem schnürte ihr das Korsett die Luft ab. Cecilie fiel hinter die Kutsche zurück. Sie war sicher, dass ihre Mutter durch das Fenster in ihre Richtung geblickt hatte.

»Mama«, brüllte sie und blieb keuchend stehen.

Elisabeth Blum hatte den Kutscher nicht anhalten lassen. Tränen schossen Cecilie in die Augen. Sie hatte gewusst, wie unwahrscheinlich es war, dass ihre Mutter sie in die Irrenanstalt begleitete, aber dass sie sich nicht einmal anhören mochte, was ihre älteste Tochter von ihr wollte, schmerzte dennoch.

Denk nach, murmelte sie vor sich hin. *Denk nach, wer dir jetzt noch helfen kann.* Sie durfte nicht aufhören, einen Weg zu Marianne zu finden.

Zimetbaum.

Das letzte Mal, als sie sich gesehen hatten, konnte sie seinen Augen ablesen, dass er etwas für sie empfand. Vielleicht wäre er bereit, sie in die Irrenanstalt zu begleiten, vielleicht konnte er als Arzt vom Anstaltsleiter eine Besuchserlaubnis erwirken. Sie durfte nichts unversucht lassen.

Cecilie bog zur Siegessäule ab. Auf der Straße stand eine Kutsche, deren Wagenschlag geöffnet war und aus der jemand hinausblickte. Die Federn auf dem Hut der Person zitterten im Wind. Es sah aus, als hätten sie ein Eigenleben.

Während Cecilie sich der Droschke näherte, pulsierte die Schlagader an ihrem Hals. Sie wagte nicht zu hoffen, doch als sie in das Gesicht ihrer Mutter blickte, stieg Freude in ihr auf.

»Steig ein«, sagte Elisabeth Blum.

»Hallo, Mama.« Cecilie kletterte in das Innere der Kutsche und ließ sich ihrer Mutter gegenüber auf die gepolsterte Bank sinken. Die blickte auf die bloßen Hände der Tochter, gab aber keinen Kommentar dazu ab. »Du weißt, warum ich hier bin«, setzte Cecilie vorsichtig an.

»Wegen deiner Schwester.« In dem dämmrig-grauen Licht, das durch das Fenster fiel, sah Elisabeth Blum älter aus, als sie war.

»Ihr habt Marianne in die Irrenanstalt gesteckt.« Cecilie hörte, wie anklagend ihre Stimme klang.

»Dein Vater meinte, es sei das Beste für sie.« Die Mutter hielt ihre Hände verkrampft im Schoß.

Das Beste. Cecilie konnte es nicht mehr hören. »Und? Meinst du das auch? Dass es das Beste ist, deine Tochter abzuschieben wie eine Fremde? Aus den Augen, aus dem Sinn, ja?« Sie hatte nicht beabsichtigt, ihre Mutter anzugreifen. Damit gefährdete sie ihr Anliegen. Ihre Wut mischte sich mit dem Ärger über sich selbst.

»Wo soll's denn hingehen?«, rief der Kutscher von seinem Bock.

Cecilie sah ihre Mutter an. Elisabeth Blums braune Augen wirkten fast schwarz. Etwas glitzerte darin.

»Mama.« Sie sprach ganz leise. »Du musst mir helfen. Ich muss wissen, wie es Marianne geht. Allein lässt mich der Anstaltsleiter nicht zu ihr.«

»Aber … aber ich war noch nie da.«

Cecilie griff nach den Händen ihrer Mutter und drückte sie. »Ich brauche dich. Marianne braucht dich.«

»Wenn dein Vater davon erfährt.« Elisabeth Blum schüttelte den Kopf.

»Das wird er nicht, solange du nichts sagst. Bitte, Mama.«

Ihre Mutter war nicht darin geübt, Widerstand zu leisten, daher ließ sie zu, dass Cecilie dem Kutscher die Adresse der städtischen Irrenanstalt nannte. Sie schwiegen den ganzen Weg über. In der Stille, während ihr Körper hin und her ruckelte, fragte sich Cecilie, was sie erwartete. Der verhungerte Leichnam der Verrückten, den sie zu Studienzwecken geliefert bekommen hatten, stand ihr klar und deutlich vor Augen. Sie hatte Angst, gleichzeitig mochte sie die Hoffnung nicht aufgeben, dass es um Marianne vielleicht doch nicht so schlimm stand.

Womöglich konnte sie ihre Schwester mitnehmen und sie in ihrer Kammer wohnen lassen, bis sie eine Unterbringung in einem Sanatorium arrangiert hatte. Die Finanzierung einer solchen Behandlung war allerdings ein Problem, über das sie sich lieber noch keine Gedanken machte. Erst einmal musste sie wissen, wie es ihrer kleinen Schwester ging.

Vor der Irrenanstalt blieb die Droschke stehen. Cecilie legte die Hand an den Knauf des Wagenschlags.

»Mama. Wir sind da!«

»Frau Geschwandter erwartet mich zum Tee. Sie hat immer so hervorragende Törtchen. Ich habe doch gar nicht abgesagt, das schickt sich nicht.« Die Angst stand Elisabeth Blum ins Gesicht geschrieben.

»Du meinst, es schickt sich mehr, die eigene Tochter ihrem Schicksal zu überlassen?«

»Kann ich nicht hier auf dich warten?« Demut und Unterwerfung sprachen aus jedem Wort.

Cecilie überlegte, aufzugeben, ihre Mutter weiterfahren zu lassen und Zimetbaum aufzusuchen. Sie blickte zum Fenster der Kutsche. »Weißt du noch«, fiel es ihr ein, »wie Marianne und ich einmal beim Spielen Papas Taschenuhr kaputtgemacht haben? Wir wollten beide der Fabrikbesitzer sein, der die Uhr in der Westentasche trägt, deshalb haben wir daran gerissen. Da ist die Uhr hingefallen und das Glas zerbrochen.« Ihr Gesicht spiegelte sich in der Scheibe. Ihre Wangen sahen hohl aus. »Du hast mit uns geschimpft, und wir haben keinen Pudding zum Nachtisch gekriegt. Als Papa die Bescherung gesehen hat, ist er wahnsinnig wütend geworden. Da hast du gesagt, dir wäre die Uhr hingefallen.«

Sie hörte, wie einige Droschken an ihnen vorbeifuhren, die Pferde schnaubten und der Kutscher gegen das Holz schlug, um sie zum Aussteigen zu bewegen. Cecilie öffnete den Wagenschlag und kletterte auf dem Tritt hinunter. Während sie zum Eingang ging, blickte sie sich nicht um. Sie konnte ihrer Mutter die Entscheidung nicht abnehmen.

Als sie sich beim Pförtner anmeldete, merkte sie, dass jemand hinter sie trat. Cecilie lächelte Elisabeth Blum aufmunternd an.

Der Wärter, der kurz danach erschien, um sie zum Anstaltsarzt zu bringen, war zu ihrer Erleichterung ein anderer als beim letzten Mal. Der Leiter allerdings erkannte sie sogleich.

Er stellte die Teetasse, die er hielt, auf seinem Schreibtisch ab, schob den Sessel zurück und stand auf. »Habe ich mich nicht klar genug ausgedrückt? Ich …«

»Doch«, fiel Cecilie ihm ins Wort, »das haben Sie. Aber meine Eltern überlegen, ob sie meine Schwester nicht woanders unterbringen sollen.« Sie sprach ohne Atempause. »Ich bin überzeugt, dass Marianne hier bei Ihnen die beste Behandlung bekommt, meine Mutter möchte sich allerdings lieber selbst ein Bild machen.«

Der Anstaltsleiter setzte sich wieder. Elisabeth Blum sah verwirrt aus. Es tat Cecilie plötzlich leid, sie in die Sache hineingezogen zu haben.

»Aber nur, wenn Sie versprechen, die Patientin nicht unnötig aufzuregen.« Der Leiter setzte den Zwicker auf.

»Versprochen.« Cecilie griff nach dem Arm ihrer Mutter und drückte ihn. Sie hörte sie seufzen.

Der schwere Riegel kreischte, als der Wärter, der sie aus dem Büro durch den Flur zurückgeführt hatte, die Tür aufzog. Aus der Zelle schlug ihnen der Gestank menschlicher Exkremente entgegen. Scharf atmete der Wärter durch. Cecilie reichte der Mutter ein mit Parfüm getränktes Taschentuch, das sie sich vor die Nase pressen konnte. Sie selbst zögerte, bevor sie eintrat.

Die Wände waren mit Kot beschmiert. In einer Ecke hockte ein bis auf die Knochen abgemagertes Wesen. Der Kopf war gesenkt, und zwischen den geschorenen Haaren schimmerten rosige Narben. Als Cecilie sich hinunterbeugte, fing das Wesen an zu jaulen. Sie fuhr zurück.

»Mein Gott, o mein Gott«, flüsterte die Mutter.

Cecilie erkannte Marianne nicht mehr. Es hätte jeder sein können. In ihrer Kreatürlichkeit war sie kaum mehr als Mensch zu bezeichnen. Sie unterdrückte den Würgereiz, den der Körpergeruch ihrer Schwester in ihr auslöste, und hockte sich hin.

»Vorsicht!«, warnte der Wärter. »Die schlägt und beißt.«

Elisabeth Blum hörte nicht auf, ihren Gott anzurufen. Immerhin blieb sie in der Zelle stehen.

Zaghaft streckte Cecilie die Hand nach Marianne aus. »Ich bin's, Cecilie, deine Schwester.«

Der Blick, mit dem das Wesen sie streifte, war leer. Cecilies

Fingerspitzen berührten das, was von Mariannes anmutigem Gesicht übrig geblieben war. Das Geheul hörte auf, und sie schöpfte Hoffnung.

»Weißt du, wer ich bin, Marianne? Erkennst du mich?« Es kam keine Reaktion. Sie legte eine Hand auf die Wange ihrer Schwester und streichelte sanft darüber. »Anni, meine Anni, ich bin's doch. Ceci. Ceci ist da.«

Marianne stierte zu Boden. Über ihren Knochen spannte die Haut, mehrere Wunden an den nackten Armen und Beinen eiterten. Der Hunger hatte die junge Frau zu einem alten, geschlechtslosen Wesen gemacht. Sie könnte auch ein achtzigjähriger Greis sein, dachte Cecilie. Den Anblick der Augen konnte sie kaum ertragen. Sie waren leer und viel zu groß für das eingefallene Gesicht. »Sag doch was, bitte. Ein Wort, aber sag was.«

»Die sagt nie was, die heult nur wie eine Hexe.« Voller Verachtung stieß der Wärter mit dem Fuß gegen einen leeren Napf, der auf der Erde lag.

Elisabeth Blum fuhr vor Schreck zusammen.

Cecilie umfasste Mariannes Gesicht mit beiden Händen. Ganz nah hockte sie ihr gegenüber. Sie atmete durch den Mund, um den Geruch, den die Körperflüssigkeiten über Wochen oder gar Monate in dem Anstaltskittel hinterlassen hatten, zu ertragen. »Ich will dir helfen, Marianne. Ich will dir doch helfen.«

Verzweiflung ergriff sie. Sie musste sich dazu zwingen, nicht zu weinen. Plötzlich spürte sie, dass ihr jemand eine Hand auf die Schulter legte. Ihre Mutter.

»Steh auf. Du kannst nichts für Marianne tun.«

»Wir können sie doch nicht einfach hierlassen, so ganz allein.« Sie sah, dass Tränen über das Gesicht Elisabeth Blums liefen. »Sie war mal so hübsch, so fröhlich.«

»Das war sie. Bei Gott, das war sie.«

»Kommen Sie.« Der Wärter nahm den Arm der Mutter und führte sie nach draußen.

Cecilie blickte wieder zu ihrer Schwester.

Wenn ich jetzt gehe, wird die Marianne, die es mal gegeben hat, aufhören zu existieren. Wenn ich jetzt gehe, werde ich ein Bild dieses Wesens mit mir nehmen und zulassen, dass es die Erinnerung an meine Schwester verdrängt.

»Verzeih mir, ich hätte dich nie allein bei Mama und Papa lassen dürfen.« Sie hielt ihre eigenen Tränen nicht mehr zurück. »Es ist alles meine Schuld.«

Es war, als rede sie zu einem Stein. Egal wie schwer es ihr auch fiel, Marianne war nicht mehr.

Schon bei den Eltern, als Cecilie noch dort gewohnt hatte, war der Zustand der jungen Frau erbärmlich gewesen. Jetzt war er hoffnungslos. Egal was sie tat, sie würde nichts daran ändern können.

»Ach, Anni, ich liebe dich.« Sie erhob sich und ging zur Tür.

Auch wenn sie wusste, dass es medizinisch gesehen völlig unmöglich war, spürte Cecilie, wie ihr Herz entzweiriss.

Da vernahm sie einen Laut hinter sich. Sie blieb stehen, wagte es aber nicht, sich umzudrehen. Womöglich fing Marianne wieder an zu schreien und diese animalischen Laute auszustoßen. Das könnte sie nicht ertragen.

Geh endlich, redete sie sich zu, *bring den Abschied hinter dich. Es hat keinen Sinn, hierzubleiben. Es besteht keine Hoffnung.*

Und wenn doch? Was, wenn doch?

Sie fuhr herum. Flehentlich streckte die Schwester eine Hand nach ihr aus.

20

Vor der Tür zum Leichenkeller traf Hektor auf seine Haushälterin.

»Frau Lindemann, ist was passiert?« Als er ihre geröteten Augen sah, bekam er Angst, Fräulein Cecilie könne etwas zugestoßen sein. Es bedurfte keines mörderischen Arztes oder einer Giftmischerin, um in Berlin zu Tode zu kommen. Die meisten der Leichen, die bei ihm im Keller landeten, waren Verkehrsopfer oder der Armut erlegen.

»Ich hab da was gefunden«, sagte die Haushälterin.

Seine Angst verflog augenblicklich, und er spürte Verärgerung darüber, dass sie ihn so erschreckt hatte. »Was ist es denn?« Unwillig nahm er den Zettel entgegen, den sie ihm reichte. Als er das Papier auseinanderfaltete, fiel ihm eine Haarlocke entgegen. Die rötlich blonde Farbe des Haares ließ ihn wieder an Fräulein Cecilie denken. Das wurde allmählich zur Manie.

»Lesen Sie«, drängte ihn Frau Lindemann, bis er die Zeilen überflog.

»Verdammt!« Er ließ den Brief sinken.

»Es ist meine Schuld, dass Elsas Sohn tot ist.« Die Haushälterin weinte.

Ein Teil von ihm wunderte sich über das Mitgefühl, das sie zeigte, denn er hatte sie nie für eine besonders gefühlige Frau gehalten. Der Rest seines Gehirns war damit beschäftigt, den Inhalt der wenigen Zeilen zu begreifen. Die Entführerin hatte sie geschrieben. Ganz sichergehen konnte man zwar erst, wenn man den ersten Brief mit diesem hier verglich, aber die Schriften ähnelten sich sehr.

»Der aus dem Gebärpavillon entführte Junge ist tot. Suchen Sie nicht länger nach ihm.« Mehr stand nicht auf dem Zettel.

Er drehte die Haarlocke zwischen seinen Fingern. »Woher haben Sie das?«

Frau Lindemann schnäuzte in ein Taschentuch. »Aus dem Papierkorb vom Herrn Doktor.«

»Wen meinen Sie?«

»Den Frauenarzt von Elsa.« Sie schluchzte auf.

»Aus der Charité?« Das Nicken seiner Haushälterin versetzte Hektor in Unruhe. »Die Haare auch?«

Wieder nickte sie.

Er fragte nicht, was sie im Papierkorb gesucht und weshalb sie überhaupt dort herumgeschnüffelt hatte, denn die Fakten verwirrten ihn schon genug. Der Brief hatte eine eindeutige Botschaft, und die Haarlocke war zur Demonstration beigelegt worden. Vielleicht stammten die Haare vom Kopf des Säuglings.

Hektor schloss auf und stieg die Treppe zum Keller hinab. »Kommen Sie schon, Frau Lindemann.«

Er wartete nicht auf seine Haushälterin, sondern ging schnurstracks zum Arbeitstisch, zündete die Flamme seines Mikroskopes an und legte die dünne Strähne darunter. Auch bei näherer Betrachtung stellte er fest, dass die Haare menschlichen Ursprungs waren. Sie stammten mit Sicherheit von einem Kind.

»Ist die Locke von Elsas Jungen?«, fragte Frau Lindemann.

Hektor zuckte zusammen, als er ihre Stimme hörte, denn er hatte ihre Anwesenheit ganz vergessen. »Ich weiß nicht«, sagte er. »Vermutlich.«

Was er nicht verstand, war der Sinn und Zweck des Briefes. Warum machte sich die Entführerin die Mühe, Dr. Eisenmann und der Charité den Tod des Kindes mitzuteilen?

Er dachte an eine Finte des Gynäkologen. Wenn er mit der Entführerin gemeinsame Sache machte oder sie zumindest deckte, hatte er vielleicht seine Unschuld manifestieren wollen. Doch wieso hatten dann der Brief und die Locke bei ihm im Papierkorb gelegen?

»Das ist ein ganz Schlimmer, wissen Sie«, sagte Frau Lindemann. »Der Arzt. Er betrügt seine Frau, stellen Sie sich das mal vor.« Die Empörung stand ihr deutlich ins Gesicht geschrieben.

Hektor nickte. »Ich weiß.« Er ging zu der Bahre, auf der die verwesende Leiche Gertrud Ackermanns lag, und riss das Tuch herunter.

Seine Haushälterin atmete hörbar aus.

»Sie gehen jetzt besser«, sagte er und beugte sich über die Tote. Normalerweise zeigten ihm die Leichen, was er wissen musste, aber hier sahen seine Augen Dinge, die er nicht verstand.

Warum hatte Dr. Eisenmann eine Patientin ihr Kind auf natürlichem Weg gebären lassen, um anschließend einen Kaiserschnitt vorzutäuschen und sie zu töten? Was war mit dem Neugeborenen geschehen? Wieso war Elsas Sohn gleich nach der Geburt entführt und die Charité erpresst worden? Um Geld konnte es nicht gehen, das war offensichtlich. War es wirklich reiner Zufall, dass beinahe gleichzeitig eine Wöchnerin, die zu Hause entbunden hatte, mitsamt ihrem Neugeborenen verschwunden war? Und war es auch Zufall, dass der verkrüppelte Moses, bei dessen Mutter es sich vielleicht um diese ominöse Liesel handelte, in die Spree geworfen worden war?

Zu allem Überfluss gab es da noch die beiden vergifteten Nonnen, von denen die eine erwiesenermaßen den Wöchnerinnen im Gebärpavillon Trost zugesprochen und die andere ein Kind unter dem Herzen getragen hatte.

Hektor stöhnte auf. Er verstand einfach nicht, wo die Zusammenhänge lagen und ob es sie überhaupt gab. Dann wurde ihm bewusst, welche Aufgabe er zu bewältigen hatte. Er musste Fräulein Cecilie mitteilen, dass ihr Halbbruder wahrscheinlich tot war.

Auf dem Anstaltsflur hatte der Wärter Elisabeth Blum einen Stuhl hingestellt. Gerade goss er dampfenden Tee in einen Becher. Cecilie hatte den rechten Arm um die Taille ihrer Schwester gelegt, mit dem linken hielt sie deren Oberkörper fest. Zwar wog Marianne so gut wie nichts, doch sie war viel zu entkräftet, um selbständig einen Fuß vor den anderen zu setzen. Der Wärter und ihre Mutter blickten erstaunt drein, als sie die beiden bemerkten.

»Komm, Mama, wir gehen«, sagte Cecilie hastig.

»Wo willst du denn mit ihr hin?«, fragte Elisabeth Blum.

»Raus«, gab Cecilie nur schroff zur Antwort und schaffte Marianne den Flur hinunter.

Ihre Mutter folgte.

»Was tun Sie denn da?« Der Wärter hatte sich in ihre Richtung gedreht und dabei vergessen, dass er den Teekessel noch immer nach unten hielt. Die heiße Flüssigkeit ergoss sich auf den Boden. »Das geht nicht.« Der Wärter kam hinter ihnen her und packte Marianne am Handgelenk.

»Sie tun ihr weh!«, fuhr Cecilie ihn an.

»Die kriegt eh nichts mehr mit«, behauptete der Mann.

»Vorsicht!«, sagte Cecilie. »Sie können sich anstecken.«

»Was?« Der Wärter ließ sofort von Marianne ab.

»Sie ist an Flecktyphus erkrankt«, improvisierte sie. Die Idee war ihr in der Zelle gekommen, als sie ihrer Schwester vom

Boden hochgeholfen hatte. »Hochansteckend. Lebensgefährlich. Sehen Sie das denn nicht?«

Mit vor Ekel verzogenem Gesicht trat der Mann zurück. »Weiß der Doktor davon?«

»Sie muss in Quarantäne. Ich werde die Patientin ins Barackenlazarett bringen. Jetzt lassen Sie uns schon gehen, damit Sie die schlimme Krankheit nicht auch noch bekommen.«

Wie angewurzelt blieb der Wärter stehen.

»Aber Cecilie«, sagte Elisabeth Blum. »Du kannst dich auch anstecken.« Sie hatte ebenfalls angehalten.

»Bitte, Mama, vertrau mir.«

Die Mutter lief hinter ihr her durch den Flur und das Treppenhaus. Endlich konnte Cecilie die Tür zur Straße aufstoßen.

»Ruf eine Kutsche. Schnell!«, befahl sie Elisabeth Blum.

In dem dünnen Anstaltskittel und ohne Schuhe zitterte Marianne. Cecilie zog ihre Pelerine aus und hängte sie ihr um. Die Mutter hatte tatsächlich eine Droschke herbeigewunken.

»Steig ein«, rief Cecilie ihr zu, als sie den Schlag aufriss und Marianne hineinhob. Ihre Schwester war leicht wie ein Kind.

»Wo soll's hingehen?«, fragte der Kutscher.

Sie zögerte. Bevor sie Marianne gesehen hatte, hatte sie geglaubt, sie vorerst mit in ihre Kammer nehmen zu können, doch angesichts des Zustands ihrer Schwester wusste sie, dass dies unmöglich war. Marianne brauchte rund um die Uhr Betreuung. Cecilie blickte ihre Mutter an. Sie hatte ihre Schwester nicht in der Irrenanstalt lassen können, doch sie fühlte sich mit der Situation, wie sie jetzt war, hoffnungslos überfordert.

»Ich weiß nicht, wo ich mit ihr hin soll«, gestand sie.

»Stehen bleiben!« Der Wärter rannte auf sie zu.

Sie mussten fort, das Wohin war erst einmal nebensächlich.

Hauptsache, der Mann schleppte Marianne nicht wieder zurück in die Anstalt. Es ging um das Leben ihrer Schwester oder zumindest um das, was an Leben noch in ihr steckte.

Cecilie schob ihre Mutter in die Droschke und raffte ihre Röcke, um ebenfalls einzusteigen. Dabei blieb sie an dem Tritt hängen. Als sie an ihnen zerrte, riss der Stoff. »Fahr los!« Sie fasste nach dem Griff der Wagentür.

»Bleiben Sie hier!« Der Wärter schnappte nach dem Schlag und hielt ihn fest. Sie zogen beide daran, doch der grobschlächtige Kerl war stärker.

»Ich habe den Anstaltsleiter gefragt. Sie haben keinerlei Befugnis«, schimpfte er. »Geben Sie die Patientin wieder raus.«

»Fahr endlich los«, schrie Cecilie den Kutscher an, doch der Wagen bewegte sich nicht. »Zwanzig Mark, wenn du sofort die Gäule antreibst.«

Die angebotene Summe schien eine durchschlagende Wirkung zu haben, denn die Kutsche setzte sich sofort in Bewegung. Der Wärter allerdings auch. Er schwang sich zu ihnen in die Droschke und versuchte nach Mariannes Fuß zu greifen. Cecilie warf sich zwischen ihn und ihre Schwester. Sie rangen miteinander, aber ihr war bald klar, dass der Mann es gewöhnt war, Menschen zu bändigen. Seiner Kraft konnte sie nichts entgegensetzen.

In diesem Augenblick sah sie, wie ein rüschenbesetztes, blau-weiß gestreiftes Etwas auf den Kopf des Wärters zusauste. Der Mann ließ Cecilie los und versuchte, sich in der niedrigen Kutsche aufzurichten. Hinter ihm war durch den geöffneten Wagenschlag die Straße zu sehen. Passanten gafften zu ihnen hinein.

Wieder schlug Elisabeth Blum mit ihrem Regenschirmchen zu. Diesmal fasste der Wärter sich an die Stirn, schüttelte sich und machte einen Schritt nach hinten. Rückwärts fiel er nach draußen. Cecilie blickte aus dem hinteren Fenster und sah ihn auf dem Pflaster liegen.

»Was ist bloß in mich gefahren?« Die Mutter ließ den Schirm los.

»Das weiß ich nicht.« Cecilie begann zu lachen. »Ich weiß es wirklich nicht, aber es ist ganz wunderbar. Es ist großartig, Mama.«

Malte Blum bedachte die drei Frauen vor seinem Schreibtisch mit einem Blick, in dem Cecilie Abscheu und Verwirrung zugleich lesen konnte.

»Elisabeth! Was ist bloß in dich gefahren?« Seine Stimme tönte nicht so fest und entschieden wie sonst.

Die Angesprochene trat mit gesenktem Kopf vor, und schon befürchtete Cecilie, ihre Mutter würde sich ihm aus reiner Gewohnheit wieder fügen. »Malte«, sagte sie ganz leise. »Marianne ist krank, furchtbar krank. Wir müssen ihr helfen.«

»In der Anstalt wird ihr geholfen.« Mit einer Handbewegung in der Luft wischte der Vater das Anliegen beiseite. Cecilie atmete tief ein. Sie musste unter allen Umständen verhindern, dass ihre Schwester zurückgeschickt wurde. Irgendwie musste es ihr gelingen, ihren Vater von einem Sanatorium zu überzeugen. Doch als sie zu einer Erwiderung ansetzen wollte, kam ihr die Mutter zuvor.

»Da wird ihr nicht geholfen. Dieser Dreck überall, und wie das stinkt. Ich hab es mit eigenen Augen gesehen, wie es dort um sie steht. Sieh sie dir doch nur mal an. Merkst du denn nicht, wie abgemagert sie ist.« Elisabeth Blum legte den Arm um Marianne und zog sie ungeachtet ihres Körpergeruchs an sich. Die Tochter hing in ihren Armen. »Halb tot ist sie.«

»Für mich ist sie längst tot.« Die Brutalität ihres Vaters war unerträglich.

»Aber für mich nicht«, entgegnete die Mutter. »Für mich nicht, hörst du. Ja, ich habe dir geglaubt, als du gesagt hast, die Anstalt wäre das Beste für sie. Ich habe mich nicht getraut, sie dort zu besuchen und mich selbst davon zu überzeugen. Und jetzt weiß ich, dass Mariannes Zustand dort nur noch schlimmer geworden ist.«

Malte Blum zögerte. Er, der während ihrer ganzen Ehe immer bestimmt hatte, was getan wurde und was nicht, schien angesichts des erstmaligen Widerspruchs seiner Frau vollkommen überrascht zu sein.

»Und du glaubst, du kannst einer Verrückten helfen?«, sagte er schließlich verächtlich.

»Nicht auf Dauer, nein. Nur bis wir einen Arzt für sie gefunden haben, der sie behandeln kann. Ich will den Besten für mein Kind.«

»Wer soll den bezahlen? Von mir bekommst du dafür keinen Pfennig, hörst du.«

Cecilie wusste, dass alles vergebens gewesen war.

»Du willst dir die Schande ersparen, dass die Leute von deiner kranken Tochter erfahren?« Elisabeth Blum klang heiser. »Dann tust du einmal, was ich will, oder ich werde aller Welt erzählen, dass unsere Jüngste verrückt ist und du dich einen Dreck um sie scherst.«

»Das ist nicht dein Ernst.«

»O doch. Und du wirst tun, was ich sage, denn du bist mir was schuldig, Malte Blum. Glaubst du, ich weiß nicht, was du mit den Dienstmädchen treibst?« Sie sah ihrem Ehemann in die Augen.

Nun war es an dem Vater, dem Blick auszuweichen. »Mach, was du willst«, murmelte er. »Und jetzt raus hier. Ich habe zu tun.«

Cecilie versicherte sich, dass Elisabeth Blum Ilse alle nötigen Anweisungen gab, um Marianne vorerst zu Hause unterzubringen, und einen Brief an Dr. Schmuhel schrieb, in dem sie ihn um Adressen von Experten auf dem Gebiet der Geisteskrankheiten bat. Dann erst brach sie auf. Sie versprach ihrer Mutter wiederzukommen, sobald es ihre Arbeit zuließ. Von Elsa und dem entführten Kind sagte sie nichts. Ihre Mutter hatte an diesem Tag schon genug Wahrheiten ins Auge geblickt.

Zum Abschied drückte sie sie an sich. »Danke«, wisperte sie. Wenigstens eines ihrer Probleme war vorläufig zumindest gelöst.

Cecilie machte sich darauf gefasst, Dr. von Thorwald erklären zu müssen, wo sie die ganze Zeit über gesteckt hatte, als sie den Leichenkeller betrat. Doch seine mit Kummer überzogene Miene sagte ihr, dass etwas Schlimmes geschehen war.

»Elsa?«, fragte sie.

Er schüttelte den Kopf.

»Mein Bruder?«

Seine Hand näherte sich ihrem Gesicht. Fast berührten seine Fingerspitzen ihre Wange, dann ließ er die Hand sinken. »Es ist nicht sicher, aber ich fürchte, es gibt nicht viel Hoffnung«, sagte er.

Sie starrte ihn an. Seine Nasenflügel weiteten sich und gaben den Blick auf die feinen Härchen im Inneren frei. Direkt über seiner Oberlippe sprossen ein paar Stoppeln, die er zu rasieren vergessen hatte.

Tot. Elsas Kind. Mein Halbbruder. Meine Schwester halb tot. Keine Hoffnung.

»Fräulein Cecilie?«

Sie erinnerte sich an seine Worte, dass eine so kleine Leiche überall verscharrt werden konnte. Womöglich fand man ihren

Bruder nie. Nichts würde von ihm übrig bleiben. Nicht einmal ein paar Knochen in einem Armengrab.

»Weiß sie es schon?«, fragte sie.

»Elsa? Nein.«

Auch Marianne hatte ihr Kind nie gesehen und wusste nicht, was mit ihm geschehen war. Diese Ungewissheit hatte ihre Seele krank gemacht. Was würde aus Elsa? Könnte sie den Tod ihres Sohnes jemals verkraften?

»Sie kippen gleich um.« Dr. von Thorwald fasste sie um die Taille.

Cecilie schob ihre Hüfte einen Zentimeter an ihn heran und fühlte, wie er den Druck seiner Hand verstärkte. Seine Nähe hatte etwas Tröstendes, und für einen Moment gab sie sich der Wärme hin, die von seinen Fingern ausging. Sie lehnte sich an ihn, schloss die Augen und ließ es zu, dass seine andere Hand ihr Gesicht streichelte. Haut auf Haut. Die Innenflächen ihrer Oberschenkel begannen zu kribbeln, und ihr Schoß wurde heiß.

Sie straffte sich. Als seine Hände von ihr abließen, schien der Raum zwischen ihnen zu wachsen. Cecilie suchte seinen Blick, aber er hatte sich abgewandt. Das war alles zu viel. Dr. von Thorwald hatte ihr gerade den Tod ihres Bruders mitgeteilt, und sie gab sich leidenschaftlichen Gefühlen hin.

»Wollen Sie zu Elsa?«, fragte der Leichenarzt. »Oder soll ich es ihr sagen?«

»Ich weiß nicht«, gab Cecilie zu. »Ich weiß überhaupt nicht mehr, was ich denken soll.«

»Kommen Sie, Fräulein Cecilie. Sie müssen raus hier.« Dr. von Thorwald nahm ihren Arm.

Sie ließ sich von ihm die Treppe hinauf ans Tageslicht und dann weiter die Luisenstraße hinunter führen. Auf der linken Seite lag die Königliche Thierarznei-Schule. Stumm liefen sie nebeneinander her und bogen nach rechts in die Carlstraße zur Unterbaumbrücke ein. Sie kamen an einem verunglückten Pferd vorbei, das unter einem umgekippten Fuhrwerk halb begraben lag. Der Wagen eines Abdeckers hielt gerade neben ihm.

Cecilie fühlte sich seltsam leer. Die ganze Zeit über hatte sie den inneren Druck gespürt, Elsas Sohn finden zu müssen. Jetzt erschien alles sinnlos. Der Junge war tot. Vielleicht war er es sogar die ganze Zeit über gewesen, während sie versucht hatten herauszubekommen, was in der Charité vor sich ging.

Am Kronprinzen-Ufer kamen sie an den palastartigen Neubauten vorbei. Das Treiben war hier trotz der geschäftigen Nachmittagszeit viel ruhiger und gemäßigter als in den Straßen und Gassen des alten Berlin. Auf der stattlichen Alsenbrücke lehnte sich Dr. von Thorwald über die steinerne Balustrade und sah in das Wasser hinab. Sie tat es ihm nach.

Ein mit Weißkohlköpfen beladener Kahn wurde unter der Brücke entlanggesteuert, oben auf der Ladung putzte sich eine Möwe das Gefieder.

Er ist zu den Engeln gegangen.

Der Spruch kam Cecilie in den Sinn. Es lag nahe, sich einen toten Säugling als engelhaftes Wesen mit weißen Flügeln auf dem Rücken vorzustellen. Der Gedanke hatte durchaus etwas Tröstendes, aber er besaß für Cecilie keine Gültigkeit. Nicht mehr. Sie wusste, dass die Verwesung auch vor einem Kinderleichnam nicht haltmachte. Wo auch immer Elsas Sohn sein mochte.

»Hier ist Moses ins Wasser geworfen worden«, sagte Dr. von Thorwald.

Cecilie sah in Gedanken eine Gestalt vor sich, die im Schutz der Dunkelheit auf die Brücke huschte, das Bündel hervorholte, das sie unter dem Umhang verborgen hatte, sich nach allen Seiten hin vergewisserte, dass niemand sie beobachtete, um dann das Kind wie Unrat in das schwarze Wasser fallen zu lassen.

»Ich hole die Polizei!«

Cecilie hörte die davoneilenden Schritte des Gerichtsarztes, während sie in die bräunlich trübe Spree blickte. Ein Stück Holz tanzte auf den Wellen, die der Kahn hinter sich herzog. Schwindel ergriff sie.

21

Auf Booten stehend stocherten die Polizisten mit langen Stangen im Wasser herum. Oben auf der Brücke beobachtete Cecilie ihre wackeligen Bewegungen, wenn sie einen Bereich des Kanals durchsucht hatten und ihren Standpunkt verlagerten. Sie hörte beiläufig, was Dr. von Thorwald und Kommissar Tiegler beredeten.

»Die Schwester Oberin behauptet, von nichts zu wissen. Als ob die Nonne vom Heiligen Geist geschwängert worden wäre.« Der Kriminalbeamte lachte, dass sein ganzer Bauch in Wallung geriet. »Wenn Sie mich fragen, ist da im Kloster bestimmt was Okkultes im Gang. Wilde Orgien oder so.«

»Ich hab was«, schrie einer der Polizisten, sprang in Uniform ins Wasser, holte Luft und tauchte unter.

Kurze Zeit später kam er prustend wieder hoch, und Cecilie hielt den Atem an.

Eine tote Katze. Seine Kameraden verhöhnten ihn.

Die Suche musste weiter fortgesetzt werden. Ein ganzes Sammelsurium an alten Schuhen, rostigen Eimern, zerbrochenen Wagenrädern und Tierkadavern hatten sie in den letzten zwei Stunden aus der Spree gezogen. Es erschien Cecilie immer unwahrscheinlicher, dass der Leichnam von Elsas Kind noch gefunden würde.

»Die Leiche ist futsch«, meinte der triefend nasse und gegen die Kälte nur in eine Decke gehüllte Polizist, der zu ihnen auf die Brücke gekommen war. »Ich sag's euch, die ist längst von den Ratten aufgefressen.«

»Halt die Klappe«, herrschte ihn Dr. von Thorwald an.

»Schon gut, aber man wird ja wenigstens noch die Wahrheit aussprechen dürfen. Letzte Woche haben sie hier einen Mann rausgezogen. Vier Tage hat er im Wasser gelegen und war ganz aufgedunsen, die Finger waren sogar schon angefressen.«

Cecilie begann zu zittern und hielt sich an dem steinernen Geländer fest.

»Wenn du nicht gleich still bist ...« Der Gerichtsarzt packte den Blauen am Kragen und schüttelte ihn.

»Ist ja gut!« Tiegler schob seine Körpermasse dazwischen. »Lemke, du verziehst dich jetzt nach Hause, sonst liegst du morgen mit Grippe im Bett.«

Es dämmerte bereits, und die Männer auf den Booten zündeten Laternen an.

»Was, wenn Lemke recht hat?«, fragte Tiegler leise in Dr. von Thorwalds Richtung.

Cecilie hörte ihn dennoch.

»Lassen Sie Ihre Männer weitersuchen«, bat der Gerichtsarzt.

»Das gibt Überstunden. Da hör ich von Madai wieder ordentlich toben«, klagte der Kommissar.

»Dann stellt er diesen Monat halt zwei Spitzel weniger an.« Dr. von Thorwald wirkte angespannt.

»Nicht so laut!« Der Kriminalbeamte deutete auf seine Männer auf dem Wasser.

Die waren jedoch damit beschäftigt, sich mit lauten Rufen einen Ast zuzuwerfen. Dabei fiel etwas hinunter und landete klatschend auf dem Wasser. Cecilie beugte sich vor. Im Schein der Laterne erkannte sie einen Säugling. Ohne nachzudenken griff sie nach Dr. von Thorwalds Hand.

»Gottverdammte Scheiße«, brüllte Tiegler. »Sammelt ihn ein. Marsch, marsch, macht schon!«

Die Polizisten beugten sich zu der Leiche hinunter, wobei eines der Boote Schlagseite bekam und kenterte. Die Blauen brüllten auf, als sie zu dem Säugling ins Wasser fielen. Cecilie hielt den Anblick nicht länger aus. Sie entriss dem Gerichtsarzt ihre Hand und lief davon. Hinter sich hörte sie Schritte, als Dr. von Thorwald ihr nachkam.

»Lassen Sie mich in Ruhe«, schrie sie.

Vor der Tür zu Samuel Zimetbaums Pensionszimmer blieb Cecilie stehen und lauschte. Im Inneren machte jemand gerade ein Fenster auf.

Sie wusste, dass sie Dr. von Thorwald gegenüber ungerecht war, aber sie hatte alles hinter sich lassen wollen, was mit Elsas Sohn zu tun hatte. Elsas totem Sohn.

Obwohl Cecilie mehrmals schluckte, kamen ihr die Tränen. Sie wischte sich mit einem Zipfel ihres Umhangs über die Augen und klopfte.

Es raschelte hinter der Tür, dann öffnete Zimetbaum ihr. »Sie?« Das vage Lächeln unter seinem Schnurrbart verlieh ihm eine Unbekümmertheit, um die sie ihn beneidete.

»Hat die Wirtin Sie reingelassen?« Er fuhr sich durch die verwuschelten Haare. »Hier ist kein Damenbesuch erlaubt.«

»Ich habe behauptet, ich sei Ihre Schwester. Darf ich eintreten?«

Grinsend ließ er sie herein. »Willkommen in meiner Hütte.«

Das Zimmer war einfach. Die Tapeten hatten schon bessere Tage gesehen, der orientalische Teppich wies etliche abgetretene Stellen auf, und die ehemals leuchtenden Farben waren trüb geworden. Darüber verteilt lag ein Sammelsurium aus beschriebenen Papieren, Zeitungsseiten und Strümpfen.

»Haben Sie geweint?« Zimetbaum hörte sich mitfühlend an.

Sie schüttelte den Kopf und drehte sich schnell weg von ihm. Auf der Fensterbank trocknete eine Palme vor sich hin, unter dem Tisch stapelten sich Bücher. Es roch in dem Raum nach Wissen und Männerschweiß.

»Setzen Sie sich doch.« Er nahm seinen Rock von der Stuhllehne, zog ihn über und räumte ein paar Bücher von der Sitzfläche. »Entschuldigen Sie bitte die Unordnung, ich wusste ja nicht ...«

Cecilie trat an das zerwühlte Bett heran. Darüber hing die Zeichnung einer nackten Frau, die eindeutig nicht vom medizinischen Standpunkt her porträtiert worden war. Zimetbaum riss das Papier ab und knüllte es zusammen. Er war rot geworden. »Wollen Sie etwas essen gehen?«

Sie legte ihre Pelerine ab. »Ich möchte hierbleiben.«

Er stieß ein nervöses Lachen aus. »Dann haben Sie die Wahl zwischen hartem Brot und lauwarmem Tee. Was darf ich servieren, Madame?«

Sie wollte vergessen, was geschehen war, wenigstens für eine Weile. Sie wollte jemandem nahe sein, der mit alldem nichts zu tun hatte. »Kommen Sie her, und halten Sie mich fest. Halten Sie mich einfach nur fest.«

Der Blick aus seinen dunkelblauen Augen war auf eine seltsame Art unschuldig und verlangend zugleich. Bevor er zu ihr trat, knöpfte er sich den Rock zu. Er wusste offenbar nicht, wo er hinsehen sollte.

»Sind Sie sicher?«, fragte er mit rauer Stimme. »Ich bin das nicht gewöhnt, ich ...«

Zimetbaum und sie waren etwa gleich groß. Auf der Nasenwurzel zwischen seinen Augenbrauen spross ein roter Pickel.

»Ich …«, setzte er noch einmal an, lächelte verlegen, hob die Schultern und ließ sie wieder fallen. »Ich …«

»Pscht!« Sie legte ihm einen Finger auf den Mund.

Als er sie vorsichtig in den Arm nahm, rieb sie ihre Wange an der seinen. Es kratzte ein wenig. Das Zittern, das sie seit dem bangen, scheinbar endlosen Warten auf der Alsenbrücke verspürte, hörte auf, sobald sie die Körperwärme spürte, die von ihm ausging. Cecilie schmiegte sich enger an ihn, und ihre Lippen streichelten die Haut an seinem Hals.

Zimetbaum keuchte, und sie spürte, wie seine Hand sich auf ihren Rücken drückte. Die Berührung tat ihr gut. Sie hatte das Gefühl, ewig so stehen bleiben zu können. In seinen Armen. Beschützt, abgeschirmt, ohne zu denken. Nur nicht an den Anblick der Säuglingsleiche erinnert werden.

Zimetbaum gab ihr einen Kuss auf die Wange und liebkoste sie mit der Nasenspitze. Seine rechte Hand ruhte dabei in ihrem Nacken. Sie schürzte die Lippen und berührte die seinen. Sie waren weich und ein wenig rissig.

Der erste Kuss meines Lebens.

Der Schnurrbart kitzelte beim Küssen, dann teilte seine Zungenspitze ihre Lippen. Sie ließ ihn ihre Zähne berühren und mit ihrer Zunge spielen, bevor sie es ihm gleichtat. Ihre Zungen führten eine Art Schlangentanz auf. Er schmeckte nach Tee und etwas Süßlichem. Sein Körper presste sich an sie. Durch ihr Korsett bemerkte sie die Berührung seiner Hände kaum, fühlte aber, dass sie fester über ihren Rücken und an ihrer Taille entlangfuhren. Sein Atem ging unnatürlich schnell, und sie konnte seinen Herzschlag spüren.

Was tue ich hier? Ist es wirklich das, was ich will?

Sie wollte ihm nah sein, um ihre Einsamkeit zu vergessen, aber war sie auch bereit, einen Schritt weiterzugehen?

Als Zimetbaum plötzlich von ihr abließ, fühlte sie sich erleichtert. Er ging zur Zimmertür, drehte den Schlüssel herum und blickte sie aus der Distanz an. Von draußen klang der Lärm einer Werkstatt an ihr Ohr.

Sie könnte sich entschuldigen, davonlaufen und sich nie wieder mit ihm treffen.

Er kam zu ihr zurück und zog den Rock aus. »Willst du wirklich?«

Wenn sie jetzt ginge, würde sie die Nacht allein in ihrer Kammer verbringen, mit den Gedanken an Marianne, für die es nur noch wenig Hoffnung gab, und an ihren toten Bruder.

Nichts denken, nur fühlen.

Sie küsste Zimetbaum. Er schlang seine Arme um sie und zog sie mit sich aufs Bett. Als Cecilie auf ihn fiel, stachen sie die Fischbeinstäbe ihres Korsetts. Ihre Wange brannte durch die Berührung mit seinen Bartstoppeln. Er drehte sie auf den Rücken und legte sich auf sie. Sein Gewicht lastete nun auf ihr. Schweiß brach ihr aus, und es rauschte in ihren Ohren. Sie schloss die Augen.

Dr. von Thorwald fiel ihr ein. An ihn wollte sie jetzt nicht denken. Sie fuhr mit den Fingerspitzen über Zimetbaums Rücken. Unter dem Stoff seines Hemdes erspürte sie seine Muskulatur und die Wirbelsäule.

»Machen Sie sofort auf!« Eine Stimme keifte, und von außen schlug eine Faust gegen die Tür.

In der Nacht wurde die Einsamkeit zu einer Fruchthülle, die ihn wie einen Embryo umgab, ihn schützte und gleichzeitig von der Welt abhielt.

Hektor starrte in den erloschenen Kamin und kippte den Inhalt des Glases hinunter. Es schmeckte irgendwie wässrig auf seiner Zunge. Je mehr er trank, umso mehr schien er den Geschmack dafür zu verlieren, auch das Brennen in der Kehle wurde zunehmend schwächer. Vielleicht war das schon ein Anzeichen von Alkholsucht. Aber im Grunde war es ihm gleichgültig. Niemanden kümmerte es, wenn er zu viel trank. Er war allein und würde allein bleiben. Punkt. Ausrufezeichen. Kein Komma, kein Fragezeichen.

Doch der Schmerz war so stark wie nie zuvor. Fräulein Cecilie hatte die Hülle durchstoßen. Die Wunde, die ihm zugefügt worden war, verheilte nicht mehr, das wusste er. Am nächsten Morgen würde er aufstehen, zur Arbeit gehen und versuchen, die Geheimnisse des Todes zu ergründen, aber innerlich würde er bluten, so lange, bis kein Blut mehr in ihm war, das ihn am Leben hielt.

In dem Moment, als sie die Leiche des Neugeborenen aus dem Wasser gezogen hatten, war er bereit gewesen, sich allem zu stellen. Er hätte ihr niemals seine Hand entzogen. Sie war es, die losgelassen hatte. Sie war es, die nicht gewollt hatte, dass er sich ihr wieder näherte. Sie hatte den Makel, hatte das Mal gesehen, das ihm anhaftete.

1851. Das Jahr hatte sich in sein Gedächtnis gemeißelt wie in den Grabstein seiner Familie. Er wusste, dass er in diesem Jahr schwimmen gelernt hatte, sonst erinnerte er sich nur noch an jenen Abend im Winter. Obwohl es draußen schon dunkel war, konnte es noch nicht sehr spät gewesen sein. Seine Mutter hatte gestrickt, einen Schal vielleicht oder einen Pullover.

Hektors Erinnerung war ungenau, und er hasste sich dafür. Der Vater hatte Leder für das Paar Schuhe zugeschnitten, das er herstellte. Er hatte immer Schuhe gefertigt. Am Tag und am Abend, bis es Zeit war, schlafen zu gehen. Hektor hatte mit seiner Schwester Gundula und seinem Bruder Wilhelm Verstecken gespielt. Gundula hatte die Hände vor die Augen gehalten und bis hundert gezählt. Hektor wusste damals nicht, ob sie schummelte, denn er kannte nur die Zahlen bis zwanzig. Weil sich Wilhelm unter das Bett gelegt hatte, war ihm der Schrank als Versteck geblieben. Ihm fiel das Kichern ein, das er unterdrücken musste, als Gundula rief: »Eins, zwei, drei, vier Eckstein, alles muss versteckt sein. Ich komme …«

Dann hatte es an der Tür geklopft. Das war nichts Ungewöhnliches, denn zum Vater kamen die Kunden immer nach Hause. Der Schuster war in der Nachbarschaft bekannt. Wahrscheinlich stand jemand mit einem Paar Stiefel, deren Sohlen durchgelaufen waren, vor der Tür.

Der Tod hatte sich mit einer Banalität angekündigt. Aber dann war da ein Schrei, der Schrei seiner Mutter.

Er hörte ihn noch immer. Hektor sprang auf.

Seine Phantasie musste ihm einen Streich spielen.

Der Schrei kam aus seinem Haus und riss ihn aus seinen Erinnerungen und dem Selbstmitleid.

Frau Lindemann griff sich ans Herz und sank hechelnd auf die Sitzfläche des Sofas.

»Das wollte ich nicht. Das hab ich nicht gewollt!«, stieß sie außer Atem hervor. Obwohl sie nicht ganz vom Himmelreich überzeugt war, konnte es durchaus sein, dass es den Himmel gab und mit ihm die Hölle. Darin würde sie landen, sobald sie tot war. Eine Kindesmörderin war sie, eine elende.

Frau Lindemann hasste sich. Ja, sie hatte es verdient, dass sie jetzt sterben musste. Es war die Strafe dafür, dass sie das Lösegeld an sich genommen hatte. Sie hatte das unschuldige Kind auf dem Gewissen. Oh, wenn sie doch nur alles rückgängig machen könnte. Aber dafür war es jetzt zu spät. Sie würde sterben und vor ihren Schöpfer treten.

Ihre Augen wanderten zur Zimmerdecke. Dass direkt über

ihr ein dickes Spinngewebe hing, störte sie. In den letzten Minuten ihres Daseins hatte sie ein bisschen Würde verdient.

Wenn sie wenigstens ihr neues, sauberes Nachthemd trüge. In diesem befleckten Fetzen würde sie vor Gott, dem Allmächtigen, erst recht wie eine Sünderin dastehen.

Mit dem Zeigefinger kratzte sie an dem Schokoladenfleck auf ihrer Brust herum. Sie hatte nicht schlafen können und sich deshalb noch mit Pralinen und ihrem Roman in den Salon gesetzt.

»Ach, ach, ach.« Bedauernd blickte sie zu dem lindgrünen Buchumschlag, der bei dem ersten Schrei vom Sofa auf den Boden gerutscht war. *Das Heideprinzesschen* würde sie nun nicht mehr zu Ende lesen. Vorbei war es mit den gemütlichen Stunden auf dem Sofa vor dem Kamin. Sie sah die Flammen auflodern.

In die Hölle würde sie kommen, geradewegs ins Fegefeuer, wo die Teufel besonders fest mit ihren Mistgabeln zustachen. Und das Schlimmste war, dass es nur eine Frage der Zeit sein konnte, bis sie dort für immer mit ihrem schlechtgeratenen Ehemann vereint wäre.

Sie konnte die Gabelzinken als stechenden Schmerz in ihrem Herzen fühlen und schrie erneut.

»Frau Lindemann, was ist mit Ihnen?« Der Herr Doktor stürzte in den Salon.

»Ich sterbe. Bei Gott, ich sterbe«, keuchte sie. Sie streckte eine Hand nach ihm aus. Sie würde dem gnädigen Herrn ihre Sünden beichten, um reinen Gewissens ins Himmelreich aufzufahren. Ein Arzt war ja fast so etwas wie ein Priester, redete sie sich ein.

Dr. von Thorwald griff nach ihrer Hand, fühlte ihren Puls, schob ihre Augenlider hoch und legte ein Ohr an ihre Brust.

Sie wollte, dass er sich endlich setzte und ihr die Beichte

abnahm. »Sie waren mir immer ein guter Dienstherr«, brachte sie hervor. »Ich werde bei unserem Schöpfer ein gutes Wort für Sie einlegen.«

»Haben Sie getrunken, Frau Lindemann?«

»Ich bin so schwach. Ich muss jetzt sterben.«

»Den Teufel müssen Sie.« Der Herr Doktor richtete sich auf. »Das sind bloß die Nerven. Sie sind überspannt. Gehen Sie ins Bett, und schlafen Sie sich aus, dann sind Sie morgen so frisch wie eh und je.«

Was erzählte er da? Hatte sie es wirklich verdient, dass er sich über sie lustig machte, während sie den letzten Atemzug tat? »Aber mein Herz!«

»Ihr Herzschlag ist etwas beschleunigt. Trinken Sie einen Baldriansud.«

»Ich muss wirklich nicht sterben?« Ein klein wenig Hoffnung keimte in ihr auf.

»Nein.«

Sie griff nach seiner Hand und bedeckte sie mit Küssen. »Danke, danke, Sie haben mich gerettet.«

Er entzog sich ihr und fuhr sich mit beiden Händen durchs Haar. »Tun Sie mir einen Gefallen, und gehen Sie schlafen.« Ohne ihr eine gute Nacht zu wünschen, verließ er den Salon. Frau Lindemann setzte sich auf.

Das war ein Zeichen gewesen, umzukehren und ein besserer Mensch zu werden. Sofort würde sie damit beginnen.

Sie suchte ihre Schlafkammer auf und holte den Korb mit den Flaschen unter ihrem Bett hervor. Darin lag auch das Geld. Sie nahm einen Teil der Scheine an sich, steckte sie in einen Umschlag und leckte die Klebefläche an. Nachdem sie den Umschlag fest verschlossen hatte, schlüpfte sie in eines ihrer Kleider, warf sich ein Cape über und trat in den Flur. Sie hörte, wie die Haustür zuschlug. Rasch eilte sie zum Fenster und sah nach draußen. Der gnädige Herr ging schnellen Schrittes davon.

Was hatte er zu dieser späten Stunde vor? Sie gab sich die Antwort selbst. Zu den Huren würde er gehen. Das hatte er schon oft getan, wenn auch nicht in der letzten Zeit. Sie konnte es danach in seinen Kleidern riechen. Männer waren eben so.

Einen Moment lang wartete sie, dann verließ auch sie das Haus und lief in die entgegengesetzte Richtung.

Erbarmungslos riss der Sturm an der Decke, in die der kleine Körper gewickelt war. Das Neugeborene schrie. Unter dem Jungen lauerte die dunkle Spree. Er schwebte über den aufgepeitschten Wellen, nur von zwei Händen gehalten. Bis sie losließen. Er fiel. Seine Schreie wurden vom Wasser erstickt.

Denk nicht mehr daran. Hör auf. Das erträgst du nicht.

Cecilie blickte ins Dunkel ihrer Kammer und versuchte, sich Zimetbaums Gestalt in Erinnerung zu rufen. Der Blick aus seinen Augen, das Kitzeln seines Schnurrbarts, die kleine Narbe.

Doch ihre Erinnerungen blieben undeutlich.

Nachdem die Zimmerwirtin sie und den jungen Arzt herausgeklopft hatte, hatte die alte Dame Cecilie mit vielerlei unschmeichelhaften Bezeichnungen bedacht. Im Anschluss daran war jegliche Nähe und Anziehung zwischen ihnen verflogen gewesen. Zimetbaum hatte sie nach Hause begleitet, ohne sie noch einmal zu küssen. Kurz war sie versucht, ihn hinaufzubitten, doch sie hatte es nicht getan.

Sie wusste nicht, ob sie es bedauern sollte, denn die Einsamkeit in ihrer Kammer konnte sie geradezu greifen. Noch nie hatte sie einen Mann so nah an sich herangelassen wie Zimetbaum. Ihr Körper hatte auf eine Art und Weise auf seine Berührungen reagiert, die sie befremdet hatte.

Als es an der Tür klopfte, erstarrte Cecilie. Das musste Zimetbaum sein. Wenn sie ihn jetzt hereinließe, würde sie sich ihm hingeben.

Sie wusste nicht, was sie tun sollte. Sie fühlte, es war nicht das Richtige für sie.

Er ist nicht der Richtige.

Es klopfte erneut.

Sie schlug die Decke zur Seite, stand so leise wie möglich auf und schlich im Dunkeln zur Tür. Was sollte sie nur tun?

Wieder klopfte es.

Und wenn sie ihn küsste, um zu prüfen, was sie dieses Mal empfand? Flach atmend öffnete sie die Tür einen Spaltbreit. Von Zimetbaum konnte sie nur die Umrisse ausmachen. Er drängte sich ins Zimmer und zog sie mit beiden Händen an sich. Sein Geruch war ihr auf eine seltsame Weise vertraut, irgendwie vertrauter, als er es bei ihm zu Hause gewesen war. Ihre Nasenflügel weiteten sich. Sie sog den Geruch in sich auf und spürte, wie die Erregung von ihr Besitz ergriff.

»Küss mich«, entfuhr es ihr. Cecilie wartete nicht ab, bis seine Lippen die ihren trafen, sondern kam ihm entgegen.

Der Moment der Berührung war intensiv. Ihr Körper, diesmal ohne die Einschränkung des Korsetts, presste sich an ihn. Ihre Brüste waren nur vom Stoff des Nachthemdes bedeckt. Sie ließ die Hände seinen Rücken hinunterwandern. Er fühlte sich irgendwie anders an. Um so vieles besser.

Seine Zunge fuhr zwischen ihre Lippen, das Blut rauschte in ihren Ohren. Sie spürte, wie sehr sie ihn wollte.

Plötzlich traf sie ein Gedanke. Der Schnurrbart. Es kitzelte und kratzte nicht mehr an ihrer Haut wie noch zwei Stunden zuvor. Hatte er ihn etwa abrasiert?

»Samuel?«

Er schluckte vernehmlich, und sein Atem ging schnell.

Sie ließ ihre Hand verlangend über seinen Rücken gleiten, doch er entzog sich ihr. Die Kälte des Raumes drängte sich zwischen sie.

»Was ist?«, wollte sie wissen. Cecilie fröstelte. »Bist du nicht deswegen gekommen?« Sie machte einen Schritt auf ihn zu.

Er wich vor ihr zurück. Es war, als hätte er sie von sich gestoßen. Sie hörte, wie die Schritte seiner Stiefel auf der Treppe immer leiser wurden. Vergeblich streckte sie ihre Hand in der Dunkelheit nach ihm aus.

22

In der Mitte der Bahre zeichnete sich ein kleiner Körper unter dem Leichentuch ab. Cecilie streckte die Finger aus, berührte den Stoff aber nicht. Sie holte tief Luft. Noch nicht. Es war nicht die Trauer, die sie zurückhielt, es war die Angst. Angst davor, wie sie den Anblick ihres toten Halbbruders verkraften würde.

Dr. von Thorwald trat neben sie, und seine körperliche Präsenz wurde ihr sehr bewusst. Sie hörte ihn atmen und wünschte sich einen Moment lang, er würde den Arm um sie legen und dem Schrecken dadurch die Schärfe nehmen.

Sie wunderte sich über diese Erwartung.

»Sie müssen sich das nicht antun«, sagte er.

Doch, das musste sie. Sie war es Elsa und dem Kind schuldig. Sie konnte den Jungen nicht alleinlassen.

Mit einem Ruck zog sie das Leichentuch fort. Ihr Blick ging zu Dr. von Thorwald, der sich auf die Unterlippe biss.

Kommissar Tiegler stöhnte auf. »Es gibt Tage, die sollte man besser aus der Erinnerung streichen.« Er hielt sich eines seiner karierten Taschentücher vor die Nase.

Auf dem Edelstahl der Bahre lag der winzige Leichnam. *Wissenschaftlich betrachten*, sagte sie sich. *Es ist der Körper eines Säuglings, nicht mehr und nicht weniger. Erfinde nichts, interpretiere nichts hinein.*

Der Leichnam hatte sehr lange im Wasser gelegen. Stellenweise war die Haut vollständig abgelöst. Der linke Unterschenkel, der rechte Brustkorb und beide Hände waren skelettiert, der Nabelschnurrest war weggefault. Man konnte nicht mehr erkennen, ob es sich um einen weiblichen oder männlichen Säugling handelte. Die Füße waren von livider graubläulicher Farbe und faltig. Sie griff nach dem Maßband und hatte das Gefühl, sich daran festzuhalten, als sie die Länge des Rumpfes maß.

»Fünfzehn Zoll«, presste sie hervor und starrte auf die leeren Augenhöhlen.

Es ist nur ein Körper. Ein toter Körper wie so viele andere, die du gesehen hast. Er unterscheidet sich außer in der Größe in nichts von jeder anderen Leiche.

Sie sagte es sich wie ein Gebet vor, als sie mit beiden Händen das Kind hochnahm, um es auf die Waage zu legen. Wie unglaublich leicht es war.

Cecilie bemerkte, dass Dr. von Thorwald sie beobachtete.

Reiß dich zusammen.

»Ein Pfund, sechs Lot«, las sie von der Maßskala ab. Magensäure stieg ihre Kehle hoch, und sie schluckte mehrmals, bis sich ihr Mund trocken anfühlte.

»Legen Sie ihn auf den Bauch.« Der Gerichtsarzt untersuchte den Rücken. Auch die Knochen der Wirbelsäule waren freigelegt worden.

»Wasserratten«, knurrte der Kriminalbeamte. »Die sollte man alle vergiften.«

Sie hörte seine Worte gedämpft, als stecke ihr Kopf unter Wasser.

Nach Abschluss der äußeren Leichenschau reichte Cecilie Dr. von Thorwald ein Messer. Sie konnte das Zittern nicht unter Kontrolle bringen. Er hielt ihre Hand fest. Wärme durchströmte sie. Als er sie losließ, fühlte sie sich ruhiger. Sie brachte es fertig, zuzusehen, wie der Leichenarzt den Rest der

Brusthöhle freilegte. Da die rechte Lunge ganz aufgefressen war, nahm er die linke heraus, die die Höhle strotzend ausfüllte, und untersuchte sie.

»Anämisch«, diktierte er. »Enthält viel wässrigen Schaum.«

Die Schleimhaut der leeren Luftröhre und des Kehlkopfes war von schokoladenbrauner Verwesungsfarbe. Die Untersuchung des Herzens ergab in beiden Hälften ein wenig schmieriges Blut. Das Gehirn war nur mehr ein grauer Brei.

Als Dr. von Thorwald durch die Bauchdecken schnitt, zeigte es sich, dass diese schwarzfaul waren. Anstelle der Eingeweide fanden sie eine Verseifung vor.

»Mein abschließendes Urteil lautet dahin gehend«, sagte der Gerichtsarzt, »dass der Donatus unmittelbar bis circa zwei, drei Tage nach seiner Geburt, bevor eine Mumifikation der Nabelschnur einsetzen konnte, ins Wasser geworfen wurde.«

Sie merkte ihm die krampfhafte Beherrschung an. Seine Kiefermuskulatur war angespannt, als presse er die Zähne mit aller Kraft aufeinander. »Die Untersuchung der Lunge ergibt«, fuhr er fort, »dass der Donatus mit großer Wahrscheinlichkeit noch geatmet hat, als er unter Wasser gelangte.«

Es war Cecilie unerträglich, die Worte zu hören, und auch Tiegler hatte das Gesicht schmerzlich verzerrt.

Dr. von Thorwald drehte sich zu ihr um. Es sah aus, als ringe er sich ein Lächeln ab. »Es ist ausgeschlossen, dass es sich um Elsas Kind handelt«, sagte er dann.

Sie starrte ihn an.

»Haben Sie gehört, Fräulein Cecilie? Es ist nicht Ihr Halbbruder.«

Sie begriff nicht.

»Die Verwesung ist viel zu weit fortgeschritten«, erklärte er. »Ich gehe davon aus, auch wegen der um den Donatus gewickelten Decke aus dem Bestand der Charité, dass es sich bei dem Leichnam um das verschwundene Kind Gertrud Ackermanns handelt.«

Cecilie wusste nicht, was sie fühlen sollte. Da war Erleichterung in ihr, aber auch Trauer um das unbekannte Kind, das sein viel zu kurzes Leben in dem kalten Wasser der Spree beendet hatte. Und da war Furcht. Die Furcht vor dem, was ihrem Halbbruder stattdessen zugestoßen sein mochte.

Als sie sich daranmachte, die Leiche für den Bestatter herzurichten, trat Dr. von Thorwald neben sie.

Er räusperte sich. »Nun gehen Sie schon!«

»Wohin?«

»Zu Elsa. Ich sehe Ihnen doch an, dass Sie zu ihr wollen.« Er wich ihrem Blick aus.

Mit beiden Händen zog Schwester Johanna an einer Frau mit einem enormen Bauch, die auf dem Boden hockte. Die kleine Krankenwärterin drohte bei dem ungleichen Größen- und Gewichtsverhältnis vornüberzukippen. Auf ihrer Stirn stand Schweiß, und ihr Keuchen hallte im Flur des Gebärpavillons wieder. Plötzlich fing die Schwangere zu kreischen an. Cecilie zuckte zusammen.

»Hoch mit dir«, kommandierte die Krankenwärterin.

»Ich kann nicht«, schrie die Frau.

»Du bekommst dein Kind gleich hier, wenn du dich nicht bewegst.« Schwester Johanna machte einen erschöpften Eindruck auf Cecilie. Beinahe überkam sie Mitleid.

»Aber es tut so weh«, jammerte die Schwangere.

»Daran hättest du denken können, bevor du dich hast schwängern lassen. Komm schon!«, giftete die Krankenwärterin. Cecilie hielt es nicht länger für nötig, ihre Hilfe anzubieten. Vielleicht hatte Fräulein Sybille doch recht, und Schwester Johanna war tatsächlich verhärmt und boshaft.

Jetzt erst bemerkte die Krankenwärterin die Besucherin und starrte sie an. Cecilie fragte sich, ob das schreckliche Erlebnis der Sektion der Säuglingsleiche sich in ihren Gesichtszügen eingegraben hatte. Mit der Hand fuhr sie sich über die Wange.

»Ich möchte zu Elsa«, sagte sie, als müsse sie für ihre Anwesenheit eine Erklärung geben.

Die Schwangere wimmerte. Schwester Johannas Augen weiteten sich. Schweiß lief über ihre Schläfen, und ein intensiver Geruch ging von ihr aus. »Zu Elsa? Da sollten Sie besser vorher zum Herrn Doktor.«

»Wieso? Ist etwas mit ihr?«

»Das wird Ihnen der Herr Doktor sagen.«

Cecilie fürchtete um das Mädchen. Sie wollte so schnell wie möglich wissen, was mit ihr war. »Wo finde ich Doktor Eisenmann?«

»Der Doktor, der ist im Büro.« Schwester Johanna riss wieder am Arm der Schwangeren.

Die Tür zum Zimmer des Gynäkologen stand offen. Als Cecilie eintrat, wirkte der Raum auf den ersten Blick leer. Doch etwas war geschehen, irgendetwas lag in der Luft. Cecilie blieb stehen und kniff die Augen zusammen. Feine Blutspritzer überzogen die Wand mit dem Regal. Ahnungsvoll ging sie um den Schreibtisch herum. Fast hatte sie den Anblick der Leiche, die mit dem Gesicht nach oben auf dem Boden lag und an die Decke zu starren schien, erwartet, dennoch stützte sie sich an der Schreibtischplatte ab.

Die Kehle der Frau war durchtrennt und ihr Gesicht zerschnitten. Nur an dem honigfarbenen Haar und dem schwarzen Kleid mit der weißen Schürze erkannte sie die Tote als Fräulein Sybille. Inmitten der Blutlache lag ein Skalpell. Daneben saß eine Frau, als habe sie sich soeben zu einem Picknick niedergelassen. Ihr grün-rot gestreiftes Kleid war blutverschmiert, und besonders auf ihrem runden, nach vorne ragenden Bauch klebte das Blut. Frau Eisenmann.

»Was haben Sie getan?« Cecilies Worte hallten in dem Raum wider.

Die Eifersucht fraß sich in seine Eingeweide, als Hektor der Umarmung, der Berührung ihrer beider Körper nachspürte. Die Hitze, der Duft ihrer Haut, das Knistern des Haares, ihr keuchender Atem. Und der Kuss. Der Kuss. So innig, dass er meinte, ihre Lippen noch immer schmecken zu können. Niemals zuvor hatte ihn der Beischlaf mit einer Frau derart in Erregung versetzt wie das Spiel ihrer Zungen. Dennoch war alles nur eine billige Illusion gewesen. Ihre Leidenschaft hatte nie ihm gegolten, sondern einem anderen. Diesem wichtigtuerischen jungen Arzt. Wie er ihn hasste, ja verabscheute. Samuel hatte sie ihn genannt. Samuel.

Er wünschte ihm Flecktyphus, entstellende Furunkel, widerwärtigen Mundgeruch, im Gesicht wuchernde Syphilis.

Es war ihm bewusst, wie lächerlich und kleinlich seine Rachegelüste waren. Die Gefühle des Verlierers.

Dass er Fräulein Cecilies Liebe ein für alle Mal verloren hatte, schlimmer noch, dass er nie besessen hatte, was sich ein anderer im Vorbeilaufen nehmen konnte, war unerträglich.

»Hören Sie mir überhaupt zu?« Kommissar Tiegler ließ sich in seinen Stuhl fallen. Das Holz ächzte unter seinem Gewicht. Mit dem Ärmel wischte er die größeren Teile des von der Decke gefallenen Putzes von der Akte, dann pustete er. Eine Staubwolke stieg auf. »Der Knecht gibt zu, intim mit Schwester Agnes Maria verkehrt zu haben.« Das Papier raschelte. »Im Schafstall haben sie sich getroffen. Wie romantisch. Was müssen die beiden nach dem Liebesspiel gestunken haben.«

Die Besucherstühle im Präsidium waren unbequem. Es knarrte, als Hektor sich zurücklehnte.

»Monatelang ging das wohl so, bis die Nonne merkte, dass sie schwanger war. Laut Aussage des Knechts waren sie völlig bestürzt. Mein Gott, wie blöd muss man sein?«, fuhr Tiegler fort. »Dass die heilige Dame zu naiv war, das glaub ich ja noch, aber der Kerl muss doch von seinen stinkenden Schafen her wissen, dass bei der Rammelei irgendwann Kinderlein rauskommen.«

Hektor versuchte, seine Gedanken unter Kontrolle zu bekommen und die Bilder aus seinem Kopf zu verbannen, wie sich Fräulein Cecilie und Zimetbaum nackt auf ihrem Bett wälzten. »Hat der Knecht der Nonne deshalb die Schwefelsäure gegeben?«

»Angeblich hat er in ihrem Auftrag die Engelmacherin aufgesucht. Er meint, er habe Schwester Agnes Maria nichts bieten können. Eine Heirat sei auch für sie ausgeschlossen gewesen.«

»Hat er den Namen der Engelmacherin rausgerückt? Konnte die Frau seine Version bestätigen?«

Wieder rieselte Putz herab, und der Kommissar blickte zur Decke. »Ich frag mich, ob die da oben Polka tanzen. Nein, die Frau war ausgeflogen. Muss Lunte gerochen haben. Der Knecht sagt, er habe das Fläschchen mit dem Gift geholt und es seiner Liebsten gegeben. Hat ja nicht ahnen können, dass Schwester Agnes Maria davon stirbt. Geheult hat er vor mir wie ein Schlosshund.«

»Glauben Sie ihm?«

Tiegler bohrte mit dem Zeigefinger in seinem rechten Ohr, das die typische Unförmigkeit von Ringerohren aufwies. »Wer weiß das schon.«

»Wird er angeklagt?«

»Selbstverständlich.«

Hektor blickte zum Fenster. »Also hat die erste tote Nonne nichts mit der zweiten zu tun?«

»Sieht ganz so aus. Schwester Hildegard scheint das Arsenik in der Charité bekommen zu haben. Auf jeden Fall ist sie dort mit den Vergiftungserscheinungen aufgefunden und aufgrund der Fehldiagnose ins Barackenlazarett eingeliefert worden.«

Die Tür zur Amtsstube wurde aufgestoßen, und Guido von Madai betrat den Raum. Mit einem abfälligen Blick streifte er den Kommissar, ehe seine Augen sich auf Hektor richteten. »Schön.« Sein Tonfall war schneidend. »Da haben wir die Herren ja gleich beieinander.«

Hektor erhob sich halb.

»Sie bleiben sitzen.«

Er blickte zu Tiegler, der die Schultern hochzog und die Stirn runzelte.

»Ich dachte, ich hätte mich bei unserer letzten Unterredung klar genug ausgedrückt«, ätzte von Madai. »Sagte ich nicht, dass ich über jeden weiteren Ermittlungsschritt unterrichtet werden möchte?«

»Doch«, gab der Kommissar kleinlaut zu.

»Und wann gedachten Sie, mich über die Sektion der Kinderleiche zu informieren?«, brüllte der Polizeipräsident. Sein Gesicht wurde knallrot.

»Ich dachte …«, hob Tiegler an.

»Sie sollen nicht denken, Sie sollen gehorchen.«

Der Kommissar sah Hektor mit aufgerissenen Augen an.

»Es ist mehr als wahrscheinlich«, sprang der Gerichtsmediziner ein, »dass es sich bei dem in der Spree gefundenen Leichnam um das verschwundene Neugeborene der ermordeten Charité-Patientin Gertrud Ackermann handelt. Das ist die

Frau, bei der Doktor Eisenmann mit einem angeblichen Kaiserschnitt einen Mord vertuschen wollte«, erklärte er.

»Das soll mich jetzt wohl beeindrucken?«, blaffte von Madai. »Tiegler, Sie hatten kein Recht, diese Obduktion durchführen zu lassen. Nicht ohne meine Einwilligung.«

»Aber die Fakten deuten alle auf eine Beteiligung Doktor Eisenmanns hin«, warf Hektor ein.

»Die Fakten bedeuten gar nichts! So viele Säuglinge werden von ihren unverantwortlichen Müttern umgebracht. Gerade Sie sollten wissen, wie oft das vorkommt. Wahrscheinlich hat die Frau das Kind ertränkt und sich dann selbst getötet. Doktor … Wie war noch mal sein Name …«

»Eisenmann«, sagte Tiegler.

»Doktor Eisenmann ist ein hervorragender Gynäkologe. Er ist über jeden Mordverdacht erhaben.«

»Das sehe ich anders«, protestierte Hektor.

»Ihre Sicht interessiert hier nicht.« Von Madai schrie wieder.

»Sie sollten dringend Ihren Blutdruck untersuchen lassen«, riet Hektor dem Polizeipräsidenten.

Kommissar Tiegler bekam einen Hustenanfall.

»Sie!«, wetterte von Madai. »Seien Sie bloß still, Sie! Bei Ihnen habe ich schon länger den Verdacht, dass nicht alles mit rechten Dingen zugeht. Wer Anzüge aus England trägt und seine Pariser Hemden in Frankreich waschen lässt, der ist äußerst verdächtig. Mit Deutschlands Todfeinden kollaborieren, das können Sie!«

Offenbar war der Polizeipräsident über die privaten Vorlieben des Gerichtsmediziners unterrichtet. Eine Wäscherin, die Schwester der Köchin, die Köchin selbst, jeder würde für ein paar Mark Informationen verkaufen, das wusste Hektor. Auch wenn es keine allzu intimen Geheimnisse waren, spürte er doch das Unbehagen, das in ihm aufstieg. Allein die Vorstellung, dass von Madai von seinen Gefühlen für Fräulein Cecilie wissen konnte, erfüllte ihn mit Schrecken.

»Herr von Madai, ich wehre mich entschieden gegen die Bespitzelung meines Privatlebens.« Ihn schockierte, dass der Polizeipräsident seine Hatz, die sich gegen die Sozialdemokraten, Kommunisten und Nihilisten richtete, auch auf ihn auszudehnen bereit war.

»Ich lasse mich hier nicht zum Hanswurst machen. Sie sind ab sofort wieder im Streifendienst, Tiegler, und Sie, Herr von Thorwald, werden Ihre Zulassung als Gerichtsarzt verlieren. Dafür sorge ich persönlich.«

Durch die offenstehende Tür sah Hektor, wie eine schwangere Frau von zwei Polizisten hereingeführt wurde. Angesichts des brüllenden Präsidenten blieben die Gendarmen im Flur stehen. Tiegler winkte sie herein, vermutlich froh über die Ablenkung. Zögerlich kamen sie näher.

Von Madai bemerkte die Bewegungen in seinem Rücken und drehte sich um. »Was ist?«

Der ältere der beiden Polizisten stellte sich aufrecht hin. »Melde gehorsamst, wir haben soeben eine mutmaßliche Mörderin festgenommen.«

»Ja, und?«

»Ihr Name ist Eisenmann.«

Hektor beobachtete, wie die Augenbrauen des Polizeipräsidenten zu zucken begannen.

23

Die Schnitte, die das Gesicht durchkreuzten, gingen teilweise bis auf den Knochen. Die tödliche Halswunde verlief schräg von links unten nach rechts oben, ohne dass die Perlenkette zerschnitten war.

Cecilie löste den Schmuck, der sich bei genauerem Hinsehen als echt entpuppte.

»Eine Krankenwärterin wird sich kaum ein so teures Schmuckstück leisten können«, bemerkte sie, während sie mit einem Skalpell das schwarze Kleid auftrennte und die Seidenwäsche begutachtete, die darunter zum Vorschein kam.

Dr. von Thorwald brummte unbestimmt. Auch wenn sie daran gewöhnt war, dass er sich bei der Arbeit wortkarg zeigte, fand sie sein augenblickliches Verhalten seltsam. Wenn sie ihm ein Werkzeug reichte, nahm er es aus der größtmöglichen Entfernung an sich. Er schien jede körperliche Annäherung vermeiden zu wollen, und sei es bloß um zwei Zentimeter. Das unangenehme Gefühl beschlich sie, er könne ihr die Leidenschaft ansehen, die sie in der letzten Nacht empfunden hatte.

Diese war derart intensiv gewesen und hatte ein so abruptes Ende gefunden, dass Cecilie noch immer nicht verstand, was eigentlich mit ihr und Samuel Zimetbaum passiert war.

Wieso war er vor ihr davongelaufen? Was hatte ihn dermaßen erschreckt?

Er war es doch, der Andeutungen in Hinblick auf eine gemeinsame Zukunft gemacht hatte. Gerade in dem Augenblick, als sie merkte, was sie tatsächlich für ihn empfand, stieß er sie zurück.

»Der untere Wundrand ist durch Retraktion der Haut bogenförmig«, diktierte Dr. von Thorwald. »Der obere ist nach innen eingestülpt.«

Die Ränder der Wunde waren intensiv mit Blut getränkt und klafften auf. Da alle Umstände für eine Mordtat sprachen, war die Sektion der Leiche eigentlich reine Routine. Noch während des Abwaschens sickerte das Blut nach.

»Die Ränder der Wunde sind scharf. In ihrem Grund sieht man die durchgeschnittenen Muskeln und die vollständig durchtrennte Luftröhre liegen.« Der Gerichtsarzt schlug die Haut zurück. »Die Halsschlagader ist in ihrer vorderen Wand eingeschnitten.«

Das Herz enthielt in allen vier Höhlen nur wenig Blut. Beide Lungen waren von grauer Farbe, anämisch und lufthaltig. »Knochensäge.«

Cecilie reichte sie ihm.

»Glauben Sie wirklich, dass Doktor Eisenmanns Frau hinter alldem steckt?«, fragte sie. »Aus Eifersucht?«

Er antwortete nicht, während er über die Tote gebeugt dastand. Eifersucht war ein sehr starkes Gefühl. Vielleicht eines der stärksten, die es gab, vergleichbar mit Hass. Hass auf den, der die Liebe des geliebten Menschen erlangt hatte, Hass auf das, was er einem selbst wegzunehmen schien.

Materiell hatte Fräulein Sybille Frau Eisenmann garantiert einiges genommen. An den Geldsorgen der Familie war sie nicht ganz unbeteiligt, wie die Seidenwäsche und der Schmuck vermuten ließen. Oder hatte die Frau des Gynäkologen verhindern wollen, dass eine andere ein Kind ihres Mannes austrug?

Sie betrachtete den Bauch der Toten. Er war leicht gerundet, allerdings nicht in der Weise, dass man auf eine Schwangerschaft schließen konnte.

Dr. von Thorwald machte einen Scheidenabstrich und legte den Spatel unter das Mikroskop.

»Samen.«

Sie wich seinem Blick aus, das Blut pochte in ihren Schläfen. Da fiel ihr die Emailleschüssel aus der Hand, und es schepperte. »Entschuldigung.« Sie hockte sich hin, um sie aufzuheben.

Aus der geöffneten Bauchhöhle nahm er nun den Uterus heraus. Er war augenfällig klein. Fräulein Sybille hatte sich höchstens im ganz frühen Schwangerschaftsstadium befunden, zu früh vermutlich, um es mit Gewissheit sagen zu können.

»Und?« Cecilie trat zu dem Gerichtsarzt. Dabei streifte ihre Schulter seinen Oberarm, und sie zuckte zurück.

»Nichts. Keine Fruchtblase, keine Plazenta, kein Fötus.« Seine Schultern spannten sich unter dem Hemd.

»Hat sie ihr Kind verloren?«, fragte Cecilie, während sie sich seiner körperlichen Nähe auffallend bewusst wurde.

»Ich kann nichts entdecken, was überhaupt jemals für eine Schwangerschaft gesprochen hätte.«

»Dann war sie eine Lügnerin und Erpresserin«, vermutete Cecilie.

»In dem Fall müsste sie ziemlich einfältig gewesen sein«, erwiderte Dr. von Thorwald. »Das glaube ich nicht. Doktor Eisenmann ist Gynäkologe. Er wäre bald darauf gekommen, wenn sie die Schwangerschaft nur vorgetäuscht hätte.«

»Aber das heißt, sie hat …«

»… den Liebesbrief nicht geschrieben«, beendete er den Satz, den sie angefangen hatte.

»Sie meinen, Fräulein Sibylle war gar nicht seine Geliebte?«

»Vermutlich schon. Aber wer sagt, dass sie die einzige gewesen ist?«

Wenn das stimmte, hatte Frau Eisenmann die falsche Nebenbuhlerin ermordet.

In Erwartung sein. Abwarten. Erdulden.

War eine Schwangere, die doch Leben schenken sollte, zu einem Mord fähig? Vielleicht, wenn das, was sie erdulden musste, schlimm genug war?

Leidenschaft. Leiden schaffen. Ertragen. Austragen.

Mit schnellen Stichen nähte Cecilie die Ränder der Sektionsschnitte zusammen. Dr. von Thorwald hatte den Leichenkeller schon vor einer Stunde verlassen. Seltsam hatte er gewirkt, irgendwie aufgewühlt und gleichzeitig nach innen gekehrt. Sie zog die Fäden so fest zu, dass Furchen entstanden.

Du erntest, was du säst.

Der Mann legte den Samen, der in der Frau zu einer Frucht heranwuchs. Trug Frau Eisenmann selbst die Schuld an dem, was geschehen war? Noch vor weniger als einem Jahr hätte Cecilie sich nicht vorstellen können, dass eine Frau zu so einer Tat fähig war. Frauen beaufsichtigten die Dienstboten und vertrieben sich mit Pianospielen und Näharbeiten die Zeit. Was sie schufen, war entweder unsichtbar oder Zierrat. Nur mit ihren Kindern konnten sie ins Leben hineinwirken.

Sie dachte an ihre Mutter. Einen Stammhalter hatte sie dem Vater nie schenken können, und die beiden Töchter, die sie geboren hatte, brachten keine Ernte ein. Cecilie sah Elisabeth Blum vor sich, wie sie den Blumenkorb stickte. Winzige Stiche, mit Konzentration ausgeführt, ganz in die Feinarbeit versunken. Um ein Kissen zu schaffen, das auf dem Sofa eines unter vielen sein würde.

Eines unter vielen. Frau Eisenmanns Kind würde das fünfte

sein. Das Kind der Geliebten wäre das erste. Elsas Sohn war ebenfalls der erste. Und er würde der letzte bleiben, auch wenn das Dienstmädchen überleben sollte. Ihr Leib würde keinen Samen mehr zum Keimen bringen.

Cecilie blickte auf die Naht, die sie fabriziert hatte. Die letzten Stiche waren fein, sorgfältig wie Stickarbeiten ausgeführt. Eng fügten sich die Wundränder aneinander. Und wenn dies das Geheimnis war? Wenn der Leib einer Frau wie eine Näharbeit gestickt werden musste? Kein Flickwerk am Uterus. Das Entstehen eines Bildes, einer Fläche.

Sie würde es nie erfahren. Kein Arzt, kein Mann würde auf sie hören, niemand würde ihre Idee in der Praxis probieren. Nicht einmal mit einem Medizinstudium würde sie in Deutschland als Ärztin zugelassen.

»Fräulein Cecilie!« Sie blickte auf, Nadel und Faden noch immer in der Hand.

Samuel Zimetbaum stand im Leichenkeller.

Sie blinzelte. Das Gaslicht musste schwächer geworden sein. Was wollte er von ihr?

»Ich habe mich nach Ihnen gesehnt.« Er lächelte.

Sie runzelte die Stirn. Etwas an ihm war anders. Er kam auf sie zu und wollte ihre Hand ergreifen. Angesichts ihrer Arbeit an der Leiche ließ er es sein, stellte sich aber so nah neben sie, dass sie den Geruch seines Körpers riechen konnte. Die Vertrautheit, die sie in der Nacht empfunden hatte, wollte sich nicht einstellen.

»Ihr Schnurrbart«, sagte sie.

»Was ist damit?«

»Er war doch abrasiert?«

Er zupfte an einem Ende und lächelte. »Sieht das so aus?«

Fetzen der Erinnerung. Der Mann in ihrer Kammer. Sein vertrauter Geruch.

Das Verlangen der Körper. Keine Spur von Fremdheit. Der Kuss. Das Spiel der Zungen. Ich will ihn.

Jetzt begriff sie. Sie hatte nicht Samuel Zimetbaum begehrt, ihre Leidenschaft hatte einem anderen gegolten. Dem anderen.

Ein taubes Gefühl breitete sich in ihrem Körper aus. Das hätte nicht geschehen dürfen, aber es war passiert. Es wäre weitergegangen, wenn sie nicht …

Samuel. Wie mochte der Name in Dr. von Thorwalds Ohren geklungen haben? Hart? Fremd?

Das war so verrückt. Er war zu ihr gekommen, hatte sie in seinen Armen gehalten und ihren Kuss erwidert. Wollte er etwas von ihr? Ein Ding der Unmöglichkeit, doch seine nächtliche Anwesenheit ließ keinen anderen Schluss zu. Ihr Herz klopfte laut.

»Ich kann Ihren Herzschlag hören.« Mit der Kuppe seines Zeigefingers strich Zimetbaum ihr eine Strähne aus der Stirn.

»Ich will hier raus«, sagte sie und rückte von ihm ab.

Cecilie war froh darüber, die Hände mit Karbol waschen und sich herrichten zu können. Das gab ihr Zeit, ein bisschen Aufschub. Sie musste Zimetbaum sagen, dass sie …

Aber was? Was sollte sie ihm nur sagen? Dass sie einen anderen für ihn gehalten und diesen mit einer Leidenschaft geküsst hatte, die sie bei dem jungen Arzt so nicht empfand?

Außerdem hatte sie gedacht, Dr. von Thorwald sei Zimetbaum gewesen. Woher sollte sie wissen, wem ihre Leidenschaft eigentlich galt? Es war zu verwirrend. Sie hatte keine Erfahrung in solchen Dingen.

Cecilie ließ es zu, dass Zimetbaum ihren Arm nahm, als sie auf die Straße traten.

»Wohin wollen Sie?«

Sie lief einfach los. Ihre Schritte waren schnell, zu schnell für Geständnisse.

In der Carlstraße bemerkte Cecilie, dass sie am Haus Dr. von Thorwalds vorbeikamen. Sie blieb stehen und blickte hinauf, ihre Augen suchten die Fenster seiner Bibliothek. Sie meinte, eine Bewegung wahrgenommen zu haben, und entzog Zimetbaum ihren Arm. Es wäre ihr nicht recht, wenn Dr. von Thorwald sie zusammen mit dem jungen Arzt sehen würde. Aber warum eigentlich nicht? Nach der vergangenen Nacht musste er ihre Liebe zu Zimetbaum ohnehin für eine Tatsache halten.

»Lassen Sie uns zum Schloss Monbijou spazieren«, sagte sie rasch.

Irgendwann überholte Zimetbaum sie und versperrte ihr den Weg. »Was gestern Abend geschehen ist …«

»Sehen Sie nur, der Leierkastenmann.« Auf der anderen Straßenseite drehte ein Mann in einem bunten Lumpenkostüm die Kurbel seines Kastens. Blechern ertönte die Melodie des Petersburger Marsches. Ein abgemagertes Mädchen in einem Rüschenkleid, dessen Saum zerrissen war, und mit einem Krönchen aus Papier auf dem Kopf sang dazu.

»Denkste denn, denkste denn, du Berliner Flanze, denkste denn, ick liebe dir, wenn ick mit dir tanze?«

Sie erspähte Cecilie und Zimetbaum, rannte über die Straße und wäre beinahe von einer Droschke erfasst worden. Der Kutscher schlug mit der Peitsche nach ihr, und sie streckte ihm die Zunge raus. Dann hielt sie den Napf in ihrer Hand dem jungen Arzt hin. Er holte einen Groschen aus seiner Hosentasche. Es klirrte, als er das Geldstück hineinwarf, und zufrieden zog das Mädchen davon.

»Fräulein Cecilie, ich möchte Ihnen versichern, dass meine Absichten die lautersten sind«, erklärte Zimetbaum.

Jetzt war es an der Zeit, ehrlich mit ihm zu sein. Aber was war die Wahrheit?

Sie hatte ihn geküsst und zugelassen, dass er ihren Körper berührte. Wenn er der nächtliche Besucher gewesen wäre, hätte sie sich ihm hingegeben. Cecilie schüttelte den Kopf.

»Es braucht Ihnen nicht peinlich zu sein«, meinte Zimetbaum. »In meinen Augen bleiben Sie immer eine Dame. Meine Gefühle für Sie haben sich sogar noch, wie soll ich es sagen, verstärkt.«

Sie betraten die alte Gartenanlage, die die baulich erweiterte Villa der Königin Sophia Dorothea beherbergte. Das Tor quietschte im Wind. Das Hohenzollernmuseum war bereits geschlossen. Im Sommer war der Garten ein Ort, den man in der staubig-heißen Stadt gerne zur Erholung aufsuchte. Bei diesen Witterungsverhältnissen durchstreiften sie die Wege allein.

»Ich empfinde eine tiefe Zuneigung zu Ihnen«, setzte der junge Arzt erneut an.

»Waren Sie schon mal im Museum? Haben Sie die Kuriositäten aus dem Bestand der Fürsten gesehen?«, fragte Cecilie mit viel zu hoher Stimme. Sie hielt ihren Hut mit einer Hand fest, damit er nicht wegwehte.

»Ähm, nein.« Zimetbaum runzelte die Stirn.

»Das sollten Sie aber. Es gibt so viel zu sehen, etwa die Büste Johann Spaldings.« Sie nannte das Erste, was ihr von ihrem Besuch als Schülerin her einfiel. Tatsächlich war ihr Spalding mehr als gleichgültig. Es lag auf der Hand, was Zimetbaum zu sagen beabsichtigte, und sie war sich nicht sicher, ob sie es hören wollte.

Selbstverständlich war es für sie verlockend, mit ihm nach Zürich zu gehen, aber reichte ihr das? Ein Leben an der Seite eines Arztes. Ein Leben für seine Studien? Und doch: Vielleicht war es ihre einzige Möglichkeit, Einfluss zu nehmen. Einen Mann zu finden, der auf ihre Beobachtungen hörte.

Und die Leidenschaft? Die Leidenschaft, die in ihr erwacht war, als sie ihn berührte, ohne zu wissen, dass er ein anderer war?

Der Kies knirschte unter ihren Füßen, als Zimetbaum im Schatten einer beschnittenen Eibe stehen blieb. Es war beinahe dunkel, so dass sie die Feinheiten seines Gesichts nicht mehr erkennen konnte. Er nahm seinen Zylinder ab, und der Wind zerzauste sein Haar. Dann zog er sie an sich heran, und seine Lippen näherten sich den ihren. Die Glocken der Sophienkirche begannen zu läuten.

24

Der Berliner ist toujours fidel, schwärmt für Pläsier und Krakeel. Für Corso, Tanzerei und auch Ball. Und dabei sucht er allemal … Viel Vergnügen!« Die Possenreißerin schmetterte ihr Liedchen ohne jedes Taktgefühl, dafür aber mit Inbrunst. Musikalisch begleitete sie sich mit den monotonen Klängen einer Ziehharmonika selbst. Als Hektor an ihr vorbeiging, warf sie ihm aus dick geschminkten Augen einen auffordernden Blick zu. Er sah weg.

In der Schankwirtschaft drängte sich die in letzter Zeit übliche Mischung aus Berliner Unterwelt und amüsierwilligen Touristen. Tagsüber gingen die Bayern und Hessen ins Café Kranzler, abends in die Spelunken, um zu Hause vom wilden Metropolenleben erzählen zu können. Von den Bruchbuden der Stadt, aus deren marodem Mauerwerk die Ziegel wie Zähne aus einem faulen Gebiss fielen, schienen sie wie Fliegen angezogen zu werden. Männer in Frack und mit Zylinder standen neben Fuhrleuten und Zuhältern. Auf den ersten Blick ließ sich manch eine der Damen in den bunten Kleidern und mit den in Mode gekommenen Federboas um den Hals nicht mehr von den Straßenmädchen unterscheiden.

Hektor kämpfte sich zur Theke durch. »Wenn dir die Knie zittern, dann trink en Bittern« war mit Farbe an die Wand geschrieben. Während er auf seine Weiße mit Schuss wartete, kam die Sängerin in seine Nähe. Sie trällerte ihr Liedchen erneut, vermutlich gab es keine zweite Strophe, dabei drehte sie ihm den Rücken zu. Ein paar Schritte zurück, und sie rieb ihr Hinterteil an seinem Schoß. Er spürte die Reaktion seines Körpers auf die Berührung.

Als sie ihre Gesangsdarbietung beendet hatte, lehnte sie den Kopf an seine Brust. »Hast du Lust?« Sie schürzte ihre Lippen. Unter der Schminke war sie jung und hübsch.

Er dachte an Fräulein Cecilie. An den Kuss. Cecilie. Samuel. Er hatte die beiden gesehen, Arm in Arm am Nachmittag vor seinem Haus.

Sein Gesicht näherte sich dem rotgefärbten Mund. Wenn er das Mädchen jetzt küsste, würde die Erinnerung an letzte Nacht verblassen.

»Dann halt nicht«, sagte sie, als er den Kopf in den Nacken warf. Er war froh, dass sie ging.

Ein Wirt hatte sich umgehört. Er war ihm noch was schuldig, seit sein Bruder als Mörder festgenommen worden war und Hektor durch eine illegale Sektion des Opfers festgestellt hatte, dass der Verdächtige unmöglich der Täter sein konnte. Laut Aussage des Wirtes lautete der Name der gesuchten Liesel eigentlich Lisabeth Samson. »Suff-Liesel« war ihr Spitzname. Wo ihr Kind abgeblieben war, wusste niemand, genauso wenig, wie jemand sagen konnte, wer der Vater war.

»Ein Helles!« Die Sängerin kam zurück an die Theke. Die Ziehharmonika stellte sie zu ihren Füßen ab.

»Das übernehme ich.« Hektor drängte sich neben sie.

Ihr Blick war abschätzig. Sie stocherte mit dem Fingernagel zwischen ihren gelben Zähnen. »Jetzt willst du doch?«

»Weißt du, ob die Suff-Liesel noch kommt?«

Sie war in ihrem Mund fündig geworden und schnippte das undefinierbare Etwas mit den Fingern weg. »Auf so was stehst du?«

»Kennst du sie?«

»Bist du ein Stammfreier?«

»Kommt sie noch oder kommt sie nicht?«

Mit einem Nicken deutete die Frau in die hintere Ecke der Wirtschaft. »Ist schon da.«

Er blickte in die Richtung. Mehrere Frauen, eine verbrauchter als die andere, sprachen reichlich dem Bier zu. »Welche ist es?«

»Die mit dem verbeulten Hut auf dem Kopf. Ich dachte, du kennst sie.«

Anstelle einer Antwort bestellte er ihr ein weiteres Bier, bezahlte und ging zu Liesel. Die Frau sah nicht auf, als er sich neben sie setzte. Ihr Kopf hing nach unten, und der Hut war ihr ins Gesicht gerutscht. Er stieß sie mit dem Ellbogen an.

»Was?« Sie fuhr hoch.

»Lisabeth Samson«, sagte er.

Ihre Augen waren glasig, die Augäpfel von ungesunder gelber Farbe. Unter dem Hut hing fettiges Haar heraus. Kinn, Nase und Stirn waren mit Eiterpusteln übersät. Ungeniert kratzte sie ihr Dekolleté. Bei dem Gedanken, dass die Flöhe, Läuse und Wanzen zu ihm herüberspazieren konnten, schüttelte Hektor sich. Sobald er nach Hause kam, würden seine Kleider in der Wäsche landen.

»Wo ist dein Kind?«, fragte er.

»Was?«

»Der Säugling, den du vor ein paar Tagen geboren hast. Wo ist er?«

Sie zog die Nase hoch. »Weeß ick nich.«

Viel Mutterliebe konnte er nicht erkennen. »Aber du hast ihn doch in der Charité bekommen. Im Gebärpavillon.«

Liesel widersprach nicht.

»Danach hast du dein Kind einfach so weggegeben? Für ein paar Mark?«

»War ein janzer Batzen.«

»Wer hat dir das Geld gegeben? Doktor Eisenmann?«

»Kenn ick nich.«

»Der Arzt, der dein Kind auf die Welt geholt hat.«

»Hat jesagt, das wächst in ein schönes Zuhause auf. Mit Vater und Mutter und Essen und warm Kleidern und Spielzeug.« Eine Regung huschte über ihr hässliches Gesicht.

Vielleicht hat sie sich doch als Mutter gefühlt und nur das Beste für ihr Kind gewollt, dachte Hektor. »Willst du ihn wiederhaben, deinen Sohn?«

»Das jeniert mir auch, aber nee.«

»Was ist passiert, nachdem du das Geld hattest?«

»Ick hab dit Jeld jenommen und bin weg. Hab nüscht jesagt wegen zwei Finger weniger.«

»Weißt du, wer dein Kind bekommen hat?«

Sie schüttelte den Kopf. »Aber ick hab die Frau jesehn. Es hat keener mitbekommen, aber ick bin uffjestanden und hab durch einen Türspalt jeschaut. Eene reiche Frau mit lauter Ringen an den Fingern. Weeß ick noch janz jenau.«

Weiter kam er mit ihr nicht. Hektor war frustriert. Dass er Liesel entdeckt hatte, hatte ihm die Hoffnung gegeben, er könnte den Halbbruder Fräulein Cecilies finden. Obwohl er ihr zürnte, dass sie sich mit einem wie Zimetbaum abgab, hätte er sie gerne glücklich gesehen.

Cecilie empfand nichts bei dem Kuss. Sie konnte die Kälte in ihren Zehen fühlen, aber keine Nähe, kein Ziehen in ihrem Bauch und auch keinen beschleunigten Herzschlag, während Zimetbaum seine Lippen auf die ihren gepresst hielt.

Sie rückte von ihm ab. Die Augen in seinem schönen Gesicht musterten sie forschend. Er öffnete den Mund, um etwas zu sagen, ließ es dann aber sein. Sie wünschte sich, sie könnte ihn mit der Leidenschaft, die sie in ihrer Kammer gespürt hatte, an sich ziehen, doch es ging nicht.

»Herr Zimetbaum«, setzte sie an.

»Samuel«, fiel er ihr ins Wort.

»Samuel, ich kann nicht«, sagte sie.

»Das verstehe ich.« Seine Ruhe verunsicherte sie. »Ich verstehe, dass du erst heiraten willst«, fuhr er fort. »Wenn du Angst hast, das Geld könnte nicht reichen, dann geben mir meine Eltern bestimmt etwas dazu.«

»Das ist es nicht. Ich war schon einmal verlobt. Mit einem Mann, der mir nichts bedeutet hat und dem ich gleichgültig war. Ich hätte in Luxus leben können, aber ich bin davongelaufen.«

»Ich versichere dir, Cecilie, dass ich nicht flatterhaft bin. Meine Gefühle für dich sind sehr stark.«

»Meine leider nicht. Nicht stark genug.« Seine Enttäuschung schmerzte sie.

»Ist es, weil ich Jude bin?«, fragte er misstrauisch.

»Nein.«

»Warum dann?«

»Ich weiß es nicht.«

»Du kommst erst zu mir nach Hause und willst dich mir hingeben, und jetzt weist du mich zurück?« Er klang verletzt.

»Ich wünschte, ich könnte dich lieben.«

»Dann war es das jetzt also? Das ist alles?«

Sie zögerte. Wenn sie sich doch nur im Klaren darüber wäre, was wirklich in ihr vorging. Das Leben, das er ihr anbot, war nahe an ihrem Traum. Aber eben nur nahe dran. Und sie empfand keine Leidenschaft für ihn.

»Tut mir leid«, sagte sie. »Ich mag dich wirklich gern.«

»Ich will kein Mitleid«, gab er forsch zurück.

Nichts, was sie sagen würde, konnte etwas an ihren Gefühlen ändern.

»Ich dachte, du wolltest mich. Immerhin bist du zu mir gekommen.«

»Ich dachte auch, dass ich … Aber ich liebe dich einfach nicht.«

Zimetbaum starrte sie an, dann ging er.

Sein resignierter Gang versetzte ihr einen Stich. Sie hatte ihn nie verletzen wollen. »Warte!« Cecilie lief ihm nach.

Er blieb stehen und drehte sich zu ihr um. Sie streckte die Hand aus. Zimetbaum blickte darauf.

»Bitte.« Sie war traurig.

»Mach's gut.« Er ergriff ihre Hand, hielt sie aber nur einen Augenblick, bevor er losließ. Er holte einen schlichten silbernen Ring aus der Jacke seines Rocks. »Was soll ich damit machen?«, fragte er. »Jetzt muss ich ihn einer anderen schenken.« Unter seinem Schnurrbart erkannte sie ein schmales, unglückliches Lächeln.

»Schick mir die Abschrift meiner Aufzeichnungen mit der Post zu«, rief er über die Schulter, als er dem Ausgang entgegenstrebte.

Erst nach etlichen Minuten verließ sie den Park. Der Ring. Es war etwas damit. Ein Ehering.

Vergiss, was dich ablenkt, betrachte nur das Wesentliche.

Es war nicht wichtig, wer wen liebte. Ob Dr. Eisenmann seine Frau betrog. Warum seine Frau die Geliebte umgebracht hatte. Wer der Nonne das Gift verabreicht hatte.

Wichtig waren nur die Kinder. Der Junge, der vor über einem Monat zur Welt kam, Gertrud Ackermanns namenloses Kind, um gleich darauf in der Spree zu sterben. Moses mit der verkümmerten Hand. Elsas Sohn. Es musste eine Verbindung geben. Oder ging es um die Unterschiede?

Der namenlose Sohn war tot. Moses wäre ebenfalls tot, wenn ihn der Fischer nicht aus dem Wasser gezogen hätte. Und Elsas Kind?

In dem zweiten Brief stand, es wäre inzwischen tot, aber es gab keinen Beweis. Mit Sicherheit ließ es sich nicht sagen. Die Haarlocke konnte von einem toten oder einem lebenden Kind stammen, und bei den anderen beiden Jungen hatte es keine Lösegeldforderung gegeben. Warum? Was war anders mit Elsas Kind?

Elsa. Sie wollte ihr Kind behalten. Spielte es eine Rolle, dass sich jemand um es sorgte? Aber doch nur, wenn der Junge noch lebte. Cecilie fürchtete, sich in ihrer Verzweiflung an einen Gedanken zu klammern, der abstrus war. Sie wollte keine Hoffnung schöpfen, wenn ihr Halbbruder längst tot war. Trotzdem. Konnte es sein, dass er nur für tot gehalten werden sollte? Letzten Endes schien es der Entführerin nicht um das Geld gegangen zu sein.

Die Entführerin. Die Frau, die den Säugling an sich genommen und weggetragen hatte. Getragen. Ein Kind unter dem Herzen tragen. Übertragen.

Siedend heiß fiel es ihr ein. Die Entführerin hatte Ringe an den Fingern getragen, dicke goldene Ringe. Sie hatte den Schmuck wiedergesehen. An Frau von Böhmes Händen.

War es möglich, dass sie die Entführerin war? Frau von Böhme hatte ihren Sohn erst zur Welt gebracht, nachdem Elsas Sohn geboren worden war. Aber dann war da noch die Haarlocke im Medaillon, das Frau von Böhme um den Hals trug. Leicht rötlich, genau wie das Haar ihres Bruders.

Der Gedanke ließ Cecilie nicht mehr los. Sie konnte ihren Verdacht bei Kommissar Tiegler melden, aber ihr fehlten Beweise und Zeit. Sie musste ihren Bruder so schnell wie möglich finden.

Vor dem Haus der von Böhmes scharrten angeschirrte Pferde mit den Hufen. Der Kutscher fütterte sie mit Hafer.

»Bekloppt, um diese Uhrzeit zu verreisen«, fluchte er.

Als Cecilie klingeln wollte, merkte sie, dass die Tür nur angelehnt war. Sie drückte sie auf. Schrankkoffer und Hutschachteln standen in der Eingangshalle. Ein Dienstmädchen brachte eine weitere Tasche, stellte sie ab und verschwand wieder.

Cecilie zögerte und überlegte, ob sie auf Dr. von Thorwald warten sollte, dem sie eine Nachricht geschickt hatte. Aber wer wusste schon, wann er nach Hause käme. Und morgen würde es zu spät sein, wie sie an den Koffern erkennen konnte.

Sie huschte ins Innere des Hauses. Das Kinderzimmer vermutete sie im oberen Stockwerk, daher lief sie zur Treppe und eilte die Stufen hinauf. Sie musste etliche Türen öffnen, bis sie den gesuchten Raum fand. Durch den Flur fiel Licht auf eine helle Tapete, auf der Tiere umhertollten. Unmengen an Spielsachen lagen auf dem Boden und den Regalbrettern. Schaukelpferde, Zinnsoldaten, Bälle, Spieluhren, Hampelmänner und Miniaturschiffe.

In der Mitte stand eine Wiege. Auf Zehenspitzen ging Cecilie dorthin, weil sie glaubte, die leisen Atemzüge eines schlafenden Kindes zu hören. Sie wollte nur einen Blick auf den Kleinen werfen, um sicherzugehen, ob es sich bei ihm um ihren Halbbruder handelte. Sachte nahm sie die gerüschte Decke weg. Die Wiege war leer. Eine Täuschung.

Sie vernahm ein Geräusch hinter der Durchgangstür, die Cecilie nun öffnete. Eine Frau saß auf einem Sessel, an ihren prallen Brüsten tranken zwei Kinder. In dem Zimmer befanden sich noch ein Bett und eine weitere, schlichtere Wiege. Die Frau sah sie aus müden Augen an.

»Wer bist du?«, fragte Cecilie.

»Fanny Kurz.« Die Amme klang erschöpft.

Cecilie erinnerte sich. So hatte die Frau geheißen, die mitsamt ihrem Neugeborenen verschwunden war. »Gib mir den Jungen von Frau von Böhme«, bat sie.

Fanny Kurz drückte die Kinder fester an sich, dabei entglitten den kleinen Mündern die bräunlichen Brustwarzen mit den großen Höfen. Die Säuglinge begannen sich zu winden und zu schreien, so dass die Amme sie kaum mehr halten konnte. Eines der Kinder war in ein schlichtes Baumwolltuch gewickelt, das andere trug ein gerüschtes Kleidchen. Sein Köpfchen war mit einem rötlichen Flaum bedeckt. Cecilie griff nach ihm.

»Nein!« Die Amme wehrte sie ab.

»Er ist nicht Frau von Böhmes Kind, sie hat ihn gestohlen. Die Mutter dieses Jungen heißt Elsa.« Wie unglaubwürdig ihre Erklärung auf die Amme wirken musste. »Ich bin seine Halbschwester. Gib ihn mir, bitte. Ich bringe ihn seiner Mutter zurück.«

Es war zu erwarten, dass Fanny Kurz sich nicht rührte. Die Säuglinge schrien immer lauter.

»Wir fahren gleich. Hast du den Kleinen gestillt?« Frau von Böhme platzte ins Zimmer. Sie trug ein Reisekleid, eine weiße Spitzenborte am braunen Hut rahmte ihr teigiges Gesicht ein. Als sie sah, wer bei ihr eingedrungen war, blieb ihr der Mund offen stehen, und ihr Kinn legte sich in Falten. »Sie?«

»Ich nehme meinen Bruder mit«, sagte Cecilie.

»Das lasse ich nicht zu.« Frau von Böhme stellte sich zwischen sie und die Amme und streckte die Hände abwehrend aus. An den Fingern glänzten die goldenen Ringe.

»Machen Sie die ganze Angelegenheit nicht noch schlimmer«, bat Cecilie.

»Er ist mein Sohn, mein Wilhelm. Sie haben keinen Beweis dafür, dass ich nicht die Mutter bin.«

»Aber ich werde aussagen, dass ich Sie als die Entführerin wiedererkenne.« Cecilie schob sie zur Seite, um sich ihren Bruder zu holen.

Doch Frau von Böhme hielt ihren Arm fest, als sie nach ihm greifen wollte. »Nein. Mein Wort hat mehr Gewicht als Ihres. Ich bin Frau von Böhme, mein Mann verkehrt mit wichtigen Persönlichkeiten. Wir waren schon bei Bismarcks zum Essen.«

»Trotzdem werden Sie um eine gynäkologische Untersuchung nicht herumkommen. Dabei wird man feststellen, dass Sie ihn«, Cecilie deutete auf das Kind in dem Rüschenkleid an der Brust der Amme, »nicht geboren haben. Die Tatsachen sprechen gegen Sie.«

Sie schüttelte die Hand ab und holte sich ihren Bruder, den die Amme nun ohne Widerstand hergab. Unsicher hielt sie den Säugling, der sofort aufhörte zu schreien. Umso deutlicher war das Schluchzen Frau von Böhmes zu vernehmen. Cecilie kam nicht umhin, Mitleid mit ihr zu empfinden. Mitleid mit einer Entführerin.

»Bei uns hat er es gut.«

»Das gibt Ihnen noch lange nicht das Recht, einfach ein Kind zu stehlen«, sagte Cecilie. Frau von Böhme ließ die Hände sinken. »Ich wünsche mir doch so sehr ein Kind, ich brauche ein Kind.«

»Dann holen Sie sich eins aus dem Waisenhaus.«

»Sie verstehen nicht. Mein Mann verlangt einen Erben, einen Stammhalter. Er war so weit, sich von mir scheiden zu lassen, weil ich meine Pflicht nicht erfüllt habe. Eine Scheidung! Diese Schande.«

»Ihr Mann weiß nicht, dass der Junge nicht sein Sohn ist?«, fragte Cecilie misstrauisch.

»Er darf es niemals erfahren.«

»Hat Doktor Eisenmann Sie darauf gebracht, Elsas Kind als das Ihre auszugeben?« Noch immer war ihr nicht klar, welche Rolle der Gynäkologe wirklich spielte.

»Nicht direkt. Ich hatte eine Fehlgeburt, zum wiederholten Mal.« Frau von Böhme war kaum zu verstehen, so leise sprach sie. »Er sagte, es bestehe keine Hoffnung, dass ich ein Kind bis zum Ende austragen kann. Niemals.« Sie fing wieder an zu weinen. »Mein Leib ist verdorben. Er wird mich nie zur Mutter machen.«

»Hat Doktor Eisenmann Ihnen die vorgetäuschte Schwangerschaft angeraten?«

»Er steckt in Geldschwierigkeiten.«

»Und Sie haben sich Elsas Kind gekauft.«

»So war es nicht. Er hat mir versichert, dass es das Kind eines unverheirateten Mädchens sein würde. Einer Mutter, die ihr Kind freiwillig hergibt. Ich wollte dem Jungen die Schande ersparen, als Bastard aufzuwachsen. Verwahrlost, hungrig, einer von vielen ohne Vater …«

Sie stellte ihre Tat als Wohltat dar, und für einen Moment war Cecilie versucht, ihr zu glauben. Doch da waren der tote Neugeborene und seine ermordete Mutter, da war Moses, der nur knapp dem Tod entronnen war. »Elsa hat ihren Sohn nicht freiwillig hergegeben.«

»Ich war verzweifelt, verstehen Sie das denn nicht?«

Cecilie überging ihre Frage. »Wie konnten Sie überhaupt die ganze Zeit die Schwangerschaft vortäuschen?«

»Doktor Eisenmann erklärte meinem Mann, er dürfe mir körperlich nicht mehr nahe kommen, da sonst die Möglichkeit eines erneuten Fruchtabgangs bestünde. Nicht, dass ihn das sonderlich bekümmert hätte.« Sie lachte bitter. »Vor mehr als einem Monat war es dann so weit. Eine Frau war bereit, mir ihr Kind zu geben.«

Der Säugling in Cecilies Armen wurde ihr allmählich schwer. »Freiwillig?«

»Aber ja. Ich täuschte Wehen vor und ließ mich in die Charité fahren. Dort besah ich mir das Kind, einen Jungen. Darauf habe ich bestanden. Er war hübsch und erstaunlich gesund, ein wenig zart vielleicht, aber das war nicht weiter schlimm.« Frau von Böhme streichelte über ihren Bauch, während sie redete. Cecilie vermutete, dass sie ein Kissen unter dem Kleid getragen hatte. »Ich gab Doktor Eisenmann das Geld, und er ging weg. Es dauerte eine Weile, dann kam er wieder. Er nahm mir den Jungen ab und bedauerte, die Frau wolle ihr Kind nun doch nicht hergeben. Als ich protestierte, versprach er mir, mich bald wieder rufen zu lassen. Ich sollte so tun, als hätte ich bloß Vorwehen gehabt.«

»Sie wissen, was mit dem Kind geschehen ist?«, fragte Cecilie. Die Hausherrin sah verwirrt aus. »Das Kind ist aus dem Kanal gezogen worden. Es wurde ermordet – und seine Mutter ebenfalls.«

»Nein!«, schrie Frau von Böhme.

Fanny Kurz blickte entsetzt von ihr zu Cecilie. Sie wirkte verängstigt und hielt ihr Kind eng an sich gedrückt. Um das Köpfchen hatte sie ein Tuch gezogen, als könne sie damit verhindern, dass es von der Grausamkeit der Welt erfuhr.

»Geh«, riet Cecilie ihr.

Die Amme knöpfte stumm die Bluse zu, stand auf, wickelte ihr Kind in eine weitere Decke, legte sich ein Tuch um die Schultern und schlug, soweit es die Größe des Zimmers zuließ, einen Bogen um Frau von Böhme. Die Tür ließ sie offen stehen. Frau von Böhme hatte sich auf den Sessel gesetzt, in dem die Amme eben noch die beiden Säuglinge gestillt hatte.

Cecilie blickte auf ihren Halbbruder, der in ihren Armen eingeschlafen war. Über sein Gesicht huschte ein Lächeln, das ebenso schnell verschwand, wie es gekommen war. Er sah erstaunlich friedlich aus.

»Was war mit dem Jungen, der in der Nacht auf des Kaisers Geburtstag geboren wurde? Der Junge mit den drei Fingern?«

»Fast zwei Monate hab ich gewartet. Doktor Eisenmann rief mich einfach nicht zu sich, und ich hielt es kaum noch aus. Ich hätte die Schwangerschaft unmöglich länger vorgeben können. Mein Mann schlug schon vor, einen anderen Spezialisten zu konsultieren.«

»Dann rief man Sie doch in die Charité.«

»Endlich hatte sich eine Mutter bereit erklärt, mir ihren Sohn zu geben.«

»Ihn zu verkaufen«, warf Cecilie ein.

»Ihren Sohn in besseren Verhältnissen aufwachsen zu lassen. Warum wollen Sie das denn nicht verstehen?« Frau von Böhme lächelte traurig. »Ich kam in den Gebärpavillon, aber das Kind, das Dr. Eisenmann mir anbot, konnte ich nicht nehmen. Es war verkrüppelt.«

»Ihm fehlten zwei Finger an einer Hand, mehr nicht.«

»Mein Mann wäre entsetzt gewesen«, rechtfertigte sie sich. »Ich habe meinen Teil der Abmachung eingehalten. Die Frau durfte das Geld trotzdem behalten, um für ihr Kind zu sorgen.«

Cecilie konnte die Unverfrorenheit, die in dem ganzen Handel lag, nicht länger ertragen. »Ihr Schweigen haben Sie sich erkauft. Und Sie haben das Todesurteil des Jungen unterschrieben. Er sollte ebenfalls ertränkt werden.«

»Damit habe ich nichts zu tun.«

»Ohne Ihre Abmachung mit Doktor Eisenmann wäre das alles nicht passiert. Kapieren Sie das denn nicht?« Cecilie kam es vor, als sehe sich die Dame der besten Gesellschaft noch immer im Recht. Auch wenn sie das persönliche Drama der Frau mitfühlen konnte, so hatte sie dennoch genug von deren fehlendem Schuldempfinden. »Wenn Ihr Tun dermaßen edel war, wieso haben Sie dann Elsas Kind gestohlen?«

»Ich habe es nicht ...«, fuhr Frau von Böhme auf, dann beruhigte sie sich. »Gut. Für Sie mag das so aussehen, muss es so aussehen. Das verstehe ich, aber es war ganz anders. Als ich den Krüppel nicht nahm, sagte Doktor Eisenmann, unsere Vereinbarung sei hinfällig. Die Schwangerschaft habe jetzt ein Ende. Er werde meinem Mann gegenüber behaupten, dass das Kind tot zur Welt gekommen sei. Das wäre es gewesen. Ich hätte nie wieder ein Kind bekommen.«

»Aber Sie haben nie ein Kind bekommen«, warf Cecilie fassungslos ein. »Sie haben es gestohlen.«

»Mir blieb keine andere Wahl. Ich nahm den Jungen und versteckte ihn hier im Haus. Dann schrieb ich den Brief mit der Lösegeldforderung. Doktor Eisenmann wollte mich davon überzeugen, dass ich den Jungen zurückgebe. So ein Schwachsinn. Als ob das für irgendeinen von uns von Nutzen gewesen wäre.« Frau von Böhme erhob sich.

Cecilie stand ebenfalls auf. Alles andere hatte Zeit bis zum polizeilichen Verhör. Dass Elsa ihr Kind wiederbekam, war im Augenblick das Wichtigste.

Sie wollte gerade zur Tür gehen, da legte sich eine Hand auf ihre Schulter und hielt sie fest. Der Druck der Finger war kräftig. Wäre Cecilie allein gewesen, hätte sie die Hand leicht abschütteln können, doch mit dem Säugling auf dem Arm blieb sie stehen.

»Lassen Sie mich.«

»Warten Sie. Ich gebe Ihnen, was Sie wollen. Nennen Sie mir den Preis!«, bat Frau von Böhme.

»Ein Kind ist unbezahlbar. Das sollten Sie eigentlich wissen.« Cecilie hielt den Jungen unsicher mit einer Hand, um mit der anderen die Finger von ihrer Schulter zu nehmen. Kaum war es ihr gelungen, sich loszumachen, riss Frau von Böhme an dem Kind. Im letzten Moment konnte Cecilie verhindern, dass es ihr entglitt und zu Boden fiel. Voller Sorge krümmte sie den Rücken und versuchte so, es zu schützen. Ihre Kontrahentin bekam einen Arm des Säuglings zu fassen, an dem sie heftig zog.

»Passen Sie auf! Das Kind!«, keuchte Cecilie.

Es blieb ihr nichts anders übrig, als loszulassen. Frau von Böhme presste den Jungen wie ein Tier an sich, das sie erbeutet hatte. Verzweifelt stand Cecilie ihr gegenüber.

»Wer ist da?«, fragte Frau von Böhme plötzlich.

Cecilie drehte sich um. In der Tür zum dunklen Kinderzimmer stand eine Gestalt, die etwas über dem Kopf hielt. Im nächsten Augenblick sauste dieser Gegenstand auf Cecilie zu.

Sie duckte sich, doch zu spät. Der Schmerz raubte ihr die Sinne.

25

Die Kutsche ruckelte über das Pflaster.

»Schneller.« Hektor schlug mit der Faust gegen die Wand, hinter der sich der Kutschbock befand. Der Hieb schmerzte, und er drehte die Handinnenflächen nach oben. Das Karbol griff die Haut immer stärker an, löste Schicht um Schicht, bis das rohe Fleisch zum Vorschein kam. Er riss an einem Hautfetzen. Es half nichts, so zu tun, als wäre er aus Stein.

Fräulein Cecilie hatte ihm einen Brief geschrieben. Sie vermutete, ihren Halbbruder bei den von Böhmes zu finden. Er wusste nicht, wie sie darauf gekommen war, aber er hatte Angst um sie.

Herr von Böhme war selbstgefällig und immer bereit, das Recht zu seinen Gunsten zu biegen. Sollte er wirklich etwas mit der Entführung zu tun haben, glaubte Hektor nicht, dass Fräulein Cecilie Elsas Kind einfach mit sich nehmen könnte.

Die Kutsche hielt in der Shadowstraße. Bei den von Böhmes brannte noch Licht, das alarmierte ihn. Eine Equipage stand vor dem Haus, mit riesigen Koffern beladen. Ein Dienstmädchen kam mit Schachteln bepackt aus der Tür. Hektor drängte sich an ihr vorbei.

»Wo wollen Sie hin?«

»Fräulein Cecilie, wo steckt sie?«

»Wer?«

»Das Kinderzimmer. Wo ist es?«, herrschte er das Mädchen an.

»Oben, aber Sie können nicht …«

Er nahm zwei Treppenstufen auf einmal.

Die Bedienstete lief hinter ihm her. »Ich schicke nach der Polizei«, keuchte sie.

»Welche Tür?«

Sie schwieg, aber ihr Blick wanderte zu einer Tür, die offen stand. Dahinter lag ein dunkles Zimmer.

»Fräulein Cecilie?« Keine Antwort.

»Mach Licht«, befahl er dem Mädchen, das völlig verängstigt wirkte. Er packte sie grob am Arm. »Licht!«

Folgsam entzündete sie die Gaslampen. Als die Flammen den Raum erhellten, schrie das Mädchen auf. Inmitten des Zimmers lag eine Frau, und im Durchgang zu einer Kammer befand sich eine weitere Person auf dem Boden. Hektor hockte sich neben die erste Frau. Sie blutete.

»Gnädige Frau, gnädige Frau«, jammerte das Dienstmädchen. Mehrmals war mit einer scharfen Klinge auf sie eingestochen worden. Die Schnitte gingen nicht tief, aber die Frau hatte viel Blut verloren. Er fühlte ihren Puls. Sie lebte.

Rasch zog Hektor seinen Frack aus. »Gib mir das Kissen da, genau das. Jetzt hol einen Arzt, schnell. Und schick nach der Polizei«, rief er dem Mädchen über die Schulter zu. Dann sah er das Skalpell. Die gleiche Tatwaffe wie bei Fräulein Sybille, der ermordeten Krankenwärterin. Nur dass bei ihr ein einziger Schnitt genügt hatte, um die Kehle zu durchtrennen. Frau von Böhme hatte gekämpft.

Den Bezug des Rüschenkissens aus der Wiege, das ihm das Dienstmädchen reichte, bevor es zur Tür hinauslief, riss Hektor in lange Stücke. Damit versuchte er, die Blutungen zu stillen und die Ränder der Wunden aufeinanderzupressen. Er wusste nicht, ob es ausreichte, denn der Blutverlust war sehr hoch.

Schließlich erhob er sich und wandte sich der zweiten Gestalt im Zimmer zu. Wieder erwartete er, Schnitte zu sehen, was er jedoch tatsächlich sah, ließ ihn schwindeln. Die Frau lag mit dem Gesicht auf dem Boden, dennoch erkannte er die rötlichen Locken, den schmalen Hals und die lange Gestalt. Fräulein Cecilie. Seine Cecilie.

Er geriet ins Stolpern und stützte sich an einem Regal ab, aus dem Zinnsoldaten polternd herunterfielen. »Sie darf nicht tot sein«, flüsterte er.

Erst die Leichen seiner Eltern, seiner Geschwister. Und jetzt sie.

Er warf sich auf die Knie, tastete nach ihrem Hals. Kein Blut, keine äußeren Verletzungen. Behutsam drehte er sie um. Auf der Stirn und dem Vorderschädel hatte sie einen heftigen Hieb abbekommen. Die getroffenen Stellen waren angeschwollen. Sie würden ihr Kopfschmerzen bereiten, aber sie würde keine Folgen davontragen.

Er bettete Fräulein Cecilies Kopf in seinen Schoß und ließ zu, dass ihm die Tränen kamen. Auf ihren geschlossenen Lidern verliefen zarte Adern wie die Linien auf einem frisch entfalteten Blatt. Ewig könnte er so sitzen bleiben. Jetzt, da er sicher war, dass es nicht schlimm um sie stand, wünschte er sich, die Polizei möge niemals auftauchen.

Das Kind fiel ihm ein, und er schob das Kissen unter Fräulein Cecilies Kopf. Es quälte ihn, sie loszulassen, aber es musste sein. Er ging zur Wiege hinüber. Wie erwartet war sie leer, und auch in der Wiege im angrenzenden Zimmer lag kein Säugling. Was um alles in der Welt war mit Elsas Jungen geschehen?

Das Erste, was Cecilie sah, als sie die Augen aufschlug, war die stuckverzierte Zimmerdecke. Sie drehte den Kopf zur Seite und stellte fest, dass er auf ein Kissen gebettet war. Sie selbst befand sich auf dem Boden, und ihr Schädel schmerzte. Sie war nicht allein im Raum, überall rannten Männer umher. Polizisten. Sie erkannte Kommissar Tiegler an seiner voluminösen Gestalt. Neben ihm stand Dr. von Thorwald. Dann sah sie den Frauenkörper, der auf eine Bahre gelegt und aus dem Raum getragen wurde.

»Ist sie tot?« Ein Krächzen kam aus ihrer Kehle.

Dr. von Thorwald bemerkte sie und hockte sich zu ihr. »Frau von Böhme lebt, aber sie hat viel Blut verloren. Besser, Sie bleiben noch liegen.« Eine Wärme lag in seinem Blick, die sie nie zuvor gesehen hatte.

»Ich kann nicht. Wo ist Elsas Sohn?«

Die Wärme wich Düsternis, und er zog die dunklen Augenbrauen über der Nasenwurzel zusammen. »Das wissen wir nicht. Im Haus ist keine Spur von ihm. Können Sie uns sagen, was passiert ist?«

Mit einem Pochen hinter den Schläfen, das dem Schlagen von Dreschflegeln glich, berichtete sie ihm in knappen Worten von ihrer aufblitzenden Erinnerung an die Ringe der Entführerin, von Fanny Kurz und ihrem Säugling, von Frau von Böhme, Elsas Jungen und der Gestalt, die sie niedergeschlagen hatte.

»Haben Sie irgendeine Ahnung, wer das gewesen sein könnte? Doktor Eisenmann vielleicht?«

Sie strengte sich an, aber sie erinnerte sich nicht. Da war nur Schmerz. Und Angst.

Tiegler stellte sich neben sie. »Ich hab meine Männer zu Eisenmann nach Hause und in die Charité geschickt. Alles in Ordnung so weit, Fräulein Cecilie?«

Sie nickte, obwohl im Grunde nichts in Ordnung war. Erst wenn sie ihren Halbbruder sicher bei der gesunden Elsa wusste, würde sie zur Ruhe kommen. Aber wie wahrscheinlich war das?

Frau von Böhme hatte ihn entführt, weil sie ihn als ihr eigenes Fleisch und Blut aufziehen wollte. Sie hätte ihm sicher nicht weiter geschadet. Wer ihn dieses Mal mitgenommen hatte, empfand nichts für den Jungen. Er musste sich seiner entledigen, sobald er konnte.

»Was ist, wenn er in die Spree geworfen wird?«, fiel ihr ein.

»Auf der Alsenbrücke habe ich schon einen Mann postiert.« Der Kommissar wollte sie wohl beruhigen, doch sie wusste, dass es viel zu viele Brücken in Berlin gab, die man nicht alle bewachen könnte. Dazu noch zahllose Senkgruben, in Kellerlöchern verborgene Kisten und Fässer.

»Kommen Sie, ich bringe Sie nach Hause.« Dr. von Thorwald half ihr, sich aufzurichten.

»Wir finden den Knaben, ganz sicher«, behauptete Tiegler.

Sie war froh, dass der Gerichtsarzt fest ihren Arm ergriff und jeden ihrer Schritte leitete, und fühlte sich geborgen. Eine Müdigkeit überkam sie, die es ihr schwermachte, überhaupt noch die Füße zu koordinieren.

Als sie die Eingangshalle durchquerten, rückte der große Zeiger der Standuhr auf die Zwölf vor. Zwölf Schläge. Bei jedem einzelnen dachte Cecilie, ihr Kopf würde platzen. Umso erholsamer empfand sie die frische Nachtluft. Der Wind, der seit dem Sturm noch immer kraftvoll blies, scheuchte den Gestank aus der Stadt.

»Schaffen Sie es, stehen zu bleiben, bis ich eine Droschke angehalten habe?«, fragte Dr. von Thorwald.

Sie nickte und riss sich zusammen, um nicht zu schwanken, als er ihren Arm losließ und auf die Straße trat. Eine Kutsche kündigte sich durch Klappern, Geläute und den Schein zweier Laternen an. Der Gerichtsarzt schwenkte die Arme. Sie sehnte sich danach, im Inneren der Kutsche den Kopf in den Kurven wie zufällig an seine Schultern sinken zu lassen.

Die Droschke hielt. Der Kutscher sprang von seinem Bock, nahm den schäbigen Hut ab und öffnete den Verschlag. Mit einem Herrn drängte der Geruch nach schwerem Frauenparfüm und durchfeierter Nacht heraus. Der Mann drückte dem Kutscher eine Münze in die Hand, dann ging er auf das Haus zu, vor dem Cecilie stand. In dem Mann, der sie mit leerem Blick anstierte, erkannte sie Herrn von Böhme wieder. Unsicher stieg er die Treppenstufen hinauf, dabei stützte er sich am Geländer ab.

»Müssen wir ihm nicht …«

»Tiegler wird ihm schon alles beibringen«, unterbrach Dr. von Thorwald, »falls von Böhme in seinem Zustand überhaupt begreift, was los ist. Steigen Sie ein.«

Der Schatten. Etwas war damit, das sie nicht verdrängen, aber auch nicht hervorholen konnte. Einem Einfall folgend schüttelte sie den Kopf. »Ich will in die Charité.«

»Wozu? Die Polizei hat Doktor Eisenmann bestimmt schon festgenommen.«

»Ich muss wissen, wie es um Elsa steht.«

»Zu dieser Stunde? Das Mädchen wird schlafen, und das sollten Sie auch tun.«

Cecilie blieb dabei, dennoch war sie erfreut, dass er hartnäckig darauf bestand, sie zu begleiten.

Im Gebärpavillon begegneten sie Schwester Johanna. Die Hände der Krankenwärterin gingen zum Kreuz auf ihrer Brust, rückten die Haube zurecht, griffen ins Leere und zupften am Schürzenband. Ständig waren sie in Bewegung. »Die Polizei hat gerade nach Doktor Eisenmann gefragt.«

»Hatte er Dienst?«, erkundigte sich Dr. von Thorwald.

»Er ist zu Hause und kümmert sich um seine Kinder, jetzt, da seine Frau im Gefängnis sitzt.« Auch ihre Augenlider kamen nicht zur Ruhe.

Cecilie konnte spüren, wie sich die Unruhe auf sie übertrug. »Wie geht es Elsa?«

»Besser, viel besser. Morgen können Sie zu ihr«, antwortete die Krankenwärterin.

Cecilie war erleichtert, aber sie fürchtete sich auch davor, der wachen Elsa die Nachricht zu überbringen, dass ihr Sohn schon in Cecilies Armen gelegen und sie ihn doch wieder hergegeben hatte.

»Sie müssen sich endlich ausruhen«, sagte Dr. von Thorwald. »Sie hat einen Schlag auf den Kopf bekommen«, erklärte er Schwester Johanna.

»O mein Gott. Jetzt sehe ich es. Hoffentlich haben Sie keine Gehirnerschütterung. Warum legen Sie sich nicht gleich hier hin? Ein Beobachtungszimmer ist gerade frei geworden. Da sind Sie ganz ungestört, und es ist schön geheizt«, schlug die Krankenwärterin vor.

Der Gerichtsarzt stimmte sofort zu. Er ließ Cecilies Proteste nicht gelten und führte an, dass sie in der Nacht ohnehin nichts mehr tun könne.

Froh, endlich der Mattigkeit nachgeben zu können, die ihre Glieder schwer werden ließ, folgte sie der Krankenwärterin in den Raum. Als sie sich hinunterbeugte, um die Schuhe auszuziehen, wurde ihr erneut schwindlig.

»Warten Sie, ich helfe Ihnen.« Dr. von Thorwald kniete nieder, knöpfte ihre Stiefel auf und zog sie ihr von den Füßen.

Sie fühlte, wie er ihre Knöchel umfasste, und die Berührung ließ die Angst in ihr schwächer werden. Kurz darauf standen die Stiefel nebeneinander an der Wand, und der Gerichtsarzt hatte sich erhoben. Sie legte sich auf die Matratze, und er deckte sie zu. Flüchtig berührte er mit den Lippen ihre Stirn. Auf ihr schwaches Lächeln hin ließ er seine Hand auf ihrer Schulter ruhen.

»Ein Tee wird Ihnen guttun.« Schwester Johanna war mit einer dampfenden Tasse hereingekommen, die das Zimmer mit einem angenehmen Duft füllte. Dr. von Thorwald trat vom Bett zurück. »Gehen Sie ruhig, Herr Doktor. Ich kümmere mich um sie.«

Cecilie wünschte sich, er würde bleiben, aber sie wusste nicht, was sie sagen sollte. Morgen war auch noch ein Tag.

»Trinken Sie.« Die Krankenwärterin stützte ihren Nacken, während sie ihr die Tasse an die Lippen hielt. Cecilie verbrannte sich die Zunge. »Gleich ist er abgekühlt.«

Sie legte den Kopf auf das Kissen und schloss die Augen. Der Duft von Lavendel umgab sie.

»Noch einen Schluck.« Folgsam nahm Cecilie die Tasse und trank. »So ist es gut.«

Die Krankenwärterin ließ sie allein. Cecilie stellte die Tasse ab, da sie sich zu schwach fühlte, um sie zu halten. Sie würde den Tee später weitertrinken. Jetzt wollte sie schlafen. Einfach nur schlafen.

Ihr Mund fühlte sich pelzig und trocken an, und sie hatte Durst. In der Dämmerung erkannte Cecilie die Tasse auf dem Nachttisch und griff danach. Sie verschüttete etwas von dem Tee, der mittlerweile kalt war, auf der Bettdecke. Endlich hatte sie den Kopf so weit aufgerichtet, dass sie die Lippen an den Rand der Tasse führen konnte, und sie hob sie etwas an. Die leicht abgestandene bittere Flüssigkeit traf auf die Geschmacksknospen ihrer Zunge.

Ein Kind schrie. Laut. Gellend.

Er schreit nach mir.

Cecilie fuhr hoch, und der Rest des Tees landete auf ihrem Kleid. Sie setzte sich auf den Bettrand. Eigentlich wollte sie aufstehen, doch von ihrem Magen her überkam sie Übelkeit.

Wahrscheinlich durch den Schlag auf den Kopf. Wenn sie einen neuen Tee bekommen könnte, würde es bestimmt besser werden.

Sie stellte sich hin. Fünf Schritte, und sie hatte die Tür erreicht. Kurzatmig, wie sie war, hielt sie sich am Griff fest. Es zog sie zum Bett zurück, aber sie konnte sich keine Schwäche erlauben, solange Elsas Sohn nicht gefunden war.

Die Tür öffnen. Auf den Flur treten. Weitergehen. Irgendwo ist doch die Küche.

Niemand kam ihr entgegen. Im Gebärpavillon war es ruhig. Ein Wunder, wenn sie an die Belegung der Betten dachte. Sie kam am Entbindungssaal vorbei und blickte hinein. Keine Kreißende, kein Arzt.

Plötzlich gab Cecilie ihren Mageninhalt von sich, und auf dem Gang breitete sich ein säuerlicher Gestank aus. Sie musste einen Lappen besorgen, um die Schweinerei wegzuwischen. Es war ihr peinlich, Schwester Johanna solche Unannehmlichkeiten zu bereiten. Wo steckte die Krankenwärterin bloß?

Indem sie sich an der Wand abstützte, ging sie weiter. Wieder schrie ein Kind, und sie sah in einen der Wöchnerinnensäle. Die Frauen schliefen oder stillten ihre Säuglinge. Schnarchen, Schmatzen, Glucksen – mehr war nicht zu hören. Leise schloss sie die Tür.

Schweiß stand ihr auf der Stirn, und ihr Herz raste unnatürlich schnell. Vorsichtig streckte sie sich auf dem Fliesenboden aus, bevor sie hinfiel. Die Kälte löschte das Feuer in ihr.

Er schreit nach mir.

Sie drehte sich auf den Bauch und versuchte, auf alle viere zu kommen. Wie ein Kleinkind bewegte sie sich fort. Die nächste Tür erreichen, das war ihr Ziel, weiter würde sie es nicht mehr schaffen. Mit letzter Kraft krabbelte sie dorthin.

Durch einen Spalt sah sie Schwester Johanna, die auf einem Stuhl saß und einen Säugling wiegte.

Ein Bild des Friedens und der Liebe, kam es Cecilie in den Sinn. Wenn nicht die Schreie des Kindes wären. Auf dem Tisch neben der Krankenwärterin stand ein Fläschchen mit Milch.

»Alles besorgt und bereit, dass nur mein Prinzchen nicht schreit.« Die tiefe Stimme Schwester Johannas füllte den Raum, als sie nach der Trinkflasche griff und dem Säugling den Sauger zwischen die Lippen schob. Wegen ihres runden Kopfes sah sie aus wie eine Puppenmutter mit ihrem Porzellankind. Der Säugling drehte das Köpfchen zur Seite und brüllte lauter als zuvor, den Mund weit aufgerissen. Das ganze Gesicht bestand nur aus Mund und Rachen, und seine Stirn war in Falten gelegt. Er hatte rötliche Haare.

Er schreit nach mir.

Mit der Stirn stieß Cecilie die Tür zum Zimmer auf und rutschte auf dem Bauch hinein.

Schwester Johanna sah auf.

»Warum haben Sie Ihren Tee nicht getrunken?«, fragte sie streng. »Warten Sie, ich koche gleich neuen. Ich muss nur das hier noch erledigen. Jetzt sei schön brav, mein Kleiner. Trink!«

Wieder steckte sie dem Säugling die Flasche in den Mund. Ihre Finger pressten aus dem Sauger ein paar Tropfen Milch auf seine Zunge.

Cecilie sah ihn nun deutlich, den Bauch, der sich unter der Schürze der Krankenwärterin abzeichnete. Plötzlich verstand sie. Schwester Johanna war die Geliebte Dr. Eisenmanns, sie trug sein Kind unter dem Herzen.

Cecilie streckte beide Hände aus. Nur wenige Zentimeter, dann könnte sie die Knöchel der Krankenwärterin erreichen. Sie spannte die Muskeln an und stemmte sich auf den linken Ellbogen. Es reichte nicht. Sie atmete flach.

Das Schreien hatte inzwischen aufgehört, der Kleine schmatzte zufrieden. Unter Aufbringung ihres gesamten Willens zog Cecilie erst das rechte Knie an, dann das linke, bis sie sich hinhocken konnte. Beide Hände schnellten nach vorne, um ihren Bruder zu fassen. Sie erwischte die Flasche, die ihr aus den Händen fiel. Das Glas zerbrach, und die Milch breitete sich auf dem Boden aus.

»Aber nein! Jetzt muss ich ihm ein neues Fläschchen zubereiten.« Tadelnd blickte Schwester Johanna auf sie herab.

Cecilie wusste nicht, was die Krankenwärterin dazu getrieben hatte, zu töten. Dass sie es aber getan hatte, war ihr allzu klar.

Schwester Johanna hatte die Krankenblätter manipuliert und die tödliche Bauchverletzung als Kaiserschnitt ausgegeben. Außerdem hatte sie Kontakt zu Schwester Hildegard. Ohne Verdacht zu erregen, hatte sie ihr einen vergifteten Tee gereicht. Es war ihre Hand, die das Skalpell geführt hatte, um ihre Nebenbuhlerin Sybille auszuschalten. Und sie hatte Frau von Böhme beinahe getötet. Cecilie wusste nicht, warum sie selbst verschont worden war. Vielleicht war Schwester Johanna keine Zeit mehr geblieben, ihr ebenfalls die Kehle durchzuschneiden.

Cecilie erbrach sich zum zweiten Mal, als sie sich aufrichtete. Es grenzte an ein Wunder, dass es ihr gelang, aufrecht zu stehen.

»Gib … ihn … mir!« Sie griff nach dem Kind.

Schwester Johanna war zu überrascht, um den Jungen festzuhalten, und Cecilie presste ihn an ihre Brust. Sie musste raus hier.

Ihren Bruder in den Armen, sank sie in die Knie, dann ließ sie sich auf die Seite fallen und rollte sich zusammen, um ihn mit ihrem Leib vor der Mörderin zu beschützen.

26

»Ich bin kein Mörder.« Auch nach drei Stunden Verhör blieb Dr. Eisenmann bei seiner Aussage.

»Jetzt gestehen Sie endlich, dass Sie die beiden Säuglinge ins Wasser geworfen haben«, wütete Kommissar Tiegler.

»Warum haben Sie Frau Ackermanns Sohn nicht einfach leben lassen?«, fragte Hektor. »Nach der Ermordung seiner Mutter hätten sie ihn doch Frau von Böhme geben und behaupten können, die Frau habe es sich anders überlegt.«

»Warum will Ihnen denn nicht in den Kopf, dass ich niemanden umgebracht habe?«, stöhnte Dr. Eisenmann auf. »Wie oft denn noch? Ich habe mit Frau von Böhme eine Abmachung getroffen, das ist richtig. Ja, ich habe ihr dabei geholfen, eine Schwangerschaft vorzutäuschen. Ja, ich habe ihr einen Jungen angeboten, den die Mutter dann doch nicht hergeben wollte. Damit war die Sache für mich erledigt. Ja, ich habe ihr auch den Sohn dieser Liesel angeboten. Sie wollte ihn nicht, wegen der fehlenden Finger. Aber keines dieser Kinder, kein einziges habe ich umgebracht.« Er schluchzte. »So glauben Sie mir doch.«

Tiegler schlug sich mit der flachen Hand vor die Stirn, dass es klatschte. »Ich glaube kein Wort von dem Schwachsinn.«

Er warf das Skalpell, mit dem Frau von Böhme angegriffen worden war, auf den Tisch.

»Was ist das?« Der Gynäkologe sah verängstigt aus.

»Ja, was ist das bloß?«, äffte der Kommissar ihn nach. »Schade, dass Sie den Mordanschlag auf Frau von Böhme nicht auch noch Ihrer Frau in die Schuhe schieben können. Die sitzt nämlich hier bei uns in strengster Verwahrung.«

Dr. Eisenmann rieb sich die verquollenen Augen. Sein Bart wirkte ungepflegt, und er trug einen Morgenmantel. In seiner Wohnung waren vier verschreckte Jungen gefunden worden, aber kein Säugling.

»Sagen Sie einfach nur, wo Sie das Kind versteckt halten«, bat Hektor. »Sie sind selbst Vater, Sie können doch einem Winzling nichts antun.«

»Das habe ich auch nicht. Bitte, Frau von Böhme war es. Sie hat den Jungen entführt und mich dazu gezwungen, ihn als ihr Kind auszugeben. Ich wollte, dass sie ihn zurückgibt, wirklich. Ich bin unschuldig.«

Hektor war diesen erbärmlichen Jammerlappen leid. Er packte ihn am Aufschlag seines Morgenrocks und riss ihn vom Stuhl hoch, dann versetzte er ihm mit der Stirn einen Hieb.

»Au!« Dr. Eisenmann schrie auf und hielt sich die Nase. Blut quoll zwischen seinen Fingern hindurch. »Kommissar Tiegler, er hat mich geschlagen.«

»Ach ja? Das kann ich leider nicht bestätigen«, lachte der Kriminalbeamte ihn aus. »Ich habe nämlich genau gesehen, wie Sie selbst den Kopf auf die Tischplatte geknallt haben.«

»Das ist eine Lüge«, jammerte der Gynäkologe.

»Damit kennen Sie sich ja aus«, erwiderte Tiegler. »Übrigens werde ich auch aussagen, dass Sie es waren, der sich die Finger in der Tür gebrochen hat.«

Das Jammern hörte mit einem Schlag auf.

»Ich sehe, wir verstehen uns«, sagte der Kommissar. »Die Wahrheit bitte.«

Während er das Blut an seinem Morgenmantel abwischte, schien Dr. Eisenmann zu überlegen. Er hatte sich des Kinderhandels schuldig gemacht, das immerhin war erwiesen. Bis zu zehn Jahre würde er dafür ins Zuchthaus wandern. Bei Mord hingegen drohte ihm die Todesstrafe.

»Schwester Johanna«, sagte er.

»Was?«, gab Tiegler zurück.

»Sie muss die Frau und die Kinder umgebracht haben.«

Der Kommissar holte aus und schlug nun seinerseits mit der Faust auf die bereits lädierte Nase des Arztes. Das Blut spritzte über den Tisch. »Scheiße! Erst lassen Sie Ihre Frau für Ihre Tat hängen und jetzt eine Krankenwärterin?«

»Es ist wahr.«

»Warum sollte sie so was tun?«

»Ich weiß es nicht. Ich ... Sie war immer da. Schon in dem Krankenhaus, in dem ich als Arzt angefangen habe, hat sie gearbeitet. Sie war damals Nonne. Als ich von Hannover nach Berlin ging, hat sie ihr Gelübde gebrochen, oder wie man das nennt, und ist mir gefolgt. Ich habe sie nie dazu gedrängt, sie hat es einfach getan.«

Tiegler blickte zu Hektor und verdrehte die Augen. »Sie Ärmster. Haben eine Nonne gevögelt, und die hat Sie daraufhin gegen Gott eingetauscht.«

»So war es nicht«, widersprach Dr. Eisenmann. »Ich hab sie nicht ... Nur einmal. Ich war zu schwach. Sie hat mir gedroht, mich zu verraten. Sie würde der Polizei erzählen, dass ich Frau von Böhme dabei geholfen habe, eine Schwangerschaft vorzutäuschen, hat sie gesagt.« Er war nun eifrig dabei, seine Aussage plausibel zu machen. »Ein einziges Mal ist es passiert. Ich hab mir geschworen, dass es nie wieder vorkommen wird.«

»Wie tragisch«, spottete Tiegler.

»Ich konnte doch nicht ahnen, dass sie gleich schwanger wird.«

»Sie ist schwanger? Von Ihnen?«

Er hob die Schultern. »Wer weiß, wen sie noch alles zum

Verkehr erpresst hat. Ich hab ihr angeboten, das Kind wegzumachen, aber sie wollte nicht. Sie hat davon gefaselt, dass es die Frucht unserer Liebe sei.«

»Hat sie es behalten?«

»Ich weiß nicht, vielleicht. Noch sieht man nicht viel. Ich habe ihr gesagt, dass das nicht mein Problem ist. Ich habe meine Familie, meine Karriere.«

Das Selbstmitleid des Arztes widerte Hektor an.

»Dann hat also Schwester Johanna die Patientin Ackermann und das Neugeborene umgebracht und Lisabeth Samsons Kind ins Wasser geworfen, um Sie zu schützen. Verstehe ich das richtig?«, hakte Tiegler nach.

»Ja. Nein. Vielleicht. Ich meine, ich wusste nichts davon, bis er hier mit seinen Fragen ankam.« Dr. Eisenmann deutete auf Hektor.

Den beschlich plötzlich ein ungutes Gefühl, denn er hatte Fräulein Cecilie mit Schwester Johanna allein gelassen. »Was ist mit Schwester Hildegard?«, fragte er. »Hat Schwester Johanna auch etwas mit deren Tod zu tun?«

»Vermutlich schon«, gab Dr. Eisenmann zu. »Schwester Hildegard hat viel mit Gertrud Ackermann gebetet und gesungen, während sie in den Wehen lag. Vielleicht hat sie irgendwas mitbekommen oder sich zusammengereimt. Ich weiß es nicht. Sie kam zu mir und hat mich gefragt, ob ich Müttern ihre Kinder wegnehme. Ich habe daraufhin gesagt, so was würde ich nie tun.« Tiegler lachte auf, und der Gynäkologe zog die Stirn kraus. »Aber ob sie mir geglaubt hat? Schwester Johanna hat gemeint, sie kümmert sich darum.«

»Ich kümmere mich darum.« Das hatte die Krankenwärterin auch zu Hektor gesagt, als er Fräulein Cecilie im Gebärpavillon zurückgelassen hatte.

Das Bett war leer. Auf dem Nachttisch stand die Tasse Tee. Hektor stürzte hin. Ausgetrunken. Er roch daran. Lavendel. Schwach, aber eindeutig. Die Fowler'sche Lösung.

Wo war sie? Wo steckte Fräulein Cecilie? Er ging auf den Flur und sah sich um. Eine Krankenwärterin, die er noch nie zuvor gesehen hatte, kam ihm entgegen.

»Wo ist die Patientin Cecilie Blum?«, herrschte er sie an.

»Wir haben keine solche Patientin«, gab sie zurück.

»Schwester Johanna, wo ist die?«

»Ich habe gerade erst meinen Dienst angetreten. Bestimmt ist sie schon nach Hause gegangen.«

Er rannte den Gang hinunter. Der Pavillon war nicht allzu groß, er würde jeden Raum untersuchen. Weit konnte sie noch nicht sein.

Entbindungssaal, Wöchnerinnensaal, Badezimmer. Nirgendwo konnte er Fräulein Cecilie entdecken. Wenn es nur nicht zu spät war. Wenn er nur nicht zu spät war.

In einer kleinen Kammer neben dem Entbindungssaal entdeckte er sie. Fräulein Cecilie lag auf dem Boden, regungslos in einer Lache Erbrochenem, Glasscherben und einer milchigen Flüssigkeit. Schwester Johanna zog gerade einen schreienden Säugling unter ihr hervor.

»Sie haben sie vergiftet!«, keuchte er.

Die Krankenwärterin blickte ihn an. »Sein Wille geschehe«, sagte sie nur.

Das Kind. Die Scherben. Er verstand nichts mehr, er fühlte nur. Cecilies Halbbruder. Das Einzige, was ihm von ihr blieb.

»Geben Sie ihn mir.« Er streckte die Hände aus.

»Aber ich will ihm nichts tun.«

»Geben Sie mir sofort das Kind!«, schrie er.

Sie tat es, und er hielt den Säugling in den Armen. Ein wütendes Bündel Mensch. Als er aufblickte, war Schwester

Johanna verschwunden. Er durfte sie nicht davonkommen lassen, denn sie hatte ihm alles genommen. Mit dem Fuß schob er die Scherben zur Seite, entledigte sich umständlich des Fracks, während er den Jungen mit einer Hand hielt, und bettete den Säugling auf den Stoff unmittelbar neben Fräulein Cecilie. Hier würde er beschützt sein.

Dann lief er der Krankenwärterin nach, die mit schnellen Schritten den Gang entlangging. Als sie hörte, wie er aufschloss, blickte sie sich um und begann zu rennen. Er hatte die längeren Beine. Keine Chance für sie. Vergeblich rüttelte sie an einer Tür und stolperte zur nächsten, die aufging. Er setzte ihr nach. Eine schmale Treppe führte nach oben und endete auf dem Dach des Gebärpavillons. Es war flach und nicht sonderlich hoch. Schwester Johanna war stehen geblieben und sah ihn an. Langsam schritt er auf sie zu. Mit beiden Händen umfasste sie ihren Bauch, während sie rückwärtsging. Ein Schritt, zwei Schritte. Das Dachende war nicht mehr weit. Er öffnete den Mund, um sie zu warnen.

Alles, was Johanna getan hatte, um ihre Liebe zu ihm zu bewahren, war vergeblich gewesen. Die Polizei hatte Christian geholt.

Es war ihr Fehler. Sie hatte von dem Moment an gefehlt, als sie zuließ, dass sich ihre Liebe zu ihm in Selbstsucht verwandelte. All die Jahre hatte sie still vor sich hin geliebt, hatte sich damit begnügt, dass er sie brauchte. Bis sie zu seinen Händen und seinen Augen geworden war. Christian hatte sie nie berühren müssen, damit sie ein Teil von ihm war. Das war der Beweis für ihre Liebe. Er opferte ihr seine fleischliche Begierde, sie opferte ihm ihr ganzes Leben.

Deshalb war es ihr nicht einen Moment lang schwergefallen, den Konvent zu verlassen und ihm nach Berlin zu folgen.

Sie hatte aufgehört, eine Dienerin Christi zu sein, und war zu Christians Dienerin geworden. In Demut hatte sie verstanden, dass er sie liebte, aber seine Familie nicht verlassen konnte. Sie hatte verstanden, dass ihn seine Begierde, die er bei ihr nicht stillen konnte, zu leichten Mädchen trieb.

Nur in dieser einen Nacht hatte die Selbstsucht von ihr Besitz ergriffen. Sie war schwach gewesen, als sie ihm ihren Körper anbot.

Er hätte sie ablehnen können, indem er sie an sein Opfer erinnerte, aber er hatte nur gelacht. Noch immer konnte sie sein Lachen hören, wenn sie die Augen schloss.

Was er dann sagte, hatte ihre Liebe in Hass verwandelt. Es war über sie gekommen. Sie hatte ihm gedroht, sie würde verraten, dass er mit seiner reichen Patientin einen Pakt geschlossen hatte, ein fremdes Kind als deren eigenes auszugeben. Daraufhin hatte sie bekommen, was sie verlangte.

Es hatte weh getan, ihr erstes Mal, aber es hatte ihr die Selbstsucht ausgetrieben.

Und Gott, in seiner endlosen Güte, war zu ihr zurückgekehrt. Gott hatte ihr seinen Sohn geschenkt und ihr die Liebe wiedergegeben.

Johanna strich über ihren Bauch. Die Frucht ihrer Liebe. Durch das Kind würde sie unendlich werden. Dafür hatte sie weitere Opfer bringen müssen.

Es war unmöglich gewesen, Gertrud Ackermann gehen zu lassen. Die Frau war zu wankelmütig. Hatte eingewilligt, ihren Sohn Frau von Böhme zu geben, und es sich doch wieder anders überlegt. Es hatte sich nicht um Mord gehandelt, sondern um einen medizinischen Eingriff. Johanna hatte das Skalpell geführt, wie sie es so viele Male getan hatte, wenn es in seiner Hand gelegen hatte. Sie war seine Hand, sein Werkzeug. Sie tat es für ihn, für Christian.

Doch als die Mutter starb, schrie der Sohn. Sein wissender Blick war Johanna unerträglich gewesen. Sie hatte das Kind in eine Decke gewickelt und war auf die Straße gelaufen. Nicht mit der Absicht, es zu töten, aber als sie auf der Brücke stand, da hatte sie Gottes Zeichen verstanden.

Sie hatte dabei an Christian gedacht und an die Jahre, die er im Gefängnis verbringen müsste, käme heraus, was er getan hatte.

Die Augen des Jungen verfolgten sie seitdem. Es war ihre Buße, die sie tragen musste, wenn sie ihren Geliebten retten wollte.

Sie hatte geglaubt, dass es mit dem Tod der Mutter und des Säuglings vorbei wäre. Welch Leichtsinn. Schwester Hildegard hatte während der Wehen am Bett Gertrud Ackermanns gesessen, hatte mit ihr gebetet und gesungen und mitbekommen, dass die Mutter ihr Kind auf natürlichem Weg gebar.

Als Johanna die tote Patientin auf den Flur gerollt hatte, wo der Bestatter wartete, hatte Schwester Hildegard angefangen, Fragen zu stellen.

Sie hatte ihr das Gift verabreichen müssen. Es gab keinen anderen Weg, sie musste ihn zu Ende gehen.

Und noch immer war es nicht vorbei gewesen. Frau von Böhme hatte den Jungen dieser Liesel abgelehnt, weil er an einer Hand nur drei Finger hatte, aber die Säuferin nahm ihn nicht zurück. Den Säugling von der Brücke zu werfen war Johanna schwerer gefallen als bei dem ersten Kind.

Christian war außer sich gewesen. Sie hatte ihm gesagt, was sie für ihn getan hatte, aber er hatte ihre Liebe als Wahnsinn verkannt. Die Selbstsucht war zurückgekehrt, und er war zu der anderen gegangen.

Für das, was Johanna mit der anderen getan hatte, gab es keine Rechtfertigung. Sie hatte gesündigt und die Liebe zu ihm beschmutzt. Auch wenn Gott noch einmal gnädig ihre Sünden vergeben hatte und Christians Ehefrau für Johannas Selbstsucht hatte büßen lassen.

Sie musste das Kind zu seiner wahren Mutter bringen. Wenn der Säugling erst einmal zurückgegeben war, würde niemand mehr Nachforschungen anstellen, und die Polizei würde ihren Geliebten in Ruhe lassen. Da seine Frau wegen Mordes an der anderen im Gefängnis saß, brauchte er jemanden an seiner Seite.

Deshalb hatte sie Fräulein Cecilie niedergeschlagen und mit Frau von Böhme gekämpft. Das Kind hatte sie zurück in die Charité gebracht, um es zu füttern, zu baden und seiner Mutter in die Arme zu legen.

Johanna sah den Gerichtsarzt an, der auf sie zukam. Ob er all das verstehen würde?

In diesem Augenblick stürzte sie, die Augen weit aufgerissen, in die Tiefe, doch kein Schrei kam über ihre Lippen.

27

Kann ich dann gehen?«, fragte Dr. Eisenmann, nachdem Kommissar Tiegler ihn vom Tod Schwester Johannas unterrichtet hatte.

Mit Abscheu las Hektor dem Gynäkologen die Erleichterung vom Gesicht ab. Ihm stand vor Augen, wie er zum Dachrand geeilt war und hinuntergeblickt hatte. Obwohl die Krankenwärterin nicht sehr tief gestürzt war, hatte ihr Körper unnatürlich verrenkt auf dem Gehweg gelegen. Wie eine zerbrochene Puppe hatte sie ausgesehen.

»Ihre Frau haben wir gehen lassen, aber Sie sind noch lange nicht entlastet«, sagte Tiegler. »Wir wissen zwar, dass Schwester Johanna Fräulein Sybille getötet und Frau von Böhme angegriffen hat. Doch außer Ihrer Aussage gibt es keinen Beweis, dass Schwester Johanna auch Schwester Hildegard vergiftet, die Kinder ins Wasser geworfen und den Kaiserschnitt vorgetäuscht hat.«

Dr. Eisenmann winselte, und Hektor wandte den Blick ab. Fräulein Cecilie hatte ihm erzählt, dass die Krankenwärterin die Hand des Gynäkologen bei der Operation geführt hatte. Sie hatte ihn davor bewahrt, dass sein Versagen als Arzt herauskam. Hatte sie ihn auch beschützen wollen, als sie die Frauen und das Kind umbrachte?

Aber warum? Weil sie sein Kind austrug? Die Sektion würde ihre Schwangerschaft vermutlich bestätigen.

Hatte sie gedacht, der Gynäkologe würde seine Familie

verlassen und das Kind mit ihr zusammen aufziehen? Der Gedanke erschien ihm wahnwitzig. Was um alles in der Welt hatte sie überhaupt in dem weinerlichen und abgehalfterten Arzt gesehen? Er würde es nie begreifen.

»Abführen«, befahl Tiegler.

Zwei Polizisten rissen Dr. Eisenmann vom Stuhl hoch. Gerade als sie mit ihm durch die Tür wollten, erschien Polizeipräsident Guido von Madai, Herr von Böhme dicht hinter ihm.

Als der Gynäkologe ihn sah, hellte sich seine Miene auf. »Gut, dass sie da sind. Erklären Sie dem Kommissar bitte, dass ich …«

»Weg mit ihm«, schnautzte von Madai, der zusammen mit Herrn von Böhme eintrat, so dass die Polizisten mit Dr. Eisenmann hinausgehen konnten. »Was ist das für eine Geschichte?«, fragte der Präsident.

»Ich will sofort meinen Sohn zurück«, sagte Herr von Böhme.

»Der Junge ist nicht Ihr Kind«, erklärte Tiegler ruhig. »Ihre Frau hat ihn entführt. Wir haben ihn seiner rechtmäßigen Mutter zurückgebracht.«

»Unfug! Das glaube ich nicht.«

»Wenn Sie sichergehen wollen, können Sie selbstverständlich ein medizinisches Gutachten verlangen«, mischte sich Hektor ein. »Man kann schon bei einer äußeren Untersuchung der Gebärmutter feststellen, ob sie sich kugelig anteflektiert anfühlt, wie es nach einer ausgetragenen Schwangerschaft sein müsste. Ich bin gerne bereit, ein wie auch immer lautendes Gutachten in der Presse zu veröffentlichen.«

Der betrogene Vater begriff nicht, Herr von Madai dafür umso schneller. »Unnötig. Keine öffentliche Bekanntmachung, keine Untersuchung. Übrigens wird Frau von Böhme nicht angeklagt. Wir werden eine Abmachung mit Doktor Eisenmann erwirken.«

»Und mein Sohn?«, protestierte Herr von Böhme.

»Sie wollen doch nicht den Bastard eines Dienstmädchens als Erben? Reichen Sie die Scheidung ein, und nehmen Sie sich eine junge, fruchtbare Frau«, schlug der Polizeipräsident vor. »Wenn Sie mich jetzt bitte mit dem Kommissar und Doktor von Thorwald allein lassen wollen.«

Wie ein geprügelter Hund schlich Herr von Böhme davon, während Hektor einen Blick mit Tiegler tauschte. Er ahnte nichts Gutes. Nachdem die Tür geschlossen war, verschränkte von Madai die Arme auf dem Rücken und tat, als betrachte er die verstaubten Aktenberge auf dem Boden des Büros.

»Sehen wir mal von den Übertretungen der Vorschriften großzügig ab, die Sie sich geleistet haben«, begann er. »Alles in allem haben Sie ganz ordentliche Arbeit geleistet, das muss ich sagen. Ich habe daher beschlossen, Sie«, er sprach Tiegler an, »zur politischen Polizei zu versetzen. Und Sie«, er nickte Hektor zu, »werden als Gerichtsarzt direkt für mich arbeiten.«

Es klang wie eine Drohung.

Cecilie fühlte sich noch ein bisschen wackelig auf den Beinen, ansonsten hatte ihr Körper das Gift weitestgehend ausgeschieden. Sie durfte die Charité verlassen und war erleichtert, die kommende Nacht in ihrer Kammer verbringen zu können. Die Nächte im Schlafsaal waren wegen der Schnarch- und Stöhnlaute der anderen Patientinnen sehr unruhig gewesen, außerdem störte sie der Gestank von Urin und ungewaschenen Körpern.

Sie packte die wenigen Privatsachen in einen Koffer aus Pappe, den Dr. von Thorwald besorgt hatte. Jeden Tag hatte er sie besucht, stets freundlich, aber wortkarg. Zu mehr als dem

Austausch von Höflichkeiten und nötigen Informationen war es nicht gekommen. Nicht zuletzt wegen ihrer gelangweilten Bettnachbarinnen, die neugierig das wenige beobachteten, was um sie herum geschah.

Außer dem Gerichtsarzt war auch Cecilies Mutter zu Besuch gewesen. Der Hausarzt hatte Marianne Laudanum verschrieben, um sie ruhigzustellen, bis ein Spezialist sie in Behandlung nahm.

Cecilie nickte ihren Bettnachbarinnen zu und ging. Vor der Tür der Frauenabteilung wartete der Gerichtsarzt auf sie, und ihr Puls beschleunigte sich bei seinem Anblick. In der Hand hielt er einen Strauß weißer Rosen, den er ihr mit einem Lächeln überreichte. Die Düsternis, die in seinen Zügen lag, als sie ihn zum ersten Mal gesehen hatte, nachdem sie mit Schwester Johanna um ihren Halbbruder gekämpft hatte, war im Laufe der Tage einem freundlicheren Gesichtsausdruck gewichen.

Sie vergrub die Nase in den Rosen und atmete den Duft ein.

»Eine Droschke wartet auf uns.«

Er nahm ihr den Koffer ab und bot ihr seinen freien Arm an. Als sie sich bei ihm einhakte, rieb ihre Wange über seine Schulter. Der Wollstoff seines braunen Umhangs war ausgesprochen weich.

»Ich möchte noch zu Elsa«, sagte sie.

Dr. von Thorwald hatte ihr über den sich stetig verbessernden Gesundheitszustand des Mädchens berichtet und von dem Moment erzählt, in dem Elsa ihren Sohn zum ersten Mal in den Armen gehalten hatte. Jetzt wollte Cecilie mit eigenen Augen sehen, wie es Mutter und Kind ging.

Sie liefen durch den kleinen Park auf den Gebärpavillon zu, denn Cecilie hatte es sich nicht nehmen lassen, endlich wieder frische Luft zu atmen. Der Himmel war noch immer grau, aber die gelben und lilafarbenen Krokusse, die durch die Erde spitzten, ließen den Frühling erahnen.

Cecilie blickte durch das Glas in den Flur des Pavillons, wo eine Krankenwärterin einen Rollwagen mit Verbandsmaterial und Medikamentenflaschen schob. Eine Frau, die einen in eine Decke gewickelten Säugling auf dem Arm hielt, wurde von einem Mann begleitet, der wie Dr. von Thorwald einen Koffer trug. Nichts deutete darauf hin, dass es einen Gynäkologen gegeben hatte, der bereit gewesen war, einen Kinderhandel einzufädeln. Und nichts ließ auf eine Krankenwärterin schließen, die diesen Arzt so sehr geliebt hatte, dass sie dafür sogar mordete.

Mitten auf dem Gehweg blieb der Gerichtsarzt stehen und starrte auf den frisch geharkten Kies zu seinen Füßen.

»War es hier?«, fragte Cecilie.

Er sah zum Dach hinauf. »Es hätte nicht sein müssen.«

Sie wusste nicht, ob er Schwester Johannas Tod meinte oder den ertrunkenen Säugling und die drei ermordeten Frauen. Wieder sah sie durch die Fenster in den Pavillon hinein.

Eine ältliche Frau und ein junger Stutzer standen nebeneinander, und die Frau überreichte dem Mann mehrere Geldscheine.

Cecilie blinzelte. »Sind das nicht Frau Lindemann und Heinrich?«, fragte sie Dr. von Thorwald.

Er blickte auf. »Ja, in der Tat.«

»Sie hat ihm Geld gegeben, glaub ich.«

»Warum sollte sie das tun?«

Die Frage des Gerichtsarztes war berechtigt. Sie schüttelte den Kopf, wahrscheinlich hatte sie sich geirrt.

Dennoch wunderte sie sich über die Anwesenheit der Haushälterin, als sie sich in Elsas Krankenzimmer einfanden.

Frau Lindemann stand wie eine Anstandsdame neben dem Bett des Dienstmädchens, während Heinrich Elsas Sohn umhertrug.

»Ist er nicht schön?« Elsa hielt Cecilie ihre Hand mit einem Ring hin. »Sobald meine Kaiserschnittwunde verheilt ist, wollen wir heiraten.«

Cecilie wusste, dass Elsa eine Reaktion von ihr erwartete.

»Glückwunsch«, sagte sie, obwohl sie nicht das Gefühl hatte, dass es dem Dienstmädchen mit einem Kerl wie Heinrich gut ergehen würde. Noch immer hatte sie im Ohr, wie er sie um Geld erpresste, doch sie wollte Elsas Glück nicht trüben.

»Wir lieben uns so sehr«, schwärmte diese. Frau Lindemann hüstelte. »Die Ehe ist einfach das Beste für eine Frau.«

Nun bekam die Haushälterin einen solchen Hustenanfall, dass Dr. von Thorwald ihr auf den Rücken klopfen musste. »Ich geh dann mal.« Frau Lindemann wandte sich zur Tür.

Cecilie hatte sich gerade zu Heinrich gedreht, um ihren Bruder zu besehen. Als die Haushälterin an dem Verlobten vorbeiging, hörte sie, wie die alte Frau ihm etwas zuzischte.

»Ich behalte dich im Auge.«

Sie war über das Verhältnis der beiden überrascht, aber es war im Grunde das Gleiche, was sie tun wollte: aufpassen, dass Heinrich Elsa und dem Kind kein Leid zufügte.

Wenigstens konnte das Mädchen bei Dr. von Thorwald in Stellung bleiben.

Der trat nun zu Cecilie und Heinrich und nahm die Hand des Kindes in seine.

»Wie heißt er denn jetzt?«, fragte er, als er die kleinen Finger streichelte.

»Ach, ich weiß nicht«, sagte Elsa. »Wilhelm auf jeden Fall nicht. Ich hab schon überlegt, ihn nach seinem Vater zu nennen.«

Malte, schoss es Cecilie durch den Kopf.

»Aber dann muss ich Klein Heinrich sagen«, fuhr Elsa fort, »sonst denkt der große Heinrich, dass er gemeint ist. Das ist so verwirrend. Deshalb hab ich gedacht, ich nenne ihn Hektor.«

Dr. von Thorwald ließ die Hand los und ging zum Fenster. Cecilie konnte sein Gesicht nicht sehen, aber sie spürte, dass er gerührt war.

»Na, mein Hektorchen.« Heinrich tippte dem Säugling mit den rötlichen Haaren auf die ungewöhnlich spitze Nase, und Elsa kicherte.

»Was sagen Sie zu Ihrem Namensvetter?«, fragte Cecilie Dr. von Thorwald leise.

»Er scheint die Entführung gut überstanden zu haben. Ein gesundes Kerlchen«, war die Antwort.

»Was meinen Sie, wird Moses es auch schaffen?«

»Dass ihn seine Mutter nicht zurückwill, ist vielleicht besser für ihn. Ich werde ihn adoptieren und die Unterbringung in einer Pflegefamilie bezahlen.«

Cecilie wusste, dass es dem kleinen Jungen mit der verkümmerten Hand so gut wie möglich gehen würde, dennoch wünschte sie ihm, er würde die Liebe einer Mutter kennenlernen.

Die Liebe einer Mutter. Mutterliebe.

Marianne war darüber verrückt geworden. Wie sah es mit Schwester Johanna aus? Hatte die Liebe zu dem Leben, das in ihr heranwuchs, sie in den Irrsinn getrieben, oder hatte sie ihre Taten allein aus Berechnung verübt? Wenn es ihre Aufgabe als werdende Mutter war, Leben zu schenken, wie konnte sie dann anderen das Leben nehmen? Immerhin hatte die Untersuchung des Säuglingsfläschchens ergeben, dass die Milch nicht vergiftet gewesen war.

Alles erschien möglich. Frauen, deren Verlangen nach einem Kind so stark war, dass sie das einer anderen stahlen. Frauen, die ihre Leibesfrucht töteten, wie Schwester Agnes Maria. Mütter, die ihre Kinder verkauften oder nach der Geburt erstickten.

Sie blickte zu Elsa und Heinrich, die Hektorchen zwischen sich hielten. Dann bemerkte sie, dass Dr. von Thorwald sie ansah. Mit dem Zeigefinger kratzte er über seine Koteletten. Ein winziges Hautschüppchen löste sich und fiel auf die Schulter seines blauen Anzugs. Sie streckte die Hand aus, um es hinunterzuschnippen, doch ihre Fingerspitzen blieben auf seinem Revers liegen.

Cecilie wünschte sich, sie könnte den Kopf dort anlehnen, seinen Herzschlag spüren und fühlen, wie sich sein Brustkorb mit jedem Atemzug hob und senkte.

»Wo wollen Sie jetzt hin?«, fragte er heiser.

»Ich werde in den Leichenkeller gehen«, erwiderte sie.

»In den Leichenkeller also«, wiederholte er.

Heinrich schrie auf. »Er hat mich vollgepinkelt.« Er zeigte auf seine durchnässte Anzugjacke, und Elsa prustete los.

Auch Cecilie konnte sich ein Grinsen nicht verkneifen, und selbst Dr. von Thorwald schmunzelte in sich hinein. Sie begegnete wieder seinem Blick. Was immer sich zwischen ihnen entwickeln würde, sie fühlte, dass es gut war.

Schlussbemerkung der Autorin

Nicht nur der Arzt des 19. Jahrhunderts ist ein Gott, auch eine Autorin von heute. Das Schicksal meiner Figuren liegt allein in meiner Hand. Deshalb habe ich in die Geschichte der Medizin eingegriffen und Cecilie die Entdeckung einer Gebärmutternaht machen lassen, die erst Jahre später Ferdinand Adolf Kehrer auf einem Küchentisch ausprobierte und 1891 in seinem *Lehrbuch der operativen Geburtshülfe* beschrieb.

Unzählige weitere Bücher, Aufsätze und Internetseiten haben dazu beigetragen, dass ich einen Einblick in die damaligen Bedingungen und Möglichkeiten der Gynäkologie und Geburtshilfe gewinnen konnte (und ausgesprochen froh darüber bin, meine Kinder nicht in dieser Zeit zur Welt gebracht zu haben).

Die Geschichte der Gynäkologie hat viele dunkle Kapitel. Manches, was sich heute als hilfreich erweist, ist mit umstrittenen oder schlichtweg unmenschlichen Mitteln erforscht worden.

So hat zum Beispiel James Marion Sims 1849 für chirurgische Heilmethoden vaginale Experimente an Sklavinnen durchgeführt. Es ist anzunehmen, dass Anarcha, Betsy und Lucy (deren Namen ich hier stellvertretend für die vielen namenlosen Frauen nennen möchte, an denen herumexperimentiert wurde) sich nicht freiwillig wieder und wieder unters Messer gelegt haben.

Auch die Gebäranstalten waren Experimentierfelder für

Ärzte. So wurde der Bau einer neuen Entbindungsanstalt der Charité im Jahr 1877 nicht allein deshalb beschlossen, damit die Wöchnerinnen besser untergebracht waren, sondern weil Studierende und ausländische Ärzte in Scharen herbeiströmten und der gerade erst errichtete Gebärpavillon längst aus allen Nähten platzte.

Eva Labouvies Kulturgeschichte der Geburt mit dem Titel *Andere Umstände* und ihre Betrachtungen der Schwangeren als Grenzgängerin hat mich zu der Figur Schwester Johannas angeregt.

Karl Baedekers erster Reiseführer über Berlin von 1878 versorgte mich mit vielen Informationen über das alte Berlin. Von unschätzbarem Wert für die Schilderung der Sektionen im Leichenkeller war mir wieder einmal Johann Ludwig Caspars *Handbuch der Gerichtlichen Medizin*, überarbeitet von Dr. Carl Liman.

Da ich Hypochonderin, aber keine Ärztin bin, hat mir außerdem Dr. med. Kerstin Stoppenbach unter die Arme gegriffen.

Für die Betreuung seitens des List Verlages danke ich Andrea Wildgruber herzlich.

Die intensive Arbeit mit meiner Lektorin Angela Troni hat meinen Schreibprozess sehr bereichert.

Der Titel des Buches stammt von Gisa Klönne.

Brigitte Glaser, Jasna Mittler, Ulrike Rudolph, Bastian Schlück und Sargon Youkhana haben mir mit ihrer Kritik und ihren Anmerkungen geholfen, die Geschichte zu verbessern.

Beate Sauer möchte ich für die vielen aufbauenden und anregenden Gespräche danken.

Sophie Dalhaus hat mich mit Elan bei meinen Vor-Ort-Recherchen unterstützt. Mögen noch viele dieser schönen Spaziergänge vor uns liegen.

Und ohne Martin wäre aus der Schreiberei nicht viel geworden. Für sein Verständnis und seine Bewältigung unseres familiären Chaos reicht ein Dankeschön gar nicht aus.

Mila Lippke
Der Puppensammler

Historischer Kriminalroman. www.list-taschenbuch.de
ISBN 978-3-548-60824-2

Cecilie, eigensinnige Tochter aus gutem Hause, flieht vor der Verlobung mit Baron zu Staufenfels. Sie will Medizin studieren – doch das ist für eine junge Frau Ende des 19. Jahrhunderts ein schier aussichtsloser Traum. Statt an der Uni landet sie als Hilfskraft im Leichenkeller eines Berliner Gerichtsarztes. Eines Tages taucht eine Frauenleiche auf, die sich von allen anderen Toten unterscheidet: Sie ist schön, wie eine Puppe geschminkt. Eine Suche nach dem Mörder beginnt, die Cecilie in die Abgründe der menschlichen Seele blicken lässt.

Jeanne Kalogridis
Die Seherin von Avignon

Roman. www.list-taschenbuch.de
ISBN 978-3-548-60517-3

Frankreich in der ersten Hälfte des 14. Jahrhunderts: Sybille verfügt schon als Kind über seherische Fähigkeiten und übersinnliche Heilkräfte. Von Geburt an ist sie zur Priesterin eines geheimen Kultes erkoren, den die Kirche erbarmungslos verfolgt. Um den alten Glauben vor der Vernichtung zu bewahren und den ihr bestimmten Geliebten zu finden, muss die junge Frau jedoch durch die Feuer der grausamen Inquisition gehen.

»Das weibliche Gegenstück zu Ken Follett«
Chicago Tribune

Michael Theurillat
Eistod

Kriminalroman. www.list-taschenbuch.de
ISBN 978-3-548-60823-5

Eine Leiche in der Limmat, ein verschwundener Assistent und ein Professor unter Mordverdacht. In seinem zweiten Fall gerät Kommissar Eschenbach in einen Sumpf aus Intrigen und tödlichem Ehrgeiz. Hat sein alter Schulfreund biochemische Substanzen zur Folterung islamischer Terroristen entwickelt? Und wem kann Eschenbach selbst in höchsten Polizei- und Politikerkreisen noch trauen?

»Michael Theurillat erweist sich mit seinem zweiten Roman Eistod endgültig als treffsicherer Gesellschaftsanalytiker.« *WDR*

»Ein temporeicher Krimi voller Einfühlungsvermögen.« *Neue Zürcher Zeitung*

»Der Leser spürt förmlich die winterliche Kälte Zürichs und die Unverfrorenheit der Protagonisten … ein spannendes Lesevergnügen.« *dpa*

List Taschenbuch

L343

Oliver Pötzsch

Die Henkerstochter

Historischer Kriminalroman

Originalausgabe

ISBN 978-3-548-26852-1
www.ullstein-buchverlage.de

Kurz nach dem Dreißigjährigen Krieg wird in der bayerischen Stadt Schongau ein sterbender Junge aus dem Lech gezogen. Eine Tätowierung deutet auf Hexenwerk hin, und sofort beschuldigen die Schongauer die Hebamme des Ortes. Der Henker Jakob Kuisl soll ihr unter Folter ein Geständnis entlocken, doch er ist überzeugt: die alte Frau ist unschuldig. Unterstützt von seiner Tochter Magdalena und dem jungen Stadtmedicus macht er sich auf die Suche nach dem Täter.

UB469

ullstein